中国文学史纲

魏晋南北朝 隋唐五代文学（第四版）

ZHONGGUO WENXUE SHIGANG
WEIJINNANBEICHAO SUITANGWUDAI WENXUE

袁行霈 编著

袁行霈 编著

北京大学出版社
PEKING UNIVERSITY PRESS

图书在版编目(CIP)数据

中国文学史纲. 魏晋南北朝　隋唐五代文学/袁行霈编著. —4 版. —北京：北京大学出版社，2016.8
（博雅大学堂·文学）
ISBN 978-7-301-27448-4

Ⅰ.①中…　Ⅱ.①袁…　Ⅲ.①中国文学—文学史—魏晋南北朝时代—高等学校—教材②中国文学—文学史—隋唐时代—高等学校—教材③中国文学—文学史—五代十国时期—高等学校—教材　Ⅳ.①I209

中国版本图书馆 CIP 数据核字(2016)第 198397 号

书　　　名	中国文学史纲·魏晋南北朝　隋唐五代文学（第四版） ZHONGGUO WENXUE SHIGANG · WEIJINNANBEICHAO SUITANGWUDAI WENXUE
著作责任者	袁行霈　编著
责任编辑	徐　迈
标准书号	ISBN 978-7-301-27448-4
出版发行	北京大学出版社
地　　　址	北京市海淀区成府路 205 号　100871
网　　　址	http://www.pup.cn　新浪微博：@北京大学出版社
电子信箱	pkuwsz@126.com
电　　　话	邮购部 62752015　发行部 62750672　编辑部 62756467
印　刷　者	北京虎彩文化传播有限公司
经　销　者	新华书店
	965 毫米 × 1300 毫米　16 开本　18 印张　251 千字 1998 年 6 月第 3 版 2016 年 8 月第 4 版　2022 年 3 月第 3 次印刷
定　　　价	48.00 元

未经许可，不得以任何方式复制或抄袭本书之部分或全部内容。
版权所有，侵权必究
举报电话：010-62752024　电子信箱：fd@pup.pku.edu.cn
图书如有印装质量问题，请与出版部联系，电话：010-62756370

目 录

魏晋南北朝文学

概 说 ··· 3
 第一节 魏晋南北朝的社会思潮和文艺思潮················ 3
 第二节 魏晋南北朝文学的发展······························ 5
 第三节 魏晋南北朝文学在中国文学史上的地位············ 8
第一章 建安文学·· 9
 第一节 曹操 曹丕 曹植································ 9
 第二节 建安七子与蔡琰······································20
第二章 正始西晋文学·····································24
 第一节 嵇康 阮籍··24
 第二节 陆机和太康诗人······································28
 第三节 左思 刘琨 郭璞································31
第三章 陶渊明··36
 第一节 陶渊明的生平和思想··································36
 第二节 陶渊明诗歌的思想内容·······························39
 第三节 陶渊明诗歌的艺术特色·······························45
 第四节 陶渊明的地位和影响··································47
第四章 南北朝乐府民歌··································49
 第一节 南朝乐府民歌··49
 第二节 北朝乐府民歌··52

第五章　南北朝诗文 ································ 56
  第一节　谢灵运和山水诗 ························ 56
  第二节　鲍照 ···································· 59
  第三节　谢朓和新体诗 ·························· 61
  第四节　庾信与北朝文人诗 ······················ 64
  第五节　南北朝骈文和散文 ······················ 66

第六章　魏晋南北朝小说 ···························· 71
  第一节　魏晋南北朝小说的发展 ················ 71
  第二节　《搜神记》等志怪小说 ·················· 73
  第三节　《世说新语》等志人小说 ················ 81

第七章　魏晋南北朝文学理论 ························ 87
  第一节　《典论·论文》和《文赋》 ················ 87
  第二节　《文心雕龙》和《诗品》 ·················· 89

隋唐五代文学

概　说 ·· 93
  第一节　唐代文学的繁荣和发展 ················ 93
  第二节　唐代文学繁荣发展的原因 ·············· 95
  第三节　唐诗的分期 ···························· 99

第一章　隋及初唐诗坛 ······························ 104
  第一节　齐梁宫廷文学的延续 ·················· 104
  第二节　王绩　四杰　刘希夷　张若虚 ·········· 106
  第三节　沈宋和律体 ···························· 114
  第四节　陈子昂及其文学革新 ·················· 116

第二章　盛唐诗坛 ·································· 121
  第一节　张九龄及盛唐前期诗人 ················ 121
  第二节　孟浩然和储光羲 ······················ 124

第三节　王　维 … 128
　　第四节　王之涣　崔颢　李颀　王昌龄 … 138
　　第五节　高　适 … 147
　　第六节　岑　参 … 150
第三章　李　白 … 155
　　第一节　李白的生平 … 155
　　第二节　李白诗歌的浪漫精神 … 157
　　第三节　李白诗歌的艺术特色 … 164
　　第四节　李白的地位和影响 … 167
第四章　杜　甫 … 170
　　第一节　杜甫的生平和创作道路 … 170
　　第二节　杜甫诗歌的思想内容 … 178
　　第三节　杜甫诗歌的艺术特色 … 186
　　第四节　杜甫的地位和影响 … 192
第五章　新乐府运动和白居易 … 194
　　第一节　新乐府运动的先驱——元结、顾况等 … 194
　　第二节　新乐府运动 … 196
　　第三节　白居易的生平、思想和创作道路 … 199
　　第四节　白居易的诗歌主张 … 203
　　第五节　白居易诗歌的思想内容 … 205
　　第六节　白居易诗歌的艺术性 … 212
第六章　古文运动和韩柳散文 … 216
　　第一节　古文运动的兴起 … 216
　　第二节　韩柳的散文 … 218
　　第三节　唐代古文运动的衰落和晚唐讽刺小品 … 223
第七章　中唐其他诗人和诗派 … 225
　　第一节　刘长卿和韦应物 … 225
　　第二节　大历十才子和李益的边塞诗 … 227

第三节　韩孟诗派 ·············· 230
　　第四节　刘禹锡和柳宗元 ········ 234
　　第五节　李　贺 ·············· 238
第八章　晚唐诗坛 ················ 243
　　第一节　杜　牧 ·············· 243
　　第二节　李商隐 ·············· 245
　　第三节　温庭筠和韦庄 ········ 249
　　第四节　皮日休、聂夷中、杜荀鹤等写实诗人 ······ 251
第九章　唐代传奇和敦煌变文 ······ 254
　　第一节　唐代传奇 ············ 254
　　第二节　敦煌变文 ············ 263
第十章　唐五代词 ················ 268
　　第一节　词的名称、起源和发展 ····· 268
　　第二节　温庭筠和《花间集》 ···· 272
　　第三节　李煜及南唐词人 ······ 275

参考文献 ························ 279

魏晋南北朝文学

概　说

第一节　魏晋南北朝的社会思潮和文艺思潮

魏晋南北朝前后达三百余年,是中国历史上一个转折、分裂与动荡的时期。

黄巾起义不仅动摇了汉朝的统治,也动摇了儒学的一尊地位。面对着崩溃的纲纪和满目的疮痍,有识之士不得不重新寻找治国之术。曹操提倡法治,用人唯才,选拔"不仁不孝,而有治国用兵之术"(建安二十二年[217]《求逸才令》,一名《举贤勿拘品行令》,见《曹操集》)的人,就是适应时代的要求。由于曹操挟天子以令诸侯,是北方实际的统治者,所以他的这些措施又反过来加速了儒学的崩毁。顾炎武说:"孟德既有冀州,崇奖跅弛之士。观其下令再三,至于求'负污辱之名、见笑之行、不仁不孝而有治国用兵之术者',于是权诈迭进,奸逆萌生。故董昭太和之疏,已谓'当今年少,不复以学问为本,专更以交游为业;国士不以孝悌清修为首,乃以趋势求利为先'。……夫以经术之治、节义之防,光武、明、章数世为之而未足;毁方败常之俗,孟德一人变之而有余。"(《日知录》卷一三"两汉风俗"条。)儒学的禁锢一旦崩毁,思想界便出现了自由与开放的局面,各家各派的思想都得到发展的机会,争辩的风气也盛行起来。正如鲁迅所说:"更因思想通脱之后,废除固执,遂能充分容纳异端和外来的思想,故孔教以外的思想源源引入。"(《魏晋风度及文章与药及酒之关系》)

于是，魏晋时期逐渐形成一种新的世界观和人生观，它的理论形态就是魏晋玄学。魏晋玄学的内涵很复杂，玄学家的思想倾向也并不一致。对它如何分析评价还有待深入研究，但无疑它是一种思辨的哲学，对宇宙、人生和人类自身的思维都进行了纯哲学的思考。和两汉的神学目的论、谶纬宿命论相比，是一个很大的进步。魏晋玄学提供了一种新的解释经籍的方法，对于打破汉代烦琐经学的统治也起了积极的作用。

东晋、南北朝时期，由于社会动乱，战争频繁，佛教得以广泛流传，佛经也被大量翻译过来。梁武帝时"都下佛寺五百余所，穷极宏丽。僧尼十余万，资产丰沃"（《南史·郭祖深传》载《舆榇诣阙上封事》）。北魏时洛阳有寺庙一千三百余所。东晋以来，玄学家普遍研究佛理，支遁、慧远等和尚也大谈玄学，于是玄佛逐渐合流。

新的社会思潮改变着士大夫的人生追求、生活习尚和价值观念。儒家的道德教条和礼仪规范已失去原有的约束力，一种符合人类本性的、返归自然的生活，成为新的追求目标。身外的功业荣名既然受到怀疑，便转而肯定自身的人格。身后的一切既然是那么渺茫，便抓紧即时的人生满足。他们以一种新的眼光看待世界，以一种新的情趣体验人生，成为和汉儒不同的新的一代。

以诗歌理论为核心的文艺理论从魏晋开始也发生了显著的变化，形成一股新的文艺思潮。

在汉代，儒家诗教占统治地位，强调诗歌与政治教化的关系。诗歌被视为"经夫妇、成孝敬、厚人伦、美教化、移风俗"（《诗大序》）的工具。至于诗歌本身的特点和规律并没有引起足够的重视。魏晋以后，诗学摆脱了经学的束缚，开始深入探讨诗歌本身的特点和规律，提出了一些崭新的概念和理论，如风力、风韵、形象以及言意关系、形神关系等。并且形成了重意象、重风骨、重气韵的审美思想。诗歌求言外之意，音乐求弦外之音，绘画求象外之趣，各类文艺形式之间互相沟通的这种自觉的美学追求，形成一股新的文艺思潮。通常说魏晋以后文学创作进入自觉的时代,其自觉性就表现在这种美学追求上。

第二节　魏晋南北朝文学的发展

魏晋南北朝文学可以分为两期:第一期是魏和西晋,第二期是东晋和南北朝。

魏和西晋又可分为三段:建安文学、正始文学、太康文学。

建安是汉献帝的年号(196—220),但在文学史著作中习惯把建安文学当作魏晋南北朝文学的开端。建安文学成就辉煌。在曹氏父子周围聚集了许多优秀诗人,他们一方面学习汉乐府,描写社会动乱和民生疾苦;一方面歌唱自己的政治理想和抱负,形成一种悲凉慷慨、刚健有力的风格,后人称之为"建安风骨"或"建安风力"。这在曹操、曹植、王粲、刘桢等人的创作中得到了集中的体现。

正始是魏齐王曹芳的年号(240—249)。在文学史上用正始文学泛指魏代末年的文学。这时正是魏晋易代之际,司马氏掌握了大权,残暴地屠杀异己,形成恐怖的政治局面。嵇康、阮籍在作品中抗议司马氏的残暴统治,揭露礼教的虚伪,与"建安风骨"是一脉相承的。

晋武帝太康(280—289)前后,西晋文坛呈现繁荣的局面,锺嵘《诗品序》说:"太康中,三张、二陆、两潘、一左,勃尔复兴,踵武前王,风流未沫,亦文章之中兴也。"张载、张协、张亢、陆机、陆云、潘岳、潘尼、左思,各有其成就。但总的看来,太康诗风比较纤弱,正如刘勰所说:"采缛于正始,力柔于建安。或析文以为妙,或流靡以自妍。"(《文心雕龙·明诗》)其中值得特别注意的是左思,他写诗抗议门阀制度,那种慷慨不平的感情与建安诗歌近似。东晋南北朝文学仍然以诗歌为主,诗歌创作经历了玄言——山水——宫体的变化过程。

西晋末年,在世族清谈玄理的风气影响下,出现了玄言诗。东晋玄佛合流,更助长了它的发展,以致玄言诗统治东晋诗坛达百年之久。关于玄言诗,《文心雕龙·时序》说:"因谈余气,流成文体。"《宋书·谢灵运传论》说:"有晋中兴,玄风独振,为学穷于柱下,博物止乎七篇。驰骋文辞,义殚乎此。自建武暨乎义熙,历载将百,虽缀响联辞,波属云委,莫不寄言上德,托意玄珠,遒丽之辞,无闻焉尔。"《诗品序》说:"永嘉时贵黄老,稍尚虚谈。于时篇什,理过其辞,淡乎寡味。爰及江表,微波尚传,孙绰、许询、桓、庾诸公诗,皆平典似《道德论》,建安风力尽矣。"玄言诗的内容是抽象枯燥的玄理,只不过徒具诗的形式而已。

  南朝宋初由玄言诗转向山水诗,谢灵运是第一个大力写山水诗的人。山水诗的出现扩大了诗歌题材,丰富了诗的表现技巧,比玄言诗是一个进步。南朝著名的山水诗人除谢灵运以外,还有齐代的谢朓。

  齐梁时代是我国诗体重大变革的时期。我国诗歌自建安以后渐重辞藻、对偶、用事,以及声音的谐和。到了这时,声韵学得到长足的发展,周颙发现了汉语的四声,沈约将四声的知识运用到诗歌的声律上,提出"八病"之说,和其他诗人共同创造了"永明体",为律诗的形成奠定了基础,开创了我国"近体诗"发展的时代。梁、陈两代,帝王和世族的生活更加腐朽,精神也更为空虚。《颜氏家训·勉学篇》:"梁朝全盛之时,贵游子弟多无学术,至于谚云:'上车不落则著作,体中何如则秘书。'无不熏衣剃面,傅粉施朱,驾长檐车,跟高齿屐,坐棋子方褥,凭斑丝隐囊,列器玩于左右,从容出入,望若神仙。"他们自然不再满足于山水的清音,而要寻求强烈的声色刺激,于是产生了宫体诗。它主要是以艳丽的词句表现宫廷生活,其中也有一些类似文字游戏的咏物诗。宫体之名始于梁简文帝萧纲。《梁书·简文帝纪》:"雅好题诗,其序云:'余七岁有诗癖,长而不倦。'然伤于轻艳,当时号曰'宫体'。"《南史·徐摛传》:"摛文体既别,春坊尽学之,'宫体'之号,自斯而始。"在陈后主的宫廷中,也有一批宫体诗人,《南史·陈后主本纪》记载:"(后主)荒于酒色,不恤政事,……常使张贵妃、孔贵人等八人夹坐,江总、孔范等十人预宴,号曰狎客。先令八妇人襞采笺,制五言诗,十客一时继和,迟则罚酒。君臣酣饮,从夕达旦,以此为常。"

  东晋末年出现了杰出的诗人陶渊明,他的作品表现出不与统治者同流合污的高尚情操，以及遗世独立的生活态度。他鄙弃荣华富贵，赞美田园生活，诗风朴素自然。他的一些诗文肯定生产劳动，并在一定程度上反映了农民的思想愿望，尤其难能可贵。他是整个魏晋南北朝时期最有成就的诗人。南朝宋代诗人鲍照出身寒门，他的诗也表示了对世族的不满和他个人在世族制度下怀才不遇的苦闷。文学创作之外，刘勰的《文心雕龙》、钟嵘的《诗品》，都明确地提倡"风骨""风力"，反对形式主义，是魏晋南北朝时期进步的文学理论。

在北方，五胡十六国时期，几乎没有作家，到了北朝时期才出现了少数诗人，如北魏、北齐时期的温子昇、邢邵、魏收，但他们的诗主要是南朝梁陈诗歌的仿制品。梁末，庾信等诗人由南入北，才给北朝诗坛打开新的局面。庾信原为梁代宫体诗人，经历了梁末的战乱，到了北方后，常常感到国破家亡的痛苦。这使他能从宫体诗的泥坑里挣脱出来，在后期的创作中，反映了一定的社会政治内容。

我们进一步研究魏晋南北朝进步文学本身的特点和规律，便会发现它的普遍主题，就是个人与社会的矛盾，理想与现实的矛盾。这些诗人都怀着某种朦胧的政治理想，也具有一定的智慧才能，但在当权的世族和门阀制度的压抑下，感到生不逢时、怀才不遇，于是用文学作品来抨击现实的黑暗，揭发礼教的虚伪。他们或放浪形骸，或隐逸田园，常常对统治者采取对抗的或不合作的态度，他们往往从古代的贤士和抽象的道德中寻找支持，向虚幻的仙界寄托灵魂。他们的不满和抗议，基本上是从个人的不幸出发的，他们最大的希望不过是改良吏治，举贤授能。他们之中有人对人民有些同情，但总的说来很少反映人民的疾苦。

南北朝乐府民歌，继承了《诗经·国风》和汉乐府民歌的传统，表现着人民自己的思想感情和爱憎。南朝民歌清丽婉转，更多地反映了人民的真挚纯洁的爱情生活。北朝民歌粗犷刚健，广泛地反映了北方动乱不安的社会现实和人民的深重苦难。在北朝民歌中，《木兰诗》是一首杰出的女英雄的赞歌。

第三节　魏晋南北朝文学在中国文学史上的地位

在中国文学史上,魏晋南北朝是一个酝酿着新变的时期。这段时间似乎长了一些,文学的成就也不能和随之而来的唐代相比。但是如果没有这段时间的酝酿,也就不可能有唐代文学的全面繁荣。纵观中国文学史,先秦是一个高潮,唐代是一个高潮,在这两个高潮中间,汉代文学迟滞了四百年,从魏晋开始才透出新的生机,许多新的文学现象孕育着、萌生着、成长着,值得我们重视。

(一)文学同史学、哲学分开,得到独立的发展。先秦两汉,文史哲没有严格的界限。魏晋以后,文学才成为一种独立的文艺形式,文学创作才成为一种自觉的艺术活动,并涌现出大量的作家。

(二)魏晋南北朝是五言古诗兴盛的时期,也是七言诗确立的时期。声律、对偶、用典等技巧的成熟,为唐代近体诗(律诗和绝句)的产生做好了准备。如果没有这个时期的诗人们对诗歌技巧精益求精的钻研,就没有唐代近体诗的繁荣。

(三)文学理论和文学批评得到长足的发展。从单篇论文发展到专著,从一般的文学批评发展到系统的理论建树。曹丕的《典论·论文》、陆机的《文赋》、刘勰的《文心雕龙》、锺嵘的《诗品》,标志着这方面的发展。梁昭明太子萧统所编《文选》,是我国现存最早的一部文学选集。

(四)赋这种体裁开始抛弃了汉赋那种铺张扬厉的作风,发展为抒情小赋。在骈文的影响下,又逐渐发展为骈赋。

(五)小说已粗具规模,出现了一批志怪小说和志人小说。

第一章 建安文学

建安是东汉献帝的年号。这二十几年间,社会经济、政治、思想、文学等各个方面都有急剧的变化和发展。所以文学史上通常把建安和两汉分开,作为魏晋南北朝时期的开端。不过实际上建安文学连三国初期也包括在内了。建安时期的作家有三曹、七子等,都集中在北方。

第一节 曹操 曹丕 曹植

一 曹操

曹操不但是一个杰出的政治家、军事家,也是一个杰出的诗人,是建安文学新局面的开创者。

曹操(155—220),字孟德,沛国谯(今安徽亳县)人。他靠着镇压黄巾起义,发展了自己的势力。献帝初年随袁绍伐董卓,后迎献帝迁都许昌,自己做了大将军和丞相,成为北方的实际统治者。曹操接受了农民起义的教训,采取打击豪强、抑制兼并等有利于发展生产的政策;同时不拘一格唯才是举,在自己周围聚集了一批人才。因为采取了这些措施,他得以逐步统一北方,且为统一全国奠定了基础。打击豪强和统一中国是曹操一生中的两项主要活动,这是符合历史发展要求的。

曹操的诗今存二十余首,全是乐府。一部分诗描写汉末战乱和人民的苦难。《薤露》对何进误国、董卓殃民有很真实的描绘。《蒿里行》揭露初平元年袁绍等人兴兵讨伐董卓,内部混战的情形,突出地写了军阀混战所造成的惨象："铠甲生虮虱,万姓以死亡。白骨露于野,千里无鸡鸣。生民百遗一,念之断人肠。"《苦寒行》和《却东西门行》描写征人的生活和他们的思乡之情十分逼真。

曹操还有一些诗歌表现自己的政治主张。《对酒》："对酒歌,太平时,吏不呼门,王者贤且明。……三年耕,有九年储,仓谷满盈。……囹圄空虚,冬节不断人。"在《度关山》中他说人君应该勤苦节俭,省刑薄赋。

曹操另一部分诗表现了统一天下的雄心壮志,充满积极进取的精神。

《短歌行》是一首宴飨宾友的四言乐府诗：

> 对酒当歌,人生几何？譬如朝露,去日苦多。慨当以慷,幽思难忘。何以解忧？唯有杜康。青青子衿,悠悠我心。但为君故,沉吟至今。呦呦鹿鸣,食野之苹。我有嘉宾,鼓瑟吹笙。明明如月,何时可掇？忧从中来,不可断绝。越陌度阡,枉用相存。契阔谈䜩,心念旧恩。月明星稀,乌鹊南飞,绕树三匝,何枝可依？山不厌高,海不厌深,周公吐哺,天下归心。

这首诗表达了求贤若渴的心情和平定天下的壮志。乍读时也许觉得这首诗意思不太连贯,但它的好处恰恰在于辞断而意属。开头八句用悲凉的调子唱出了积久的忧思,他的忧思不仅是由于感到人生短促,而更重要的是由于统一天下的壮志未酬。正如《秋胡行》所说："不戚年往,忧世不治。"他希望有更多的贤才帮助他,下面十六句就反复写他未得贤才的忧虑和已得贤才的喜悦。最后八句先用乌鹊比喻贤才,希望群贤毕至,然后归结到自己身上："山不厌高,海不厌深,周公吐哺,天下归心。"揭示了诗的主旨。

东汉末年政治黑暗,一般中下层知识分子找不到出路,加以战乱频繁,朝不保夕,所以人生无常、及时行乐的思想在社会上很流行。《古诗十九首》里有不少诗就带有这种情调。如《生年不满百》："生年不满百,常怀千岁忧。昼短苦夜长,何不秉烛游。"曹操生活在那个时代,自然也会发出"人生几何"的感叹。然而这首《短歌行》的感情并没有陷入低沉的哀叹之中,而是经过几次反复,最后达到奋发激昂,显示了曹操悲凉、沉雄的风格,这是它可贵的地方。这风格从实质上讲,正反映了建安时代的时代精神。

《观沧海》和《龟虽寿》是乐府《步出夏门行》中的两章。前者通过对沧海的描绘和歌咏,表现出壮阔的胸怀:

> 东临碣石,以观沧海。水何澹澹,山岛竦峙。树木丛生,百草丰茂。秋风萧瑟,洪波涌起。日月之行,若出其中。星汉灿烂,若出其里。幸甚至哉,歌以咏志。

同样是观海,站在岸边,坐在船头,或者是登上山顶,我们的感受是很不相同的。曹操这时候站在山上,第一眼看到的当然是大海的全景。所以他从大处落墨,着力渲染大海那种苍茫浑然的气势。特别是诗的末尾,诗人以丰富的想象把我们带进一个宏伟的境界:"日月之行,若出其中。星汉灿烂,若出其里。"这寥寥十六个字,就写出了沧海之大,写出了吞吐日月、含孕群星的气派。天连水,水连天,浩浩荡荡无边无际,实在是壮观。太阳和月亮每天从东方升起来,绕天一周,又向西方落下去,好像从海里升起又落到海里去一样;星光灿烂的银河,斜贯在天空,它那远远的一端垂向大海,就好像发源于沧海一样。太阳、月亮和银河可算是自然界最辉煌、最伟大的形象了,可是诗人觉得它们的运行仍然离不开大海的怀抱,大海就仿佛是日月星辰的母亲一样。这样博大的境界在古人的诗里是并不多见的。

曹操这首《观沧海》生动地描绘了沧海的形象,单纯而又饱满,丰富而不琐细,好像一幅粗线条的图画一样。尤其可贵的是,这首诗不仅仅反映了沧海的形象,同时也写出了它的性格。既表现了大海,也表现了诗人自己。句句写景,又是句句抒情。诗人不满足于对海洋作形似的摹写,而是力求表现沧海那种蕴大含深、动荡不安的性格。海,本来是没有生命的,然而在诗人笔下却具有了性格。这样才更真实、更深刻地反映了大海的面貌。

《观沧海》寄托了诗人很深的感慨,透过它,我们可以看到诗人自己的胸怀。曹操这次登碣石山是在北征乌桓的途中。乌桓是当时东北方的大患,建安十一年,乌桓攻破幽州,俘虏了汉民十余万户。同年,袁绍的儿子袁尚和袁熙又勾结辽西乌桓首领蹋顿,屡次骚扰边境,以致曹操不得不在建安十二年毅然北征。在这年八月的一次大战中,曹操终于取得决定性的胜利。这次胜利巩固了曹操的后方,所以第二年他才能挥戈南下,以图统一中国。把前后的事件联系起来,我们就可以看出,北征乌桓对曹操来说是一次多么重要的战争了。《观沧海》是曹操北征乌桓凯旋途中经过碣石山时写的。身为主帅的曹操,登上当年秦皇、汉武也曾登过的碣石,又当秋风萧瑟之际,他的心情一定会像沧海一样难以平静。他将自己这种昂扬奋发的精神融会到诗里,借着大海的形象表现出来,使这首诗具有一种雄浑苍劲的风格,成为一篇优秀的作品。

《龟虽寿》这首诗一上来就接连用了三个比喻,到第七句才揭出主题。头两句"神龟虽寿,犹有竟时"是用"神龟"作比喻,说"神龟"虽然长寿,但是仍然有死的时候。第三句和第四句是用"腾蛇"作比喻,腾蛇虽能乘雾飞升,终于还是要死的。以上四句都是从反面作喻,第五句和第六句改从正面作喻:"老骥伏枥,志在千里。"这两句和下面的"烈士暮年,壮心不已"两句的意思紧紧联在一起。这四句是说千里马虽然年老力衰,伏在马厩里,但是它的志向仍然是要驰骋千里。烈士即使到了晚年,他的壮志也不会消沉。这是诗的中心思想,接下去四句又对这思想作了进一步的发挥。"盈缩之期,不但在天。养怡之福,可得永年。"一个人寿命长短的期限,不完全是由上天决定的。靠了精神乐观的好处,也可以延年益寿。

总之,《龟虽寿》告诉人们,不必为寿命而担忧,也不应因年暮而消沉。一个人的精神面貌是最重要的,有了凌云的壮志,虽到老年也不显老。曹操写这首诗的时候已经年过五十,诗里的这番话正是对自己的勉励。

我们不难看出,《龟虽寿》这首诗的思想感情和《观沧海》是一致的,但是,它们的写法却很不同。首先,《观沧海》是借景抒情,把眼前的大海景色和自己的雄心壮志很巧妙地融合在一起。《龟虽寿》却是直接抒发自己的胸怀,就好像是一声声喊出来的一样,节奏十分急促,顿挫非常分明,从反正两个方面一句紧似一句地逼出一个中心思想,达到了全诗的高潮。这就是那四句有名的诗:"老骥伏枥,志在千里。烈士暮年,壮心不已。"其次,《观沧海》的高潮放在诗的末尾,《龟虽寿》的高潮却在诗的中间。高潮之后,诗人用四句议论来煞尾,这样就把满腔的热情都凝聚在一个哲理之中,显得非常稳重有力。当然,这并不是说《观沧海》那种写法不好,《观沧海》有《观沧海》的好处。比如,它的感情非常奔放,思想却很含蓄。不但做到了情景交融,而且做到了情理结合。因为它含蓄,所以更有启发性,更能激发我们的想象,更耐人寻味。

曹操的诗学习汉乐府,又有自己的风格。《诗品》曰:"曹公古直,颇有悲凉之句。"敖陶孙《诗评》曰:"魏武帝如幽燕老将,气韵沉雄。"都正确地指出了他的特点。

文人学习乐府是从建安开始多起来的,它的一个重要结果就是五言诗的大量出现,而曹操是开此风气的人。他开始用旧题乐府写时事,对后代有很大影响。他的诗"被之管弦,皆成乐章"(《三国志·武帝纪》注引《魏书》)。他不但五言乐府写得好,就连典雅板滞的四言也能运用自如。

二 曹 丕

曹丕(187—226),字子桓,曹操次子,220年代汉自立,即魏文帝,在位七年。

曹丕现存诗约四十首。从体裁上看,囊括了三言、四言、五言、六言、七言、杂言等各种诗体,这体现出他在诗体上勇于尝试和创新。从题材上看,可分为三类:宴游诗、抒情言志诗,以及描写游子思妇的作品。其中第三类中的佳作最多,最能体现曹丕诗的风格与水平。《杂诗》《于清河见挽船士新婚与妻别》是其中较好的作品。《燕歌行》二首写一个妇女在不眠的秋夜思念远在他乡的丈夫,是曹丕最著名的作品,其一尤为出色:

> 秋风萧瑟天气凉,草木摇落露为霜。群燕辞归鹄南翔,念君客游思断肠。慊慊思归恋故乡,君何淹留寄他方?贱妾茕茕守空房,忧来思君不敢忘,不觉泪下沾衣裳。援琴鸣弦发清商,短歌微吟不能长。明月皎皎照我床,星汉西流夜未央。牵牛织女遥相望,尔独何辜限河梁?

这首诗写景抒情都很细腻,语言清丽,艺术上很成功。它是现存最早最完整的七言诗。梁萧子显《南齐书·文学传论》:"魏文之丽篆,七言之作,非此谁先?"但它逐句押韵,说明七言形式还未成熟。到了刘宋时期的鲍照,七言诗的形式才成熟起来。

曹丕的风格纤丽,刘勰说:"子桓虑详而力缓。"(《文心雕龙·才略》)沈德潜说:"子桓诗有文士气,一变乃父悲壮之习矣。要其便娟婉约,能移人情。"(《古诗源》卷五)都是中肯之论。

曹丕自己的创作成就不高,但他以太子、帝王的身份大力提倡文学,对建安文学的发展起了推动作用。

三 曹 植

曹植(192—232),字子建,曹丕弟。他的生活和创作可以分成前后两个时期,以220年曹丕称帝为界线。

曹植"生乎乱,长乎军"(《陈审举表》),他的幼年是在汉末军阀混战中度过的,长大以后多次跟随曹操出征。在时代的熏陶和曹操的影响下,他树立了雄心壮志,欲"戮力上国,流惠下民,建永世之业,流金石之功"(《与杨德祖书》)。同时也养成倜傥不群、恃才傲物的作风,

"任性而行,不自雕励","性简易,不治威仪"(《三国志·魏书·陈思王传》)。曹植自幼就表现出文学的才能,"年十岁余,诵读诗论及辞赋数十万言,善属文"(同上)。所以深得曹操的赏识,几乎被立为太子。

曹植前期的诗歌主要是歌唱他的理想和抱负,他鄙弃庸俗的礼法之士和唯利是图的小人。如《赠丁翼》①:"滔荡固大节,世俗多所拘,君子通大道,无愿为世儒。"《鰕䱇篇》:"俯观上路人,势利惟是谋,……泛泊徒嗷嗷,谁知壮士忧。"在《名都篇》中,对终日游乐而无大志的少年也表示惋惜。他的理想人物是《白马篇》中所描写的那种英勇少年:

  白马饰金羁,连翩西北驰。借问谁家子,幽并游侠儿。少小去乡邑,扬声沙漠垂。宿昔秉良弓,楛矢何参差!控弦破左的,右发摧月支。仰手接飞猱,俯身散马蹄。狡捷过猴猿,勇剽若豹螭。边城多警急,虏骑数迁移。羽檄从北来,厉马登高堤。长驱蹈匈奴,左顾凌鲜卑。弃身锋刃端,性命安可怀。父母且不顾,何言子与妻!名编壮士籍,不得中顾私。捐躯赴国难,视死忽如归。

这首诗赞赏幽并一带游侠少年的高超武艺和爱国精神,他们那昂扬的战斗热情、必胜的信心和自我牺牲的精神,是很动人的。他们没有儒生的迂腐,也不像《名都篇》中的少年那样浪费自己的青春和才能。曹植在这些人物身上寄托了自己的理想。

曹植也像曹操一样,想要利用有限的人生建立个人的功业。《薤露行》:"人居一世间,忽若风飘尘。愿得展功勤,输力于明君。怀此王佐才,慷慨独不群。"《薤露》本是丧歌,"言人命如薤上之露,易晞灭也"(崔豹《古今注》卷中)。这首诗摆脱了一般的写法,表现了曹植积极进取的思想。

曹植对朋友也总是鼓励他们建功立业,而不要埋没了自己的才能。徐幹"聪识洽闻,操翰成章,轻官忽禄,不耽世荣。建安中,太祖特加旌

---

① 丁翼,一作丁廙。

命,以疾休息。后除上艾长,又以疾不行"(《三国志·魏书·王粲传》附《徐幹传》注引《先贤行状》)。可见他是一个不愿从政的人。曹植写了一首《赠徐幹》诗劝勉他,诗一开头就不同凡响:

> 惊风飘白日,忽然归西山。圆景光未满,众星粲以繁。志士营世业,小人亦不闲。聊且夜行游,游彼双阙间。文昌郁云兴,迎风高中天。春鸠鸣飞栋,流猋激棂轩。顾念蓬室士,贫贱诚足怜。薇藿弗充虚,皮褐犹不全。慷慨有悲心,兴文自成篇。宝弃怨何人?和氏有其愆。弹冠俟知己,知己谁不然?良田无晚岁,膏泽多丰年。亮怀玙璠美,积久德愈宣。亲交义在敦,申章复何言。

时代正处在大变动之中,一切都等待重新安排,这正是大有可为的时候。不但志士努力从事永垂不朽的事业,就连一般的人也纷纷活跃起来。他劝徐幹说,生在这样的时代,如果埋没自己的才智是很可惜的。

总之,"戮力上国,流惠下民"的雄心壮志,贯穿在曹植前期的诗歌之中。其中虽带有追求个人功名的思想,但总的看来是积极的。不过曹植当时比较年轻,又为贵公子生活所局限,对社会对人生都缺乏深切的体验。军阀混战给人民带来的苦难在他的诗里很少反映。只有《送应氏》一诗,描写了洛阳的残破和萧条,但远不如曹操的《蒿里行》、王粲的《七哀诗》深刻。

曹植后期生活发生很大变化。220年曹操去世后,曹丕及其子叡相继为帝,曹丕父子与曹植有深刻的矛盾。曹丕要做皇帝必须得到旧世族的支持,做了皇帝不久便采纳陈群的建议实行"九品中正制",进一步向世族靠拢;并屠杀一向支持曹植的丁仪、丁廙兄弟,以削弱曹植的力量。此后曹植不断受到压抑与迫害,虽然身为王侯,实则囚徒。早年的壮志无法实现,终于在愤懑中死去,只活了四十一岁。

曹植后期诗歌主要是表达理想与现实的矛盾所激起的悲愤。他虽然还在不断地歌唱自己的理想抱负,但前期那种自豪的、昂扬的声音渐渐减弱。如《杂诗》其五:"江介多悲风,淮泗驰急流。愿欲一轻济,惜

哉无方舟。闲居非吾志,甘心赴国忧。"又如《七哀》,在思妇身上寄托自己的失意和苦闷,是他的名篇:

> 明月照高楼,流光正徘徊。上有愁思妇,悲叹有余哀。借问叹者谁?言是宕子妻。君行逾十年,孤妾常独栖。君若清路尘,妾若浊水泥。浮沉各异势,会合何时谐?愿为西南风,长逝入君怀。君怀良不开,贱妾当何依?

此外,《杂诗》其四以佳人为喻,抒写怀才不遇的心情;《吁嗟篇》用蓬草的飘转表现自己漂泊不定的生活和痛苦心情:都是这时期的代表作。

《赠白马王彪》是曹植后期的重要作品,诗中对曹丕加于他的迫害提出抗议,暴露了统治阶级内部骨肉相残的情形。全诗共分七章,用章章蝉联的辘轳体的形式,淋漓尽致地抒发了自己的感情。在抒情中又穿插以叙事、写景,是文学史上一篇有名的长篇抒情诗。

《野田黄雀行》表现了诗人反抗迫害的精神。有人说是为丁氏兄弟被杀而作。诗的内容是写一个侠义少年斩断罗网,拯救了一只黄雀的故事:

> 高树多悲风,海水扬其波。利剑不在掌,结友何须多?不见篱间雀,见鹞自投罗?罗家见雀喜,少年见雀悲。拔剑捎罗网,黄雀得飞飞。飞飞摩苍天,来下谢少年。

鹞和罗网代表强大的恶势力,黄雀象征受害者,少年则是曹植的理想,他年轻有力,富于正义感和同情心。整首诗像天真的童话。诗一开头就说:"高树多悲风,海水扬其波。"树是高树,风是悲风,到处都是不平的呼啸。曹植诗中屡次出现"悲风"这个意象,如"高台多悲风""江介多悲风"(以上均见《杂诗》)、"悲风鸣我侧"(《赠王粲》)。"悲风"这个意象带有建安时代的时代气息,其中凝聚着悲凉慷慨的感情。"利剑不在掌,结友何须多?"这两句写出了他自己的处境和苦闷。他幻想手挥利剑斩断罗网,使受害的黄雀得到解放。从"不见篱间雀"以后,一句交代一个动作,一句交代一个过程,在动态中表现了少年的侠义性格。"飞飞摩苍天,来下谢少年。"这两句立意新颖,不仅写出黄雀的喜悦,也写出了它和少年的亲切关系。

《泰山梁甫行》描写边海人民贫困的生活:

> 八方各异气,千里殊风雨。剧哉边海民,寄身于草野。妻子像禽兽,行止依林阻。柴门何萧条,狐兔翔我宇。

从这首诗可以看出汉乐府的现实主义精神对他的影响。

曹植一生写了不少游仙诗,约占他全部诗歌的七分之一。这些诗中流露出消极出世的思想。但有的诗也曲折地表现了对自由的向往,如《仙人篇》:"四海一何局,九州安所如!"他觉得世界局促,得不到自由,于是幻想到天上去驰骋:"万里不足步,轻举凌太虚。"但他在《赠白马王彪》中说:"虚无求列仙,松子久吾欺。"可见他并不是真的相信神仙。

曹植的创作虽可分为前后两期,但慷慨的精神是贯穿始终的。他的慷慨又与曹操不同,如果说曹操是苍劲的,曹植则是少壮的;曹操是深沉古直,曹植则是清新活泼。敖陶孙《诗评》说曹子建"如三河少年,风流自赏",的确是抓住了他的特色。

曹植的诗在艺术上有很大的独创性。他是第一个大力写五言诗的人,他共存诗九十余首,其中五言诗有六十余首。他的五言诗脱胎于汉乐府,但在学习乐府时又有很大的创造与发展。首先是有了鲜明的个性,能灵活地运用乐府的形式抒写自己的感情。这样就从乐府的以叙事为主,转向以抒情为主。这是对乐府诗的一个重大发展。如《美女篇》:

> 美女妖且闲,采桑歧路间。柔条纷冉冉,落叶何翩翩!攘袖见素手,皓腕约金环。头上金爵钗,腰佩翠琅玕。明珠交玉体,珊瑚间木难。罗衣何飘飘,轻裾随风还。顾盼遗光采,长啸气若兰。行徒用息驾,休者以忘餐。借问女何居?乃在城南端。青楼临大路,

高门结重关。容华耀朝日,谁不希令颜?媒氏何所营?玉帛不时安。佳人慕高义,求贤良独难。众人徒嗷嗷,安知彼所观。盛年处房室,中夜起长叹。

这首诗虽然模仿《陌上桑》,但重在表现美女盛年未嫁的苦恼,借以寄托自己怀才不遇之感慨,这就注入了诗人的个性,表达了诗人自己的感情。此外,无论悲壮、热烈、愤慨、哀怨,各种不同的感情他都能用五言的形式很好地表现出来。曹丕在这一点上就不如他,曹丕的乐府诗模拟的痕迹很显著,又好像总在替别人诉说衷肠,看不到他自己的个性。

其次,曹植改变了汉乐府古朴的语言风格,他的诗辞藻丰富华美,所以《诗品》说他"骨气奇高,词采华茂"。我们只要拿汉乐府的《东门行》《孤儿行》《妇病行》,比较他的《名都篇》《白马篇》《美女篇》《七哀》,就可以看出曹植的诗歌更注重艺术表现的技巧。正如胡应麟《诗薮》所说:"子建《名都》《白马》《美女》诸篇,辞极赡丽,然句颇尚工,语多致饰,视东西京乐府天然古质,殊自不同。"

试将《美女篇》与《陌上桑》加以对照:

  罗敷喜蚕桑,采桑城南隅。青丝为笼系,桂枝为笼钩。(《陌上桑》,写用具)

  美女妖且闲,采桑歧路间。柔条纷冉冉,落叶何翩翩。(《美女篇》,写桑条)

  头上倭堕髻,耳中明月珠,缃绮为下裙,紫绮为上襦。(《陌上桑》,铺陈首饰、衣服)

  攘袖见素手,皓腕约金环。头上金爵钗,腰佩翠琅玕。……罗衣何飘飘,轻裾随风还。(《美女篇》,写形体及衣裾飘动)

  行者见罗敷,下担捋髭须。少年见罗敷,脱帽着帩头。耕者忘其犁,锄者忘其锄。来归相怨怒,但坐观罗敷。(《陌上桑》,以旁人的举动衬托罗敷之美)

  顾盼遗光彩,长啸气若兰。行徒用息驾,休者以忘餐。(《美

女篇》,化繁为简)

　　从比较中可以看出,《美女篇》在模仿中有创新,在艺术表现上的确下了一番功夫。

　　此外,在运用比喻,安排警句以及对偶、炼字等方面,都可看出曹植在艺术技巧方面所做的努力。

　　曹植讲究艺术表现,并未流于矫饰和纤弱,而是达到了"骨气奇高"与"词采华茂"的统一。这一方面是因为他的诗具有比较充沛的感情,正如沈约《宋书·谢灵运传论》所说:"至于建安,曹氏基命,二祖陈王,咸蓄盛藻,甫乃以情纬文,以文被质。"所谓"以情纬文,以文被质",恰好说明了曹植的创作特点。另一方面也因为他的艺术技巧是在乐府民歌的基础上提炼出来的,还未脱尽民歌的清新质朴,还带着生活的气息。他在《与杨德祖书》中说:"街谈巷说必有可采,击辕之歌有应风雅。"可见他对学习民间文学的重视。曹植的散文和辞赋也有相当的成就。他的《与杨德祖书》《与吴季重书》《洛神赋》都是脍炙人口的名篇。

　　曹植在文学史上占有重要地位。他是建安文学的杰出代表者,又是给五言诗奠定基础的人。他本身虽是贵族,但他那种怀才不遇之感与后来寒门出身的诗人是相通的。再加上他对五言诗的发展所做的贡献,他在南朝诗人心目中地位很高。《诗品》:"陈思之于文章也,譬人伦之有周孔,鳞羽之有龙凤。"这样的推崇虽然过分,但也可由此看出曹植在南朝的地位。谢灵运很佩服他,曾说:"天下才共有一石,子建独得八斗,我得一斗,自古及今同用一斗。奇才敏捷,安有继之?"(《蒙求集注》卷下)这当然就说得过分了。

第二节　建安七子与蔡琰

　　"七子"之称见于曹丕《典论·论文》,指孔融、陈琳、王粲、徐幹、阮瑀、应玚、刘桢七人。

其中孔融年辈较高,政治上与曹操有矛盾,为操所杀。他的作品流传甚少,存诗仅七首。散文《论盛孝章书》《荐祢衡表》是他的名作。

其余六人都依附于曹氏,王粲给魏国订立制度,陈琳、阮瑀为曹操掌书记。他们亲身经历了汉末动乱,又有建功立业的抱负,所以他们的作品具有建安文学共同的特征。其中以王粲的成就最高,他的诗赋都很出色。陈琳、阮瑀在诗歌之外还擅长公牍文书。刘桢的五言诗在当时名气很大,曹丕《与吴质书》说:"其五言诗之善者,妙绝时人。"徐幹的情诗写得很好。应玚的诗比较平淡。

"建安七子"的诗歌主要有以下两方面的内容:

(一)反映社会动乱和人民的苦难。王粲《七哀诗》其一是写公元192年董卓部将李傕、郭汜在长安作乱时,人民流离失所的情形。

　　西京乱无象,豺虎方遘患。复弃中国去,委身适荆蛮。亲戚对我悲,朋友相追攀。出门无所见,白骨蔽平原。路有饥妇人,抱子弃草间。顾闻号泣声,挥涕独不还。"未知身死处,何能两相完?"驱马弃之去,不忍听此言。南登霸陵岸,回首望长安。悟彼下泉人,喟然伤心肝。

在社会动乱的广阔背景上,突出地描写一个弃子的妇人。她表面上似乎冷酷无情,但内心已悲痛到极点。"未知身死处,何能两相完?"有力地表现了她那无可奈何的处境,与上面"出门无所见,白骨蔽平原"前后呼应,深刻地揭露了军阀混战带给人民的灾难。他的《登楼赋》写于荆州,表现怀乡、不遇和渴望建功立业的心情,是建安抒情小赋的代表作。

陈琳的《饮马长城窟行》假托秦代筑长城的事,深刻地揭示了当时繁重的徭役带给人民的苦痛和灾难,很接近汉乐府的风格。

　　饮马长城窟,水寒伤马骨。往谓长城吏:"慎莫稽留太原卒!""官作自有程,举筑谐汝声。""男儿宁当格斗死,何能怫郁筑长城!"长城何连连!连连三千里。边城多健少,内舍多寡妇。作书与内舍:"便嫁莫留住。善事新姑嫜,时时念我故夫子。"报书往边地:"君今出语一何鄙!""身在祸难中,何为稽留他家子?生男慎莫举,生女哺用脯。君独不见长城下,死人骸骨相撑拄!""结发行事君,慊慊心意关。明知边地苦,贱妾何能久自全?"

此外,阮瑀的《驾出北郭门行》写一个孤儿遭受后母的虐待,与汉乐府《孤儿行》类似:

> 驾出北郭门,马樊不肯驰。下车步踟蹰,仰折枯杨枝。顾闻丘林中,噭噭有悲啼,借问啼者出:"何为乃如斯?""亲母舍我殁,后母憎孤儿。饥寒无衣食,举动鞭捶施。骨消肌肉尽,体若枯树皮。藏我空室中,父还不能知。上冢察故处,存亡永别离。亲母何可见!泪下声正嘶。弃我于此间,穷厄岂有赀?"传告后代人,以此为明规。

(二)抒写个人的抱负和遭遇。最有代表性的是刘桢《赠从弟》三首。这三首诗分别以蘋藻、松柏、凤凰比喻坚贞高洁的性格,既是对从弟的赞美,也是诗人的自我写照。其二写严寒中的松柏,是三首中最好的一首:

> 亭亭山上松,瑟瑟谷中风。风声一何盛,松枝一何劲。冰霜正惨凄,终岁常端正。岂不罹凝寒,松柏有本性。

《诗品》说他"仗气爱奇,动多振绝,真骨凌霜,高风跨俗",是恰当的评论。

建安著名作家除三曹、七子以外,还有女诗人蔡琰。蔡琰,字文姬,是蔡邕之女,幼时受到很好的教育。在汉末军阀混战中她被董卓部下掳去,后来辗转流入南匈奴,居留十二年,嫁南匈奴左贤王,生了两个孩子。建安十二年曹操将她赎回,再嫁董祀。

她的作品据《隋书·经籍志》著录有一卷。现存题为蔡琰的作品只有三篇:《悲愤诗》两篇(均见《后汉书·董祀妻传》),其中五言一首可信,骚体一首大概是伪作。《胡笳十八拍》一首(见南宋朱熹据北宋晁补之《续楚辞》和《变离骚》所编《楚辞后语》),是否可信尚有争论。三首内容大致相同。

五言《悲愤诗》是一篇杰出的作品,长达五百四十字。虽然诗里写的是诗人自身的遭遇,但通过自己的遭遇反映了汉末战乱中广大人民特别是妇女的共同命运,同时也控诉了军阀混战的罪恶。

诗共分三段,第一段写董卓作乱,自己被俘,以及俘虏们所受虐待。以叙事为主,夹以抒情。"马边悬男头,马后载妇女"十个字概括了当时人民的灾难。第二段写胡地生活,以及被赎归时与儿子分别的苦况,第三段写回乡以后的生活,这两段是以抒情为主,夹以叙事。别子一段写得淋漓酣畅,是全诗的高潮:

> 儿前抱我颈,问母欲何之?人言母当去,岂复有还时?阿母常仁恻,今何更不慈?我尚未成人,奈何不顾思?见此崩五内,恍惚生狂痴。号泣手抚摩,当发复回疑。兼有同时辈,相送告离别。慕我独得归,哀叫声摧裂。马为立踟蹰,车为不转辙。观者皆歔欷,行路亦呜咽。

她忍受了极大的痛苦回到故乡,但故乡已面目全非:"既至家人尽,又复无中外。城郭为山林,庭宇生荆艾。白骨不知谁,从横莫覆盖。"这一段从表面看来,感情不像离别时那样激动,但更深沉、更悲痛。《悲愤诗》受了汉乐府中叙事诗的影响,善于通过细节具体生动地表现各种场面和人物的内心活动,使人如亲临其境,目睹其人。它在我国现实主义诗歌发展史上有重要地位。杜甫《北征》显然是受了它的影响。

总之,建安是我国文学史上一个光辉的时代,涌现了大量的作家、作品,各种文体都得到发展,特别是诗歌创作打破了汉代四百年沉寂的局面,五言诗开始兴盛,七言诗也已出现。当后代的作家强调文学的社会政治内容、反对形式主义的时候,往往以建安文学作为学习的典范,是一点也不奇怪的。

第二章　正始西晋文学

第一节　嵇康　阮籍

一　嵇　康

嵇康（223—262），字叔夜，谯国铚（今安徽濉溪西南）人。他生活在魏末，当时，司马氏当权，正准备夺取帝位。司马氏集团代表豪门世族的利益，标榜"名教"，要"以孝治天下"，并将不孝的罪名加诸异己，大肆杀戮。这样，"名教"遂成为司马氏篡位的工具，成为遮掩其政治阴谋的招牌。

嵇康激烈地反抗司马氏的残暴统治，痛恨虚伪的"名教"，并给以辛辣的讽刺。他抨击司马氏"凭尊恃势，不友不师，宰割天下，以奉其私"，"刑本惩暴，今以胁贤，昔为天下，今为一身"（《太师箴》）。他提出"越名教而任自然"的主张，要打破两汉以来传统礼教的束缚，过一种符合自然原则、符合"人性"的生活。

嵇康"越名教而任自然"的主张，直接妨碍了司马氏的统治，终于被司马氏杀害。《晋书·嵇康传》载："初，康居贫，尝与向秀共锻于大树之下，以自赡给。颍川钟会，贵公子也，精练有才辩，故往造焉。康不为之礼，而锻不辍。良久会去，康谓曰：'何所闻而来？何所见而去？'会曰：'闻所闻而来，见所见而去。'会以此憾之。及是，言于文帝曰：'嵇康，卧龙也，不可起。公无忧天下，顾以康为虑耳。'因谮：'……康、安等言论放荡,非毁典谟,帝王者所不宜容。宜因衅除之,以淳风俗。'帝既昵听信会,遂并害之。"《世说新语·雅量》注引《文士传》云:"吕安罹事,康诣狱以明之。锺会庭论康曰:'……康上不臣天子,下不事王侯,轻时傲世,不为物用,无益于今,有败于俗。……今不诛康,无以清洁王道。'"临刑前有太学生三千人,上书请以为师,弗许。

然而,作为封建地主阶级知识分子,嵇康不可能彻底反对封建礼教。他主张"君静于上,臣顺于下"(《声无哀乐论》),可见封建的君臣关系他是维护的。他有一篇《家诫》,是给他未满十岁的儿子看的。在《家诫》中他教儿子做人要小心谨慎;对上司要恭敬,又不能太亲密,长官送人出门时,不要留在后面,以免有告密的嫌疑;见人争论,要赶快躲开,免得得罪人;别人劝你饮酒,即便不想饮,也要和和气气地拿着杯子敷衍一下。总之,和他自己的为人完全不同。对此,鲁迅说:"魏晋时代,崇奉礼教的看来似乎很不错,而实在是毁坏礼教,不信礼教的。表面上毁坏礼教者,实则倒是承认礼教,太相信礼教。……于是老实人以为如此利用,亵渎了礼教,不平之极,无计可施,激而变成不谈礼教,不信礼教,甚至于反对礼教。——但其实不过是态度,至于他们的本心,恐怕倒是相信礼教,当作宝贝。"(《魏晋风度及文章与药及酒之关系》)

嵇康长于散文,他的文章以思想新颖、文字泼辣为特点,《与山巨源绝交书》是其代表作。在这篇文章里,他表示拒绝做司马氏的官,他说自己从小便不涉经学,情意傲散,与礼相背。"又读庄老,重增其放。故使荣进之心日颓,任实之情转笃。此犹禽鹿,少见驯育,则服从教制,长而见羁,则狂顾顿缨,赴蹈汤火;虽饰以金镳,飨以嘉肴,逾思长林而志在丰草也。"又说自己对人伦之礼、朝廷之法有必不堪者七,甚不可者二,宣布自己"非汤武而薄周孔",矛头显然是指向司马氏的。文章嬉笑怒骂,锋利深刻,很有力量。

嵇康存诗六十六首,四言能脱出《诗经》藩篱,直抒胸臆。陈祚明《采菽堂古诗选》曰:"四言中饶隽语,以全不似三百篇故佳。"王夫之《古诗评选》曰:"非强学三百篇也。"何焯《文选评》曰:"四言不为风雅所羁,直写胸中语,此叔夜所以高于潘、陆也。"《赠秀才入军》十八首,内容是想象嵇喜在军中的生活,但那种洒脱的情趣却是属于嵇康的。其十四:"流磻平皋,垂纶长川。目送归鸿,手挥五弦。"尤为人所传诵。四言《幽愤诗》、五言《答二郭》三首也是他的名篇。

嵇诗风格,刘勰曰"清峻"(《文心雕龙·明诗》),锺嵘曰"峻切"(《诗品》)。这同他的性格是一致的。

二 阮 籍

阮籍(210—263),字嗣宗,陈留尉氏(今属河南开封)人,阮瑀子。曾任步兵校尉,故称阮步兵。他与嵇康同样反对司马氏,也同样以"自然"与"名教"相对抗。《晋书·阮籍传》载:"籍嫂尝归宁,籍相见与别。或讥之,籍曰:'礼岂为我设邪!'""籍又能为青白眼,见礼俗之士以白眼对之,由是礼法之士疾之若仇。"但他也和嵇康一样,并不是真正的要废弃"名教",其子阮浑想学他的放达,阮籍说:"仲容(阮咸,籍侄)已预之,卿不得复尔!"(《世说新语·任诞》)

不过阮籍在"自然"与"名教"的矛盾中持调和态度。他似乎把一切都看穿了,抱着虚无主义和厌世主义的态度。鲁迅说:"他连上下古今也不承认,……他的意思是天地神仙,都是无意义,一切都不要,所以他觉得世上的道理不必争,神仙也不足信,既然一切都是虚无,所以他便沉湎于酒了。"(《魏晋风度及文章与药及酒之关系》)他对司马氏的反抗不如嵇康激烈。《晋书·阮籍传》说:"本有济世之志,属魏晋之际,天下多故,名士少有全者,籍由是不与世事,遂酣饮为常。文帝初欲为武帝求婚于籍,籍醉六十日,不得言而止。锺会数以时事问之,欲因其可否而致之罪,皆以酣醉获免。"又说:"籍虽不拘礼教,然发言玄远,口不臧否人物。"可见他对司马氏是采取不合作的态度,因此免于杀害。

阮籍外表放达,其内心却是十分寂寞、痛苦和愤懑的,他的八十二首《咏怀诗》就是这种复杂心情的表现。《咏怀》诗大致包括以下三个方面内容:

(一)表现自己的孤独苦闷。其一：

> 夜中不能寐,起坐弹鸣琴。薄帷鉴明月,清风吹我襟。孤鸿号外野,翔鸟鸣北林。徘徊将何见,忧思独伤心。

末尾两句便是全部《咏怀诗》的基调。其十七：

> 独坐空堂上,谁可与亲者?出门临永路,不见行车马。登高望九州,悠悠分旷野。孤鸟西北飞,离兽东南下。日暮思亲友,晤言用自写。

这首诗写独坐无人、出门无人、登高无人；所见鸟为孤鸟,兽乃离兽,栖惶无主之情溢于纸上。在这种局面之中,阮籍进而感到壮志、理想都成了泡影。其十九：

> 西方有佳人,皎若白日光。被服纤罗衣,左右佩双璜。修容耀姿美,顺风振微芳。登高眺所思,举袂当朝阳。寄颜云霄间,挥袖凌虚翔。飘飘恍惚中,流眄顾我傍。悦怿未交接,晤言用感伤。

以佳人比喻理想,心虽悦之而无由交接。表现了理想不能实现的苦闷。

(二)揭发政治的黑暗。有的诗怨恨曹魏统治集团荒淫腐朽,并指出其必定灭亡的命运,如其三十一：

> 驾言发魏都,南向望吹台。箫管有遗音,梁王安在哉!战士食糟糠,贤者处蒿莱。歌舞曲未终,秦兵已复来。夹林非吾有,朱宫生尘埃。军败华阳下,身竟为土灰。

有的诗又斥责司马氏的残暴,惋惜曹魏统治者的衰败。如其三：

> 嘉树下成蹊,东园桃与李。秋风吹飞藿,零落从此始。繁华有憔悴,堂上生荆杞。驱马舍之去,去上西山趾。一身不自保,何况恋妻子。凝霜被野草,岁暮亦云已。

把司马氏比作秋风、严霜,把曹魏比作憔悴的桃李,表现了当时恐怖的政治局面,以及避祸全身的思想。

(三)揭露礼法之士的虚伪。如其六十七：

> 洪生资制度，被服正有常。尊卑设次序，事物齐纪纲。容饰整颜色，磬折执圭璋。堂上置玄酒，室中盛稻粱。外厉贞素谈，户内灭芬芳。放口从衷出，复说道义方。委曲周旋仪，姿态愁我肠。

阮籍写《咏怀诗》不敢明白地表露心迹，多用比兴手法，或以自然事物象征，或以历史、神话暗示，形成隐约曲折的艺术风格。《诗品》说："言在耳目之内，情寄八荒之表。……颇多感慨之词。厥旨渊放，归趣难求。"李善曰："嗣宗身仕乱朝，常恐罹谤遇祸，因兹发咏，故每有忧生之嗟。虽志在刺讥，而文多隐避，百代之下，难以情测。"（《文选·咏怀诗》注）《咏怀诗》继承了《诗经·小雅》《古诗十九首》和建安诗人的传统，在运用五言诗抒情和讽喻方面有较高的成就，给处于黑暗统治下的进步作家开拓了一条写作政治抒情诗的道路。同时也使五言诗完全脱离了模仿乐府的阶段，对五言诗的发展起了很大的推动作用。陶渊明的《饮酒》，庾信的《拟咏怀》，陈子昂的《感遇》，李白的《古风》莫不受到它的影响。不过阮籍有的诗过于隐晦，不能不说是一个缺陷。

阮籍的散文，特别是著名的《大人先生传》，也像他的诗一样，表现了愤世嫉俗、反抗礼教的思想。但也同样有虚无主义、厌世主义的消极成分。在这篇散文中，他借理想人物大人先生，辛辣地讽刺了礼法之士，把他们比作裤裆里的虱子："逃乎深缝，匿乎败絮，自以为吉宅也。行不敢离缝际，动不敢出裤裆，自以为得绳墨也。饥则啮人，自以为无穷食也。然炎邱火流，焦邑灭都，群虱死于裈中而不能出，汝君子之处区内，亦何异夫虱之处裈中乎！"这是一段脍炙人口的文字。《大人先生传》中又说："君立而虐兴，臣设而贼生，坐制礼法，束缚下民。"一语道破君臣礼法的本质，笔锋辛辣尖锐。

第二节 陆机和太康诗人

晋武帝司马炎太康前后，天下重归一统，社会相对稳定，士人出于政治抱负汇集于洛阳,客观上推动了文学集团的形成和文学创作的兴盛,是西晋文坛比较繁荣的时期。这一时期的文坛成员以世族文人为主,他们的文学创作体现出两种倾向:一是模拟古人的风气大盛,二是追求辞藻华美和对偶工整。总之,诗歌的社会政治内容淡薄了,转而追求形式技巧的进步,并且形成了繁缛的诗风。正如刘勰所说:"采缛于正始,力柔于建安。"(《文心雕龙·明诗》)"体情之制日疏,逐文之篇愈盛。"(《文心雕龙·情采》)实际上,"繁缛"并非后人对太康诗风的总结,而是当时人在创作过程中明确提出的。如陆机《文赋》曰:"或藻思绮合,清丽千眠。炳若缛绣,凄若繁弦。"可见这种诗风是他们主动选择,并且在创作实践中确立的,它表现在语言趋于华丽、描写趋于繁复、句式趋于骈偶等方面。虽然太康诗歌创作的成就不及建安、正始时期,但它是诗歌(尤其是五言诗)发展过程中必不可少的一个阶段,是具有积极意义的。

拟古与追求形式技巧进步这两种倾向,晋初的傅玄、张华已开其端,但傅玄有一部分乐府尚有汉乐府遗风。张华的情诗语浅情深,亦不乏佳作。到陆机、潘岳时,则更着力于诗歌形式、技巧的发展,并且使"繁缛"诗风最终定型。因此《宋书·谢灵运传论》论潘、陆曰:"降及元康,潘、陆特秀,律异班、贾,体变曹、王,缛旨星稠,繁文绮合。"

陆机(261—303),字士衡,是东吴的世族大地主,吴亡后到洛阳,成为当时最著名的作家。

他的诗很讲究辞藻和对偶,是繁缛诗风的代表,锺嵘《诗品》将其列为上品,称其"才高词赡,举体华美";刘熙载《艺概》曰:"士衡乐府,金石之音,风云之气,能令读者惊心动魄。虽子建诸乐府,且不得专美于前,他何论焉?"不过,同时代的文士与后代的总集或文学批评著作也对其颇有批评之语。如张华讽刺陆机说:"人之作文,患于不才;至子为文,乃患太多也。"(《世说新语·文学第四》刘孝标注引《文章传》)刘勰说他"缀辞尤繁"(《文心雕龙·熔裁》),沈德潜说他"意欲逞博,而胸少慧珠,笔又不足以举之,遂开出排偶一家"(《古诗源》卷七),

又说他是梁陈诗风之滥觞。这些都是很中肯的批评。陈祚明则批评陆机"亦步亦趋""性情不出"（《采菽堂古诗选》卷一〇），也是切中要害的。他的《拟古诗》十二首，是模仿《古诗十九首》之作。其中《拟明月何皎皎》一首写游子的感情比较真切：

> 安寝北堂上，明月入我牖。照之有余晖，揽之不盈手。凉风绕曲房，寒蝉鸣高柳。踟蹰感节物，我行永已久。游宦会无成，离思难常守。

此外，《赴洛道中作》也是较好的作品，其二：

> 远游越山川，山川修且广。振策陟崇丘，案辔遵平莽。夕息抱影寐，朝徂衔思往。顿辔倚嵩岩，侧听悲风响。清露坠素辉，明月一何朗。抚枕不能寐，振衣独长想。

潘岳（247—300），也是西晋文坛的代表人物。晋惠帝时，有号称"二十四友"的文人集团，依附于权贵贾谧，他是"二十四友"的首领。在西晋时，潘岳与陆机并称"潘陆"，然而自东晋李充《翰林论》至明胡应麟《诗薮》，议者普遍认为其才浅于陆机，故钟嵘《诗品》虽将其与陆机同列于上品，却称"陆才如海，潘才如江"。潘岳之诗以清绮为特色，陈祚明说："安仁情深之子，每一涉笔，淋漓倾注，宛转侧折，旁写曲诉，刺刺不能自休。夫诗以道情，未有情深而语不佳者；所嫌笔端繁冗，不能裁节，有逊乐府古诗含蕴不尽之妙耳。"（《采菽堂古诗选》卷一一）《悼亡诗》三首，感情比较真挚，是他的名作。

太康诗人除陆、潘外，还有张华和张协。张华的诗追求排偶和妍丽，对当时文风颇有影响。但《情诗》五首语浅情深，比较朴实。他的乐府诗如《轻薄篇》等，每每能针砭时弊，揭露世族的腐朽。张协的诗内容虽不深刻，但比较广泛，感情真切，语言清新。《杂诗》十首是其代表作，"腾云似涌烟，密雨如散丝""密叶日夜疏，丛林森如束"，均不失为佳句。

第三节 左思 刘琨 郭璞

一 左 思

左思是西晋最有成就的诗人。

左思(生卒年不可确考),字太冲,临淄(今山东临淄)人。他出身寒门,父左熹(此据《左棻墓志》,《晋书》误作左雍)起于小吏,妹左棻也自称生于"蓬户"(见《离思赋》)。晋武帝时棻以才名被选入宫,全家移居洛阳,左思官秘书郎。惠帝时,预贾谧"二十四友"之列,并曾为他讲《汉书》,后隐居不仕。

左思现存诗十四首,《咏史》八首是其代表作。自东汉班固以来,《咏史》诗大都是叙述史实,一诗专咏一人一事。左思的《咏史》却是借古人古事以抒写自己的怀抱和不平。"或先述己意,而以史事证之;或先述史事,而以己意断之;或止述己意,而史事暗合;或止述史事,而己意默寓。"(张玉穀《古诗赏析》)而且一诗不必专咏一人一事。所以《咏史》八首,实际上是一组政治抒情诗。

这组诗主要是反映寒门知识分子与世族门阀的矛盾。其一、其三写他自己的志向是"铅刀贵一割,梦想骋良图",希望施展才能报效国家。他羡慕鲁仲连那样的人物,"功成不受爵,长揖归田庐"。但在门阀社会里,他的志向是不能实现的。其二、其七、其八就是为此鸣不平。其二:

> 郁郁涧底松,离离山上苗。以彼径寸茎,荫此百尺条。世胄蹑高位,英俊沉下僚。地势使之然,由来非一朝。金张藉旧业,七叶珥汉貂。冯公岂不伟,白首不见招。

诗人指出沉下僚的人并非没有才能,只是因为出身低微而不被重用。蹑高位的人并非真有才能,只是靠祖上的权势而占据了高位。首四句以松、草为喻,形象地揭示了"上品无寒门,下品无世族"的不合理现象。

其四、其五、其六表现了诗人对世族的蔑视。其四：

> 济济京城内,赫赫王侯居。冠盖荫四术,朱轮竟长衢。朝集金张馆,暮宿许史庐。南邻击钟磬,北里吹笙竽。寂寂扬子宅,门无卿相舆。寥寥空宇中,所讲在玄虚。言论准宣尼,辞赋拟相如。悠悠百世后,英名擅八区。

先以京城权贵的豪华,对比扬雄的寂寥;再以扬雄的不朽,暗示权贵的速朽。含义很深刻,嘲讽的意味也很明显。

感情最激昂的是第五首和第六首。其五：

> 皓天舒白日,灵景耀神州。列宅紫宫里,飞宇若云浮。峨峨高门内,蔼蔼皆王侯。自非攀龙客,何为欻来游？被褐出阊阖,高步追许由。振衣千仞冈,濯足万里流。

诗的前半极力写京城宫室的辉煌壮丽,越是这样写,就越显出鄙弃富贵隐居高蹈的可贵。诗人虽然是"被褐出阊阖",穷困不堪,无以立足,但他的气概却是高傲的,只有"千仞冈""万里流"这样的形象才配得上他。

其六写得更直率痛快：

> 荆轲饮燕市,酒酣气益震。哀歌和渐离,谓若傍无人。虽无壮士节,与世亦殊伦。高眄邈四海,豪右何足陈！贵者虽自贵,视之若埃尘;贱者虽自贱,重之若千钧。

这首诗具有反抗门阀世族的积极意义。

关于左思诗歌的艺术特色,《诗品》说得很确切："文典以怨,颇为精切,得讽谕之致。"他的诗多引史实,故曰"典"。借古讽今,发泄了对社会的不满,故曰"怨"。而借古讽今又能做到深刻恰当,故曰"精切"。他的诗起到讽谕的作用,故曰"得讽谕之致"。《诗品》还指出"其源出于公干(刘桢)",又有"左思风力"之称,可见他是继承了建安风骨的。

《咏史》之外,他的《招隐》《娇女诗》《三都赋》都是名作。

二 刘 琨

刘琨(271—318),字越石,中山魏昌(今河北无极东北)人。他出身世族,早年生活豪奢放纵。石崇在金谷园中聚集宾客,日以赋诗,刘琨是常客。

西晋永嘉初年,刘琨出任并州刺史,后又任大将军等职,在北方抗战多年,后因军事失利,投奔幽州刺史段匹磾,为段杀害。

刘琨由于投入抵抗侵略的战斗,思想感情起了变化。他在《答卢谌书》中说:"昔在少壮,未尝检括,远慕老庄之齐物,近嘉阮生之放旷,怪厚薄何从而生,哀乐何由而至。自顷辀张,困于逆乱,国破家亡,亲友凋残。负杖行吟,则百忧俱至;块然独坐,则哀愤两集。……然后知聃、周之为虚诞,嗣宗之为妄作也。"生活和思想的变化,必然引起创作的变化。他早年的诗已佚,现存三首都是后期的作品,这些作品表现了爱国感情,风格慷慨悲壮。钟嵘说:"自有清拔之气。"(《诗品》)刘勰说:"刘琨雅壮而多风,……亦遇之于时势也。"(《文心雕龙·才略》)

《扶风歌》是永嘉元年(307)刘琨赴任并州刺史时所作。他在九月末出发,募得千余人,边战边进,备尝辛苦,最后才到达并州治所晋阳(今太原附近)。这首诗便是抒写途中经历和自己的激愤忧虑之情:

> 朝发广莫门,暮宿丹水山。左手弯繁弱,右手挥龙渊。顾瞻望宫阙,俯仰御飞轩。据鞍长叹息,泪下如流泉。系马长松下,发鞍高岳头。烈烈悲风起,泠泠涧水流。挥手长相谢,哽咽不能言。浮云为我结,归鸟为我旋。去家日已远,安知存与亡?慷慨穷林中,抱膝独摧藏。麋鹿游我前,猿猴戏我侧。资粮既乏尽,薇蕨安可食。揽辔命徒侣,吟啸绝岩中。君子道微矣,夫子故有穷。惟昔李骞期,寄在匈奴庭。忠信反获罪,汉武不见明。我欲竟此曲,此曲悲且长。弃置勿重陈,重陈令心伤。

成书倬云评此诗曰:"苍苍莽莽,一气直达。"(《多岁堂古诗存》卷四)

道出了它的特点。

《答卢谌》和《重赠卢谌》是刘琨被段匹磾所拘时写的,"托意非常,摅畅出愤"(《晋书·刘琨传》)。《重赠卢谌》末尾说:"功业未及建,夕阳忽西流。时哉不我与,去乎若云浮。朱实陨劲风,繁英落素秋。狭路倾华盖,骇驷摧双辀。何意百炼刚,化为绕指柔!"诗人的感情是十分沉痛的。刘琨以其深厚的思想感情和雄峻的风格,使晋代虚弱的诗风为之一振。

西晋末年、东晋初年,诗坛上比较重要的诗人是郭璞。西晋末年已经出现了以诗的形式讨论玄理的玄言诗,《诗品序》曰:"永嘉时,贵黄老,稍尚虚谈,于时篇什,理过其辞,淡乎寡味。"有些评论者认为,郭璞的诗歌也属于此类,如刘宋时的檀道鸾称"故郭璞之言,始会合道家之言而韵之"(见《世说新语·文学》刘孝标注引《续晋阳秋》)。然而,郭璞的诗风与玄言诗有着根本差别,而这是由他的立身行事所决定的。

三 郭 璞

郭璞(276—324),字景纯,河东闻喜(今属山西)人。在两晋之交以卜筮知名,《晋书·郭璞传》多载其占验之事。然而本传所载郭璞数篇上疏中,屡见"夫寅畏者所以飨福,怠傲者所以招患,此自然之符应,不可不察也","明罚敕法,以肃理官,克厌天心,慰塞人事,兆庶幸甚,祯祥必臻矣"之语,是借阴阳术数行劝谏之实。而他因"才高位卑"而作的《客傲》中则称"鹪鹩不可与论云翼,井蛙难与量海鳌",可见,郭璞的性格中带有强烈的积极入世、兼济天下的精神,以至于被刘熙载称为"亮节之士"(《艺概·诗概》),他的行事之道是更类似于儒家的。

郭璞的诗歌代表作是《游仙诗》十九首(依《先秦汉魏晋南北朝诗》所辑《游仙诗》的数目)。其内容与风格均与玄言诗迥然有别。在内容上,《游仙诗》并无"理过其辞"的论说玄理。虽然多写隐逸,但也并非道家的遁世,而是有所寄托。钟嵘对《游仙诗》的评价是"词多慷慨,乖远玄宗。……乃是坎壈咏怀,非列仙之趣也",这一评价比檀道鸾之语

准确得多。表达其"坎壈咏怀"的,除了锺嵘所举的"奈何虎豹姿""戢翼栖榛梗"外,又如其四、其五二首:

> 六龙安可顿,运流有代谢。时变感人思,已秋复愿夏。淮海变微禽,吾生独不化。虽欲腾丹溪,云螭非我驾。愧无鲁阳德,回日向三舍。临川哀年迈,抚心独悲咤。

> 逸翮思拂霄,迅足羡远游。清源无增澜,安得运吞舟?圭璋虽特达,明月难暗投。潜颖怨青阳,陵苕哀素秋。悲来恻丹心,零泪缘缨流。

不论是以游仙来"坎壈咏怀"的写法,俊逸华美的风格,具有形象性的描写,还是诗中"登仙抚龙驷""足蹈阊阖开"之类"飘飘而凌云"(《文心雕龙·才略》)的意象,郭璞的《游仙诗》都可以上溯至曹植,乃至屈原的"游仙"类作品,如屈原《远游》、曹植《游仙诗》《远游篇》等。朱乾《乐府正义》卷一二曰:"游仙诸诗嫌九州之局促,思假道于天衢,大抵骚人才士不得志于时,藉此以写胸中之牢落,故君子有取焉。"对这一类作品的源流归纳得甚为准确。而郭璞"文体相辉,彪炳可玩"(《诗品》)的诗歌作品,使两晋之交寡淡成风的诗坛为之一振,可谓是当之无愧的"中兴第一"(《诗品》)。

东晋前期至中期的诗坛,仍由玄言诗占据主导地位。此时的代表人物是孙绰、许询,锺嵘《诗品》曰:"世称孙、许,弥善恬淡之词。"还出现了兰亭唱和这一影响深远的文学集会活动。玄言诗对后世的山水诗、说理诗等诗歌类型的出现有直接的作用,而世家大族在对其子弟的教育中重视文学才能的培养,也客观上导致了晋宋之交的一系列世族大诗人的出现。不过,从艺术性来讲,玄言诗的价值并不高,因此《诗品》将孙、许等人均列于下品。给诗坛带来新的内容和风格的,是东晋末年的大诗人陶渊明。

第三章 陶渊明

第一节 陶渊明的生平和思想

陶渊明(365？—427),又名潜,字元亮,浔阳柴桑(今江西九江西南)人。

陶渊明生活在晋宋易代的时期,这时期的民族矛盾、阶级矛盾、统治阶级内部矛盾都很尖锐。陶渊明出身于一个没落的官僚家庭,他的曾祖父陶侃曾经做过晋朝的大司马,但出身寒微,被人讥为"小人"(《晋书·陶侃传》)。陶渊明的祖父只做到太守,他的父亲大概也做过地方官,在陶渊明年轻时便去世了。

陶渊明在柴桑的农村里度过他的少年和青年时代,当时他的家境日益贫困,但还维持着一般中小地主的生活,家乡的庐山、彭蠡湖(即今鄱阳湖)培养着他对大自然的热爱。"少无适俗愿,性本爱丘山。"(《归园田居》其一)"少学琴书,偶爱闲静,开卷有得,便欣然忘食。……尝言五六月中,北窗下卧,遇凉风暂至,自谓是羲皇上人。"(《与子俨等疏》)这两段话真实地反映了他早年的生活和情趣,陶渊明早年对于老庄学说很感兴趣,同时又深受儒家思想的影响,抱着建立功业的幻想,他说:"少年罕人事,游好在六经。"(《饮酒》其十六)"猛志逸四海,骞翮思远翥。"(《杂诗》其五)可见他的抱负很大,希望自己将来能"大济苍生",把社会治理得像尧舜盛世一样。

但是黑暗污浊的现实不可能使他的思想得以实现。于是理想与现实便发生了矛盾,这个矛盾贯穿着他的一生,即表现为出仕和归隐的反复,也表现为归隐以后内心的苦闷和愤懑。

正是在建功立业、大济苍生的思想支配下,再加上生活的困难,陶渊明便出仕了。他开始做江州祭酒,但很快就感到厌恶而辞职回家。后江州召为主簿,不就。可是陶渊明对统治者的幻想并没有完全破灭,他的壮志也没有消失,所以他又第二次出仕,大约在他三十六岁的时候。这次他来到江陵,做了荆州和江州刺史桓玄的幕僚。桓玄掌握着长江上中游各州的军政大权,野心勃勃,准备夺取东晋的政权。陶渊明发现他并不能帮助自己实现理想,对他准备扮演的篡弑丑剧也很憎恶,于是又产生了归隐的念头:"诗书敦夙好,林园无世情,如何舍此去,遥遥至西荆!"(《辛丑岁七月赴假还江陵夜行涂口》)正好陶渊明三十七岁那年,他母亲去世了。按照古代的规矩,陶渊明又辞去官职,丁忧回家。

陶渊明三十七岁到四十岁,在家乡过了三年隐居的生活。这时期他的心情很愉快,写了不少诗。他开始参加劳动,并把很大精力放到农业生产上去。《癸卯岁始春怀古田舍》《时运》等优秀诗篇都是这时写的。

在陶渊明隐居的这三年里,政局发生了很大变化,公元402年,桓玄举兵东下,攻陷京师建康,次年称帝。404年刘裕起兵讨伐桓玄,克复京师,并乘胜追击到江陵,杀了桓玄。这时刘裕做了镇军将军,掌握着东晋大权,给国家带来一线希望,就在这年陶渊明做了刘裕的参军。这是陶渊明第三次出仕,他的心情非常矛盾:一方面怀着幻想和希望,另一方面又疑虑重重。《始作镇军参军经曲阿作》一诗就是在这种心情下写的。诗里说:"真想初在襟,谁谓形迹拘。聊且凭化迁,终返班生庐。"可见他作了再次归隐的思想准备。大概陶渊明同刘裕仍然合不来,不久就改任建威将军刘敬宣的参军。义熙元年(405)八月,陶渊明又求为彭泽令,他在《归去来兮辞序》里说:"于时风波未静,心惮远役。彭泽去家百里,公田之秋,过足为润,故便求之。""风波未静"这句话反映了他对时局的忧虑。

陶渊明在义熙元年八月任彭泽令,同年十一月就弃官归隐了,前后只有八十几天。

在做县令的期间,他的心情是很痛苦的,《归去来兮辞序》说:"及少日,眷然有归欤之情。何则?质性自然,非矫厉所得。饥冻虽切,违己交病。尝从人事,皆口腹自役。于是怅然慷慨,深愧平生之志。"恰好十一月郡里派了一名督邮来到彭泽,督邮是负责督察检核县务的官,位轻权重,非常跋扈。县吏告诉陶渊明说:"应束带见之。"渊明叹曰:"我岂能为五斗米折腰向乡里小儿!"(萧统《陶渊明传》)当天就解去印绶,辞官回家了。从此再未出仕。隐逸是陶渊明对黑暗现实绝望之后采取的一条洁身自好的道路。这虽然是一种消极反抗,但他不与统治者同流合污,归隐田园躬耕劳动,保持自己高尚的品德,还是应该充分肯定的。

陶渊明在归隐之后,一方面通过长期的劳动,逐步地接近了人民,他的作品在某些方面反映了农民的思想和愿望;另一方面,他对统治者始终抱着不合作的态度。晋末征他为著作佐郎,不就。宋文帝元嘉三年(426),江州刺史檀道济亲自到他家看望他,这时陶渊明已经饿了好几天,起床都困难了。檀说:"贤者处世,天下无道则隐,有道则至。今子生文明之世,奈何自苦如此?"陶答道:"潜也何敢望贤?志不及也。"檀赠以粱肉,陶渊明麾而去之。(萧统《陶渊明传》)从这件事可以看出他的骨气。然而陶渊明是并不甘心隐居的,他的壮志一直埋藏在心里,并且关心着社会现实,诗里时常流露出对黑暗社会的不满和壮志不得施展的焦灼和悲愤。饮酒、采菊,看似潇洒的生活,只不过是一种自我慰藉,他的内心是很痛苦的。

陶渊明在艰辛的生活和忧愤的心情中,越来越衰老了。元嘉四年秋他生了病,大概预感到将不久于人世,九月给自己写了三首《挽歌诗》和一篇《自祭文》。两个月后,便与世长辞了。享年六十三岁。

亲友们以简单朴素的仪式安葬了他,并给以谥号曰"靖节征士"。

第二节　陶渊明诗歌的思想内容

陶渊明的作品,现存诗一百二十多首,文十一篇,他的散文、辞赋写得很好,像《五柳先生传》《归去来兮辞》《感士不遇赋》都是名篇。但以诗的成就为最突出。

陶诗的内容大都是表现隐逸的思想和生活。我们不妨把它们分成两类:田园诗和咏怀、咏史诗。

他的田园诗多方面地描写了农村景色和农村生活,按其内容可以分成三方面。一部分表现农村的恬美静穆,和他自己悠然自得的心境。《归园田居》其一是诗人从彭泽归隐后第二年春天写的,这时隐居的决心已定,新的生活安顿下来,诗人对比往事,越发珍惜眼前的一切:

> 少无适俗愿,性本爱丘山。误落尘网中,一去三十年。羁鸟恋旧林,池鱼思故渊。开荒南野际,守拙归园田。方宅十余亩,草屋八九间。榆柳荫后园,桃李罗堂前。暧暧远人村,依依墟里烟。狗吠深巷中,鸡鸣桑树巅。户庭无尘杂,虚室有余闲。久在樊笼里,复得返自然。

开头几句追述往事,不胜懊悔。他把官场视为"尘网",说自己误落其中,好像羁鸟、池鱼,得不到自由。"开荒南野际"以下转而写归隐之后的生活,好像诗人带着我们在他的田园里参观了一番,他指东道西地向我们一一介绍:田亩、草屋、榆柳、桃李、远村、近烟、狗吠、鸡鸣。这些平平常常的景物,一经诗人点化,都添了无穷情趣。"暧暧远人村,依依墟里烟",一远一近,像一幅素描,极形象地表现了田园的优美和宁静。炊烟依依,是那样悠然自得,与诗人的心境完全契合。"狗吠"二句,以动写静,也有很好的艺术效果。最后四句对全诗做了总结,欣喜舒畅之情溢于言表。

与此类似的还有《饮酒》其五：

> 结庐在人境，而无车马喧。问君何能尔，心远地自偏。采菊东篱下，悠然见南山。山气日夕佳，飞鸟相与还。此还有真意，欲辩已忘言。

这首诗写他怎样从大自然里悟出人生的真正意义，获得恬静的心境。陶渊明采菊于东篱之下，偶一抬头见到南山，山上的气象傍晚时越发可爱，飞鸟一群群地结伴而还。他忽然从这景象联想到自己的归隐，悟出返璞守真的哲理，不胜欣慰。他本想说明白，却又不可言传。陶集中写飞鸟，除此以外，还有十三处，大都有比喻或象征的意义。用飞鸟飞向天路，经受了风雨严寒的折磨，终于返回山林，喻指自己的出仕与归隐。

此外还有不少诗表现农村的恬美静穆和他归隐后悠然自得的生活。或春游，或登高，或酌酒，或读书，或与朋友谈心，或与家人欢聚，他都感到愉快。如"山涤余霭，宇暧微霄。有风自南，翼彼新苗"（《时运》），写田园的早晨，感受是何等新鲜！再如"春秫作美酒，酒熟吾自斟。弱子戏我侧，学语未成音"（《和郭主簿》其一），"邻曲时时来，抗言谈在昔。奇文共欣赏，疑义相与析"（《移居》其一），"泛览周王传，流观山海图。俯仰终宇宙，不乐复何如"（《读山海经》其一），莫不诗意盎然。

陶渊明的田园诗没有充分揭示农村的矛盾，诗里所歌咏的是其个人悠闲的生活，这是其不足之处。但是也要看到陶渊明是从官场回到田园的，他是带着对官场的憎恶以及不与统治者同流合污的决心去观察和体验田园生活的。在这里他可以洁身自好，不为五斗米折腰。他往往在诗里把田园和官场对立起来，以田园的美好对比官场的丑恶。从这个意义上说，他的田园诗是有积极意义的。

陶渊明田园诗的另一部分，以极大的热情歌咏了农业劳动，以及在劳动中与农民建立的友谊。《归园田居》其三真切地抒写了自己参加劳动的感受：

> 种豆南山下,草盛豆苗稀。晨兴理荒秽,带月荷锄归。道狭草木长,夕露沾我衣。衣沾不足惜,但使愿无违。

一个士大夫肯于扛起锄头,早出晚归地劳动,这并不是很容易的。陶渊明不以劳动为耻,宁愿劳动,而不肯出卖灵魂换取富贵荣华,确实是很难得。《庚戌岁九月中于西田获早稻》①表明他对于劳动的艰苦,已有了更深切的体验:

> 人生归有道,衣食固其端。孰是都不营,而以求自安。开春理常业,岁功聊可观。晨出肆微勤,日入负禾还。山中饶霜露,风气亦先寒。田家岂不苦? 弗获辞此难。四体诚乃疲,庶无异患干。盥濯息檐下,斗酒散襟颜。遥遥沮溺心,千载乃相关。但愿长如此,躬耕非所叹。

他认为衣食是人生的首要条件,不谋衣食就无法生存,自然更谈不上谋道了。而要谋衣食就要劳动。他主张人人劳动。《劝农》诗说:"舜既躬耕,禹亦稼穑。远若周典,八政始食。"连圣贤都不废躬耕,何况一般人呢? 在《癸卯岁始春怀古田舍》其二里,一开头便说:"先师有遗训,忧道不忧贫。瞻望邈难逮,转欲志长勤。"孔子的遗训太高了,达不到,还是老老实实地种地吧! 陶渊明的这种思想,突破了儒家鄙视劳动的观念,是有进步意义的。

在劳动中陶渊明逐步地接近了农民,《癸卯岁始春怀古田舍》其二说:"秉耒欢时务,解颜劝农人。……日入相与归,壶浆劳近邻。"正是在劳动中他同农民初步建立了感情。《归园田居》其二:"时复墟曲中,

---

① "旱稻",原作"早稻",各本同。今人诸家笺注多论及"早稻"与"九月"不符。丁福保《陶渊明诗笺注》曰:"一本'早'是'旱'字,故有'山中''风气'句。"然不知其所据版本。逯钦立《陶渊明年谱稿》曰:"九月所获,不为早稻,九早二字,必有一误。据诗中风气先寒语,九月或当为七月也。"王叔岷《陶渊明诗笺证稿》以"九""七"于古书中往往相乱之由,亦认为"九"应为"七"之误。然而从"山中饶霜露,风气亦先寒"之句来看,不应在七月,"九"字应不误。而既在山中,则所获或为旱稻。相关考辨,详见《陶渊明集笺注》卷第三《庚戌岁九月中于西田获早稻》校勘记,中华书局,2005 年 8 月,第 227 页。

披草共来往,相见无杂言,但道桑麻长。"在劳动中也同农民有了某种共同的语言。如果我们拿另外一些诗人和陶渊明对比,就更可以看出陶渊明的可贵。谢灵运《登池上楼》:"进德智所拙,退耕力不任。徇禄及穷海,卧痾对空林。"又其《斋中读书》:"既笑沮溺苦,又哂子云阁。执戟亦以疲,耕稼岂云乐。"谢朓《治宅》:"既无东都金,且税东皋粟。"储光羲《田家杂兴之一》:"不能自力作,黾勉娶邻女,既念生子孙,方思广田畴。"他们的思想境界是无法同陶渊明相比的。

然而陶渊明的劳动,与当时的农民在地主剥削下从事的牛马一般的劳动,还有本质的区别。他有门生,做彭泽令时有一力,归隐时有"僮仆欢迎"(《归去来兮辞》)。在归隐的初期有农民替他担负主要的工作。他虽说要"聊为陇亩民"(《癸卯岁始春怀古田舍》其二),但并不是真正的要做农民,而是要做长沮、桀溺之类躬耕的隐士。所以说:"遥遥沮溺心,千载乃相关。"(《庚戌岁九月中于西田获早稻》)"遥谢荷蓧翁,聊得从君栖。"(《丙辰岁八月中于下潠田舍获》)他在农村的知心朋友并不是农民,而是一些小官吏或隐居的知识分子,如郭主簿等。他同农民只能话桑麻,同他们则可以一起登高赋诗、欣赏诗文,表白自己的志趣而"言笑无厌时"(《移居》其二)。尽管陶渊明接近了农民,但是士大夫与农民的界限,他始终未能逾越。

陶渊明还有一小部分田园诗反映了农村的凋敝和自己穷困的生活。《归园田居》其四反映农村战后的荒凉景象:"久去山泽游,浪莽林野娱。试携子侄辈,披榛步荒墟。徘徊丘垄间,依依昔人居。井灶有遗处,桑竹残朽株。借问采薪者,此人皆焉如?薪者向我言,死没无复余。一世异朝市,此语真不虚。人生似幻化,终当归空无。"《怨诗楚调示庞主簿邓治中》:"炎火屡焚如,螟蜮恣中田;风雨纵横至,收敛不盈廛。夏日长抱饥,寒夜无被眠;造夕思鸡鸣,及晨愿乌迁。"这首诗虽然是写诗人自己的生活,但通过它,我们可以间接地看到农民的贫困和疾苦。

《桃花源诗并记》是陶渊明田园诗的一个新发展,这是他晚年的作品。从仕途到田园,再从田园到桃源,是诗人对理想的进一步探求。早年"大济苍生"的理想,在仕途上破灭了;他便把理想寄托在田园,隐居躬耕,独善其身。在田园他经历了长期的劳动,生活日益贫困,归隐初期那种"方宅十余亩,草屋八九间"的局面越来越难维持,他不能不考虑如何解决饥寒的问题,同时也更多地了解了农民的思想愿望。这样,一个乌托邦式的桃花源的社会理想便逐渐形成。桃花源是怎样一个社会呢?是一个人人劳动,自给自足,没有剥削,没有压迫的社会,也是一个自由、富裕、安宁的社会:

> 晋太元中,武陵人捕鱼为业。缘溪行,忘路之远近。忽逢桃花林,夹岸数百步,中无杂树,芳华鲜美,落英缤纷。渔人甚异之,复前行,欲穷其林。林尽水源,便得一山。山有小口,仿佛若有光,便舍船,从口入。初极狭,才通人。复行数十步,豁然开朗。土地平旷,屋舍俨然,有良田美池桑竹之属。阡陌交通,鸡犬相闻。其中往来种作,男女衣着,悉如外人,黄发垂髫,并怡然自乐。

诗人以极大的热情,从生产到生活,从自然环境到人们的精神面貌,对桃花源做了十分全面的描绘。如果说陶渊明写《归园田居》和《归去来兮辞》的时候,还只注意他自己的生活和德操,而很少了解人民的痛苦和愿望,那么写《桃花源诗并记》的时候,他的心中已经想到农民了。桃花源不仅是隐士的小天地,也是千千万万劳动农民的乐土。"相命肆农耕,日入从所憩""春蚕收长丝,秋熟靡王税"(《桃花源诗》),反映了农民用自己的劳动,创造和平幸福生活的愿望。

然而,陶渊明并不能指出达到理想的道路,在他看来桃花源是一个不可企及的"神界"。陶渊明在反映农民的这一愿望的时候,也不可避免地打上了他自己阶级的烙印。农民的理想和他的隐逸思想融合在一起,桃源中的农民也变成和他类似的隐士了。

陶渊明的咏怀、咏史诗,继承阮籍与左思的传统,围绕着出仕与归隐的矛盾,表现理想不能实现的苦闷,以及不与统治者同流合污的高尚品格,也曲折地暴露了社会政治的黑暗。《杂诗》《读山海经》等组诗中的大部分诗都属于这一类。

表现壮志不能实现的,如《杂诗》其五回忆少年时的猛志,最后两句"古人惜寸阴,念此使人惧",颇有自警自勉之意。其二写他有志难骋的悲愤,说明他在隐居中内心仍然是十分苦闷的:

> 白日沦西河,素月出东岭。遥遥万里辉,荡荡空中景。风来入房户,夜中枕席冷。气变悟时易,不眠知夕永。欲言无予和,挥杯劝孤影。日月掷人去,有志不获骋。念此怀悲凄,终晓不能静。

这首诗从傍晚写到天明,从明月的冷寂写到内心的悲凄。特别是"欲言无予和,挥杯劝孤影"两句,把孤独的情状写得十分真切。他心里本有无数话要说,话到嘴边才觉察到身边无人,于是转向自己的身影劝酒。诗人用"挥杯劝孤影"这一不甘寂寞的行动,衬托内心的寂寞。"日月掷人去,有志不获骋"这两句中的日、月,既指白日、素月而言,又指岁月时光而言。"掷"字颇有分量,似乎诗人本想挽留他们,追随他们,但还是被抛在了身后。岁月流逝得这样快,而自己的壮志却毫无施展的希望,诗人怎不心怀悲凄呢!从这首诗可以看出陶渊明心里藏着多么深广的忧愤。

因此,他特别同情那些历史上和神话传说中失败了的英雄人物。《咏荆轲》歌咏荆轲反抗暴秦的英勇行为,他说千载之下,自己与他的感情一脉相通。又如《读山海经》其十:

> 精卫衔微木,将以填沧海。刑天舞干戚①,猛志故常在。同物既无虑,化去不复悔。徒设在昔心,良晨讵可待!

这首诗歌颂精卫与刑天的复仇精神,正是诗人自己疾恶抗暴的感情的表现。"猛志固常在"说明诗人济世的志向,永远不会熄灭。鲁迅

---

① "刑天舞干戚",《陶渊明集笺注》卷第四《读山海经十三首》其十作"形夭无千岁"。二者之辨,详见《陶渊明集笺注》本诗校勘记,第411页。

把这类诗称作"金刚怒目式",他说:"除论客所佩服的'悠然见南山'之外,也还有'精卫衔微木,将以填沧海,刑天舞干戚,猛志固常在'之类的'金刚怒目'式。在证明着他并非整天整夜的飘飘然。这'猛志固常在'和'悠然见南山'的是一个人,倘有取舍,即非全人,再加抑扬,更离真实。"(《且介亭杂文二集·题未定草》)《咏贫士》七首借古代贤人安贫守贱的事迹,抒写自己不求名利的情怀,也是陶渊明重要的作品。

在这些咏怀、咏史的作品里,也包含了不少明哲保身、安分守己、人生如梦、及时行乐的消极思想。他以个人反抗社会,用逃避表示抗议,当然难免软弱无力。"万族各有托,孤云独无依。暧暧空中灭,何时见余晖",不正是他自身的写照吗?

第三节 陶渊明诗歌的艺术特色

一 平淡与醇美的统一

前人常用平淡概括陶诗的风格,这是不错的。我们在陶诗里很难找到奇特的形象、夸张的手法和华丽的辞藻,甚至连形容词他都少用。一切如实说来,平平淡淡,如"种豆南山下"(《归园田居》)、"今日天气佳"(《诸人同游周家墓柏下》)、"日暮天无云"(《拟古》其七)都明白如话。然而,如果仅仅是平淡,不会产生强烈的艺术魅力。陶诗的好处是在平淡的外表下,含蓄着炽热的思想感情和浓郁的生活气息。这正和陶渊明的为人一样。因此读来韵味隽永,越读越觉得它美。

陶诗所描写的,往往是最平常的事物,如村舍、鸡犬、锄头、豆苗、桑麻;这些在别人看来平平常常的东西,一经诗人的笔触,就会给我们一种似曾相识却又陌生的感觉。譬如"蔼蔼堂前林,中夏贮清阴。凯风因时来,回飙开我襟"(《和郭主簿》其一),写他夏日闲居的恬适,"贮"字是一个平常的字眼,但用在这里却极其新鲜,好像凉爽的清阴全都贮存在林下,随时可以汲取一样。南风也很体贴人意,及时吹来撩开人的衣襟。"平畴交远风,良苗亦怀新"(《癸卯岁始春怀古田舍》其二),"众鸟欣有托,吾亦爱吾庐"(《读山海经》其一),两个"亦"字,物我情融,耐人寻味。"山涧清且浅,遇以濯吾足。漉我新熟酒,只鸡招近局。日入室中暗,荆薪代明烛"(《归园田居》其五),不过是极平常的一条山涧,一只鸡,和一束照明的荆条,但出自诗人笔下便显出他对邻人的亲切,他生活的简朴,以及农村淳朴的风俗。"盥濯息檐下,斗酒散襟颜"(《庚戌岁九月中于西田获早稻》),多么富于生活气息。"倾耳无希声,在目皓已结"(《癸卯岁十二月中作与从弟敬远》),十个字便把雪的轻柔表现了出来。从以上的例子可以看出,陶诗淡,却淡得有味。陶诗并不是不讲究技巧,而是不露一丝雕琢痕迹,这是一种更高的艺术境界。苏东坡说:"质而实绮,癯而实腴。"(《诗林广记》前集卷一)又说:"渊明诗初看若散缓,熟看有奇句。"(《诗话总龟》前集卷九)葛立方曰:"大抵欲造平淡,当自组丽中来,落其华芬,然后可造平淡之境。"(《韵语阳秋》)都是中肯之论。

二 情、景、理的统一

陶诗大都是抒情的作品,诗人的感情像一股泉水渗透在景物的描写之中。陶渊明决不纯客观地刻画景物,追求形似。他笔下的景物总是饱含着诗人的感情,那在南风吹拂下张开了翅膀的麦苗,陪伴他锄草归来的月亮,依依升起的炊烟,以及不嫌他门庭荒芜,重返旧巢的春燕,无不富于情趣。

诗人特别喜欢描写青松、秋菊、孤云、归鸟。在这些景物上,体现着陶渊明自身的性格,通过它们表现了自己的坚贞孤高的品格和爱好自由的感情。特别是菊花,由于他的爱好和描写,在后人心目中几乎成了陶渊明的化身。

陶诗常常在抒情写景之中用朴素的语言,说明一些生活的哲理,既富于情趣,又富于理趣。如"人生归有道,衣食固其端"(《庚戌岁九月中于西田获早稻》),"落地为兄弟,何必骨肉亲""盛年不重来,一日难再晨""及时当勉励,岁月不待人""气变悟时易,不眠知夕永"(以上见《杂诗》其一、其二);"饥者欢初饱,束带候鸣鸡""悲风爱静夜,林鸟喜晨开"(以上均见《丙辰岁八月于下潠田舍获》);"问君何能尔,心远地自偏""连林人不觉,独树众乃奇"(以上见《饮酒》其五、其八);"死去何所道,托体同山阿"(《拟挽歌辞》),这些诗像格言一样,言浅意深,意味隽永。

第四节　陶渊明的地位和影响

陶渊明是魏晋南北朝最有成就的诗人,他的出现打破了玄言诗的统治,给诗坛带来新的气息。他的咏怀、咏史诗,继承了阮籍、左思的传统,发扬了建安的精神。田园诗则是他的独创,在他以前还没有一个诗人写过这样多的诗来歌咏农村。他的田园诗具有新颖的思想内容和独特的艺术风格,为诗歌创作开辟了一个新的天地。

陶渊明在当时并不受人重视。陶渊明的好友颜延年在他死后所作的《陶征士诔》中只称赞他清高的人格,对他的诗并未充分肯定。在他死后六十年,沈约作《宋书》把陶渊明列入《隐逸传》,对其文学成就也不重视。齐代刘勰作《文心雕龙》,评论了历代诗人,竟无一字涉及陶渊明。梁代锺嵘作《诗品》,将他列入中品,放在陆机、潘岳之下。直到梁萧统才对陶渊明的文学创作开始重视,他亲自替陶渊明编集、作序,给以很高的评价。到了唐代,陶渊明在文学史上的重要地位才得到普遍的承认。宋、清两代出现了研究陶诗的两次高潮。

陶渊明对后代的影响主要是积极的。他蔑视富贵,不与统治者同流合污的高尚品德,给后代有进步理想的作家做出了榜样。他们在反抗权贵和腐朽政治的斗争中从陶诗中汲取了力量。另一方面,陶渊明乐天知命、安分守己的思想,也给后代诗人以消极的影响。

陶诗的艺术对后世的影响很大。唐代王维、孟浩然、韦应物、柳宗元都曾热心学习他。宋代以后的诗人在反对形式主义、提倡朴素的诗风时,也常以陶渊明为榜样。自陶渊明以后,"田园诗"成为一个流派在诗歌史上独树一帜,一直影响着后世诗歌的发展。

第四章 南北朝乐府民歌

第一节 南朝乐府民歌

南朝和汉代一样设有乐府机关,负责采集民歌配乐演唱。南朝乐府民歌约五百首,大部分属于清商曲辞,其中吴歌三百二十六首,西曲一百四十二首,神弦歌十八首。清商曲辞以外,在杂曲歌辞和杂歌谣辞中也有少量南朝民歌。

东晋以来长江流域经济发展,商业发达,城市繁荣。宋文帝时又出现经济上升的局面,富庶的地区首推荆扬二州。《宋书》卷六六《何尚之传》:"荆扬二州,户口半天下。"卷五四《孔季恭等传论》:"荆城跨南楚之富,扬部有全吴之沃。"南齐前期十余年也是南朝比较安定的时期。在繁荣的城市里盛行着歌谣舞蹈,李延寿《南史·循吏列传》载,宋初"凡百户之乡,有市之邑,歌谣舞蹈,触处成群"。南朝乐府民歌,大部分是这些城市中的产物。它们多半出自商贾、妓女、船户和一般市民之口,主要反映城市中下层居民的生活和思想感情。

汉代统治者采集民歌有"观风俗""行乐教"的目的。南朝统治者采集民歌则完全为了娱乐,并按他们的趣味加以润色。宋废帝时户口不满百万,"而太乐雅郑,元徽时校试千有余人"(《南齐书》卷二八《崔祖思传》)。梁武帝后宫的女乐分吴声和西曲两部,并曾各择以赏赐宠臣(见《南史·徐勉传》)。"王侯将相,歌伎填室;鸿商富贾,舞女成群。竞相夸大,互有争夺。"(梁裴子野《宋略》)今传南朝乐府民歌便是供帝王贵族富商的女伎们演唱的。由于以上两方面的原因,现存南朝乐府民歌的内容比较狭窄,绝大多数是情歌,与汉乐府不同。

关于吴歌,《宋书·乐志》说:"吴歌杂曲,并出江东,晋宋以来,稍有增广。……始皆徒歌,既而被之管弦。"《乐府诗集》卷四四《清商曲辞·吴声歌辞》序说:"盖自永嘉渡江之后,下及梁陈,咸都建业,吴声歌曲,起于此也。"由此可知:吴歌产生的地点在长江下游,而以当时的首都建业为中心。吴歌的产生时代以东晋和刘宋居多。吴歌原为徒歌,采入乐府才配乐演唱。

吴歌的特色是艳丽柔弱,多表现羞涩缠绵的情态。以《子夜》《读曲》数量最多。《子夜歌》共四十二首,相传最初是由东晋女子名子夜者所造。如"夜长不得眠,明月何灼灼。想闻散唤声,虚应空中诺"。由于相思之深,仿佛听到爱人的呼唤,而应出声来。"侬作北辰星,千年无转移,欢行白日心,朝东暮还西。"表现对负心男子的哀怨,都是感情细腻、语言流丽的作品。又有《子夜四时歌》七十五首,其中可能有文人的拟作。《子夜春歌》:"春风动春心,流目瞩山林。山林多奇采,阳鸟吐清音。"《子夜秋歌》:"秋风入窗里,罗帐起飘扬。仰头看明月,寄情千里光。"文字比《子夜歌》略文饰些。

《读曲》今存八十九首。如"打杀长鸣鸡,弹去乌臼鸟,愿得连冥不复曙,一年都一晓"。感情很天真。《华山畿》中"啼着曙""相送劳劳渚"两首表现了女子对爱情的痴想。

情歌之外,《懊侬歌》"江陵去扬州,三千三百里。已行一千三,所有二千在"写归人急切的心情,是很质朴的作品。

关于西曲,《乐府诗集》卷四七《清商曲辞·西曲歌》序说:"按西曲歌出于荆(今湖北江陵)郢(今湖北宜昌)樊(今湖北襄樊)邓(今河南邓州)之间,而其声节送和,与吴歌亦异,故因其方俗而谓之西曲云。"由此可知:西曲产生的地点,是长江中游和汉水两岸的城市,而以江陵为中心。曲调唱法与吴歌不同。此外,西曲的时代比吴歌稍晚,以齐梁居多。

西曲多写水边旅人思妇的别情，表现船户、贾客生活的尤其多。风格比吴歌真率、开阔。如《石城乐》："布帆百余幅，环环在江津，执手双泪落，何时见欢还？"《那呵滩》男女一唱一和，将女子的天真与男子身不由己的遗憾表现得很真切："闻欢下扬州，相送江津湾。愿得篙橹折，交郎到头还。""篙折当更觅，橹折当更安。各自是官人，那得到头还！"再如《拨蒲》："朝发桂兰渚，昼息桑榆下。与君同拨蒲，竟日不盈把。"也是很清新的作品。

吴歌、西曲之外，还有一首长篇抒情诗《西洲曲》，属《杂曲歌辞》。这首民歌可能经过文人的加工，内容是写一个青年女子的相思。中间穿插着从春到秋不同季节的景物描写，又运用联珠格的修辞法，造成似继似续的效果，是南朝民歌中艺术性最高的一篇。

此外，《杂歌谣辞》中《巴东三峡歌》和《三峡谣》大概是船夫之歌，也是有名的作品。

总之，南朝民歌的特点，从内容上看，大多是情歌，且多作女子口吻，写热恋、离别、相思以及失恋之情。虽然吴歌和西曲的风格有所差别，但整体上呈现出明丽柔美、清新宛转的面貌，带有鲜明的地域特色。这些与中原民歌迥然有别的风格引发了皇室以及入南世族文人的兴趣，因此不但被乐府机构采集并搭配乐、舞表演，而且文人竞相效仿。他们不但拟作江南民歌，而且将这种审美趣味也带入到五言文人诗的创作中，因此改变了晋宋体五言诗的面貌，推动了永明体和宫体的出现与发展。

南朝民歌的特点，从形式上看，主要是五言四句，它的出现为绝句奠定了基础。大量运用双关语，是南朝民歌，尤其是吴歌的显著特点。双关语是利用同音字构成的，如莲——怜，莲子——怜子，丝——思，篱——离。《子夜歌》："始欲识郎时，两心望如一。理丝如残机，何悟不成匹。""高山种芙蓉，复经黄蘗坞。果得一莲时，流离婴辛苦。"这些巧妙的双关语，增加了语言的活泼与委婉。鲁迅说："如《子夜歌》之流，会给旧文学一种新力量。"（《且介亭杂文·门外文谈》）

第二节　北朝乐府民歌

北朝民歌主要见于《乐府诗集·梁鼓角横吹曲》中,在《杂曲歌辞》《杂歌谣辞》中也有一小部分,共约六十多首。

所谓《横吹曲》,是在马上演奏的一种军乐,因为乐器有鼓有角,所以叫"鼓角横吹曲"。北朝民歌大部分是这种军乐的歌词。这些民歌多半是北魏以后的作品,陆续传到南方,由梁代的乐府机关保存下来,所以叫"梁鼓角横吹曲"。它们出自北方不同的民族。《企喻歌》"男儿可怜虫"一首,《古今乐录》说是氐人苻融作。《琅琊王歌辞》"快马高缠鬃"一首,歌唱广平公姚弼,羌人。《高阳乐人歌》《古今乐录》说是魏高阳王乐人作,鲜卑人。北朝乐府民歌以鲜卑民歌居多,也有汉人的作品。所以北朝民歌是北方各族人民共同创造的文化硕果。

北朝民歌表现北方的景色和风俗,富有地方特色。如《折杨柳歌辞》:"健儿须快马,快马须健儿。跋跋黄尘下,然后别雄雌。"《琅琊王歌》:"新买五尺刀,悬着中梁柱。一日三摩娑,剧于十五女。"都像一幅风俗画似的,鲜明地表现了北方少数民族的特点。《敕勒歌》反映北方的游牧生活,对草原景色描绘得尤为出色:

> 敕勒川,阴山下。天似穹庐,笼盖四野。天苍苍,野茫茫,风吹草低见牛羊。

北朝战争频繁,反映战争的诗较多。《企喻歌》四首描写军中生活,第四首写战争的伤亡:"男儿可怜虫,出门怀死忧。尸丧狭谷中,白骨无人收。"真实地反映了北朝社会的一个突出问题。

各族统治者之间残酷的战争,造成人民的大批流亡。在北朝民歌里,有许多是流浪人的歌曲,表现他们颠沛流离的苦况和思念家乡的心情。如《陇头歌》三首:

> 陇头流水,流离山下。念吾一身,飘然旷野。

>朝发欣城,暮宿陇头。寒不能语,舌卷入喉。
>
>陇头流水,鸣声幽咽。遥望秦川,心肝断绝。

是北朝民歌中的名篇。再如《幽州马客吟》也是写流浪人的心情:

>快马常苦瘦,剿儿常苦贫。黄禾起羸马,有钱始作人。

劳动者终身劳苦不免贫穷,过着非人的生活。这首诗表现了劳苦人民的不平。

北朝乐府中也有不少情歌,大胆泼辣,与南朝民歌迥异。如《折杨柳歌辞》:"腹中愁不乐,愿作郎马鞭。出入擐郎臂,蹀座郎膝边。"《地驱乐歌》只有两句,更加痛快:"月明光光星欲堕,欲来不来早语我!"还有不少表现婚姻问题的,多半是希望早嫁,如《捉搦歌》:"黄桑柘屐蒲子履,中央有丝两头系。小时怜母大怜婿,何不早嫁论家计。"《折杨柳枝歌》:"门前一株枣,岁岁不知老。阿婆不嫁女,哪得孙儿抱?"与南朝民歌的委曲婉转大异其趣。《地驱歌乐辞》反映老女不嫁的苦恼,可能与混战中壮丁大量死亡有关:"驱羊入谷,白羊在前,老女不嫁,蹋地唤天。"

从上述情况可以看出,北朝乐府的数量虽然比南朝民歌少,但其题材却广泛得多,有更丰富的社会内容。直率的感情,朴素的语言,形成豪放刚健的风格,与南朝民歌的艳丽柔弱很不一样。体裁方面,除五言四句的形式之外,还有七言四句的形式,这对七绝的形成有促进作用。

梁鼓角横吹曲又有《木兰诗》一篇,是北歌中最杰出的作品。它歌唱木兰代父从军的故事。关于它的时代,有汉魏、南北朝、隋唐三种说法。陈释智匠《古今乐录》已著录此诗,可见不会晚于陈代,大概是北魏的作品。在流传过程中,可能经隋唐文人加工润色过。如"策勋十二转""明驼千里足",反映了唐代的官制和驿制。"万里赴戎机"四句也酷似唐诗风格。

在《木兰诗》之前,诗歌里几乎没出现过木兰这样聪明勇敢、完处于主动地位的妇女形象。木兰代父从军,表现了非凡的智慧。她身经百战历时十载凯旋,表现得坚强、勇敢。她不受官爵,愿意恢复普通劳动妇女的生活,表现了纯朴与高洁的情操。把这些美德集中在一个普通的女子身上,热烈地歌颂她,这在重男轻女的封建社会里是很有意义的。另外还应看到,木兰是人民理想的化身,她所显示的不仅仅是某一个女子的力量,而是集中着人民的乐观主义以及人民的智慧和勇敢。这是它长期受人民喜爱的原因。

《木兰诗》有很高的艺术成就:

首先是叙事与抒情的结合。《木兰诗》是一首叙事诗,但抒情的成分很重。它着重写了木兰出征前、战斗中、归家后三个时期内心活动细微的变化。出征前跃跃欲试地迎接困难,"东市"四句强烈地烘托出忙忙碌碌的气氛,从字面上看也许会觉得这种写法不合理,但它很真实地刻画了木兰当时的心情。在行军和战斗中,突出表现她的思亲和紧张,越发显出坚持十年战斗之不易。归家之后,通过换装的描写,表现木兰欣喜自得,又带点幽默的心情。就这样,作品充分表现了木兰感情的变化。而在表现其内心活动时,又总是扣紧"木兰是女郎"这一点来写,使人物的身份、处境、心理结合得很好。虽然没有写她的外貌、武艺、战斗经过,但是木兰的形象却栩栩如生地浮现在读者眼前。

其次,叙事有繁有简,形成细腻与粗犷相结合的风格。例如木兰在出征前一定有许多准备工作要做,但诗里只写备置鞍马这一件事,甚至连化装这样有趣的细节都舍弃了。这是它的简。但在叙述备置鞍马的时候,却大事铺陈,让木兰跑了东西南北四市,这是它的繁。唯有这样才能显出忙碌紧张的气氛。又如木兰回家一段,着重写家人如何准备欢迎她。"爷娘"六句不厌其烦地把全家人都写上去,造成一种喜气洋洋的效果。这是它的繁。然而木兰如何与家人见面,爷娘见到她怎样,小弟见到她又怎样,却一概不写。这又是它的简。这种繁简互见的写法,可以省去许多次要的情节。造成诗意的跃动。也给读者留下许多想象的余地,使人不知不觉地被吸引住了。

《木兰诗》的语言丰富多彩,既有朴素自然的口语,又有精妙绝伦的律句。此外,长短句的错综出现,排句的运用,譬喻的新奇幽默,也都增加了它的表现力。

第五章　南北朝诗文

第一节　谢灵运和山水诗

晋宋之际,山水诗代替了玄言诗,是南朝诗歌的一个重要变化。

在中国士大夫的观念中,山林是与仕途对立的。山林作为隐士避世的处所,很早就被士大夫向往着、吟哦着了。到了魏晋,由于社会动乱、政治黑暗,隐逸之风大炽。士大夫不论在朝、在野,大都以隐逸为清高,以山林为乐土。他们往往把自己理想的生活和山水之美结合起来。这样,山水描写在诗里就逐渐多了起来。南渡之后,江南经济得到较大发展,世族地主到处建筑园林别墅,过着游山玩水的悠闲生活,他们的玄言诗里便出现了山水诗句,借助自然山水来表现老庄的哲理。沿着这条道路发展下去,山水的成分逐渐增加,东晋后期谢混的《游西池》等少数诗篇,便已集中地刻画山水景物。宋初,谢混的侄子谢灵运由于政治上失意,便优游山水,并写作大量山水诗发泄其愤懑。这些诗虽然还拖着一条玄言的尾巴,但山水的描写终于从玄言诗中独立了出来,从而确立了山水诗的地位。此外,诗人对自然美的认识的加深,五言诗的成熟,以及民歌中描写自然景物的艺术经验,也为山水诗的出现做好了文学上的准备。再加上南渡后诗人们有更多的机会接触江南秀丽的山水。这样,山水诗就很自然地产生出来。

山水诗产生以后,随着各个时代政治、思想和社会生活状况的变化,而与各种社会思想、社会生活相结合。游宦、行旅、别离等等内容都可借山水的描写来表现。这就使山水诗成为诗人们经常写作的一种诗歌作品了。

谢灵运(385—433),祖籍陈郡阳夏(今河南太康附近),世居会稽(今浙江绍兴)。他出身世族大地主,是谢玄的孙子,十八岁袭封康乐公,故称谢康乐。宋初刘裕采取压抑世族的政策,谢灵运降公爵为侯爵,心怀愤恨。《宋书·谢灵运传》说:"自谓才能宜参权要,既不见知,常怀愤愤。"又说:"少帝即位,权在大臣,灵运构扇异同,非毁执政。"永初三年(422)出为永嘉(今浙江温州)太守,遂"肆意游遨。遍历诸县,动逾旬朔,民间听讼,不复关怀。所至辄为诗咏,以致其意焉"。一年后索性归隐会稽郡始宁县(今浙江上虞),大建别墅。文帝即位,征为秘书监,命修《晋书》。每称疾不朝,"出郭游行,或一日百六七十里,经旬不归"。元嘉五年归始宁,"因父祖之资,生业甚厚,奴僮既众,义故门生数百,凿山浚湖,功役无已。寻山陟岭,必造幽峻。岩嶂千重,莫不备尽。……尝自始宁南山,伐木开径,直至临海,从者数百人。临海太守王琇惊骇,谓为山贼"。文帝命为临川内史,后因谋反被杀。

谢灵运的山水诗,绝大部分是在他做永嘉太守以后写的,诗里描绘了永嘉、会稽、彭蠡湖等地的自然景色。他的山水诗大都带着孤清、闲适的情调。但有不少诗句生动细致地刻画了自然界的优美景色,情调开朗,给人以清新之感。如"春晚绿野秀,岩高白云屯"(《入彭蠡湖口》),突出暮春时节山野间绿、白两种色调,构成一幅素净、柔和的图画。诗人没有涂抹万紫千红,只用绿野做底色,白云做点缀,抓住春天那充满了阳光、洋溢着生命力的特点。王维《新晴晚望》:"白水明田外,碧峰出山后。"也是借助白、绿两色构成图画,有异曲同工之妙。其他如"野旷沙岸净,天高秋月明"(《初去郡》)之写秋,"明月照积雪,朔风劲且哀"(《岁暮》)之写冬,"林壑敛暝色,云霞收夕霏"(《石壁精舍还湖中作》)之写暮色,以及"援萝聆青崖,春心自相属"(《过白岸亭》)之写春等等。这些诗句从不同的角度揭示了大自然的美,给人以艺术的享受。

谢灵运的诗歌有着极高的描摹技巧。虽然西晋陆机等人已经开创了"缀辞尤繁"的"繁缛"诗风,但是由于谢灵运的诗歌题材扩展到了他身处其中、细致地观察和感受过的自然景观,因此对意象的描画也有了显著的变化。其重要表现是诗歌的写实性和新颖性。为了再现他所见到的山水之美,谢灵运在使用准确的语言、细致的描写以外,也非常注意创造新的表现方法,如句式、用典、词语搭配等等。他在创作《登池上楼》时"竟日不就,忽梦见(谢)惠连,即得'池塘生春草',大以为工"(《南史·谢方明传附谢惠连传》)的轶事,反映出他苦思求新的创作状态。因此,虽然他的诗中有着"明月照积雪,朔风劲且哀"这种堪称汉魏典型句式的诗句,但很多名句都给人耳目一新之感。如果说他以描摹来写实的作品开创了一代新诗风,使得五言诗从汉魏诗体向晋宋诗体转变的话,那么他高于同时代大多数诗人之处,则在于他在能够以不遗余力的雕琢,达到一种清新可喜的意趣。他善于以颜色的对比、视角的变换、动静的搭配等,描绘出生机盎然、如在目前的山水画卷。这正是其作品最为人称道之处。刘宋时的汤惠休曾评价谢灵运和颜延之的诗风,曰:"谢诗如芙蓉出水,颜如错彩镂金。"(《诗品》卷中"宋光禄大夫颜延之"条引)而沈德潜则将谢灵运与陶渊明进行比较,曰:"陶诗合下自然,不可及处,在真在厚。谢诗经营而反于自然,不可及处,在新在俊。陶诗胜人在不排,谢诗胜人正在排。"(《说诗晬语》卷上)从文学史发展的角度来看,陶渊明和谢灵运这两位同时代的大诗人,所代表的是不同的时代风尚与审美意趣,可以说是在诗运转关之时分别起到了承前和启后的作用。当然,谢灵运的作品中仍有不足之处。他的诗虽然"名章迥句,处处间起"(《诗品》卷上),但结构上却不免雷同,往往是前半写景,后半谈玄,总是拖着一条玄言的尾巴。写景部分又往往是先叙出游,次写见闻,像是一篇篇旅行日记。此外,由于追求新奇,他的诗句中也颇有一些生硬晦涩之处。谢诗的不足,在南北朝时就已经被人注意到,然而,正如钟嵘所说:"譬犹青松之拔灌木,白玉之映尘沙,未足贬其高洁也。"在陶渊明诗歌的价值尚未被充分认识到的齐梁之际,

钟嵘将谢灵运列为进入南朝之后的唯一一位上品诗人,是有一定道理的。他的代表作有《登池上楼》:

  潜虬媚幽姿,飞鸿响远音。薄霄愧云浮,栖川怍渊沉。进德智所拙,退耕力不任。徇禄反穷海,卧疴对空林。衾枕昧节候,褰开暂窥临。倾耳聆波澜,举目眺岖嵚。初景革绪风,新阳改故阴。池塘生春草,园柳变鸣禽。祁祁伤豳歌,萋萋感楚吟。索居易永久,离群难处心。持操岂独古,无闷征在今!

《入彭蠡湖口》:

  客游倦水宿,风潮难具论。洲岛骤回合,圻岸屡崩奔。乘月听哀狖,浥露馥芳荪。春晚绿野秀,岩高白云屯。千念集日夜,万感盈朝昏。攀崖照石镜,牵叶入松门。三江事多往,九派理空存。灵物吝珍怪,异人秘精魂。金膏灭明光,水碧辍流温。徒作千里曲,弦绝念弥敦。

  谢灵运山水诗的特点,是以细致地刻画达到巧似。雕琢多、偶句多、形容多,不免流于烦冗堆砌。陶渊明写自然山水用白描手法,追求的是情景交融、物我合一。而在谢灵运的山水诗里,情和景是割裂的。刘勰说:"俪采百字之偶,争价一句之奇。情必极貌以写物,辞必穷力而追新。"(《文心雕龙·明诗》)沈德潜说:"诗至于宋,性情渐隐,声色大开。"(《说诗晬语》)谢灵运就是这种诗风的代表。

第二节 鲍 照

  鲍照(414?—466),字明远,本是上党(今属山西)人,后迁居东海(今江苏涟水北)。出身寒微,曾从事农耕。鲍照少有文思,不甘于自己的地位,追切地想凭借自己的才智,在上层社会找到一席地位。他曾谒见临川王刘义庆,"未见知,欲贡诗言志,人止之曰:'卿位尚卑,不可轻忤大王。'照勃然曰:'千载上有英才异士,沉没而不闻者,安可数哉!

大丈夫岂可遂蕴智能,使兰艾不辨,终日碌碌,与燕雀相随乎?'于是奏诗"(《南史》本传)。刘义庆赏识鲍照,提拔他做了国侍郎。他对此并不满意,在为临川王世子所作的《野鹅赋》中,以野鹅自比,就流露了这种情绪。但像他那样出身的人,在门阀社会里,很难有发展的机会。此后又做过秣陵令、永嘉令、临海王子顼参军等小官。后因子顼谋反,死于乱军之中。

鲍照的文学成就主要在诗歌方面,存诗约二百首。他的诗歌直接继承着建安的传统,与曹植颇多相似之处。

他的诗歌的内容主要是表现自己建功立业的愿望,以及对门阀社会的不满与反抗。如《拟行路难》其六:

> 对案不能食,拔剑击柱长叹息。丈夫生世会几时,安能蹀躞垂羽翼?弃置罢官去,还家自休息。朝出与亲辞,暮还在亲侧。弄儿床前戏,看妇机中织。自古圣贤尽贫贱,何况我辈孤且直!

首二句写他内心的抑郁。三、四句表现冲破环境的束缚而远走高飞的志向。"弃置"以下六句表面上是写罢官以后的天伦之乐,实则表现了环境的窒息和自己的无聊。末二句,有讽刺权贵的意味。

在描写边塞战争和征人生活的诗歌中,也表现了诗人自己的慷慨不平。《拟古》其三写幽并少年报国的愿望,像曹植的《白马篇》一样表现了诗人自己的理想:

> 幽并重骑射,少年好驰逐。毡带佩双鞬,象弧插雕服。兽肥春草短,飞鞚越平陆。朝游雁门上,暮还楼烦宿。石梁有余劲,惊雀无全目。汉虏方未和,边城屡翻覆。留我一白羽,将以分符竹。

《代东武吟》写一个出身寒微的士兵,征战一生,有功无赏,晚年过着悲惨的生活,表现出对统治者的怨恨,也揭露了社会的不合理。《代出自蓟北门行》歌颂将士们誓死卫国的决心,也表现了诗人自己建功立业的愿望:

> 羽檄起边亭,烽火入咸阳。征骑屯广武,分兵救朔方。严秋筋竿劲,虏阵精且强。天子按剑怒,使者遥相望。雁行缘石径,鱼贯度飞梁。箫鼓流汉思,旌甲被胡霜。疾风冲塞起,沙砾自飘扬。马毛缩如猬,角弓不可张。时危见臣节,世乱识忠良,投躯报明主,身死为国殇。

此外《代放歌行》《咏史》、《拟古》其二,也都表现了门阀制度的不合理和自己的怀才不遇。《拟古》其六写他的农耕生活,抒发了不能施展才能的愤慨,也流露出对人民疾苦的同情:

> 束薪幽篁里,刈黍寒涧阴。朔风伤我肌,号鸟惊思心。岁暮井赋讫,程课相追寻。田租送函谷,兽藁输上林。河渭冰未开,关陇雪正深。笞击官有罚,呵辱吏见侵。不谓乘轩意,伏枥还至今。

鲍照的艺术风格俊逸豪放、奇矫凌厉。陆时雍曰:"鲍照材力标举,凌厉当年,如五丁凿山,开人世之所未有。当其得意时,直前挥霍,目无坚壁矣。骏马轻貂,雕弓短剑,秋风落日,驰骋平冈,可以想此君意气所在。"(《诗镜总论》)沈德潜曰:"明远乐府,如五丁凿山,开人世所未有。后太白往往效之。五言古亦在颜、谢之间。"(《古诗源》卷一一)

鲍照也是大力学习和写作乐府诗的人。他的二百首诗中乐府占八十多首,其中有三言、五言、七言、杂言等多种形式,有的学习汉魏乐府,有的学习南朝民歌,无不得心应手。特别值得注意的是,鲍照在学习乐府的过程中,发展了七言诗,不仅以丰富的内容充实了这种形式,而且变逐句押韵为隔句押韵,并且可以自由换韵。这就为七言诗开拓了宽广的道路,自他以后,七言体诗日益繁荣起来了。

总之,鲍照是南北朝时期继承建安传统,学习民间乐府,而取得杰出成就的诗人,对唐代李白、杜甫、高适、岑参都有影响。

第三节　谢朓和新体诗

齐梁陈三代是新体诗形成和发展的时期,什么叫新体诗呢?王闿运《八代诗选》卷一二至一四，专选自齐至隋百余年中讲究声律、对偶的作品，名曰新体诗。所谓新体，是就其形式而言。

对偶的诗句，在《诗经》里就已经有了，曹植以后诗人们更有意识地在诗中加以运用。中国的音韵学在三国时已滥觞，孙炎著《尔雅音义》，初步创立反切。此外还有一些韵书，如李登的《声类》、吕静的《韵集》、夏侯咏的《四声韵略》等。齐永明间周颙发现汉字有平上去入四种声调，始创《四声切韵》（已佚），同时著名诗人沈约又根据四声和双声叠韵来研究诗句中声、韵、调的配合，指出八种应避免的声律上的毛病，叫作"八病"，务求达到"一简之内，音韵尽殊，两句之中，轻重悉异"（《宋书·谢灵运传论》）。声律与对偶互助配合，就形成了具有格律的新体诗。这种新的诗体，因为是永明年间沈约等人开创的，所以又称永明体。《南史·陆厥传》："（永明末）时盛为文章，吴兴沈约、陈郡谢朓、琅邪王融以气类相推毂，汝南周颙善识声韵。约等文皆用宫商，将平上去入四声，以此制韵，有平头、上尾、蜂腰、鹤膝。五字之中，音韵悉异，两句之内，角徵不同，不可增减。世呼为'永明体'。"

在沈约等人的提倡之下，新体诗的作者很多，就《八代诗选》所录统计，齐六家三十八首，梁五十一家二百八十三首，陈十五家七十五首，魏二家二首，北齐六家十一首，周四家七十二首，隋十三家二十七首，南北朝合计约九十余人。其中成就较高的有谢朓、何逊、阴铿等。

谢朓（464—499），字玄晖，陈郡阳夏（今河南太康附近）人。与谢灵运同族，有"小谢"之称。曾在随王萧子隆、竟陵王萧子良幕下。后任宣城太守，又有"谢宣城"之称。齐永元元年因事牵连，下狱死，年三十六。

谢朓在诗中对于黑暗的现实常常流露出畏惧和不满的情绪，如"常恐鹰隼击，时菊委严霜。寄言尉罗者，寥廓已高翔"（《暂使下都夜发新林至京邑赠西府同僚》）。他的山水诗既吸取了谢灵运那种细致与逼真的长处，又摆脱了玄言的尾巴，避免了谢灵运晦涩、呆板的弊病，形成一种清新流丽的风格。如《晚登三山还望京邑》，写春江日暮景色：

> 灞涘望长安，河阳视京县。白日丽飞甍，参差皆可见。余霞散成绮，澄江静如练。喧鸟覆春洲，杂英满芳甸。去矣方滞淫，怀哉罢欢宴。佳期怅何许，泪下如流霰。有情知望乡，谁能鬒不变？

这首诗得到李白赞赏，李白《金陵城西楼月下吟》说："月下沉吟久不归，古来相接眼中稀。解道澄江静如练，令人长忆谢玄晖。"

谢朓写景的名句相当多，如"大江流日夜，客心悲未央"（《暂使下都夜发新林至京邑赠西府同僚》）；"江路西南永，归流东北骛，天际识归舟，云中辨江树"（《之宣城出新林浦向板桥》）；"远树暧阡阡，生烟纷漠漠。鱼戏新荷动，鸟散余花落"（《游东田》）。沈德潜曰："玄晖灵心秀口，每诵名句，渊然泠然，觉笔墨之中，笔墨之外，另有一段深情妙理。"（《古诗源》卷一二）

谢朓有一些小诗，带着南朝民歌气息，语言精练，情味隽永。如《玉阶怨》：

> 夕殿下珠帘，流萤飞复息。长夜缝罗衣，思君此何极？

《王孙游》：

> 绿草蔓如丝，杂树红英发。无论君不归，君归芳已歇。

谢朓诗歌的缺点，正如《诗品》所说，"微伤细密"，"善自发诗端，而末篇多踬，此意锐而才弱也"。

梁代诗人何逊（？—约518）的山水小诗和抒情小诗精巧清新，颇似谢朓。如《相送》：

> 客心已百念，孤游重千里，江暗雨欲来，浪白风初起。

此外，还有一些名句，如"夜雨滴空阶，晓灯暗离室"（《临行与故游夜别》），"岸花临水发，江燕绕樯飞"（《赠诸游旧》）。《苕溪渔隐丛话》后集卷二引黄伯思《东观余论》曰："集中若'团团月隐洲'，'轻燕逐飞花'，'绕岸平沙合，连山远雾浮'，'岸花临水发，江燕绕樯飞'，'游鱼上急濑','薄云岩际宿'等语,子美皆采为己句,但小异耳。故曰'能诗何水曹',信非虚赏。古人论诗,但爱逊'露湿寒塘草,月映清淮流'及'夜雨滴空阶,晓灯暗离室'为佳。殊不知逊秀句若此者殊多。"

陈代诗人阴铿与何逊齐名,诗风清丽,也以写景见长。《江津送刘光禄不及》是其代表作:

> 依然临江渚,长望倚河津。鼓声随听绝,帆势与云邻。泊处空余鸟,离亭已散人。林寒正下叶,钓晚欲收纶。如何相背远,江汉与城闉。

杜甫《与李十二白同寻范十隐居》曰:"李侯有佳句,往往似阴铿。"《解闷十二首》其七中也说:"颇学阴何苦用心。"可见杜甫对阴铿的赞赏。

第四节 庾信与北朝文人诗

南北朝时期,南朝诗人对五言诗体进行了一次次革新,虽然带有重形式而轻内容的倾向,但是使得诗体日益精密,为唐代的诗歌高峰在诗体方面打下基础。而与此同时,北朝诗歌却在相当长的一段时间中处于停滞不前的状况。虽然不乏以元魏宗室诸王以及河北世族为主体的文学群体,并且产生了被称为"北地三才"的温子昇、邢邵、魏收等比较知名的诗人,但是其创作往往以模拟为主,成就有限[1],在南北文学交流中,亦往往被南方文士所鄙薄[2]。这种情况,在南朝晚期,文士大量入北之后有所改观。

---

[1] 《北齐书》卷三七《魏收传》曰:"收每议陋邢邵文。邵又云:'江南任昉,文体本疏,魏收非直模拟,亦大偷窃。'收闻乃曰:'伊常于《沈约集》中作贼,何意道我偷任昉。'"见《北齐书》,中华书局,1997年3月,第492页。

[2] 《隋唐嘉话》卷下曰:"梁常侍徐陵聘于齐,时魏收文学北朝之秀,收录其文集以遗陵,令传之江左。陵还,济江而沉之。从者以问,陵曰:'吾为魏公藏拙。'"见[唐]刘𫗧撰,程毅中点校:《隋唐嘉话》,中华书局,1997年12月,第55页。

梁代时，江南文士有两次集中入北。一次是在侯景之乱后，相当数量的宗室和士人奔逃北齐；一次则是西魏攻破江陵后，梁元帝身边的文士大多被俘入长安。在这些南朝文士中，最为著名，文学成就最高的当属大诗人庾信。

庾信（513—581）是集南朝诗歌成就之大成的一个诗人。他字子山，出身贵族，早年是梁朝有名的宫体诗人。四十二岁出使西魏，恰逢西魏南侵，梁元帝投降，庾信便留在北方，并屈节做了西魏的官。北周代魏后，他的官位又有升迁，但心情却很痛苦。庾信的诗歌主要是抒写自己的身世遭遇、屈节仕敌的惭愧和怀念故国的感情。风格也变得苍凉萧瑟。

庾信今存诗二百五十余首，绝大部分是后期作品，《拟咏怀》二十七首是其代表作。其二十六：

> 萧条亭障远，凄惨风尘多。关门临白狄，城影入黄河。秋风别苏武，寒水送荆轲。谁言气盖世，晨起帐中歌。

前四句描写边关景物，后四句抒发自己的愁怀。写边关景物，他选择了亭障、风尘、关门、黄河这些典型的事物。"城影入黄河"一句悲壮阔大。写愁怀，连用了三个典故："秋风别苏武"，以李陵自比，言羁留他乡；"寒水送荆轲"，以荆轲自比，言不得南归；"谁言气盖世，晨起帐中歌"，以项羽自刎，比喻梁灭亡，表达了欲回故国而不得归的心情。这正是贯穿庾信诗歌的中心内容。

这首诗的体裁是五古，但已接近五律。八句中间两联对偶，也注意到平仄。庾信长于对偶，"关门临白狄，城影入黄河""秋风别苏武，寒水送荆轲"，都是工整而又自然的对句。这种对偶增加了诗歌的和谐匀称。庾信更善于用典，他的许多诗用典贴切，不露痕迹，能启发读者的联想。这首诗连用三典，却不显得堆砌。因此整首诗虽然声律、对偶、用典等技巧都很讲究，但仍给人以清新之感，无怪乎杜甫称之为"清新庾开府"了。沈德潜说他"造事能新，使事无迹"（《古诗源》卷一四),也是十分恰当的评论。

《拟咏怀》之外,庾信寄赠友人的几首五言小诗也很有名。如《寄王琳》:"玉关道路远,金陵信使疏。独下千行泪,开君万里书。"《重别周尚书》其一:"阳关万里道,不见一人归。惟有河边雁,秋来南向飞。"

庾信的诗初步融合了南北诗风,为唐诗的繁荣做了必要的准备。杜甫说:"庾信文章老更成,凌云健笔意纵横。"(《戏为六绝句》其一)又说:"庾信平生最萧瑟,暮年诗赋动江关。"(《咏怀古迹五首》其一)可见唐人对他的重视。

除了庾信在西魏、北周的创作外,南朝文士入齐后,邺城的文学活动也不可轻视。与庾信的情况不同的是,庾信的创作主要是个人行为,而北齐中后期的文学活动,却呈现出南北士人共同创作,沟通交流的局面。而且在其中占据主导地位的,是河北世族出身的北齐文人,而不是入北南朝士人。北齐文人在学习并熟练掌握了南朝诗体的同时,又继承了汉魏以来以诗抒怀的传统,并且将二者融合于一体,有意识地达到一种"既有寒木,又发春华"(《颜氏家训·文章第九》)的面貌,试图达到内容与形式的融合。正因如此,入隋后诗名最盛的卢思道、薛道衡、李德林,他们的创作均是在北齐待诏文林馆时期定型的。他们对南北诗风的融合,以及唐诗的繁荣所起到的作用同样不可忽视。

第五节 南北朝骈文和散文

骈文是与散文相对而言的。它有三个特点:第一是讲究对偶,又多用四六句。因为两句两句地对偶,好像并驾的两匹马,所以叫骈文。第二是语音方面讲究平仄。第三是多用典故和华丽的辞藻。可以说骈文是一种诗化的散文。

东汉散文在辞赋的影响下,已开始注意对偶。魏晋时期散文骈化的趋势更加明显,并初步形成了骈文。南北朝由于文坛掌握在帝王贵族手中,这种注重形式美的骈文,也就得到更大的发展,连应用文也采取了骈文的形式。

南朝骈文中有一些内容比较充实、深刻的作品。鲍照的《芜城赋》是凭吊广陵(今江苏扬州)之作。鲍照借用西汉曾在广陵建都的吴王刘濞叛乱失败的故事,讽刺宋大明年间竟陵王刘诞的割据叛乱。齐孔稚圭的《北山移文》,借山神的口吻尖锐地讽刺了假隐士周颙的丑态。文章写周颙当隐士时的清高、骄傲,连巢父、许由都不放在眼里,而一旦皇帝请他做官时,则"形驰魄散,志变神动",眉飞色舞,得意扬扬,做了一名县令,给钟山带来耻辱,如今又要经过北山,连山上的草木都群起挡驾。最后一段写得最精彩:

> 于是南岳献嘲,北陇腾笑,列壑争讥,攒峰竦诮,慨游子之我欺,悲无人以赴吊。故其林惭无尽,涧愧不歇,秋桂遣风,春萝罢月。骋西山之逸议,驰东皋之素谒。今又促装下邑,浪栧上京,虽情投于魏阙,或假步于山扃。岂可使芳杜厚颜,薜荔无耻,碧岭再辱,丹崖重滓,尘游躅于蕙路,污渌池以洗耳。宜扃岫幌,掩云关,敛轻雾,藏鸣湍,截来辕于谷口,杜妄辔于郊端。于是丛条瞋胆,叠颖怒魄,或飞柯以折轮,乍低枝而扫迹。请回俗士驾,为君谢逋客。

梁江淹的《恨赋》《别赋》,是两篇名作。《恨赋》写历史上著名的帝王将相、英雄烈士"饮恨吞声"的死,取材和汉魏以来的咏史诗非常接近。同样是恨,但由于各人的身份、境遇不同,写法也就不同。如《恨赋》写秦始皇的死,着重写他生前煊赫的功业和雄图,以突出他"一旦魂断,宫车晚出"的无穷遗恨。写嵇康的死,则着重描写他临刑前那种从容坚定的气度,叹息一代高士竟遭沉沦:

> 及夫中散下狱,神气激扬。浊醪夕饮,素琴晨张。秋日萧索,浮云无光。郁青霞之奇意,入修夜之不旸。

《别赋》写从军边塞的壮士,感恩报主的剑客,服食求仙的道士,桑中陌上的情人等不同身份的人们"黯然销魂"的离别,或刻画临别的衔涕伤神,或描写别后的四季相思,或慷慨悲歌,或缠绵往复,也同样写得丰富

多彩、富丽高华。其中熔铸《诗经》《楚辞》、乐府、古诗的词语句法,能做到不露痕迹。例如:

> 下有芍药之诗,佳人之歌。桑中卫女,上宫陈娥。春草碧色,春水绿波。送君南浦,伤如之何! 至乃秋露如珠,秋月如珪。明月白露,光阴往来。与子之别,思心徘徊。

这一段写情人离别的文字,极其自然而又含蓄,有一种渊涵不尽的情致。

梁代陶弘景(456—536)、吴均(469—520)的几篇短札也是历来传诵的骈文名作。陶弘景《答谢中书书》:

> 山川之美,古来共谈。高峰入云,清流见底。两岸石壁,五色交辉;青林翠竹,四时俱备。晓雾将歇,猿鸟乱鸣;夕日欲颓,沉鳞竞跃。实是欲界之仙都。自康乐以来,未复有能与其奇者。

吴均《与宋元思书》:

> 风烟俱静,天山共色。从流飘荡,任意东西。自富阳至桐庐,一百许里,奇山异水,天下独绝。水皆缥碧,千丈见底;游鱼细石,直视无碍。急湍甚箭,猛浪若奔。夹岸高山,皆生寒树。负势竞上,互相轩邈。争高直指,千百成峰。泉水激石,泠泠作响;好鸟相鸣,嘤嘤成韵。蝉则千转不穷,猿则百叫无绝。鸢飞戾天者,望峰息心;经纶世务者,窥谷忘返。横柯上蔽,在昼犹昏;疏条交映,有时见日。

这些书札虽用骈体,但风格隽秀清新,没有那种繁冗堆砌、浮华艳丽的毛病。此外,梁简文帝的《与萧临川书》、刘峻的《追答刘秣陵沼书》,也是书札中的名篇。

庾信是南北朝时期骈赋、骈文成就最高的作家。《哀江南赋》是代表他成就的名作。这篇赋是他晚年在北周怀念故国、自悲身世的作品。内容与他的《拟咏怀》诗互为表里。赋的序文说:

>信年始二毛,即逢丧乱。藐是流离,至于暮齿。燕歌远别,悲不自胜;楚老相逢,泣将何及。畏南山之雨,忽践秦庭;让东海之滨,遂餐周粟。下亭漂泊,高桥羁旅。楚歌非取乐之方,鲁酒无忘忧之用。追为此赋,聊以记言。不无危苦之辞,惟以悲哀为主。

这篇赋追叙了他的家世和他前半生的经历。详述了侯景之乱,梁元帝偏安江陵为西魏所灭,以及梁敬帝被陈霸先篡位等一系列史实。其中描写江陵沦陷、百姓被俘的景象,最富有感情:

>水毒秦泾,山高赵陉,十里五里,长亭短亭。饥随蛰燕,暗逐流萤。秦中水黑,关上泥青。于时瓦解冰泮,风飞电散,浑然千里,淄渑一乱。雪暗如沙,冰横似岸。逢赴洛之陆机,见离家之王粲。莫不闻陇水而掩泣,向关山而长叹。

赋中对梁朝君臣的昏庸、苟安、猜忌、内讧,也做了无情的揭露和指责。至于怀念故国的感情,更是时时流露。他的《小园赋》,突出地表现了自己在异国愿为隐士而不得的痛苦心情。"鸟多闲暇,花随四时","一寸二寸之鱼,三竿两竿之竹",是其中的名句。

南北朝的散文不发达,只在史传、地理等学术著作中有些优秀的作品,但也不同程度地受到骈文的影响。成就较高的是北魏郦道元的《水经注》。它虽是为魏晋时无名氏《水经》一书所作的注释,但有很高的文学价值,唐柳宗元的山水散文便受其影响。《江水注》中"巫峡"一节最著名:

>自三峡七百里中,两岸连山,略无阙处。重岩叠嶂,隐天蔽日,自非亭午夜分,不见曦月。至于夏水襄陵,沿溯阻绝。或王命急宣,有时朝发白帝,暮到江陵,其间千二百里,虽乘奔御风,不以疾也。春冬之时,则素湍绿潭,回清倒影,绝巘多生怪柏,悬泉瀑布,飞漱其间,清荣峻茂,良多趣味。每至晴初霜旦,林寒涧肃,常有高猿长啸,属引凄异,空谷传响,哀转久绝。故渔者歌曰:"巴东三峡巫峡长,猿鸣三声泪沾裳!"

"自三峡七百里中"至"不见曦月",写山而不及水。"至于夏水襄陵"至"不以疾也",写水而不及山。"春冬之时"至"良多趣味"则把山水结合起来写,写水中山的倒影,写山上瀑布的飞漱。然后写行人的感受,林则寒,涧则肃,猿声则凄异、哀转。最后以渔人之歌结尾,尤有余味。

北魏杨衒之《洛阳伽蓝记》记载洛阳佛寺建筑的盛况,也记载了当时社会生活的状况,对统治者的荒淫奢侈颇多揭露,文学意味也很浓。例如《法云寺》记河间王元琛的豪富,章武王元融见到以后大为嫉妒,生了三天病,又写章武王元融贪取太后赏赐的绢匹,"负绢过任,蹶倒伤踝",都是颇有暴露性的。《法云寺》记刘白堕酿酒,文笔十分生动:

> 市西有延酤、治觞二里。里内之人多酝酒为业。河东人刘白堕善能酿酒。季夏六月,时暑赫晞,以罂贮酒,暴于日中,经一旬,其酒味不动,饮之香美,醉而经月不醒。京师朝贵多出郡登藩,远相饷馈,逾于千里。以其远至,号曰"鹤觞",亦名"骑驴酒"。永熙年中,南青州刺史毛鸿宾赍酒之蕃,逢路贼盗,饮之即醉,皆被擒获,因此复名"擒奸酒"。游侠语曰:"不畏张弓拔刀,唯畏白堕春醪。"

第六章 魏晋南北朝小说

第一节 魏晋南北朝小说的发展

魏晋南北朝时期,小说成为一种颇有影响的文学体裁,出现了大批的作品。这些作品按其内容可分为两类:志怪小说和志人小说。前者记述神仙方术、鬼魅妖怪、殊方异物、佛法灵异,也保存了一些具有进步意义的民间故事和传说。后者记述人物的逸闻琐事、言谈举止,从中可以窥见当时社会政治的一些面貌。在艺术上,这个时期的小说虽然还不成熟,但开始有了较完整的结构,也注意到人物性格的刻画,出现了一些比较精彩的篇章。

魏晋南北朝志怪小说的发展与宗教迷信思想的盛行密切相关。鲁迅指出:"中国本信巫,秦汉以来,神仙之说盛行,汉末又大畅巫风,而鬼道愈炽;会小乘佛教亦入中土,渐见流传。凡此,皆张皇鬼神,称道灵异,故自晋迄隋,特多鬼神志怪之书。"(《中国小说史略》)志怪小说中有一些是宗教徒所作的,如道士王浮的《神异记》、佛教徒王琰的《冥祥记》,他们大量搜集编造神怪故事,以"自神其教",进行宗教宣传。也有一些是出自文人之手,如张华的《博物志》、干宝的《搜神记》,它们虽不同于宗教宣传,但也相信"人鬼乃皆实有",带着浓厚的迷信色彩。

至于志人小说的发展,则是魏晋以来门阀世族崇尚清谈的结果。早在汉末,世族中就有品藻人物的风气。如郭泰被称为"人伦之鉴",许劭有"汝南月旦评",他们的一毁一誉,往往决定着别人终生的成败。

而品评的依据,不过是人物的言谈举止、轶闻琐事而已。魏晋以后,世族中间除品评人物之外,又盛行虚谈,形成玄学。他们标榜超脱,崇尚虚无,高谈"不为物累""以无为本",把儒家提倡的"名教"同老庄提倡的"自然"结合起来,制造出一套适应当时统治需要的思想武器。东晋以后玄风更盛,《宋书·谢灵运传论》说:"有晋中兴,玄风独振,为学穷于柱下,博物止乎七篇。"《世说新语·文学篇》注引《续晋阳秋》说:"正始中,王弼、何晏好庄老玄胜之谈,而世遂贵焉。至过江,佛理尤盛。"①而志人小说就是世族人物玄虚的清谈和奇特的举动的记录。正如鲁迅所说:"汉末士流,已重品目,声名成毁,决于片言,魏晋以来,乃弥以标格语言相尚,惟吐属则流于玄虚,举止则故为疏放……终乃汗漫而为清谈。渡江以后,此风弥甚……世之所尚,因有撰集,或者掇拾旧闻,或者记述近事,虽不过丛残小语,而俱为人间言动,遂脱志怪之牢笼也。"(《中国小说史略》)这类志人小说在当时颇受社会重视,一些地主子弟要想取得声名仕进,必须学习名士的言谈和风度,而《世说新语》之类记录名士言谈举止的小说,便成为必读的"教科书"了。就连一些帝王新贵也颇重视它们,梁武帝就曾敕命殷芸编撰《小说》。于是,文人学士以熟悉故事为学问,竞相炫耀,以示渊博,编撰小说蔚成风气。

魏晋南北朝小说的兴盛,如上所述,主要取决于当时的社会政治条件。此外,上古神话传说、先秦两汉寓言故事和史传文学对它的发展也有明显的影响,其中富于文学意味的描写手法,被吸收到小说中来,丰富了小说的表现艺术。如《庄子》《韩非子》《战国策》《新序》《吴越春秋》等书中,通过人物的生活片断、传闻轶事或只言片语表现人物性格特点的写法,就被志人小说广泛地吸取运用。而一些志怪小说则更明显地带有模仿古代神话的痕迹,如托名东方朔的《神异经》就是模仿《山海经》的。

---

① "至过江,佛理尤盛"一句,各本皆同,唯余嘉锡《世说新语笺疏》考此句应为"至江左李充尤盛",考辨有据。今仍依各本,作"佛理尤盛",仅将余嘉锡之说附录于此。

第二节 《搜神记》等志怪小说

魏晋南北朝志怪小说的数量本来很多,但至今大多已经散佚。现存东晋干宝的《搜神记》是比较完整的一部,代表着这个时期志怪小说的面貌。此外,比较重要的还有:托名汉东方朔的《神异经》《十洲记》,托名汉班固的《汉武帝故事》《汉武帝内传》,旧题魏曹丕(一作张华)的《列异传》,旧题晋张华的《博物志》,托名晋陶潜的《搜神后记》,题晋王嘉撰、梁萧绮录的《拾遗记》,宋刘义庆的《幽明录》,东阳无疑的《齐谐记》、齐王琰的《冥祥记》,梁吴均的《续齐谐记》,北齐颜之推的《冤魂志》等。

班固《汉书·艺文志》著录小说十五家,如今都已不存。今存所谓汉人小说,其实都是魏晋南北朝时期的作品。《神异经》一卷和《十洲记》一卷,托名东方朔撰。《神异经》是模仿《山海经》的,但于山川道里的叙述较简略,于异物奇闻则较详备。虽是神仙家言,但文思较深茂,应当是晋以后文人所作。《十洲记》记祖洲、瀛洲等十洲的风物,文字浅薄,大概出自方士之手。《汉武帝故事》一卷,托名班固撰,有人以为是齐王俭所作。《汉武帝内传》一卷,也托名班固。这两部小说都以汉武帝为中心人物,自出生至崩葬,围绕他记述了许多神仙怪异的事迹。《汉武帝故事》文字简雅,有几处记载方术无验,大概是文人的作品。《汉武帝内传》文字繁丽而浮浅,对汉武帝会晤西王母有详细的描写。又有《汉武帝别国洞冥记》四卷,题后汉郭宪撰,讲神仙道术及远方怪异之事,也是六朝人伪造的作品。

《隋书·经籍志》有《列异传》三卷,魏文帝撰,记述鬼物怪异之事,今佚,鲁迅《古小说钩沉》有辑本。魏文帝曹丕是曹操次子,死于魏黄初七年(226),而《列异传》"文中有甘露年间事,在文帝后,或后人有增益,或撰人是假托,皆不可知。两《唐志》皆云张华撰,亦别无佐证,殆后有悟其抵牾者,因改易之。惟宋裴松之《三国志注》,后魏郦道元《水经注》皆已征引,则为魏晋人作无疑也"(《中国小说史略》)。

《博物志》十卷,旧本题晋张华撰。张华(232—300),字茂先,官至司空。据王嘉《拾遗记》说,张华原作四百卷,奏于晋武帝,奉帝命芟截浮疑,分为十卷。其书今存,"乃类记异境奇物及古代琐闻杂事,皆刺取故书,殊乏新异"(《中国小说史略》),可能是原本散佚,后人采其遗文缀辑而成的。

《搜神记》今本二十卷,干宝撰。干宝,字令升,新蔡(今属河南)人,东晋元帝时以著作郎领国史,后任太守、散骑常侍等官。著有《晋纪》二十卷,时称"良史"。他"性好阴阳数术",迷信鬼神;《搜神记》的主旨即"明神道之不诬",是儒家思想、方术、巫术和道教迷信的大杂烩,但也保存了不少优秀的民间传说和故事。书中所记的故事有抄撮旧籍的,有采自近世的,其六、七两卷全抄《续汉书·五行志》。

《搜神后记》十卷,托名晋陶潜撰,是《搜神记》的续书,也记载神鬼灵异的故事,但情节较完整,民间故事的色彩比较浓厚。

《拾遗记》十卷,题晋陇西王嘉撰。王嘉,《晋书》有传,字子年,陇西安阳人,符秦时的方士。《拾遗记》原有十九卷二百二十篇,符秦末年经战乱佚阙,梁代萧绮缀拾残文,改编为十卷,并为之"录",即加上论赞。有人说这部书就是萧绮所著而伪托王嘉的。今书前九卷自庖羲、神农讲起,直到东晋,记载了许多神话,以及帝王的传说,名人的异事,末卷记昆仑等九座仙山。文笔颇靡丽,常为后人所引用。

《幽明录》三十卷,宋刘义庆撰,今佚,《古小说钩沉》辑录二百余条。书的内容也是神鬼怪异之事,但故事性比较强,叙述描写委婉入情,显示了小说艺术的进步。

《齐谐记》七卷,宋东阳无疑撰,今佚,《古小说钩沉》辑录十五条。《续齐谐记》一卷,梁吴均撰,今存。吴均是梁代著名作家,"文体清拔有古气,好事者效之,号为'吴均体'"(见《梁书》本传)。《续齐谐记》无论叙述故事或刻画人物都有较高的艺术技巧。"阳羡鹅笼"的故事奇诡曲折,是根据《旧杂譬喻经》改编的。

《冥祥记》十卷,齐王琰撰。原书久已散佚,《古小说钩沉》辑录一百余条。王琰在《自序》中说,他幼时在交址曾从高僧贤法师受五戒,并得到观世音菩萨金像一座,虔心供养。后来金像两次显灵,"循复其事,有感深怀,沿此征觌,缀成斯记"。书中记述的都是善恶报应的故事,主旨在劝人崇奉佛教,是一部自神其教的宗教宣传品。

《冤魂志》三卷,宋人著录又称《还魂志》,北齐颜之推撰,今存。颜之推,字介,临沂(今山东临沂)人,著有《颜氏家训》。他精通《周礼》《左传》,又虔信佛教,认为"三世之事,信而有征……内外两教,本为一体……一人修道,济度几许苍生,免脱几身罪累……好杀之人,临死报验,子孙殃祸"(《颜氏家训·归心》)。《冤魂志》中的故事大多见于旧籍,"引经史以证报应,已开混合儒释之端矣"(《中国小说史略》)。

总之,魏晋南北朝志怪小说的内容十分复杂。其中有很多纯属宣扬宗教迷信的作品。还有一些作品本是流传于民间的神话故事和传说,因为带有怪异成分,被人搜集加工写进志怪小说之中。这些作品虽不免含有消极因素,但它们曲折地反映了社会矛盾,表达了人民的爱憎和要求,充满了美丽的幻想,富有积极浪漫主义色彩,是值得我们珍视的精华。这些优秀作品大致可以归纳为以下几类:

第一类是鞭挞统治阶级凶恶残暴,表现人民反抗斗争的故事。《搜神记》中的《干将莫邪》和《韩凭夫妇》可以作为代表。前者记述楚国巧匠干将莫邪为楚王铸剑,反被楚王杀害,他儿子长大后为父报仇的故事:

楚干将莫邪为楚王作剑,三年乃成,王怒,欲杀之。剑有雄雌。其妻重身当产。夫语妻曰:"吾为王作剑,三年乃成,王怒,往必杀我。汝若生子是男,大,告之曰:'出户望南山,松生石上,剑在其背。'"于是即将雌剑往见楚王。王大怒,使相之。剑有二,雄雌,雌来雄不来。王怒,即杀之。

莫邪子名赤,比后壮,乃问其母曰:"吾父所在?"母曰:"汝父为楚王作剑,三年乃成,王怒,杀之。去时嘱我语汝:'出户望南山,松生石上,剑在其背。'"子出户南望,不见有山,但睹堂前松柱下石低(砥)之上。即以斧破其背,得剑,日夜思欲报楚王。

楚王梦见一儿眉间广尺,欲报仇。王即购之千金。儿闻之亡去,入山行歌。客有逢者,谓:"子年少,何哭之甚悲耶?"曰:"吾干将莫邪子也,楚王杀吾父,吾欲报之。"客曰:"闻王购子头千金,将子头与剑来,为子报之。"儿曰:"幸甚!"即自刎,两手捧头及剑奉之,立僵。客曰:"不负子也。"于是尸乃仆。

客持头往见楚王,王大喜。客曰:"此乃勇士头也,当于汤镬煮之。"王如其言煮头,三日三夕不烂。头踔出汤中,瞋目大怒。客曰:"此儿头不烂,愿王自往临视之,是必烂也。"王即临之。客以剑拟王,王头随堕汤中,客亦自拟己头,头复堕汤。三首俱烂,不可识别,乃分其汤肉葬之,故通名三王墓。今在汝南北宜春县界。

情节虽然离奇古怪,却表现了被压迫人民反抗残暴统治的坚强意志和英雄气概。《韩凭夫妇》记述宋康王霸占韩凭的妻子何氏,韩凭被囚自杀。"其妻乃阴腐其衣,王与之登台,妻遂自投台下。左右揽之,衣不中手而死。"何氏在遗书里要求将她与韩凭合葬,王怒,不听,将两人分葬。"宿昔之间,便有文梓木,生于二冢之端,旬日而大盈抱,屈体以相就,根交于下,枝错于上。又有鸳鸯,雌雄各一,恒栖树上,晨夕不去,交颈悲鸣,音声感人。宋人哀之,遂号其木曰'相思树'。"这个故事哀艳动人,不仅暴露了统治者的无耻和残暴,更赞扬了被压迫者不慕富贵、不畏强暴的崇高品质。

还有一些作品揭露了官吏欺压人民的罪恶。如祖冲之《述异记》中的《封邵》:"汉宣城太守封邵忽化为虎,食郡民。民呼曰'封使君',因去不复来。时语曰:'无作封使君,生不治民死食民。'"揭露了官吏的吃人本性。《冤魂志》中的《弘氏》,写地方官迎合皇帝旨意,强掠弘氏的材木,并借故将他处死,从一个侧面暴露了政治的黑暗。《搜神记》中的《东海孝妇》,祖冲之《述异记》中的《陶继之枉杀大乐伎》,反映了枉杀好人的问题,也具有一定的认识意义。

第二类反映了人民群众在战乱和动荡的年代里种种不幸的遭遇，表现了他们对美好生活的向往。《幽明录》载："乐安县故市经荒乱，人民饿死，枯骸填地。每至天阴将雨，辄闻吟啸呻叹，声聒于耳。"《冥祥记》中的《沙门开达》记录了东晋隆安年间大饥荒，羌人掠众啖食的情状。在这样黑暗痛苦的岁月里，人民热烈地追求美好的生活，志怪小说中有不少故事表现了这种愿望。《搜神后记》中的《白水素女》便是一篇有代表性的作品①：谢端"少丧父母，无有亲属"，是被邻人养大的一个青年农民。他"夜卧早起，躬耕力作，不舍昼夜"，仍然穷得连妻子也娶不上。一天，他拾到一个大螺，拿回家放在瓮里。此后，每天从田里干活回来，总有现成的饭菜等着他。开始他以为是邻人的馈赠，后来才发现是一个少女为他准备的。这少女就是大螺变的。她本是天河里的白水素女，被天帝派来为谢端"守舍炊烹"。素女走后留下螺壳，"以贮米谷，常可不乏"，谢端终于过上了丰衣足食的生活，并娶了妻子。《幽明录》中的《刘晨阮肇》也是群众所熟悉的一个故事：刘晨、阮肇共入天台山，在溪边遇到两个仙女，结为夫妻。半年后回到家里，"亲旧零落，邑屋改异，无复相识。问讯得七世孙，传闻上世入山，迷不得归"。这类入山遇仙的故事还有《袁相根硕》（见《搜神后记》）等，它们都寄托着战乱年代人民对安定幸福生活的向往。

第三类是反映封建婚姻制度下青年男女争取婚姻自主的故事。《父喻》（见《搜神记》）写父喻与王道平相爱，订立婚约。王出征九年不归，父喻被父母逼迫出嫁他人，愤怨而死。三年后王回，到坟前痛哭哀祝，父喻竟然复活，与王结为夫妇。故事赞扬了他们对爱情的坚贞，客观上暴露了封建婚姻的不合理。《吴王小女》（见《搜神记》）写吴王夫差的小女紫玉与韩重相爱，吴王不许，紫玉气结而死。韩重到墓前吊唁，与玉魂相会，入冢三日三夜，尽夫妇之礼。韩重既出，被收入狱。紫

---

① 在《新辑搜神记　新辑搜神后记》中，辑校者李剑国教授经过考证，将《白水素女》的出处归为《搜神记》，与本书不同。特在此说明，备此一说。

玉的魂向吴王诉说:"昔诸生韩重来求玉,大王不许,玉名毁义绝,自致身亡。重从远还,闻玉已死,故赍牲币诣冢吊唁。感其笃终,辄与相见,因以珠遗之。不为发冢,愿勿推治。"①这个故事较深刻地表现了在封建婚姻制度下青年男女的痛苦。此外如《庞阿》(见《幽明录》)写石女灵魂离体与庞阿相会,《徐元方女》《李仲文女》(见《搜神后记》)、《秦闵王女》(见《搜神记》)、《谈生》(见《列异传》)等写人鬼恋爱,《青溪庙神》(见《续齐谐记》)写人神恋爱,都曲折地反映了封建社会婚姻不自由的问题。

第四类是不怕鬼的故事。如《宗定伯捉鬼》(见《列异传》,另见《搜神记》)生动地描述了宗定伯机智斗鬼的经过:

> 南阳宗定伯,年少时,夜行逢鬼。问曰:"谁?"鬼曰:"鬼也。"鬼曰:"卿复谁?"定伯欺之,言:"我亦鬼也。"鬼问:"欲至何所?"答曰:"欲至宛市。"鬼言:"我亦欲至宛市。"共行数里,鬼言:"步行大亟,可共迭相担也。"定伯曰:"大善。"鬼便先担定伯数里。鬼言:"卿大重!将非鬼也?"定伯言:"我新死。故重耳。"定伯因复担鬼,鬼略无重。如其再三。定伯复言:"我新死,不知鬼悉何所畏忌?"鬼曰:"唯不喜人唾。"于是共道遇水,定伯因命鬼先渡;听之了无声。定伯自渡,漕漼作声。鬼复言:"何以作声?"定伯曰:"新死不习渡水耳,勿怪!"行欲至宛市,定伯便担鬼至头上,急持之,鬼大呼,声咋咋,索下,不复听之。径至宛市中,着地化为一羊。便卖之,恐其便化,乃唾之。得钱千五百,乃去。于时言:"定伯卖鬼,得钱千五百。"

又如《幽明录》中的《阮德如》:"阮德如尝于厕见一鬼,长丈余,色黑而眼大,着皂单衣,平上帻,去之咫尺。德如心安气定,徐笑语之曰:

---

① 《新辑搜神记 新辑搜神后记》所用底本无此段,仅在校勘记中注明。此段见于《太平广记》卷三一六《鬼一》引《录异传》"韩重"条及明津逮秘书本《搜神记》卷一六。特在此说明。

'人言鬼可憎,果然!'鬼即赧愧而退。"这些故事虽然没有否定鬼的存在,但主旨却在表现人的机智勇敢,赞扬不怕鬼的精神,是有积极意义的。

还有一些同妖怪斗争的故事,最著名的是《李寄斩蛇》(见《搜神记》):越闽东部山区有条大蛇危害人民,当地各级官吏听信巫祝的妖言,年年索取少女喂蛇。平民少女李寄挺身而出,带着利剑和猎犬杀死大蛇,为民除了大害。当她走进蛇洞看到被害少女的骷髅时,曾愤慨地说:"汝曹怯弱,为蛇所食,甚可哀愍!"这个故事的基本精神是批判封建统治者迷信神怪、草菅人命,并鼓励人民起来斗争。但故事的结尾说李寄当了越王的王后,父亲封官,母姊受赏,意义不大。

第五类是神话传说。有些是解释自然现象的,如《神异经·东荒经》载东王公与玉女投壶,投不中者,天为之笑。据张华注,天不雨而有电光,叫作天笑。《搜神后记》又有阿香推雷车布雨的故事。《博物志》中《八月浮槎》的故事,则表现了劳动人民征服自然的愿望:

> 旧说云:天河与海通。近世有人居海渚者,年年八月有浮槎去来,不失期。人有奇志,立飞阁于槎上,多赍粮,乘槎而去。十余日中犹观星月日辰,自后茫茫忽忽,亦不觉昼夜。去十余日奄至一处,有城郭状,屋舍甚严,遥望宫中多织妇。见一丈夫牵牛渚次饮之,牵牛人乃惊问曰:"何由至此?"此人具说来意,并问此是何处。答曰:"君还至蜀郡访严君平则知之。"竟不上岸,因还如期。后至蜀问君平,平曰:"某年月日有客星犯牵牛宿。"计年月正是此人到天河时也。

志怪小说中还有一些关于社会问题的神话传说,如《拾遗记》:"洞庭山浮于水上,其下有金堂数百间,玉女居之,四时闻金石丝竹之声,彻于山顶。楚怀王之时,举群才赋诗于水湄。……后怀王好进奸雄,群贤逃越。屈原以忠见斥,隐于沅湘,披蓁茹草,混同禽兽,不交世务。采柏实以和桂膏,用养心神。被王逼逐,乃赴清泠之水。楚人思慕,谓之水仙。其神游于天河，精灵时降湘浦，楚人为之立祠，汉末犹在。"这个传说表现了人民对屈原的崇敬和怀念。又如《列异传》："武昌新县北山上有望夫石，状若人立者。传云：昔有贞妇，其夫从役，远赴国难，妇携幼子，饯送此山，立望而形化为石。"这个传说表彰了妇女坚贞不渝的爱情。

魏晋南北朝志怪小说，是我国古代小说发展初期的产物，大多数作品仍属短小故事，总的看来，艺术上是幼稚粗糙的，但有一些作品的写作技巧已经比较成熟。它们开始注意人物性格的刻画，像韩凭妻何氏的坚贞、机智，李寄的勇敢、豪迈，都是比较突出的。一些神仙鬼怪也被赋予人的性格特点。另外，在题材处理上，能抓住故事最突出的部分，寥寥数语就突出了主题，具有简短精悍的风格。

这个时期的志怪小说，由于多数是采自民间传说，或编缀旧籍而成，所以同一个故事往往见于两种或两种以上的书。不断采集编写的过程，也就是不断加工的过程，不少故事由粗陈梗概的简单记述，发展为情节曲折、人物生动的短篇小说。如《干将莫邪》在《列异传》中只有一个简单的梗概，到《搜神记》中便增加了生动的对话和细节描写，小说艺术的特点显著增强了。

魏晋南北朝志怪小说对后世小说的发展有深远的影响。它为唐代传奇小说作了准备。初唐的《古镜记》《补江总白猿传》具有明显的由志怪向传奇过渡的痕迹。一些唐传奇的故事显然取自志怪小说，如《枕中记》取自《幽明录》中的《焦湖庙祝》，《倩女离魂》取自《幽明录》中的《庞阿》。至于人物刻画、细节描写、语言运用等方面的写作经验，也为唐传奇所汲取。唐以后，小说中始终有志怪一类，是魏晋南北朝志怪小说的继续和发展。如宋洪迈的《夷坚志》、清纪昀的《阅微草堂笔记》等。在清代蒲松龄的《聊斋志异》中，类似魏晋南北朝志怪小说的篇章屡屡可见。宋以后的话本、戏曲中取材于魏晋南北朝志怪小说的也很多。

第三节 《世说新语》等志人小说

魏晋南北朝志人小说主要有以下几种：三国魏邯郸淳《笑林》，东晋葛洪《西京杂记》、裴启《语林》、郭澄之《郭子》，宋刘义庆《世说新语》，梁沈约《俗说》、殷芸《小说》。上述各书，除《西京杂记》《世说新语》外，均已散佚。

《笑林》三卷，《隋书·经籍志》有著录，《宋史·艺文志》已不载，大约久已亡佚。《古小说钩沉》有辑本，二十九则。作者邯郸淳一名竺，字子叔，颖川（今河南许昌）人，汉献帝初年客居荆州，后归曹操，以博学多才深受敬重。魏文帝黄初初年，任博士给事中。《笑林》所收的都是一些短小的笑话，"举非违，显纰缪"（《中国小说史略》），开后世诽谐文字之端。有的故事具有一定的社会意义，如：

> 楚人有担山鸡者，路人问曰："何鸟也？"担者欺之曰："凤凰也。"路人曰："我闻有凤凰久矣，今真见之，汝卖之乎？"曰："然。"乃酬千金，弗与；请加倍，乃与之。方将献楚王，经宿而鸟死。路人不遑惜其金，惟恨不得以献耳。国人传之，咸以为真凤而贵，宜欲献之，遂闻于楚王。王感其欲献已也，召而厚赐之，过买凤之值十倍矣！

这是对那种轻信盲从、不肯调查研究的人的尖刻讽刺。又如：

> 汉世有人，年老无子，家富，性俭啬。恶衣蔬食，侵晨而起，侵夜而息，营理产业，聚敛无厌，而不敢自用。或人从之求丐者，不得已而入内，取钱十，自堂而出，随步辄减，比至于外，才余半在。闭目以授乞者。寻复嘱云："我倾家赡君，慎勿他说，复相效而来。"老人俄死，田宅没官，货财充于内帑矣。

嘲笑剥削阶级的吝啬，富有民间笑话机智辛辣的风格。《笑林》之后，《隋书·经籍志》还著录有《解颐》二卷，杨松玢撰（据《直斋书录解题》,应为阳玠松),今一字不存。《旧唐书·经籍志》有《启颜录》十卷,隋侯白撰,今亦佚,但在《太平广记》中还保存了很多佚文。

《西京杂记》二卷,末有葛洪跋语,说他家藏有刘歆《汉书》一百卷,班固所撰《汉书》几乎全取于此,所不取的不过二万字,今抄出为二卷,名曰《西京杂记》。其实,这部书很可能就是葛洪所著而伪托刘歆的。葛洪(284—364),字稚川,丹阳句容(今属江苏)人。年少时即以儒学知名,尤好神仙导养之法,是贵族道教的创始人。著有《抱朴子》《神仙传》《隐逸传》等。《西京杂记》记述西汉人物轶事,也涉及宫室制度、风俗习惯、衣饰器物等,带有怪异色彩,内容没有什么可取之处,但"意绪秀异,文笔可观"(《中国小说史略》)。《王嫱》记王昭君远嫁匈奴的故事,《鹔鹴裘》记司马相如与卓文君开酒店的故事,都是后世戏曲小说常常采用的题材。

东晋隆和(362)中,处士裴启(字荣期,河东人)搜集"汉魏以来迄于今时言语应对之可称者,谓之《语林》"(《世说新语》注引《续晋阳秋》)。此书当时颇为盛行,后因记载谢安的话失实,为谢安所轻诋,从此不再流行,到隋时已佚失了。但其他书中常见佚文,《古小说钩沉》辑有一百多条。

与《语林》类似的还有《郭子》,郭澄之撰。郭澄之,字仲静,太原阳曲人(今属山西),东晋末曾任南康相,后随刘裕,官至相国府从事中郎,封南丰侯。《郭子》今亡,《古小说钩沉》辑有八十余条。

《世说新语》是《语林》《郭子》一类小说的集大成者。刘义庆(403—444),彭城(今江苏徐州)人,宋武帝刘裕的侄子,袭封临川王,官至尚书左仆射、中书令。他尊崇儒学,晚年好佛,"为性简素,寡嗜欲,爱好文义。才词虽不多,然足为宗室之表。……招聚文学之士,近远必至"(《宋书·刘道规传》)。鲁迅认为《世说新语》即"或成于众手"(《中国小说史略》)。《世说新语》原名《世说》,唐时称《世说新书》。今本共三卷,依内容分《德行》《言语》等三十六篇,记述汉末到东晋名士们的遗闻轶事(只有几条记西汉事),特别详于王、谢、顾、郗等世族人物的玄虚清谈和疏放举动。其中不少故事取自《语林》《郭子》，文字也间或相同。梁刘孝标为它作注，引用古书四百余种，补充了不少史料，许多已散佚的古书借此保存了一些佚文，颇为后人珍重。

《世说新语》作为一部记录历史人物轶事的小说，有助于我们了解那个时代社会生活的一些侧面，了解世族文人的生活方式和精神面貌。

《世说新语》反映了魏晋时期社会的黑暗、政治的腐败，以及统治集团的残暴荒淫。如《尤悔》载王导向晋明帝陈说晋得天下的原因，"具叙宣王创业之始，诛夷名族，宠树同己，及文王之末，高贵乡公事"，以致明帝听了覆面着床说："若如公言，祚安得长！"暴露了统治阶级内部争权夺利互相杀戮的黑暗面。《德行》载：阮籍"言皆玄远，未尝臧否人物"，嵇康二十年间不露"喜愠之色"。他们的这种态度间接地反映了魏晋之际统治集团之间争权夺利、互相杀戮的恐怖局面。《汰侈》集中地反映了统治阶级骄奢淫逸的生活。石崇与王恺斗富，王以"粘糒澳釜"，石用"蜡烛作炊"；王"作紫丝布步障，碧绫里，四十里"，石"作锦步障五十里"；石以"椒为泥"，王以"赤石脂泥壁"。王武子家用人乳喂猪，猪肉肥美异于常味，连皇帝都甚为不平。尤其骇人听闻的是这一段故事：

> 石崇每要客燕集，常令美人行酒。客饮酒不尽者，使黄门交斩美人。王丞相与大将军尝共诣崇。丞相素不能饮，辄自勉强，至于沉醉。每至大将军，固不饮，以观其变。已斩三人，颜色如故，尚不肯饮。丞相让之，大将军曰："自杀伊家人，何预卿事！"

以杀人劝酒为"阔"，以冷眼旁观杀人为"豪"，这种野蛮的豪奢表现了世族阶级的凶残。

《世说新语》以大量篇幅记载了名士们奇特的举动和玄妙的清谈，是我们研究"魏晋风流"的重要资料。这些名士标榜"雅量""豪爽"，讲究"容止""识鉴"，就连"任诞""简傲"也成为一种清高的美誉。如《雅量》：

> 顾和始为扬州从事，月旦当朝。未入顷，停车州门外。周侯诣丞相，历和车边，和觅虱夷然不动。周既过反还，指顾心曰："此中何所有？"顾搏虱如故，徐应曰："此中最是难测地。"周侯既入，语丞相曰："卿州吏中有一令仆才。"

顾和的雅量大度，表现得活灵活现。又如《任诞》："刘伶恒纵酒放达，或脱衣裸形在屋中。人见讥之，伶曰：'我以天地为栋宇，屋室为裈衣，诸君何为入我裈中？'""毕茂世云：'一手持蟹螯，一手持酒杯，拍浮酒池中便足了此一生。'"纵酒放达，不务世事，任诞不羁，醉生梦死，便是所谓的名士风度。王孝伯说："名士不必须奇才，但使常得无事，痛饮酒，熟读《离骚》，便可称名士。"(《世说新语·任诞》)倒确是一语道破了这般名士的奥妙。

《世说新语》中关于清谈的记载很多，如《文学》：

> 孙安国往殷中军许共论，往反精苦，客主无间。左右进食，冷而复暖者数四。彼我奋掷麈尾，悉脱落餐饭中，宾主遂至暮忘食。殷乃语孙曰："卿莫作强口马，我当穿卿鼻。"孙曰："卿不见决鼻牛，人当穿卿颊。"

> 支道林初从东出，住东安寺中。王长史宿构精理，并撰其才藻，往与支语，不大当对。王叙致作数百语，自谓是名理奇藻。支徐徐谓曰："身与君别多年，君义言了不长进。"王大惭而退。

关于魏晋清谈，鲁迅有一段精辟的论述："这种清谈，本从汉之清议而来。汉末政治黑暗，一般名士议论政事，其初在社会上很有势力，后来遭执政者之嫉视，渐渐被害，如孔融、祢衡等都被曹操设法害死，所以到了晋代的名士，就不敢再议论政事，而一变为专谈玄理；清议而不谈政事，这就成了所谓清谈了。但这种清谈的名士，当时在社会上却仍旧很有势力，若不能玄谈的，好似不够名士的资格；而《世说新语》这部书，差不多就可以看做一部名士的教科书。"(《中国小说的历史的变迁》)对于这种清谈，当时也有非议。《世说新语·言语》载王羲之的话："今四郊多垒,宜人人自效。而虚谈废务,浮文妨要,恐非当今所宜。"桓温指责王夷甫等人清谈误国,并将这般名士比作"啖刍豆十倍于常牛,负重致远曾不若一羸牸"(《世说新语·轻诋》)。这些记载,也有助于我们认识那些名士们的实质。

此外,《世说新语》里还有一些片断是长期以来为读者所熟悉,而在今天仍有一定积极意义的。如《自新》中周处勇于改过、为民除害的故事:"周处年少时,凶强侠气,为乡里所患。又义兴水中有蛟,山中有遭迹虎,并皆暴犯百姓,义兴人谓为三横,而处尤剧。或说处杀虎斩蛟,实冀三横唯余其一。处即刺杀虎。又入水击蛟,蛟或浮或没,行数十里,处与之俱,经三日三夜。乡里皆谓已死,更相庆。竟杀蛟而出。闻里人相庆,始知为人情所患,有自改意。"这类故事还有《陶侃性检厉》(《政事》)、《锺会嵇康》(《简傲》)等。

《世说新语》在艺术上有较高的成就,"记言则玄远冷俊,记行则高简瑰奇"(《中国小说史略》),鲁迅的话概括了它的艺术特色。它能在短小的篇幅中,通过记述人物的片言只语或一二行为,生动地表现人物的性格特征。它每则仅百字左右,少的十五六字,多的不过三四百字,却往往能抓住中心,突出描写对象的特征。如《俭啬》:"王戎有好李,卖之恐人得其种,恒钻其核。"一件事三句话十六字,便写出了王戎贪婪的本性。又如《雅量》记述顾雍在群僚围观下棋时,得到丧子噩耗,强压悲痛,"神气不变",拼命用指甲掐手掌,以至流血染红坐褥。一个细节就生动地表现出顾雍的个性。《世说新语》刻画人物形象,善于采取多种表现手法。有的通过同一环境中几个人的不同表现形成对比,如《雅量》中描述谢安和孙绰等人泛海遇到风浪,谢安"貌闲意说,犹去不止",孙绰等却"色并遽","喧动不坐",显出谢安临危若安、镇静从容的"雅量"。有的则抓住人物性格的主要特征作漫画式的夸张,如《忿狷》中绘声绘色地描写王述吃鸡蛋的种种蠢相来表现他的性急:"以箸刺之,不得,便大怒,举以掷地。鸡子于地圆转未止,仍下地,以屐齿蹍之,又不得。瞋甚,复于地取内口中,啮破即吐之。"有的运用富于个性的口语来表现人物的神态,如《赏誉》中王导"以麈尾指坐",叫何充共坐说:"来,来,此是君坐!"生动地刻画出王导对何充的器重。

《世说新语》的语言简约含蓄、隽永传神。正如明胡应麟《少室山房笔丛》所说:"读其语言,晋人面目气韵,恍忽生动,而简约玄澹,真致不穷。"它又能将口语熔铸为生动活泼的文学语言。有许多广泛运用的成语便是出自《世说新语》的,如"难兄难弟""拾人牙慧""咄咄怪事""一往情深"等。

《世说新语》之后,梁沈约有《俗说》三卷,今亡。《古小说钩沉》辑录五十余条,内容与《世说新语》类似。梁武帝曾敕安右长史殷芸撰《小说》三十卷,至隋仅存十卷,明初尚存,今乃止见于《续谈助》及原本《说郛》中。此书是采集群书而成,以时代为次序,而将帝王之事放在卷首。内容自周汉到南齐,规模很大。《古小说钩沉》辑录一百三十余条。

魏晋南北朝志人小说中以《世说新语》对后世影响最大,模仿它的著作不断出现。《旧唐书·经籍志》有刘孝标撰《续世说》十卷,但据《隋书·经籍志》,可能就是他为刘义庆《世说新语》作的注,不是另有一书。唐代有王方庆《续世说新书》,见《新唐书·艺文志》杂家类著录,今佚。宋有王谠《唐语林》、孔平仲《续世说》。明有何良俊《何氏语林》、李绍文《明世说新语》等。清有吴肃公《明语林》、李清《女世说》、颜从乔《僧世说》、王晫《今世说》。直到民国初年还有易宗夔《新世说》。这些书"纂旧闻则别无颖异,述时事则伤于矫揉"(《中国小说史略》),没有多大文学价值可言。

《世说新语》为后世戏曲小说提供了不少素材,《玉镜台》(元关汉卿作)、《剪发待宾》(元秦简夫作)、《兰亭会》(明杨慎作,或题许时泉)等戏都是根据《世说新语》中的故事改编的。《三国演义》中有些情节如杨修解"黄绢幼妇"之辞、望梅止渴、七步成诗等,也取自《世说新语》。

第七章　魏晋南北朝文学理论

魏晋南北朝时期,中国的文学理论得到迅速的发展。这表现在以下三个方面:

第一,对文学的特点和文学创作的规律有了进一步的认识。

第二,提出了一些新的文学理论和概念,如风力、风骨、形象,以及言意关系、形神关系等。

第三,出现了一些文学理论和文学批评的专著。

第一节　《典论·论文》和《文赋》

曹丕是魏晋南北朝时期文学理论和文学批评的开创者。在他之前虽然也有一些文学理论和批评著作,如《毛诗序》《离骚序》等,但多限于对一节一文的批评和论述。曹丕的《典论·论文》却对文学创作和批评的一般理论问题提出了自己的看法。曹丕所著《典论》一书共二十篇,今仅存《自叙》《论文》两篇。《典论·论文》是我国现存第一篇文学理论和文学批评的专论。它对我国文学批评和文学创作的发展都有积极影响。其内容主要为以下四点:

(一)肯定了文学的地位,对其意义作用给予很高的估价:"盖文章经国之大业,不朽之盛事。"并鼓励文人从事写作。

(二)强调作家要有自己独特的个性和风格:"文以气为主",此所谓"气"指作家的人格、性情、才调,表现在文学作品中就是独特的风格。他又说"气之清浊有体,不可力强而致",认为创作个性和风格从形式上是学不到的,必须靠自己平素的修养。《文心雕龙·养气》"素气资养",也就是这个意思。

(三)他把文学体裁区分为四类,并各指出其特点:"奏议宜雅""书论宜理""铭诔尚实""诗赋欲丽"。这种区分虽不够完善,但区分文体是自他开始的。

(四)讨论了从事文学批评的态度。反对"贵远贱近,向声背实""暗于自见""文人相轻"等陋习。他认为应当"审己以度人",先检查自己,看到自己的短处,然后去衡量别人,发现别人的长处。

陆机的《文赋》是文学批评史上另一篇重要的作品,他写这篇文章的目的是总结前人的创作经验,讨论写作的技巧。主要内容有以下三个方面:

(一)论述了文学创作的过程。作家在观察客观事物或阅读古代典籍时有所感触,便产生了创作冲动,然后进入构思阶段。他强调构思时要驰骋想象,捕捉形象,发挥独创精神,以求达到"意称于物"。下一步是分段布局、遣词命意的功夫,他强调意为骨干、文为枝条,力求达到文以逮意。

(二)探讨了写作技巧,主要是修辞的技巧,诸如辞意双关、运用警句突出主题、独创新辞、以精美的词句调剂文章的平庸等。他提出写作时要防止五种弊病:篇幅太小,不足成文;文辞美丑不谐;辞浮情虚;迎合时好,格调不高;过于质朴而枯燥无味。

(三)将文体区分为十类,并各指出其特点。他把诗、赋分为两类,并指出"诗缘情"的特点,显然比曹丕关于文体四科的区分进了一步。

总之,陆机的《文赋》提出了文学创作中许多新的问题,总结了不少创作经验,在古代的文学理论中是一篇重要论著。但陆机忽视文学作品的思想内容,不能圆满解释文学创作中的一些根本问题,刘勰批评《文赋》说:"号为曲尽,然泛论纤悉,而实体未该。"(《文心雕龙·总术》)是很中肯的。

第二节 《文心雕龙》和《诗品》

《文心雕龙》的作者刘勰(约469—约532),字彦和,东莞莒(今山东莒县)人。他一生经历了宋、齐、梁三朝。据清人刘毓崧考订,他的《文心雕龙》成于齐和帝中兴元、二年间(501—502,见《通义堂文集》卷一四《书〈文心雕龙〉后》)。刘勰笃信佛教,"家贫,不婚娶,依沙门僧佑,与之居处积十余年"(《梁书》本传),但《文心雕龙》的思想体系却是属于儒家的。

《文心雕龙》共五十篇,包括总论五篇,文体论二十篇,创作论十九篇,批评论五篇,最后一篇《序志》是总结全书的自序。这部书是中国古代文学理论著作中最系统的一部。

《文心雕龙》对于文学理论的主要贡献有以下四个方面:

第一,在论述文学发展的历史时,把文学的发展同政治的变迁联系起来,认为"文变染乎世情,兴废系乎时序"(《时序》)。这是唯物主义的见解。但是刘勰也没有忽视文学本身的发展规律,他所提出的关于"通""变"的主张(《通变》),涉及文学的继承与革新,也是很有价值的。

第二,比较全面地说明了文学的内容和形式的关系。他主张"为情造文",反对"为文造情"(《情采》),既强调了内容的重要性,又没有忽视形式。

第三,总结了许多宝贵的文学创作经验。如形象思维的问题,艺术想象的问题,艺术风格的问题,以及风骨、情采、熔裁、夸饰等方面的问题。

第四,阐述了进行文学批评的标准、态度和方法。

总之,《文心雕龙》是我国文学批评史上一部最重要的著作,它对后世的影响是十分深远的。

《诗品》的作者锺嵘(约468—约518),字仲伟,一作伟长,颍川长社(今河南长葛)人。他的《诗品》成于梁代。

《诗品》专门评论五言诗,共品评了汉代至梁代的一百二十二个诗人,以及古诗十九首,分为上中下三品。前有总论。

锺嵘品评诗人注意他们的风格特点,以及诗人之间的继承关系。如刘琨"其源出于王粲",陶潜"其源出于应璩,又协左思风力"。刘桢"仗气爱奇,动多振绝。真骨凌霜,高风跨俗"。从对于诗人的评论中可以看出锺嵘的文学主张主要是反对声病说,主张诗歌要有自然和谐的音律。反对用典,主张"直寻"。他认识到社会生活是诗歌的源泉;提倡既有风骨又有词采的作品。这些主张对于齐梁以来流行的形式主义诗风是一个有力的批判。

但《诗品》在品评诗人时,并没有完全摆脱当时的形式主义偏见,上中下三品的评判有不当之处。它把陆机、潘岳放在上品,而把陶渊明、鲍照列入中品,就不够公允。关于诗人之间的继承关系,有些讲法也显得勉强。

隋唐五代文学

概　说

　　581年,杨坚受周禅,建立隋朝,是为隋文帝。589年,隋军渡江灭陈,统一中国,结束了南北朝对峙的局面。但隋朝只维持了三十七年,就被农民起义推翻了。618年,唐朝建立。唐朝是中国封建社会的鼎盛时期。907年唐朝灭亡后,在北方的黄河流域经历了梁、唐、晋、汉、周五个朝代,南方先后建立了九个相对较小的割据政权,即吴(都扬州)、南唐(都金陵)、吴越(都杭州)、楚(都潭州,今湖南长沙)、南汉(都广州)、闽(都福州)、前蜀(都成都)、后蜀(都成都)、荆南(都江陵),加上北方的北汉(都太原),这就是历史上所谓的"五代十国"。960年,宋朝建立。979年,宋灭北汉,统一中国。

　　隋唐五代文学,重点是唐代文学。

第一节　唐代文学的繁荣和发展

　　唐代文学呈现出百花齐放的局面,诗歌、散文、小说都得到很大发展,同时还兴起了词和变文两种新的文学形式。诗歌的成就尤其突出。

　　诗歌的繁荣首先表现在数量上。仅据清代康熙年间所编的《全唐诗》所录,就有诗人二千二百余人,作品四万八千九百余首,共九百卷。据明代胡震亨统计,有别集者六百九十一家[①]。在不到三百年的时间

---

　　① 《唐音癸签》卷三〇《集录一》云:"右诸集帝王八集,初唐一百五十二家,盛唐四十九家,中唐一百六十四家,晚唐一百三十七家,闰唐一百四十三家,方外、宫闱三十八家,总计集六百九十一家,八千二百九十二卷。"上海古籍出版社,1981年,第314页。

里,诗歌创作得到这样巨大的收获,这标志着唐代是中国诗歌史上的一个新纪元。然而唐诗之盛不仅表现在数量上,更重要的是表现在质量上。唐代不仅有李白、杜甫这样伟大的诗人,还有王维、白居易、李贺、李商隐、杜牧等一大批优秀的诗人。唐诗的一般水平超过了中国历史上任何一个朝代。其思想性、艺术性达到了很高的水平,再加上题材、形式和流派的多样性,使唐代成为中国古典诗歌的全盛时期。明代胡应麟说:"甚矣,诗之盛于唐也!其体,则三、四、五言,六、七、杂言,乐府,歌行,近体,绝句,靡弗备矣。其格,则高卑、远近、浓淡、浅深、巨细、精粗、巧拙、强弱,靡弗具矣。其调,则飘逸、浑雄、沉深、博大、绮丽、幽闲、新奇、猥琐,靡弗诣矣。其人,则帝王、将相、朝士、布衣、童子、妇人、缁流、羽客,靡弗预矣。"(《诗薮》外编卷三《唐上》)这段话说明了唐诗全面发展的情况及其普及的程度。

唐诗在当时就以各种方式在社会上广泛流传着。据《诗薮》统计,唐五代人自选诗达三十六种,流传到今天的还有十多种①。数量众多的选集的出现,证明社会上对诗歌有普遍的爱好和需要。白居易的诗被人"缮写模勒,炫卖于市井,或持以交酒茗"(元稹《白氏长庆集序》),这种情况不仅说明白居易受到人民群众的喜爱,也说明唐人爱好诗歌已成为普遍的风气。唐诗在社会上的广泛流传,从侧面说明了唐诗繁荣的局面。

散文在唐代也得到很大发展。从西魏就开始酝酿的文体革新,在中唐经过韩愈和柳宗元的努力,终于取得成功,散文代替骈文占据了文坛的主要地位。这就是文学史上所谓的唐代古文运动。韩、柳在文体和文学语言的革新上所取得的成就,对后代产生了深远的影响。

唐代传奇小说的出现,是中国小说史上的一件大事,标志着中国小

---

① 1958年中华书局上海编辑所曾编印过一部《唐人选唐诗(十种)》。其后,1996年陕西人民教育出版社出版了傅璇琮、陈尚君、徐俊编撰的《唐人选唐诗新编》,共编集十三种。2014年中华书局出版了《唐人选唐诗新编》(增订本),共编集十六种。三书去除重复,合计为十七种。

说已进入成熟的阶段。唐人写传奇,开始有意识地从事小说创作。他们取材于现实生活,写出了完整的故事情节和典型的人物形象。其中一些优秀的作品,如《李娃传》《莺莺传》《霍小玉传》《柳毅传》《长恨歌传》,至今仍保留着它们的艺术魅力。此外,唐代的讲唱艺术和话本,为我国文学开辟了一个新的领域,对后世的戏曲、白话小说和曲艺都有着显著的影响。

中唐以后词的出现,也是文学史上的一件大事。晚唐五代,词的创作趋于繁荣,对宋词的发展起了引导的作用。

第二节 唐代文学繁荣发展的原因

唐代是中国封建社会的顶峰,又是中国封建社会由盛到衰的转变时期。诗和文作为封建正统文学的主要形式,在封建社会迅速发展和急剧衰颓的唐代,得到高度的繁荣发展,是不难理解的。

唐朝是在隋末农民大起义之后建立的,唐朝统治者慑于隋末农民起义的威力,接受前代王朝覆亡的教训,采取了一系列比较开明的措施,以缓和阶级矛盾,发展社会经济,安定人民生活。《贞观政要》卷八:"(太宗)谓侍臣曰:'国以人为本,人以食为命,若禾黍不登,则兆庶非国家所有。……今省徭薄赋,不夺其时,使比屋之人,恣其耕稼,此则富矣。'"由贞观到开元的一百多年间,生产不断发展,社会财富迅速积累,"米斗之价钱十三,青、齐间斗才三钱"(《新唐书·食货志》)。唐帝国达到中国封建社会繁荣昌盛的顶点,成为当时世界上最强大的帝国。民族的自信心、自豪感,以及人民的创造力都达到前所未有的高度,社会生活的各个方面无不呈现出活跃的状态。国家的统一,南北的交流,扩大了人们的生活视野。唐代许多诗人都曾有过漫游生活,有人漫游过大半个中国,他们对祖国的山河和各地人民的生活有了更广泛的接触。另外,由于中国和西域、中亚、印度等国文化交流的发展,使人们的精神生活更加丰富了。时代要求新的文学出现,也培育了一代新的文学家,他们有力量冲破南朝的形式主义,以一种新的姿态出现在文坛上,给文学带来前所未有的繁荣。然而,唐王朝的强盛并没有持续很久,到天宝年间,潜伏着的各种社会矛盾逐渐激化,终于像火山一样爆发出来,这就是755年开始的"安史之乱"。这场战乱把盛世背后掩藏着的一切矛盾全部揭示了出来,并使得诗人们在更深更广的程度上接触到社会和人民。"安史之乱"是唐王朝由盛到衰的转折点,也是中国封建社会的一个大转折。社会的巨大变化刺激着文学的灵感,也为文学创作提供了丰富的素材。

文学从宫廷和贵族的垄断中解放出来,转移到中下层地主阶级知识分子手中,这是唐代文学得以发展的一个直接原因。齐梁文坛基本上被宫廷文人把持着,他们生活贫乏,思想空虚,醉心于形式和辞藻,把文学引上了形式主义的道路。隋末农民起义沉重地打击了世族地主的势力。中下层庶族地主由于均田制的实行而迅速地发展起来。中下层地主知识分子和世族文人不同,他们比较了解社会现实和民生疾苦,有一种积极进取的精神。他们大都通过科举考试的途径登上政治舞台,成为政治上比较进步的势力。在文学上,他们也成为一股新生的和贵族文学相对抗的力量。唐代的著名文学家"初唐四杰""王孟""高岑""李杜""韩柳"、白居易、李商隐等人,都属于这一类,他们有比较丰富的生活阅历,对政治现状常常有所不满而要求革新;他们能够吸取民间文艺的营养,敢于揭露社会矛盾,表现政治理想。可以说唐代文学就是在这批人的手中繁荣发展起来的。

唐代文学的繁荣发展与当时思想、文化的活跃也有极密切的关系。唐代统治者不像汉代那样罢黜百家、独尊儒术,唐代的思想界比较解放。儒、释、道等各种思想得以流传,各种宗教也可以传播。唐代的音乐、舞蹈、绘画、建筑、雕塑,在民族传统的基础上,吸取了西域、中亚、印度的影响,呈现百花齐放的局面。思想、文化的活跃,促进了文学上各种风格、流派的建立,对于新的文学形式的出现(如变文、词)也有积极的影响。

统治者的重视与提倡,也是唐代文学繁荣发展的一个原因。唐太宗先后开设文学馆、弘文馆,招延学士,编纂文书,唱和吟咏。高宗、武后常自制新词以入乐,玄宗本人就是诗人和音乐家,文宗好诗,欲置诗学士七十二人①。统治者的爱好、提倡和奖励,自然会吸引知识分子走上文学创作的道路。以诗赋取士的制度也促使士人去研习诗文,把文学创作当成一项基本训练。这对文学的普及是有作用的。《唐音癸签》说:"唐试士初重策,兼重经。后乃骑重诗赋。中叶后,人主至亲为披阅,翘足吟咏所撰,叹惜移时。或复微行,谘访名誉,袖纳行卷,予阶缘。士益竞趋名场,殚工韵律。诗之日盛,尤其一大关键。"《全唐诗序》说:"盖唐当开国之初,即用声律取士,聚天下才智英杰之彦,悉从事于六艺之学,以为进身之阶。则习之者,固已专且勤矣。"当然,应制诗、试帖诗少有佳作,但统治者的提倡和奖励,毕竟有助于造成重视文学创作的风气。

唐代文学的繁荣发展还取决于它本身的发展规律。即以诗歌为例,中国本是一个诗国,诗是最早发达的一种文学体裁。在唐以前,诗歌已经有了将近二千年的历史,积累了许多艺术经验:既有《诗经》、汉乐府的叙事写实传统,又有《楚辞》的浪漫抒情传统;既有汉魏诗人学习变风变雅讥刺政治,学习乐府反映民生疾苦的经验,也有六朝描写田园山水,以及运用声律、对偶等艺术技巧的经验;此外,四、五、七言,骚体,乐府,古诗,齐梁新体诗的发展,也在运用体裁形式方面提供了广阔

---

① 文宗置诗学士事,据《资治通鉴》卷二四六所载,在开成三年(838)十一月:"上好诗,尝欲置诗学士。李珏曰:'今之诗人浮薄,无益于理。'乃止。"中华书局点校本,1956年6月,第7938页。可知,置学士并未成行。另,[宋]王谠《唐语林》卷二《文学》所记较详:"文宗好五言诗……尝欲置诗学士七十二员……李珏奏曰:当今起置诗学士,名稍不嘉。况诗人多穷薄之士,昧于识理。今翰林学士皆有文词,陛下得以览古今作者,可怡悦其间;有疑,顾问学士可也。陛下昔者命王起、许康佐为侍讲,天下谓陛下好古宗儒,敦扬朴厚。臣闻宪宗为诗,格合前古,当时轻薄之徒,摛章绘句,聱牙崛奇,讥讽时事,尔后鼓扇名声,谓之'元和体',实非圣意好尚如此。今陛下更置诗学士,臣深虑轻薄小人,竞为嘲咏之词,属意于云山草木,亦不谓之'开成体'乎?玷黩皇化,实非小事。"周勋初《唐语林校证》,中华书局,1987年7月,第149—150页。

的天地。所有这些都是唐诗进一步发展的前提条件。

　　然而传统总是死的,重要的是批判地继承它。唐诗便是批判地继承了前代传统之后繁荣发展起来的,也可以说是在同南朝形式主义文学的斗争中发展起来的。初唐诗人陈子昂提出以复古为革新的主张,冲破了齐梁以来宫廷文学的苑囿,恢复了汉魏的传统,重新使诗歌与社会政治结合起来,为唐诗开拓了一条健康的道路。盛唐诗人在初唐的基础上批判地吸收了六朝的艺术技巧,继承了《诗经》以来优良的传统,努力表现他们自己时代的社会生活与政治斗争,出现了诗歌创作的高潮。李白、杜甫便是这高潮中两位伟大的诗人。中唐时期,又有白居易提倡新乐府运动,这个运动成为贯穿中晚唐的巨大潮流。可见,唐诗的繁荣与诗人们批判地继承传统,大胆革新、勇于创造的精神是分不开的。

　　正如两股水流的汇合,可以涌起壮阔的波澜;两种文风的交流,也会促进文学高潮的到来。自晋南渡到隋统一,这二百六十多年间,政治上南北对峙,文学的发展南北也出现不同的趋势。魏徵《隋书·文学传序》说:"江左宫商发越,贵于清绮;河朔词义贞刚,重乎气质。气质则理胜其词,清绮则文过其意。理深者便于时用,文华者宜于咏歌。此其南北词人得失之大较也。"南北朝文学的中心在南朝。南朝文学已经从笼统的学术中分化出来,成为一个独立部门。并且在文学中又有了"文""笔"之分,"文"指美感的文学,"笔"指应用的文字。这是文学观念的一大进步。这个进步促使作家和文学理论家们更努力地去研究艺术技巧,积累艺术经验,因而使艺术性达到更加精巧的地步。然而在帝王和贵族们的控制下,南朝文学走上了唯美主义、形式主义的歧途。正如李谔在《上隋高祖革文华书》中所说:"竞一韵之奇,争一字之巧。连篇累牍,不出月露之形;积案盈箱,唯是风云之状。"(《隋书·李谔传》)一种华艳淫靡、轻浮柔弱的风气弥漫于文坛,呈现出一种病态的美,犹如在浓厚的脂粉之下掩盖着贫血的面庞。她需要输入新鲜的血液,需要呼吸新鲜的空气,需要移植强壮的筋骨,而这一切恰恰可以在北方的黄土地带找到。北朝文风的刚劲、粗犷、厚重与沉实,《木兰诗》和其他北朝民歌中的泥土气息与生活气息,正好是那位病态的江南美人所急需的营养。魏徵在《隋书·文学传序》中说:"若能掇彼清音,简兹累句,各去所短,合其两长,则文质斌斌,尽善尽美矣。"唐朝诗人经过近百年的摸索,终于把这两种文风融合在一起,以南朝的"文",装饰北朝的"质";以北朝的"质",充实南朝的"文",创造出中国诗歌最健美的典型。这就是以李白、杜甫、王维、孟浩然、高适、岑参、王昌龄、李颀、王之涣等人为代表的那个盛唐时代所完成的历史使命。

第三节 唐诗的分期

宋人严羽《沧浪诗话·诗体》将唐诗分为"唐初""盛唐""大历""元和""晚唐"五体。元人杨士弘选录唐诗,编成《唐音》,将严氏的五体并为"唐初""盛唐""中唐""晚唐"四体。所谓中唐,包括"大历体"和"元和体"。明初高棅编《唐诗品汇》,在《总叙》中说:"有唐三百年诗,众体备矣……略而言之,则有初唐、盛唐、中唐、晚唐之不同。详而分之,贞观、永徽之时……此初唐之始制也。神龙以还,洎开元初……此初唐之渐盛也。开元、天宝间……此盛唐之盛者也。大历、贞元中……此中唐之再盛也。下暨元和之际……此晚唐之变也。降而开成以后……此晚唐变态之极,而遗风余韵犹有存者焉。"从此四唐就不仅是分体而且成为唐诗的分期。按这个分法,初唐不包括高祖时代,中唐又太短,所以还不甚严密。明末沈骐在《诗体明辨》的序里分唐诗为"四大宗",修正了这两处。

本书在肯定四唐分期的大原则下,具体每期的界限则与前人略有不同,这主要涉及初唐的下限,以及盛唐的起始年。诗歌史上所谓初唐时期始自唐朝开国之初,即高祖武德元年(618),这是没有问题的。至于其下限应划在何时,一般的说法是玄宗开元初,此后就进入盛唐。这是迁就历史上关于开元盛世的习惯说法,固然未尝不可。然而,唐诗的分期应当着眼于诗歌本身的发展,如果政治上的重要事件和转折与诗歌本身的发展阶段相吻合,两方面可以兼顾当然最好。如果不便兼顾,那就应当首先考虑唐诗本身。若从唐诗本身考察,713年这一年实在没有划时代的意义。所以笔者将初唐的下限定在玄宗开元八年(720),而把盛唐的开始定在开元九年。在720年这一年之前,初唐的诗人如陈子昂、苏味道、杜审言、宋之问、沈佺期均已去世。而721年王维进士及第,李白二十一岁,杜甫十岁。723年崔颢及第,724年祖咏及第,726年储光羲、綦毋潜、崔国辅及第,李白出蜀。大致上说,从721年即8世纪20年代开始,盛唐的诗人们相继登上诗坛施展才华,这才出现了一个"群才属休明,乘运共跃鳞"的新局面。所以将721年作为盛唐的开始也许是更为恰当的。盛唐的下限通常定在代宗大历初,笔者认为不如定为770年,即杜甫的卒年,杜甫的逝世结束了盛唐时代。① 至于中唐和晚唐交替的时间,大致说来,文宗大和九年(835)的"甘露之变"可以看作一条分界线。在这之前不久,中唐诗坛的主将孟郊、韩愈、柳宗元、元稹、李贺等人均已去世。白居易已经六十四岁,开始自编他的文集,诗歌创作进入尾声,再过十一年就逝世了。而新一代的诗人,如杜牧三十二岁,李商隐二十二岁,温庭筠二十三岁,正进入其诗歌创作的盛期,韦庄、皮日休、聂夷中在这年前后出生。所以从诗坛本身的情况来看,这也正是新旧两代交替的时候②。综上而言,本书的唐诗分期如下:

> 初唐:高祖武德元年(618)——玄宗开元八年(720),约一百年。

---

① 具体阐述,详参袁行霈《百年徘徊——初唐诗歌的创作趋势》(原载《北京大学学报》1994年第6期),《当代学者自选文库·袁行霈卷》,安徽教育出版社,1999年5月,第497—517页。又,袁行霈、丁放《盛唐诗坛研究》仍沿袭这种说法。北京大学出版社,2012年9月,第4页。

② 具体阐述,详参袁行霈《在沉沦中演进——晚唐诗歌的创作趋向》(原载《中华文史论丛》第四十八辑,上海古籍出版社,1991年12月),《当代学者自选文库·袁行霈卷》,第521—538页。

盛唐:玄宗开元九年(721)——代宗大历五年(770),约五十年。
　　中唐:代宗大历六年(771)——文宗大和九年(835),约六十年。
　　晚唐:文宗开成元年(836)——昭宣帝天祐四年(907),约七十年。

虽然有人反对这个分期,也有人推敲过各期的界限(如钱谦益《唐诗英华序》,王世懋、阎百诗亦持异说),但四唐说已被公认是符合唐诗发展实际的。

　　初唐的中心问题是:批判地继承六朝文学,融合南北文风,为诗歌开辟一条健康发展的道路。初唐诗歌是沿着三条路线发展的:

　　(一)冲破六朝诗歌的狭窄题材,使诗歌表现广阔的社会生活和重大的政治问题。

　　(二)摈弃轻浮绮靡的诗风,建立刚健有力的新诗风。

　　(三)确立律体,发展七言歌行。

　　初唐前五十年,是南朝形式主义文学的延续,宫体诗充斥诗坛。以"绮错婉媚为本"的"上官体"是这个时期的代表。初唐后五十年,先有四杰开始突破了"宫体"的内容,继有沈、宋确立了律诗这种新的形式。最后陈子昂痛斥齐梁诗风,高倡建安风骨,才为唐诗开辟了健康发展的道路。他的《感遇诗》是初唐时期最优秀的作品。总的说来,初唐诗歌未能完全摆脱六朝的浮华和纤弱,诗歌的现实性和思想性也较差,但已透露了新的气息。

　　盛唐诗歌达到繁荣的顶峰。在短短的五十年里,涌现出十几位大诗人,他们以各不相同的风格,投入了诗歌创作的高潮。正如李白所说:"群才属休明,乘运共跃鳞,文质相炳焕,众星罗秋旻。"(《古风》其一)这一代诗人怀着宏伟的理想和抱负,以蓬勃热烈的感情、激昂慷慨的声音去表现盛唐时代种种激动人心的生活和斗争。盛唐诗歌中追求进步政治的理想,为祖国建功立业的英雄气概和爱国主义,以及反抗权贵的精神,激发为积极浪漫精神的火焰。这种积极浪漫精神乃是盛唐诗歌的主流,李白就是其中最伟大的代表。在盛唐诗歌里除了山水、田园、宫怨、离情等传统题材外,政治诗和边塞诗集中地体现了盛唐诗歌的特色。这个时期政治诗的内容主要是反抗权贵、要求人才解放。边塞诗也带着一种积极奋发的精神。"安史之乱"是唐帝国由盛到衰的转折点,也是中国封建社会由盛到衰的转折点。身处这场斗争的中心,并以诗歌全面而深刻地反映了时代的激动人心的变化的,就是杜甫。他以盛唐人的眼光,带着盛唐诗歌的伟大气魄,去观察和反映战乱以后的现实,既对现实矛盾、人民痛苦作了深刻的揭露,又洋溢着积极乐观的精神。因此他是盛唐最后一个诗人,同时,也为中唐写实诗歌的发展开辟了道路,在诗歌史上占据着划时代的地位。

中唐诗人大约五百七十人,诗歌数量最多,约一万九千余首,诗歌流派也最多,所以高棅称之为"中唐之再盛"。这时与安史之乱期间相比虽得到相对的稳定,但藩镇割据、宦官擅权、朋党之争,以及日益尖锐的阶级矛盾,使社会陷于严重的无法摆脱的危机之中。盛唐那种积极浪漫的热情和理想退潮了,严峻、冷酷的现实使诗人们不得不倾向于冷静的观察和思考,所以诗歌就转向了写实的道路。以白居易为代表的新乐府运动,像一道大河贯穿着整个中唐。中唐写实以反映民生疾苦为诗歌的主要内容,以浅显平易的语言和乐府形式为其艺术特征,它为中国诗歌的发展做出了不可磨灭的贡献。以韩愈、孟郊为代表的韩孟诗派通过个人的悲痛遭遇来反映现实的黑暗,艺术上追求奇特险怪。中唐浪漫诗人以想象丰富奇异的李贺为代表,感伤的情调相当浓重。中唐的隐逸诗人最多,如刘长卿、韦应物等人,他们不满现实,却带着萧条的心情退入山林。一些写实诗人也往往走上这条道路。此外大历十才子之追慕盛唐,柳宗元、刘禹锡之清淡秀丽,在中唐都是各成一派的。

晚唐的政治形势更加恶化,人民生活更加贫困,终于爆发了黄巢起义。写实诗歌在晚唐继续得到发展,皮日休、杜荀鹤等人继承新乐府运动的传统,反映民生疾苦,取得一定的成就,但缺乏艺术的创造性,在当时影响并不很大。在诗坛上占据显要地位的是李商隐、杜牧等人,他们具有忧国忧民的思想,感慨于盛世之不可再来,诗里充满了迟暮的梦幻情调。爱情的主题在晚唐十分流行,这是受了市民文学的影响。在词里我们仿佛又重温了初唐诗歌的情调,不过这已带着市民的色彩了。温、韦是词的奠基人。而到了五代,词这种新的形式遂得到迅速的发展。

第一章　隋及初唐诗坛

第一节　齐梁宫廷文学的延续

在隋代的三十七年间，诗歌没有什么新的发展，不过是齐梁诗风的延续罢了。隋文帝曾企图用政治力量来改变当时流行的靡靡之音，泗州刺史司马幼之因文笔华艳竟至获罪。李谔上书痛斥南朝文学华而不实，危害政教，应通令禁止。《上隋高祖革文华书》说："江左齐梁，其弊弥甚，贵贱贤愚，唯务吟咏。遂复遗理存异，寻虚逐微，竞一韵之奇，争一字之巧。连篇累牍，不出月露之形；积案盈箱，唯是风云之状。世俗以此相高，朝廷据兹擢士。"文帝深以为然，将此书颁示天下，但积重难返，收效不大。《隋书·文学传序》云："高祖初统万机，每念斫雕为朴，发号施令，咸去浮华。然时俗词藻，犹多淫丽，故宪台执法，屡飞霜简。"及至炀帝杨广弑文帝自立，则更变本加厉地承袭齐梁诗风，沉湎于淫歌狂舞之中。

隋代诗人一部分是北齐、北周的旧臣，如薛道衡、卢思道、杨素。自从庾信、王褒入周以后，北朝文学已经成为南朝文学的一个支流，所以薛道衡等虽然生在北方，其作品却不过是南朝文学的翻版而已。薛道衡有集三十卷，今传辑本《薛司隶集》一卷。《昔昔盐》是他的名作，闺怨的内容以骈偶工丽的语言出之，正是齐梁诗歌的一般写法，其中"暗牖悬蛛网，空梁落燕泥"二句尤工。唐刘𫗧《隋唐嘉话》云："炀帝善属文，而不欲人出其右。司隶薛道衡由是得罪。后因事诛之，曰：'更能作空梁落燕泥否？'"他的《人日思归》含蓄婉转。《隋唐嘉话》载："薛道衡聘陈，为《人日》诗云：'入春才七日，离家已二年。'南人嗤之曰：'是底言，谁谓此虏解作诗？'及云：'人归落雁后，思发在花前。'乃喜曰：'名下固无虚士。'"卢思道，今传辑本《卢武阳集》一卷，七言歌行《从军行》是他的代表作。他在诗中大量运用偶句和典故，这说明他还深受六朝的影响。杨素的诗比较质朴有力，如《出塞篇》中有句云："荒塞空千里，孤城绝四邻。树寒偏易古，草衰恒不春。"《赠薛播州》十四首里有的诗颇似阮籍的《咏怀》，如："北风吹故林，秋声不可听。雁飞穷海寒，鹤唳霜皋净。含毫心未传，闻音路犹敻。唯有孤城月，裴回犹临映。吊影余自怜，安知我疲病。"《隋书·杨素传》云："词气宏拔，风韵秀上，亦为一时盛作。"

隋代另一部分诗人是由陈北徙的，如虞世基、世南兄弟。虞世基的《出塞》（和杨素之作）中也有清远俊拔的句子："霜烽暗无色，霜旗冻不翻。耿介倚长剑，日落风尘昏。"此篇与杨素的《出塞篇》、卢思道的《从军行》、薛道衡的《渡河北》等诗，就内容和风格来看，可以说是唐代边塞诗的先驱。

隋代民歌有很优秀的作品，《挽舟者歌》反映了人民的悲惨生活和对隋炀帝罪恶统治的痛恨。《炀帝海山记》："帝御龙舟，中道夜半闻歌者甚悲，其辞曰：'我兄征辽东，饿死青山下。今我挽龙舟，又困隋堤道。方今天下饥，路粮无些小。前去三千程，此身安可保。寒骨枕荒沙，幽魂泣烟草。悲损门内妻，望断吾家老。安得义男儿，焚此无主尸。引其孤魂回，负其白骨归！'帝闻其歌，遽遣人求其歌者，至晓不得其人，帝颇彷徨，通夕不寐。"《隋大业间民谣》歌颂了农民起义领袖王薄。无名氏的《送别诗》："杨柳青青着地垂，杨花漫漫搅天飞。柳条折尽花飞尽，借问行人归不归。"则是一首风格清新的好诗。

唐初五十年间著名的诗人，不少是由陈、隋入唐的，像陈叔达、虞世南、欧阳询、李百药等。他们仍"承陈隋风流，淫靡相矜"（《新唐书·文艺传》），用诗歌为统治者歌功颂德、点缀升平。他们的诗多半是应诏奉和之作，内容不外是艳情、咏物之类。

在这些诗人中最有名的是宫廷诗人上官仪（607？—664），他字游韶，贞观初中进士，太宗召为弘文馆直学士，凡有宴集，仪尝预焉。高宗时迁秘书少监。他的诗"以绮错婉媚为本"①，当时多有效其体者，时人谓之"上官体"。他的诗今存二十首，内容大都是歌咏宫廷生活，如《早春桂林殿应制》《安德山池宴集》《高密长公主挽歌》等等。上官仪把六朝以来的对仗技巧加以程式化，提出"六对""八对"等名目②。如正名对：天对地、日对月；同类对：花叶对草芽。这些法式成为后人写作律诗的一种规范。

第二节　王绩　四杰　刘希夷　张若虚

一　王　绩

在隋和唐初的诗坛上，王绩以其澹远的诗风自拔于那种颓靡绮丽的风气，是一个较突出的诗人。

王绩（约589—644），字无功，自号东皋子，绛州龙门（今山西河津市）人。隋末任秘书正字，六合县丞。因嗜酒劾去，还乡隐居，唐初以原官待诏门下省，很不得意，惟以饮酒为乐，时人号为"斗酒学士"，后弃官归隐。存《东皋子集》三卷。

王绩以道家思想对抗封建礼教，鄙弃功名富贵，又带着隋代遗老的感情，对新朝表示不满。他常以阮籍、陶潜自比，生活上也学习他们。他写了《五斗先生传》《自撰墓志》，显然是模仿陶潜。他的诗常常寄托个人的愤慨，如《过酒家》：

---

① 赵昌平《上官体及其历史承担》认为"绮错婉媚"指的是诗歌绮错成文、缘情婉密而得天真媚美之致。文载《赵昌平自选集》，广西师范大学出版社，1997年9月，第57页。

② 上官仪有诗格类著作《笔札华梁》，其中关于"六对""八对"的具体阐述，详参张伯伟所编《全唐五代诗格汇考》，凤凰出版社，2002年4月，第58—62页。

> 此日长昏饮,非关养性灵。眼看人尽醉,何忍独为醒。

又如《赠程处士》:

> 百年长扰扰,万事悉悠悠。日光随意落,河水任情流。礼乐囚姬旦,诗书缚孔丘。不如高枕卧,时取醉消愁。

有的诗写功名富贵所带来的祸患,《赠梁公》:"位大招讥嫌,禄极生祸殃。……朱门诚可悦,赤族亦可伤。"不过他的诗不如阮诗写得深刻尖锐,又缺乏陶诗那种理想的光芒,显得消极颓唐。

王绩的贡献主要在艺术上,他的诗没有沾染宫体诗的脂粉气,以朴素自然的语言表现自己的生活和感情,写得相当真切,这在初唐诗坛上是很难得的。他的《野望》,不但风格澹远,而且已经是一首成熟的五律了:

> 东皋薄暮望,徙倚欲何依。树树皆秋色,山山唯落晖。牧人驱犊返,猎马带禽归。相顾无相识,长歌怀采薇。

读熟了唐诗的人,也许并不觉得这首诗有什么特别的好处。可是,如果沿着诗歌史的顺序,从南朝的宋、齐、梁、陈一路读下来,忽然读到这首《野望》,便会为它的朴素叫好。南朝诗风华靡艳丽,好像浑身裹着绸缎的珠光宝气的贵妇。从贵妇堆里走出来,忽然遇见一位荆钗布裙的村姑,她那不施脂粉的朴素美就会产生特别的魅力。王绩的《野望》便有这样一种朴素的好处。

这首诗的体裁是五言律诗。自从南朝齐永明年间,沈约等人将声律的知识运用到诗歌创作当中,律诗这种新的体裁就已酝酿着了。到初唐的沈佺期、宋之问手里,律诗遂定型化,成为一种重要的诗歌体裁。而早于沈、宋六十余年的王绩,已经能写出《野望》这样成熟的律诗,说明他是一个勇于尝试新形式的诗人。这首诗首尾两联抒情言事,中间两联写景,经过情——景——情这一反复,诗的意思更深化了一层。这正符合律诗的一种基本章法。清代沈德潜云:"五言律前此失严者多,

应以此章为首。"(《唐诗别裁集》卷九)

二 四 杰

所谓"四杰",指王勃、杨炯、卢照邻、骆宾王四人。这种称呼在当时已经有了。《旧唐书·文苑传》云:"炯与王勃、卢照邻、骆宾王以文词齐名,海内称为王杨卢骆,亦号为'四杰'。炯闻之,谓人曰:吾愧在卢前,耻居王后。当时议者,亦以为然。"可见"王杨卢骆"的顺序是表示评价的高下。但当时还有另一种次序,张说《裴公神道碑》:"在选曹见骆宾王、卢照邻、王勃、杨炯。"郗云卿《骆丞集序》:"与卢照邻、王勃、杨炯文词齐名。"后王世贞《艺苑卮言》卷四亦云"卢骆王杨"①。

"四杰"都是7世纪下半期"年少而才高,官小而名大"的作家(闻一多《唐诗杂论·四杰》)。王勃《涧底寒松赋》也说:"徒志远而心屈,遂才高而位下。"他们不凭借政治势力和出身门第,完全凭着自己的创作登上初唐诗坛,上承梁、陈,下启"沈宋",在诗坛上占有重要的地位,如果细加区分,王、杨与卢、骆其实是两类不完全相同的诗人,卢、骆可能比王、杨时代稍早些;卢、骆擅长七言歌行,王、杨擅长五律。

卢照邻,大约生于630年,死于高宗末年,活了五十多岁。字昇之,自号幽忧子。幽州范阳(今北京附近)人。初授邓王府典签,后迁益州新都尉,因染风疾去官,隐居太白山。后服丹中毒,病势加重,足挛,一手又废。移居阳翟具茨山(今河南禹县)下,预为墓偃卧其中。武后屡聘贤士都不应召,后因病痛不堪,自沉颍水而死。今有《幽忧子集》七卷。

卢照邻今存诗九十六首,以七言歌行最好。《长安古意》是一首宫体诗,"古意"本就是宫体惯用的题目,但它却标志着宫体诗的转变。所谓宫体诗,是指以梁简文帝为太子时的东宫以及陈后主、隋炀帝、唐

---

① 四杰排名顺序的有关争议,田媛《"初唐四杰"的并称与排名》有详论,《文史知识》2006年12月。

太宗等几个宫廷为中心的诗歌。这种宫体诗到了虞世南、上官仪手中越发萎靡不振了。《长安古意》把宫体诗由宫廷带入市井，反映了长安的盛况；热烈的爱情追求，代替了艳情的描写：

　　得成比目何辞死，愿作鸳鸯不羡仙！

这样的声音在盛唐算不得什么稀罕，在初唐的宫体诗中却是空前有力的。尤其值得注意的是，诗人对长安生活的感受是新鲜而清醒的，不像一般宫体那样带着醉醺醺的眼光去看周围的一切。诗人好像一个清醒的旁观者，在诗的末尾冷言冷语地对贵族加以讽刺："自言歌舞长千载，自谓骄奢凌五公。节物风光不相待，桑田碧海须臾改。昔时金阶白玉堂，即今唯见青松在。"诗人指出只有寒士的读书生活才更有意义："寂寂寥寥扬子居，年年岁岁一床书。独有南山桂花发，飞来飞去袭人裾。"这已不是宫体诗所能容纳的内容，而回到了左思《咏史》的主题上去了。这首诗的思想接近左思《咏史》其四。卢照邻另有《咏史》四首也本于左思。七言歌行《行路难》写王侯公子的荒淫生活及其难以避免的衰败命运，讽刺的意味更明显些。

　　歌行以外，卢照邻的好诗不多，五律虽有二十首左右，但诗的形象不够鲜明。他因不到三十岁即染重病，所以晚年多悲苦之音，《五悲》《释疾文》《病梨树赋》都是当时的生活和心境的表现。

　　骆宾王（生卒年不详），婺州义乌（今浙江义乌）人。少时落魄无行，好与博徒游。曾任武功、长安主簿，升侍御史，寻得罪入狱，贬临海（今浙江天台）丞。怏怏不得志，弃官而去。光宅元年（684）徐敬业在扬州起兵讨武后，署宾王为府属，作《讨武氏檄》。同年兵败亡命，不知所终。

　　骆宾王也擅长七言歌行，他的《帝京篇》当时以为绝唱。《畴昔篇》、《从军中行路难》二首、《艳情代郭氏答卢照邻》《代女道士王灵妃赠道士李荣》等诗都表现出汪洋纵恣的才情。《帝京篇》写长安的繁华、贵族的豪奢以及祸福的无常，并感慨寒士之不遇。《畴昔篇》自叙身世,长达一千二百余字,是少见的巨制。初唐长篇歌行的写法都近似于赋,所以《长安古意》《帝京篇》对长安都有铺张的描写,很像《两都赋》和《西京赋》,不过不重在地理货殖的描写,而重在人物活动的描写和诗人的抒情。

《在狱咏蝉》是一首工整的五律,是他任侍御史时获罪入狱之作:

> 西陆蝉声唱,南冠客思侵。那堪玄鬓影,来对白头吟。露重飞难进,风多响易沉。无人信高洁,谁为表予心。

"那堪"二句是说哪能受得住寒蝉向我这般哀吟?感叹自己将年华消磨在狱中,以至老迈。工虽工,但嫌艰涩,说明律诗这种形式运用得还不够熟练。

《于易水送人》是一首著名的绝句:

> 此地别燕丹,壮士发冲冠。昔时人已没,今日水犹寒。

王勃的生卒年,说法不同。据杨炯《王子安集序》:"春秋二十有八,皇唐上元三年秋八月,不改其乐,颜氏斯殂。"知其生于649年,卒于676年,卒年二十八岁。《旧唐书》本传说他卒于上元二年(675),《新唐书》说他卒年二十九岁,恐皆误。王勃,字子安,绛州龙门(今山西河津市)人,王绩的侄孙。年十四,应举及第,授朝散郎。沛王召署府修撰,因作《檄英王鸡文》被高宗逐出。漫游蜀中,一度任虢州参军。犯了死罪,遇赦革职。后溺水而死。"勃属文绮丽,请者甚多,金帛盈积。心织而衣,笔耕而食。然不甚精思,先磨墨数升,则酣饮,引被覆面卧,及寤,援笔成篇,不易一字,人谓之'腹稿'。"(《唐才子传》卷一)王勃著作甚多。今存《王子安集》十六卷,是明、清时人从一些类书和总集中辑出来的,已非杨炯原来编的二十卷本。此外尚有《舟中纂序》五卷、《周易发挥》五卷、《次论语》十卷、《汉书指瑕》十卷、《大唐千岁历》若干卷、《黄帝八十一难经注》若干卷、《合论》十卷、《立经传》若干卷。可见其学识之博。

王勃擅长五律、五绝,这两部分诗占其现存诗的大半。《送杜少府之任蜀川》可算是当时最好的一首五律了：

> 城阙辅三秦,风烟望五津。与君离别意,同是宦游人。海内存知己,天涯若比邻。无为在歧路,儿女共沾巾。

这是一首长期以来脍炙人口的诗篇,特别是"海内存知己,天涯若比邻"两句,至今还常被人们引用。这首诗写得乐观开朗,没有一般赠别诗常有的那种哀伤和悱恻。它的情调和唐朝前期经济文化走向繁荣、封建社会上升发展的时代精神是一致的。朴素无华是这首诗的艺术特色,也正是它的好处。它不堆砌辞藻和典故,只是用质朴的语言,抒写壮阔的胸襟,但在质朴之中又有警策,在豪语中又含有对友人的体贴。诗人本来是要劝慰杜少府的,劝他不要过于感伤,但并不是一上来就劝他,而是先用环境的描写衬托惜别的感情,表示自己是和他一样的宦游人,因而最能理解他那种离开亲友远出求仕的心情。接下去又说,山高水远并不能阻隔知己的朋友在精神上和感情上的沟通。"海内存知己,天涯若比邻",遂成为全篇的警策。直到最后才劝他不要在分手的时候过于悲伤。令人读来觉得委婉、亲切。

五绝《山中》也是脍炙人口之作：

> 长江悲已滞,万里念将归。况属高风晚,山山黄叶飞。

《滕王阁序》是一篇杰出的骈文,《滕王阁诗》气势雄放,比序文更凝练：

> 滕王高阁临江渚,佩玉鸣鸾罢歌舞。画栋朝飞南浦云,珠帘暮卷西山雨。闲云潭影日悠悠,物换星移几度秋。阁中帝子今何在?槛外长江空自流。

这首诗用了许多华丽的辞藻,却无六朝诗歌之绮靡,是所谓声色与性情相结合的作品,虽是七古,却有律诗的匀称和平稳,很适于抒发这种不甚强烈又相当深沉的历史感情,读来颇有韵味。

杨炯(650—693?),弘农华阴(今陕西华阴)人。十岁应神童举及第,待制弘文馆。上元三年又应制举及第,补秘书省校书郎。三十三岁任太子李显府中的詹事司直,又被任命为弘文馆学士。垂拱二年(686)被贬为梓州司法参军,后又任盈川(今浙江衢州市)县令,死于任上。《杨盈川集》原三十卷,今存十卷。诗三十余首,全是五言。他的成就主要在五律方面。如《骢马》:

> 骢马铁连钱,长安侠少年。帝畿平若水,官路直如弦。夜玉妆金轴,秋风铸马鞭。风霜但自保,穷达任皇天。

中间两联颇明快。他用五律写的边塞诗也很有气魄,如《从军行》:

> 烽火照西京,心中自不平。牙璋辞凤阙,铁骑绕龙城。云暗凋旗画,风多杂鼓声。宁为百夫长,胜作一书生。

《旧唐书》本传曰:"炯与王勃、卢照邻、骆宾王以文词齐名,海内称为王杨卢骆,亦曰'四杰'。炯闻之,谓人曰:'吾愧在卢前,耻居王后。'当时议者,亦以为然。其后崔融、李峤、张说俱重四杰之文……说曰:'杨盈川文思如悬河注水,酌之不竭,既优于卢,亦不减王。耻居王后,信然;愧在卢前,谦也。'"

总之,四杰代表了当时文学革新的前进方向。他们力求摆脱齐梁诗风,突破了宫体诗的狭小范围,扩大了诗歌题材。诸如离别、怀乡、边塞、市井生活、山川景物都成为他们歌咏的内容,诗里表现了积极进取的精神和抑郁不平的愤慨,显示出诗歌创作的健康方向。杨炯《王子安集序》:"尝以龙朔初载,文场变体。争构纤微,竞为雕刻。糅之金玉龙凤,乱之朱紫青黄,影带以徇其功,假对以称其美。骨气都尽,刚健不闻。思革其弊,用光志业……长风一振,众萌自偃……积年绮碎,一朝清廓。翰苑豁如,辞林增峻。反诸宏博,君之力焉;矫枉过正,文之权也。"卢、骆的歌行是宫体诗的新发展,宫体诗在他们手里由宫廷走到市井,所以他们是宫体诗的改造者。五律到王、杨才定型,并在他们手里从台阁移至江山与塞漠,所以他们是五律的奠基人。

杜甫《戏为六绝句》其二云:"王杨卢骆当时体,轻薄为文哂未休。

尔曹身与名俱灭,不废江河万古流。"肯定了四杰的历史地位。王世贞《艺苑卮言》云:"卢骆王杨,号称四杰。词旨华靡,固沿陈隋之遗;翩翩意象,老境超然胜之。五言遂为律家正始。"胡应麟《诗薮》云:"歌行兆自《大风》《垓下》,《四愁》《燕歌》而后,六代寥寥。至唐大畅,王杨四子,婉转流丽。"都是中肯之论。

三　刘希夷　张若虚

刘希夷(651—约679),一名庭芝,颍川(今河南许昌)人。善篇咏,特善闺帏之作,词情哀怨,多依古调,体势与时不合,遂不为时所重。今存诗三十五首,七言歌行《代悲白头翁》,虽然还未脱尽六朝铅华,但比《长安古意》更为自然流畅,如:"洛阳城东桃李花,飞来飞去落谁家……今年花落颜色改,明年花开复谁在……古人无复洛城东,今人还对落花风。年年岁岁花相似,岁岁年年人不同。"确实是艺术性很高的诗句。这首诗充满了悲叹韶光易逝的感伤情调,不过已不同于宫体诗那种靡靡之音。

张若虚(生卒年不详),扬州人,曾任兖州兵曹。开元初年与贺知章、张旭、包融并称"吴中四士"。今存诗二首。《春江花月夜》前人评为"以孤篇压倒全唐"。这首诗从月生写到月落,把客观的实境和诗中人物的梦境结合在一起,写得迷离惝恍、气氛朦胧。也可以说整首诗的感情就像一场梦幻,随着月下景物的推移逐渐地展开着。亦虚亦实,忽此忽彼,跳动的,断续的,有时简直让人把握不住写的究竟是什么,可是又感觉到有深邃的、丰富的东西蕴涵在里边,等待我们去挖掘、体味。

《春江花月夜》是乐府清商曲吴声歌旧题,据说是陈后主创制的,隋炀帝也曾写过这个题目,那都是浮华艳丽的宫体诗。张若虚这首诗虽然用的是《春江花月夜》的旧题,题材又是汉末以来屡见不鲜的游子思妇的离愁,但他仍能以不同凡响的艺术构思,开拓了新的意境,表现了新的情趣,使这首诗成为千古绝唱。而张若虚也就以这一首诗确立了文学史上永不磨灭的地位。

诗人把游子思妇的离愁放到春江花月夜的背景上,以良辰美景衬托离愁之苦;又以江月与人生对比,显示人生的短暂,而在短暂的人生里那离愁就越发显得浓郁。这首诗固然带着些许伤感和凄凉,但总的看来并不颓废。它表现了对于美好生活的向往,对于青春年华的珍惜,以及对宇宙、人生的探索,境界是相当开阔的。

《春江花月夜》,题目共五个字,代表五种事物。全诗便扣紧这五个字来写,但又有重点,这就是"月"。春、江、花、夜,都围绕着月作陪衬。诗从月生开始,继而写月下的江流、芳甸、花林、沙汀,然后就月下的思妇反复抒写,最后以月落收结。有主有从,主从巧妙地结合着,构成完整的诗歌意境。

这首诗的景物描写,采取多变的角度,敷以斑斓的色彩,很有艺术效果。同是写月光,就有初生于海上的月光,有花林上似霰的月光,有沙汀上不易察觉的月光,有妆镜台上的月光,有捣衣砧上的月光,有斜月,有落月,多么富于变化!诗中景物的色彩虽然统一在皎洁光亮上,但是因为衬托着海潮、芳甸、花林、白云、青枫、玉户、闲潭、落花、海雾、江树,也在统一之中出现了变化,取得斑斓多彩的效果。

第三节 沈宋和律体

如果说刘希夷、张若虚上承卢骆发展了七言歌行,改造了宫体,那么沈佺期、宋之问则是上承王杨完成了五律,发展了抒情诗。

沈佺期(生卒年不详),字云卿,相州内黄(今河南内黄)人。高宗上元二年进士,曾任给事中等官,和宋之问等谄事张易之,中宗神龙元年(705)张易之被诛,沈亦流放驩州。中宗时召回,官至太子詹事。开元初卒。

宋之问(?—712或713),一名少连,字延清,汾州(今山西汾阳附近)人。与沈佺期同年中进士,武后朝为宫廷侍臣,很受恩宠。因张易之案被贬为泷州参军,不久逃回洛阳。官至修文馆学士,又因受贿再贬流放,玄宗先天年间赐死。

"沈宋"的作品大都是点缀升平的应制诗,这类诗没有什么价值。另一些诗写官场的失意,亦无甚可取。但也有少数具有生活实感的诗歌,如沈佺期的《杂诗》其三:

> 闻道黄龙戍,频年不解兵。可怜闺里月,长在汉家营。少妇今春意,良人昨夜情。谁能将旗鼓,一为取龙城。

五、六句分承三、四句,"五怀春,六梦远,然怀字、梦字不说出,名句中藏字法"(清黄生《唐诗摘钞》)。又如沈佺期的七律《古意》:"卢家少妇郁金堂,海燕双栖玳瑁梁。九月寒砧催木叶,十年征戍忆辽阳。白狼河北音书断,丹凤城南秋夜长。谁为含愁独不见,更教明月照流黄。"宋之问的五律《度大庾岭》:"度岭方辞国,停轺一望家。魂随南翥鸟,泪尽北枝花。山雨初含霁,江云欲变霞。但令归有日,不敢怨长沙。"都已是成熟的律诗,宋之问的《登禅定寺阁》境界比较开阔:

> 梵宇出三天,登临望八川。开襟坐霄汉,挥手拂云烟。函谷青山外,昆池落日边。东京杨柳陌,少别已经年。

"沈宋"的主要成就是总结了六朝以来声律方面的创作经验,确立了律诗的形式。从建安以后,散文、辞赋和诗歌,都走上骈偶的道路,骈文和赋在南朝已先后确立了,自沈约创"四声八病"说之后,诗歌的律化也加快了脚步。经过庾信、上官仪、四杰的努力,律体基本上确立下来,到"沈宋"则已完全成熟、定型。这是中国诗史上的一件大事。《新唐书·宋之问传》云:"魏建安后迄江左,诗律屡变。至沈约、庾信,以音韵相婉附,属对精密。及之问、沈佺期,又加靡丽,回忌声病,约句准篇,如锦绣成文。学者宗之,号为'沈宋'。语曰:'苏李居前,沈宋比肩。'谓苏武、李陵也。"王世贞《艺苑卮言》云:"五言至沈宋始可称律。律为音律法律,天下无严于是者。知虚实平仄,不得任情而度明矣。"胡应麟《诗薮》说:"五言律体,兆自梁陈,唐初四子,靡缛相矜,时或拗涩,未堪正始。神龙以还,卓然成调。沈宋苏(味道)李(峤),合轨于先,王孟高岑并驰于后,新制迭出,古体攸分。实词章改变之大机,气运推迁之一会也。"

和"沈宋"同时,工于律诗的诗人还有不少。李峤、苏味道、崔融、杜审言称"文章四友"。苏味道《正月十五日夜》:"火树银花合,星桥铁锁开。暗尘随马去,明月逐人来。游妓皆秾李,行歌尽落梅。金吾不禁夜,玉漏莫相催。"是当时的名篇。

杜审言(约 645—708),字必简,襄阳人,杜甫的祖父。代表作有《和晋陵陆丞早春游望》:"独有宦游人,偏惊物候新。云霞出海曙,梅柳渡江春。淑气催黄鸟,晴光转绿蘋。忽闻歌古调,归思欲沾巾。"胡应麟《诗薮》曰:"初唐五言律,'独有宦游人'第一。"关于杜审言在律诗方面的成就,陈子昂也曾十分称赞:"徐、陈、应、刘,不得齮其垒;何、王、沈、谢,适足靡其旗。"(《送吉州杜司户审言序》)南宋陈振孙说:"唐初沈宋以来,律诗始盛行,然未以平侧失眼为意;审言诗虽不多,句律极严,无一失粘者,甫之家传有自来矣。"(《直斋书录解题》卷一九)

李峤有律诗一百六十余首,多是咏物诗,但了无情趣。崔融的乐府《关山月》很有气势,五律《吴中好风景》也颇有风致。

第四节 陈子昂及其文学革新

陈子昂(661—702),字伯玉,梓州射洪(今四川射洪县)人。他出身于富豪之家,"父元敬,瑰玮倜傥。年二十,以豪侠闻,属乡人阻饥,一朝散万钟之粟而不求报,于是远近归之"(卢藏用《陈氏别传》)。陈子昂《我府君有周居士文林郎陈公墓志文》说他父亲"性英雄而志尚玄默。群书秘学,无所不览。……四方豪杰,望风景附。朝廷闻名,或以君为西南大豪"。陈子昂受家庭的影响,年轻时就具有浪漫的豪侠性格和从事政治的热情。《陈氏别传》云:"始以豪家子,驰侠使气,至年十七八未知书。尝从博徒入乡学,慨然立志,因谢绝门客,专精坟典。数年之间,经史百家,罔不该览。"他说自己研读经史的目的是"原其政理,察其兴亡"(《谏政理书》),想在政治上有所建树。他在《感遇》诗里也说自己:"本为贵公子,平生实爱才。感时思报国,拔剑起蒿莱。"这种豪侠性格和政治热情贯穿了陈子昂的一生。"年二十一,始东入咸京,游太学。历抵群公,都邑靡然属目矣。由是为远近所称,籍甚。"(《陈氏别传》)《唐诗纪事》卷八引《独异记》载:"子昂初入京,不为人知,有卖胡琴者,价百万,豪贵传视无辨者。子昂突出,谓左右曰:'辇千缗市之。'众惊问,答曰:'余善此乐。'皆曰:'可得闻乎?'曰:'明日可集宣扬里。'如期偕往,则酒肴毕具,置胡琴于前。食毕,捧琴语曰:'蜀人陈子昂,有文百轴,驰走京毂,碌碌尘土,不为人知。此乐贱工之役,岂宜留心!'举而碎之,以其文轴遍赠会者。一日之内,声华溢郡。时武攸宜为建安王,辟为书记。"

陈子昂二十四岁中进士,为武则天所赏识,"召见金华殿,……拜麟台正字。由是海内词人,靡然向风"(赵儋《右拾遗陈公旌德碑》)。自此屡上书指论政事,主张息兵、措刑、反贪暴、轻徭役,以安人保和,但"言多切直,书奏,辄罢之"(《陈氏别传》)。二十八岁曾随乔知之出征西北,三十五岁擢为右拾遗。三十六岁曾因"误识凶人,坐缘逆党"(《谢免罪表》)而下狱。三十八岁(武后万岁通天元年,696年)随武攸宜东征契丹,次年三月次渔阳,武攸宜无将略,前锋大败,陈子昂一再进谏,并请为前驱,不但不被采纳,反而降为署军曹。这时他写了《登幽州台歌》《蓟丘览古》等著名作品,痛感自己的政治抱负和主张不能实现,便于四十岁那年,也就是归京的次年,辞官回乡了。后县令酷吏段简在武三思指使下,将他诬害而死,年四十二岁。有《陈子昂集》十卷、补遗一卷。

从陈子昂的生平可以看出,他胸怀大志,才情四溢,富有积极进取的精神。但是他始终没有得到施展才能的机会,所谓"道可以济天下,而命不通于天下;才可以致尧舜,而运不合于尧舜"(《陈公旌德碑》)。理想与现实的矛盾激起陈子昂深沉的不平。对理想的热切追求,以及理想不能实现的愤慨不平,就是贯穿在他的诗歌创作中的主要内容。

陈子昂的诗歌主张见于他所写的《修竹篇序》中。在这篇文章里，他明确地反对"彩丽竞繁，而兴寄都绝"的齐梁诗风，高倡"汉魏风骨"和"风雅兴寄"。陈子昂以复古为革新，主张继承建安风骨、正始之音。所以当他看到东方虬的《咏孤桐篇》时非常兴奋，称赞说："骨气端翔，音情顿挫，光英朗练，有金石声。""不图正始之音，复睹于兹，可使建安作者，相视而笑。"陈子昂所写的《修竹篇》借修竹寄托自己的理想，表现了在政治斗争中不畏强暴的坚贞品质。这与屈原的《橘颂》、刘桢的《赠从弟三首》是一脉相承的。《修竹篇》云：

> 岁寒霜雪苦，含彩独青青。岂不厌凝冽，羞比春木荣。春木有荣歇，此节无凋零。

后来张九龄《感遇》诗中"江南有丹橘""兰叶春葳蕤""孤桐亦胡为"等篇，以及李白《古风》中"松柏本孤直""倚剑登高台"等篇，都是陈子昂所发扬的这一传统的继承。陈子昂和初唐四杰都不满意当时的宫体诗。但四杰的方法是改造它，试着从宫体诗里蜕变出一种新的诗歌。陈子昂则是根本抛弃了它，直接继承建安的传统。陈子昂上追建安，下开盛唐，踏出一条浪漫主义的大道，通向强烈的政治性、崇高的思想性和爽朗遒劲的艺术形式相结合的诗歌境界。卢藏用说他"卓立千古，横制颓波，天下翕然，质文一变"（《陈伯玉文集序》），杜甫说他"有才继骚雅……名与日月悬"（《陈拾遗故宅》），元好问说"沈宋横驰翰墨场，风流初不废齐梁。论功若准平吴例，合著黄金铸子昂"（《论诗三十首》其八），都不能说是溢美之词。

陈子昂今存诗一百二十余首，《感遇》三十八首是代表作。这组诗大都是有感于政事而作。其中心内容是抒发个人建功立业的理想抱负，以及自己的理想抱负不能实现的慷慨不平。如其三十五：

> 本为贵公子，平生实爱才。感时思报国，拔剑起蒿莱。西驰丁零塞，北上单于台。登山见千里，怀古心悠哉！谁言未忘祸，磨灭成尘埃。

这首诗很生动地描画出自己的精神面貌,有理想、有热情,跃跃欲试想做一番事业。其二是感慨美好的理想不能实现:

> 兰若生春夏,芊蔚何青青。幽独空林色,朱蕤冒紫茎。迟迟白日晚,袅袅秋风生。岁华尽摇落,芳意竟何成!

其三十四表现一个英雄的不平:

> 朔风吹海树,萧条边已秋。亭上谁家子,哀哀明月楼。自言幽燕客,结发事远游。赤丸杀公吏,白刃报私仇。避仇至海上,被役此边州。故乡三千里,辽水复悠悠。每愤胡兵入,常为汉国羞。何知七十战,白首未封侯。

这首诗已经带有盛唐边塞诗的浪漫主义情调了。《感遇》中另一类诗直陈时政,现实主义的特色更浓厚些。如其十九:

> 圣人不利己,忧济在元元。黄屋非尧意,瑶台安可论!吾闻西方化,清净道弥敦。奈何穷金玉,雕刻以为尊?云构山林尽,瑶图珠翠烦。鬼功尚未可,人力安能存?夸愚适增累,矜智道逾昏。

清陈沆《诗比兴笺》卷三云:"武后尝削发感应寺为尼,及临朝称制,僧法明等又撰大云经,称后为弥勒化身,当代唐主阎浮提天下,故敕诸州并建大云寺,为僧怀义建白马寺。又使作夹纻大像,小指尚容数十人。于明堂北为天堂以贮之。初成,为风所摧,复重修之。采木江岭,日役万人,府库为耗竭。久视元年,欲造大像,令天下尼僧日出一钱,以助其功。狄仁杰上疏曰:'今之伽蓝,制过宫阙。功不使鬼,止在役人。物不天来,终须地出。如来设教,以慈悲为主,岂欲劳人以存虚饰?'长安四年,张廷珪谏造大像曰:'以释教论之,则宜救苦厄,灭诸相,崇无为。愿陛下行佛之意,以理为上。'并同斯旨。"陈子昂这首诗就是对武后修建佛寺浪费人力的讽刺。再如其二十九:

> 丁亥岁云暮,西山事甲兵。赢粮匦邛道,荷戟争羌城。严冬阴风劲,穷岫泄云生。昏曀无昼夜,羽檄复相惊。拳跼竟万仞,崩危

走九冥。籍籍峰壑里,哀哀冰雪行。圣人御宇宙,闻道泰阶平。肉食谋何失,藜藿缅纵横。

《新唐书》本传:"后方谋开蜀山,由雅州道襲生羌,因以袭吐蕃。子昂上书,以七验谏止之曰……"文集卷九有《谏雅州讨生羌书》。事在垂拱三年丁亥。可见这首诗的现实性是很强的。

《蓟丘览古》七首和《登幽州台歌》是陈子昂在武攸宜军中所作。他当时正遭到武的打击,遂借燕国的史实而发为吟咏。《蓟丘览古序》云:"丁酉岁(697)吾北征。出自蓟门,历观燕之旧都,其城池霸迹已芜没矣。乃慨然仰叹,忆昔乐生、邹子群贤之游盛矣。因登蓟丘作七诗以志之。"从诗里可以看出,他向往着那种举贤授能、人才解放的开明政治。其中《燕昭王》一首说:

南登碣石馆,遥望黄金台。丘陵尽乔木,昭王安在哉!霸图怅已矣,驱马复归来。

在燕昭王身上寄托着诗人的理想,风格刚健质朴。《登幽州台歌》是一首脍炙人口的佳作:

前不见古人,后不见来者。念天地之悠悠,独怆然而涕下!

虽然只是短短的四句,却有着无尽的意味。前二句写自己的孤独,后二句写人生之有限,感情深沉蕴藉。

他有一些赠别、怀古、行旅的诗,写得感情真切,如《春夜别友人》《白帝城怀古》《晚次乐乡县》等。

陈子昂诗里有不少消极思想,如对人生祸福无常的感叹,对于神仙生活的追求(《林居病时久》《吾观昆仑化》)。有许多诗形象不够丰满,语言比较枯燥。清人姚范《援鹑堂笔记》卷四〇评《感遇》诗说:"射洪风骨矫拔,而才韵犹有未充。讽诵之次,风调似未极跌荡洋溢之致。"是中肯之论。此外,陈子昂的作品大都是五古,很少运用唐代新的形式,也限制了他的艺术成就。

第二章　盛唐诗坛

第一节　张九龄及盛唐前期诗人

张九龄、贺知章、张说、王翰、王湾等都是初盛唐之间的著名诗人。

张九龄(678—740),字子寿,韶州曲江人(今广东韶关市曲江区)。曾任中书舍人,集贤院学士,开元二十二年迁中书令,为相贤明,正直不阿,被李林甫所嫉,开元二十五年贬为荆州长史。据1960年发掘张九龄墓所得徐安贞所撰《唐故尚书右丞相赠荆州大都督始兴公阴堂志铭并序》载:"公之生岁六十有三,以开元二十八年五月七日薨。"有《张曲江集》二十卷。存诗二百余首。

张九龄在扭转初唐诗风上有贡献,他在荆州所写的《感遇》诗十二首和陈子昂的《感遇》很近似,都是兴托讽谏之作。如其一:

> 兰叶春葳蕤,桂华秋皎洁。欣欣此生意,自尔为佳节。谁知林栖者,闻风坐相悦?草木有本心,何求美人折!

诗以春兰、秋桂比喻自己坚贞、清高的品德。陈沆曰:"君子自修之初志也。《楚辞》:'不吾知其亦已兮,苟余情其信芳。'韩愈《猗兰操》:'不采而佩,于兰何伤。'士不为遇主而修行,故亦不因捐废而陨获。"(《诗比兴笺》卷三)风格简约清澹,与齐梁之浮艳迥然异趣。再如其七:

> 江南有丹橘,经冬犹绿林。岂伊地气暖?自有岁寒心。可以

荐嘉客,奈何阻重深。运命唯所遇,循环不可寻。徒言树桃李,此木岂无阴?

取屈原《橘颂》诗意,以丹橘自喻,感叹自己虽有坚贞的品德,但被李林甫等人排挤在南方,不能得到皇帝的信任。《橘颂》曰:"受命不迁,生南国兮。"张九龄本来是南方人,又谪居荆州,故以此寄慨。张九龄尝作《荔枝赋》,有云:"夫其贵可以荐宗庙,其珍可以羞王公。亭十里而莫致,门九重兮曷通?山五嵚兮白云,江千里兮青枫。何斯美之独远?嗟尔命之不逢。每被销于凡口,罕获知于贵躬。"与此诗意同。

前人常以陈子昂与张九龄并称,对其《感遇诗》评价甚高。明胡应麟说:"唐初承袭梁隋,陈子昂独开古雅之源,张子寿首创清澹之派。"(《诗薮》内编卷二)清沈德潜曰:"唐初五言古,渐趋于律,风格未遒。陈正字起衰,而诗品始正,张曲江继续,而诗品乃醇。"(《唐诗别裁集》卷一)刘熙载曰:"唐初四子沿陈隋之旧,故虽才力迥绝,不免致人异议。陈射洪、张曲江独能超出一格,为李杜开先,人文所肇岂天运使然耶?"(《艺概》卷二)施补华曰:"唐初五言古,犹沿六朝绮靡之习,惟陈子昂、张九龄直接汉魏,骨峻神竦,思深力遒,复古之功大矣。"(《岘佣说诗》)

贺知章(659—744),字季真,会稽(今浙江绍兴)人,官至太子宾客、秘书少监。天宝初请为道士还乡。年八十六卒。他放诞嗜酒,善草隶,自号"四明狂客"。开元初与包融、张旭、张若虚号"吴中四士"(见《新唐书·包融传》)。今存诗十九首,他的绝句十分清新,如《回乡偶书》二首:

少小离家老大回,乡音无改鬓毛衰。儿童相见不相识,笑问客从何处来。

离别家乡岁月多,近来人事半销磨。唯有门前镜湖水,春风不改旧时波。

又如《咏柳》:

碧玉妆成一树高,万条垂下绿丝绦。不知细叶谁裁出,二月春风似剪刀。

这是一首咏物诗,是歌咏柳树的。但它所歌咏的却不仅仅是柳树,而是借柳树歌咏了春风。诗人用剪刀比喻春风,是她裁出细叶,剪好丝绦,妆成碧树,不管吹到哪里,就把勃勃的生机带到哪里。她剪破严冬的笼罩,裁出万紫千红的世界。她的轻捷,她的锐利,随之而来的创造的愉悦,种种美好的想象都可以由这两句诗中产生出来。所以这首诗是通过一株柳树写出了整个的春天;通过似剪刀的春风,赞美了一切创造性的劳动。像这样新颖的构思、巧妙的比喻,以及由此造成的高雅的意境,是十分难得的。

这首诗虽然只有四句,却很富于层次的变化。第一句先写总的印象,第二句单就柳枝作一番细致的描写。第三、四句再进一步写柳叶。先从大处着眼,愈写愈细。好像绘画,先勾出轮廓,再添枝加叶补充细节。这首诗的前两句和后两句写法也不一样。前两句是描写形容,碧树如玉,柳枝如丝,碧树如何高上去,柳枝如何垂下来。后两句写柳叶,没有任何形容和描写,而是一问一答,问得天真,答得巧妙,告诉读者这美丽的柳叶是春风劳动的成果。这就在前两句的意境之外,另辟新境,使读者耳目为之一新。这首诗里的春天气息,带着盛唐时代的精神,今天读来仍能引动我们的诗情,激发我们的精神,给我们以健康的艺术享受。

张说(667—730),字道济,或字说之,洛阳人。官至中书令,封燕国公。他为文精壮,朝廷大述作多出其手,与苏颋号"燕许大手笔"。有《张燕公集》二十五卷,他的诗除大量应制诗以外,还有不少朴实凄婉的作品。《邺都引》慷慨悲壮,已具盛唐七古情韵。这首诗凭吊邺都,赞扬曹操的英雄业绩,寄托着自己的雄心壮志。沈德潜曰:"声调渐响,去王杨卢骆体远矣。"(《唐诗别裁集》卷五)

王翰和王湾是开元年间受到张说赞赏的两个诗人。

王翰(生卒年不详),字子羽,并州晋阳(今山西太原)人。睿宗景云元年(710)进士。张说入相期间,曾荐引王翰入朝任秘书省正字。性豪荡,恃才不羁,喜纵酒游乐。今存诗十四首,多壮丽之词。如《饮马长城窟行》《春日归思》《凉州词》二首都是较优秀的作品。《凉州词》其一是其代表作:

葡萄美酒夜光杯,欲饮琵琶马上催。醉卧沙场君莫笑,古来征战几人回?

王湾(生卒年不详),先天元年(712)或二年进士(一说开元十一年进士),曾任荥阳主簿、洛阳尉。曾参与《群书四部录》的编撰工作。《河岳英灵集》曰:"湾词翰早著,为天下所称。"《全唐诗》仅录存十首。以《次北固山下》最佳:

客路青山外,行舟绿水前。潮平两岸阔,风正一帆悬。海日生残夜,江春入旧年。乡书何处达,归雁洛阳边。

《河岳英灵集》作《江南意》,首二句作"南国多新意,东行伺早天","阔"作"失",末二句作"从来观气象,惟向此中偏"。此从《国秀集》。这首诗虽写行旅中的乡情,却没有一点凄凉的情调。那海日、江春都及早而来,仿佛要驱走"残夜"和"旧年"。《河岳英灵集》云:"'海日生残夜,江春入旧年',诗人已来,少有此句。张燕公手题政事堂,每示能文,令为楷式。"

第二节 孟浩然和储光羲

孟浩然(689—740),襄阳(今湖北襄阳)人,早年在家乡隐居读书,一度住在附近的鹿门山,并曾游历长江上下。四十岁入长安应进士不第,"间游秘省,秋月新霁,诸英华赋诗作会。浩然句曰:'微云淡河汉,疏雨滴梧桐',举坐嗟其清绝,咸搁笔不复为继"(王士源《孟浩然集序》)。"维私邀入内署,俄而玄宗至,浩然匿床下,维以实对,帝喜曰:'朕闻其人,而未见也。何惧而匿床下?'诏浩然出,帝问其诗,浩然再拜，自诵所为。至'不才明主弃'之句，帝曰：'卿不求仕，而朕未尝弃卿。奈何诬我！'因放还。"(《新唐书》本传)此据小说家言，不足为信。此后他便漫游吴越，写了许多山水诗。山南采访使韩朝宗欲荐诸朝，及期浩然会友剧饮甚欢，他说："仆已饮矣，身行乐耳，遑恤其他！"卒不赴。开元二十五年张九龄镇荆州，辟为从事。"开元二十八年，王昌龄游襄阳，时浩然疾疹发背且愈，相得欢甚，浪情宴谑，食鲜疾动。终于冶城(今湖北武汉黄陂区东)南园，年五十有二。"(王士源《孟浩然集序》)有《孟浩然集》四卷。

　　孟浩然在人们心目中一直是一个高人、隐士，李白就曾说他"红颜弃轩冕，白首卧松云"(《赠孟浩然》)，王士源说他"骨貌淑清，风神散朗"。王维替他画过一张像，据张洎的题识说："状颀而长，峭而瘦，衣白袍。"也是一副隐士的神态。其实孟浩然并不甘心隐居，他自幼就发奋读书，希望一举成名。他的《田园作》说："乡曲无知己，朝端乏亲故。谁能为扬雄，一荐甘泉赋？"《书怀贻京邑同好》说："执鞭慕夫子，捧檄怀毛公。感激遂弹冠，安能守固穷。"可见他出仕的心情原来是很迫切的，但是苦于没有得力的人引荐。同时他也企图通过刻苦读书，救患释纷，以立义表、全高尚，先获得社会声誉，然后再入仕。他怀着很大的希望来到京师，不料受到严重的挫折，以致"十上耻还家，徘徊守归路"(《南阳北阻雪》)。终于对功名绝望了，从此毅然地走上隐居的道路。他说"岂值昏垫苦，亦为权势沉"(《秦中苦雨思归》)，"拂衣去何处，高枕南山南。欲徇五斗禄，其如七不堪"(《京还赠张维》)，"愿随江燕贺，羞逐府僚趋"(《和宋太史北楼新亭》)，可见孟浩然入京前后隐逸的心情是颇不相同的。早年的隐逸是出仕的准备，那是怀着希望的。晚年的隐逸却是入仕失败之后的退路，是抑郁的、寂寞的。《留别王维》一诗正表现了这种不得已而退隐的心情：

　　　　寂寂竟何待，朝朝空自归。欲寻芳草去，惜与故人违。当路谁相假，知音世所稀。只应守寂寞，还掩故园扉。

所以孟浩然虽然生活在盛唐，但他很少感受到盛唐时代蓬勃向上的精神，也很少体验到盛唐的沸腾的生活，他好像是被遗弃在时代气氛以外的一个人。最足以代表盛唐诗歌的边塞诗，孟浩然只有两首《凉州词》。七言歌行他一首也没有，七言绝句只有六首。这在盛唐诗人中是很特殊的。

山水隐逸是孟浩然诗歌的主要题材，他漫游的地方很多，巴蜀、吴越、湘赣等地都留下了他的足迹。他的山水诗描绘山川景物毫无堆砌辞藻的毛病，"遇景入咏，不拘奇抉异"（皮日休《郢州孟亭记》），自然而又高远。他常在山水描写中融入游子漂泊之感，由于心情孤寂，山水也不免染上一层冷清的色彩。如《宿桐庐江寄广陵旧游》：

> 山暝听猿愁，沧江急夜流。风鸣两岸叶，月照一孤舟。建德非吾土，维扬忆旧游。还将两行泪，遥寄海西头。

《宿建德江》则是一股淡淡的愁绪：

> 移舟泊烟渚，日暮客愁新。野旷天低树，江清月近人。

有时他写得很豪壮，像"八月湖水平，涵虚混太清。气蒸云梦泽，波撼岳阳城"（《望洞庭湖赠张丞相》）这样雄伟的诗句在前人集中是不多见的。又如《与颜钱塘登障楼望潮作》末四句云：

> 照日秋云迥，浮天渤澥宽。惊涛来似雪，一坐凛生寒。

他有许多诗是描写自己幽栖的生活、洁身自好的情趣，以及怀才不遇的苦闷的。如《秋登万山寄张五》：

> 北山白云里，隐者自怡悦。相望试登高，心随雁飞灭。愁因薄暮起，兴是清秋发。时见归村人，平沙渡头歇。天边树若荠，江畔舟如月。何当载酒来，共醉重阳节。

孟浩然还有一首《夜归鹿门歌》也很有代表性：

> 山寺钟鸣昼已昏，渔梁渡头争渡喧。人随沙岸向江村，余亦乘

舟归鹿门。鹿门月照开烟树,忽到庞公栖隐处。岩扉松径长寂寥,唯有幽人自来去。

诗人自己的形象与大自然的形象融合在一起,大自然仿佛是一个背景,在这背景上走动着一个孤独的隐者。我们感到诗人好像站在第三者的地位描写自己,把自己也算作风景的一部分了。《过故人庄》写得尤其出色:

故人具鸡黍,邀我至田家。绿树村边合,青山郭外斜。开轩面场圃,把酒话桑麻。待到重阳日,还来就菊花。

写田园景物清新秀丽,写故人情谊真挚深厚,写田家生活,亦复简朴可爱。诗人的心情在这时也显得年轻了。至于那首五绝《春晓》的意境则更为新鲜。

孟浩然虽然有较长时间的隐逸生活,但他并没有参加劳动,没有接近农民,所以他的隐逸诗,没有突破个人的小天地,没有像陶渊明那样反映农民的生活和劳动。此外,孟浩然的诗也缺乏陶诗那种追求理想的热情、浓郁的生活气息和乡土风味。所以他的诗虽然表现出不同凡俗的情趣,但和陶诗相比,毕竟相去甚远。

孟诗的风格是恬淡孤清,闻一多说:"真孟浩然不是将诗紧紧的筑在一联或一句里,而是将它冲淡了,平均的分散在全篇中……淡到看不见诗了,才是真正孟浩然的诗。"(《唐诗杂论·孟浩然》)这与陶诗也不同,陶诗在恬淡中有热情,孤清而又亲切,陶诗是更高的一种境界。

然而孟浩然的诗与初唐诗歌相比,无疑是一个大进步,题材扩大了,语言纯净了,格调也提高了。他现存的诗共二百六十多首,其中七言诗只有十首,五律最多,对五律的发展有所贡献。这都显示出从初唐向盛唐过渡的痕迹。

孟浩然名为田园诗人,其实他的田园诗有限,他大部分诗是写山水行旅的,从这方面看倒有点像谢灵运。真正大量写田园诗的是储光羲。

储光羲,兖州人,开元十四年进士,曾任监察御史。安史之乱以后,坐陷贼贬官。他存诗约二百一十余首，除应制、应酬的作品以外，有不少描写农村生活的，如《田家杂兴》八首、《田家即事》《樵公词》《渔父词》《牧童词》《采莲词》《采菱词》、《田家即事答崔二东皋作》四首等。他偏重写农家的快乐，如《钓鱼湾》：

> 垂钓绿湾春，春深杏花乱。潭清疑水浅，荷动知鱼散。日暮待情人，维舟绿杨岸。

再如《田家杂兴》其七：

> 梧桐荫我门，薜荔网我屋。迢迢两夫妇，朝出暮还宿。稼穑既自务，牛羊还自牧。日旰懒耕锄，登高望川陆。空山足禽兽，墟落多乔木。白马谁家儿，联翩相驰逐。

末尾略有一点讽刺，但不强烈。他的诗在当时声誉很高，《河岳英灵集》评其诗曰："格高调逸，趣远情深。削尽常言，挟风雅之道，得浩然之气。"

第三节　王　维

王维（701？—761），字摩诘，太原祁县（今山西祁县）人。出身于官僚地主家庭，少时即有才名。《新唐书》本传："九岁知属辞，与弟缙齐名，资孝友。"《太平广记》引《集异记》曰："年未弱冠，文章得名，性闲音律，妙能琵琶，游历诸贵之间，尤为岐王之所眷重。"开元九年中进士，任大乐丞。后因伶人舞黄狮子坐累，谪济州（故城在今山东济南长清区西南）司仓参军。开元二十二年被宰相张九龄擢为右拾遗，二十五年为监察御史，奉使出塞，在凉州河西节度幕兼为判官。开元末为殿中侍御史，知南选，至襄阳，旋归。

此后王维的生活发生了显著的转变。开元二十八年至天宝三载（744），曾在终南山隐居过一段时间，接着又与裴迪隐居蓝田辋川，弹琴赋诗啸咏终日，实则过着亦官亦隐的生活，官职并有升迁。天宝十五载安禄山兵入长安,王维被执,拘于菩提寺,送至洛阳。安禄山大宴于凝碧池,王维赋诗痛悼。后迫为给事中。乱平,因陷贼官论罪,其弟缙请削官赎其罪,且维《凝碧池》曾闻于行在,遂特宥之,责授太子中允。此后他更笃志奉佛,唯以禅诵为事。《旧唐书》本传曰:"在京师,日饭十数名僧,以玄谈为乐,斋中无所有,唯茶铛、药臼、经案、绳床而已。退朝之后,焚香独坐,以禅诵为事。"乾元二年(759)转尚书右丞,上元二年卒,年六十一。存诗四百余首。

以天宝初为界,王维的思想和创作可分为前后两期。前期,王维是一个热衷政治、奋发有为的人。在政治上依靠张九龄,他有《上张令公》《献始兴公》诗,在后一首诗里他说:"宁栖野树林,宁饮涧水流;不用食粱肉,崎岖见王侯。鄙哉匹夫节,布褐将白头。任智诚则短,守仁固其优。侧闻大君子,安问党与仇。所不卖公器,动为苍生谋。贱子跪自陈,可为帐下不?感激有公议,曲私非所求!"这表明了他求仕为官的正直态度。张九龄是盛唐开明政治的最后一个代表,王维的政治活动和他联系在一起,可以看出他的政治倾向是比较进步的。

王维后期的生活主要是啸傲山林和吃斋奉佛。天宝以后安史乱前他曾先后在终南山和辋川隐居,这时生活的热情还没有完全消失,对大自然还具有浓厚的兴趣,所以他还能写出许多优美的山水诗来。安史乱后的五年间,他已心灰意冷,再也写不出什么好诗来了。王维是封建社会软弱的士大夫的典型,他不愿与李林甫那般人同流合污,却又不敢斗争;他不甘心降敌,却只能服药下痢,伪称喑疾。他既缺乏李白的叛逆精神,也缺乏杜甫的忧国忧民的思想,又缺乏陶渊明那种崇高的生活理想。最后为了远祸全身,只有隐逸一条道路。他有庄园,有俸禄,过着啸咏林泉、悠哉游哉的享乐生活。他在《与魏居士书》中说许由算不得旷士,嵇康向往的长林丰草无异于官署门阑,陶潜弄到乞食的地步是"一惭之不忍而终身惭",而他自己"则异于是,无可无不可。……君子以布仁施义、活国济仁为适意,纵其道不行,亦无意为不适意也。苟身心相离,理事俱如,则何往而不适?"这种消极的人生观就是他后期半官半隐的思想基础。王维也就在这样的思想指导下,在焚香禅诵的生活中,使自己的创作热情一天天枯萎下去。"晚年惟好静,万事不关心"(《酬张少府》),这是他晚年生活的写照。

　　王维诗歌的题材相当广阔,主要有三方面:政治诗、边塞诗和山水田园诗。他早年曾经写过一些抨击权贵、不满现实的政治感遇诗,如《寓言》二首,其一:

　　　　朱绂谁家子,无乃金张孙。骊驹从白马,出入铜龙门。问尔何功德,多承明主恩。斗鸡平乐馆,射雉上林园。曲陌车骑盛,高堂珠翠繁。奈何轩冕贵,不与布衣言!

《偶然作》六首,其五:

　　　　赵女弹箜篌,复能邯郸舞。夫婿轻薄儿,斗鸡事齐主。黄金买歌笑,用钱不复数。许史相经过,高门盈四牡。客舍有儒生,昂藏出邹鲁。读书三十年,腰下无尺组。被服圣人教,一生自穷苦。

陈沆说:"刺鸡神童之宠倖,而贤材遗弃,与太白诗同旨。"(《诗比兴笺》卷三)这些诗揭露了在繁荣的外衣掩盖下日趋腐化的政治,有一定的社会意义,不过这类诗写得一般化,未能超出左思、鲍照,显得温柔敦厚,缺乏力量。

　　王维的边塞诗具有豪壮的英雄气概,如《少年行四首》之二:

　　　　出身仕汉羽林郎,初随骠骑战渔阳。孰知不向边庭苦,纵死犹闻侠骨香。

这少年怀着为祖国牺牲的豪情壮志,蔑视困难,蔑视艰苦,也蔑视死亡,充满了英勇主义精神。其三:

　　　　一身能擘两雕弧,虏骑千重只似无。偏坐金鞍调白羽,纷纷射杀五单于。

上一首写少年的志气,这一首写他们的本领;上一首写勇,这一首写艺。一个"偏"字,神气活现地写出了大敌当前少年毫无畏惧的情态。再如

《陇西行》：

> 十里一走马，五里一扬鞭。都护军书至，匈奴围酒泉。关山正飞雪，烽戍断无烟。

写边防上报警的情形，真是动人心魄。《燕支行》中有一段写战斗的场面：

> 画戟雕戈白日寒，连旗大旆黄尘没。叠鼓遥翻瀚海波，鸣笳乱动天山月。麒麟锦带佩吴钩，飒沓青骊跃紫骝。拔剑已断天骄臂，归鞍共饮月支头。

充分表现了战场的紧张气氛，歌颂了将士的英雄气概。

王维善于描绘边塞的景物，如《使至塞上》：

> 单车欲问边，属国过居延。征蓬出汉塞，归雁入胡天。大漠孤烟直，长河落日圆。萧关逢候骑，都护在燕然。

其中"大漠孤烟直，长河落日圆"两句尤为人所传诵。大漠向无尽的远方伸展，视角广，景深长，给人以开阔、广袤、深邃的感觉。但这仅仅是平面的构图，必须接以"孤烟直"三字，才有了立体感。"孤烟直"的"孤"字，显出人烟的稀少；"直"字表现初到边塞的诗人对塞上景物的惊异，都恰到好处。"长河"的形象横亘在画面之中，把画面分割为两段，又增加了构图的活泼感。而"落日圆"则为被分割的画面涂上统一的色调，显出浑然一体的气势。

《陇头吟》和《老将行》在王维的边塞诗里是值得注意的两首。这两首诗政治性较强，都是写军中赏罚不公，为潦倒的老将倾诉愤懑。《陇头吟》：

> 长安少年游侠客，夜上戍楼看太白。陇头明月迥临关，陇上行人夜吹笛。关西老将不胜愁，驻马听之双泪流。身经大小百余战，麾下偏裨万户侯。苏武才为典属国，节旄空尽海西头。

用一个少年游侠来衬托关西老将，把他们一同安置在关山夜笛的背景之中,让人既在少年身上看到老将的往日,也在老将身上预见少年的未来。表面看来并不相关的两个人就这样结合在一起了。《老将行》写一个老将虽为人遗忘,仍不甘老朽,思欲报国立功,充满英雄主义气概。他"一身转战三千里,一剑曾当百万师",但仍不免被朝廷弃置。他的居处是"苍茫古木连穷巷,寥落寒山对虚牖",但他心中所思念的却是"誓令疏勒出飞泉,不似颍川空使酒"。一旦发生战争,他就"试拂铁衣如雪色,聊持宝剑动星文。愿得燕弓射大将,耻令越甲鸣吾君。莫嫌旧日云中守,犹堪一战立功勋",实在是很动人的。

王维这类边塞诗渊源久远,《史记·李将军列传》《汉书·苏武传》就曾为李广、苏武鸣不平。鲍照《代东武吟》写一个将士"少壮辞家去,穷老还入门"。陈子昂《感遇》三十四"朔风吹海树"一首,更深刻地表示了"何知七十战,白首未封侯"的不平。王维这两首诗正是这一传统的继承和发展,这些诗虽然写的是军中之事,却也概括了封建社会寒门知识分子的一般命运,寄托着一种普遍的怨愤和不平。

从以上的介绍中可以看出,王维并不仅仅是一个山水田园诗人,他的边塞诗无论在数量上或质量上都是相当突出的。

王维的山水田园诗多半写在后期。这些诗往往渗透着佛家虚无冷寂的情调。

王维有些山水田园诗表现了大自然的幽静恬适之美,审美趣味比较高。如《山居秋暝》:

空山新雨后,天气晚来秋。明月松间照,清泉石上流。竹喧归浣女,莲动下渔舟。随意春芳歇,王孙自可留。

诗写秋雨之后山村的傍晚,我们读着它,仿佛呼吸着雨后清新的空气,得到新鲜的感受。再如《鸟鸣涧》:

人闲桂花落,夜静春山空。月出惊山鸟,时鸣春涧中。

这儿、那儿,不时传来一两声鸟鸣,把人带入更优美、更深邃的想象中去。再看《山中》:

荆溪白石出,天寒红叶稀。山路元无雨,空翠湿人衣。

诗写溪水秋色,却毫不萧条。早行山中,一路欣赏着山景,忽然觉得衣裳湿了,以为是落雨,细看却无雨,只有那不可近察的青岚,衣裳大概就是让它打湿了吧?这样一个过程写得多么有趣。

　　王维还有一些意境开阔、气魄雄伟的山水诗,如《终南山》:

　　太乙近天都,连山到海隅。白云回望合,青霭入看无。分野中峰变,阴晴众壑殊。欲投人处宿,隔水问樵夫。

前几句写终南山的高大雄浑,末二句撇开山写人,更反映出山之崇峻,正像山水画里常用人身与山势构成对比一样。"白云"二句尤其入神,登山途中仰视白云,原是一朵一朵的。登高之后向四处回望,白云却已连成一片。山间的岚霭,远看青翠可喜,走进却又不见了。每一个有登山经验的人读了这首诗,都会有身临其境的感觉。

　　王维的另一些山水田园诗的意境是空寂的,感情是寂寞的,如《竹里馆》:

　　独坐幽篁里,弹琴复长啸。深林人不知,明月来相照。

诗人独坐在幽深的竹林里弹琴长啸,没有人知道他的存在,只有明月为伴,他欣赏着环境的冷漠,体验着内心的孤独,沉浸在寂静的快乐之中。又如《鹿柴》:

　　空山不见人,但闻人语响。返景入深林,复照青苔上。

空山里阒寂无人,只能听到人语的回响,那回响宛如来自另一个世界。一缕夕阳的返照透过密林射在青苔上,更点缀了环境的凄清。这正是王维所追求的那种远离尘嚣的空而寂的境界。

　　田园诗最有代表性的是《新晴野望》:

　　新晴原野旷,极目无氛垢。郭门临渡头,村树连溪口。白水明田外,碧峰出山后。农月无闲人,倾家事南亩。

"白水"二句把近景和远景组成有层次的画面,水色明亮,峰峦碧翠,光和色的对比也十分和谐。《渭川田家》写田家生活:

> 斜光照墟落,穷巷牛羊归。野老念牧童,倚杖候荆扉。雉雊麦苗秀,蚕眠桑叶稀。田父荷锄至,相见语依依。即此羡闲逸,怅然吟式微。

那野老、牧童、牛羊、野雉都写得十分安详、悠闲。连蚕,也是拣它们眠时来写("蚕眠桑叶稀"),表现了王维自己安适自得的心境。

天宝年间王维和杜甫同在长安一带,杜甫写了《兵车行》《丽人行》那样具有现实意义的诗篇,王维却抱着消极的出世态度,沉溺于内心生活,寄情山水逃避现实。他的这些山水田园诗客观上产生了粉饰现实、引导人们追求清静孤寂生活的消极影响。至于那些谈论佛理的诗,就更无任何积极意义可谈了。

王维的艺术修养很高,他在绘画、音乐、书法等方面都有很深的造诣,这对提高他诗歌的艺术性有很大帮助。

王维是具有多方面技巧的诗人。他的诗用来叙事的时候往往从大处落墨,简约而闳深。他既不像李白那样以一泻千里的气势取胜,也不像杜甫以叙事和议论的周详见长,而是纲举目张,荦荦大方。例如《夷门歌》:

> 七雄雄雌犹未分,攻城杀将何纷纷。秦兵益围邯郸急,魏王不救平原君。公子为嬴停驷马,执辔愈恭意愈下。亥为屠肆鼓刀人,嬴乃夷门抱关者。非但慷慨献奇谋,意气兼将身命酬。向风刎颈送公子,七十老翁何所求!

这首诗总共不过十二句,等于三首绝句的篇幅,却叙述了《史记·魏公子列传》的主要内容。试想,如果没有提纲挈领的本领,如果不能抓住故事的主要精神,怎么能够做到?如果只是简单扼要,也不足取。这首诗靠着人们对侯嬴故事的熟悉,每一句都唤起人们许多回忆。"向风刎颈送公子,七十老翁何所求!"末尾这二句又突出了侯嬴的豪侠精神,包含了多少赞美!与此诗类似的还有《桃源行》《老将行》和《陇西行》。如《陇西行》这首诗只有六句,前二句写驿马急驰的情状,三句点明递送军书,四句说出军书内容,五、六句解释不举烽火的原因。还有什么诗能比这更紧凑呢?这种紧凑的结构,有力地渲染了报警的紧张气氛。

又如《观猎》:

风劲角弓鸣,将军猎渭城。草枯鹰眼疾,雪尽马蹄轻。忽过新丰市,还归细柳营。回看射雕处,千里暮云平。

从打猎的高潮写起,展开一连串飞动的画面,集中地表现了猎骑的急速。末二句以平缓反衬,益见适才纵横驰骋之状。这首诗也写得极其精练。

他的诗在描写山水的时候,不求辞藻华美,只需淡淡数笔,就能勾出一个画面,表现一个意境。如《使至塞上》中的这两句:

大漠孤烟直,长河落日圆。

《红楼梦》四十八回香菱跟黛玉学诗,谈到这首诗时香菱笑道:"想来烟如何直?白日自然是圆的。这直字似无理,圆字似太俗。合上书一想,倒像是见了这景似的。要说再找两个字换这两个,竟再找不出两个字来。"简单的十个字,就把边塞沙漠上的景色写得这样鲜明。特别是"直""圆"二字看似浅俗,实则无可替代。这烟并非炊烟,而是狼烟,段成式《酉阳杂俎》:"狼粪烟直上,烽火用之。"宋陆佃《埤雅》:"古之烽火用狼粪,取其烟直而聚,虽风吹之不斜。"狼烟浓重故直,可见"直"字是有根据的。有了这"直"字,才把人的视线引向上去,让人想象到字句之外的苍天黄云。有了"圆"字,才把人的视线引向远方,让人觉得落日像车轮似的滚入长河的尽头。这样就通过启发读者的联想,在有限的字句里创造了无限寥廓的景象,完成了这两句在全诗中应起的作用。

苏东坡《书摩诘蓝田烟雨图》云:"味摩诘之诗,诗中有画;观摩诘之画,画中有诗。"这主要是指他的山水诗和山水画而言。山水在唐以前只是人物故事画的陪衬,经过隋代展子虔到唐代吴道子,才正式以山水为题材作画。继之"李思训画着色山水,用金碧辉映,为一家法"(汤垕《古今画鉴·唐画》),也就是通过一系列繁细的画法,达到金碧辉煌的效果,故称金碧山水①。王维融合了各家之长,自出机杼地创造了水墨山水,明董其昌推为南宗始祖。《旧唐书》本传说王维的画"笔纵潜思,参于造化",又说他"画思入神",可见他的画是渗入了思想性格的,这也就是"画中有诗"的意思。

与王维在绘画上的成就一样,王维在山水诗的创作上,也是开一代风气的人物。山水在谢灵运以前只是作为背景出现,谢灵运开始以山水为主要描写对象,创作出真正的山水诗。他的诗刻画景物力求逼真细致,但过于雕琢堆砌。"故尚巧似","颇以繁富为累"(锺嵘《诗品》卷上)。到王维手中山水诗才以新的面貌出现。王维的山水诗力求勾勒一幅画面,表现一种意境,给人以浑然一体的印象,并且在山水诗中表现诗人的性格。沈德潜曰:"右丞诗每从不着力处得之。"(《唐诗别裁集》卷一)正好说出了他不同于谢诗的地方。如《汉江临眺》:

> 楚塞三湘接,荆门九派通。江流天地外,山色有无中。郡邑浮前浦,波澜动远空。襄阳好风日,留醉与山翁。

全是白描的写法,甚至不写山色是青是紫,是浓是淡,只说其若有若无,真像一幅水墨画。这里一切都是粗线条的,都是把握总的印象,毫无琐细之感。类似的例子很多,如"万壑树参天,千山响杜鹃"(《送梓州李使君》),"日落江湖白,潮来天地青"(《送邢桂州》),"坐看苍苔色,欲上人衣来"(《书事》),莫不是表现景物给人的整体印象。

---

① [唐]朱景玄《唐朝名画录》"神品上·吴道玄(道子)"条云:吴道子往观嘉陵江水,"后(玄宗)宣令于大同殿图之,嘉陵江三百余里山水,一日而毕。时有李思训将军,山水擅名,帝亦宣于大同殿图,累月方毕。"于安澜编《画品丛书》据明《王氏书画苑》本排印,上海人民美术出版社,1982年3月,第75页。

王维并非不注意语言技巧，离开细致的语言技巧也难以表现完整的感受。如"漠漠水田飞白鹭，阴阴夏木啭黄鹂"（《积雨辋川庄作》），"漠漠"与"阴阴"形成强烈的明暗对比，"白鹭"与"黄鹂"又形成色彩的谐调。这两句诗就这样通过形象之间的对比与调谐，构成一幅图画。

他的诗在抒情方面以构思的精巧和语言的新鲜见长。如《送元二使安西》：

> 渭城朝雨裛轻尘，客舍青青柳色新。劝君更进一杯酒，西出阳关无故人。

此诗《诗薮》评为唐绝句之冠。"轻尘""客舍"，烘托出行旅的气氛。"朝雨""柳色"显示出阳关以内故国的亲切可爱，折柳送别又是唐人的习俗。有了这许多烘托，最后一句才会产生那么强烈的感染力。何止是"西出阳关"便见不到"故人"了？故国这一切熟悉的亲切的景物不是都见不到了吗？此诗《乐府诗集》作《渭城曲》，唐人用作送别之曲，至阳关反复歌之，谓之阳关三叠①。

《送沈子福归江东》：

> 杨柳渡头行客稀，罟师荡桨向临圻。惟有相思似春色，江南江北送君归。

临圻是拐弯的地方，船行到那里渐渐看不见了，但我的相思之情却可以伴送你一路归去。诗人把相思比作春色，一来见出相思的浓盛，二来也毫不感伤。实在新鲜！再如《赠远二首》之一：

> 当年只自守空帷，梦见关山觉别离。不见乡书传雁足，惟看新

---

① 苏轼《记阳关第四声》论三叠歌法云："旧传阳关三叠，然今歌者，每句再叠而已，通一首言之，又是四叠。皆非是。或每句三唱，以应三叠之说，则丛然无复节奏。余在密州，有文勋长官，以事至密，自云得古本阳关，其声宛转凄断，不类向之所闻，每句皆再唱，而第一句不叠。乃知唐本三叠盖如此。及在黄州，偶读乐天《对酒》诗云：'相逢且莫推辞醉，新唱阳关第四声。'注：'第四声：劝君更尽一杯酒。'以此验之，若第一句叠，则此句为第五声矣，今为第四声，则第一不叠审矣。"孔凡礼点校《苏诗文集》卷六七《题跋》，中华书局，1986年3月，第2090页。

月吐蛾眉。

以蛾眉形容新月,切合思妇的身份,是很妙的比喻。然而更妙的是那个"吐"字,如果换成"似"字、"如"字都不好。只有"吐"字才能表现出黄昏时新月渐渐显露在天上的景象,也只有"吐"字才能表现思妇伫望之久。她原不是望月的,她是期望雁书的。雁书不至,而惟见新月,这才更深一层地写出她的惆怅。

第四节　王之涣　崔颢　李颀　王昌龄

一　王之涣

王之涣,仅存六首绝句,从这六首诗看来,他的艺术修养是相当高的。据《集异记》载旗亭画壁故事,可见他与高适、王昌龄是好友。高适并有《蓟门不遇王之涣郭密之因以留赠》诗一首。过去关于他的生平知道的很少。仅在《唐诗纪事》和《唐才子传》中有零星的记载。岑仲勉《续贞石证史》中曾抄录了李根源所藏的靳能撰王之涣墓志铭石刻全文[①]。据这篇《唐故文安郡文安县尉太原王府君墓志铭并序》,王之涣(688—742),字季陵,绛州(今山西新绛县)人。曾任河北文安县(今新镇县)尉,天宝元年卒于官舍,享年五十五岁。由此推知他生于武后垂拱四年,可纠正《唐诗纪事》说他是"天宝间人"之误。他的年龄比孟浩然还大一岁。

墓志还说他"惟公孝闻于家,义闻于友,慷慨有大略,倜傥有异才。尝或歌从军,吟出塞,曒兮极关山明月之思,萧兮得易水寒风之声。传乎乐章,布在人口。至夫雅颂发挥之作,诗骚兴喻之致,文在斯矣,代未

[①] 载《中研院历史语言研究所集刊》第十五本,商务印书馆,1948年4月,第249—250页。又,李希泌编《曲石精庐藏唐墓志》收录原石刻文(第53方墓志),齐鲁书社,1986年5月。

知焉。"可见他的边塞诗在当时是流传很广的。今存六首中有两首边塞诗,即《凉州词》二首,其一曰:

> 黄河远上白云间,一片孤城万仞山。羌笛何须怨杨柳,春风不度玉门关。

这首诗《乐府诗集》《唐诗纪事》都题为《出塞》,首句作"黄沙直上白云间",末句作"春光不度玉门关"。芮挺章《国秀集》(编成于天宝三载)题为《凉州词》,前二句作"一片孤城万仞山,黄河直上白云间"。只有薛用弱《集异记》所载与今天流传的本子相同。

究竟是"黄河远上"好呢,还是"黄沙直上"好呢?自然是前者好。第一,"黄河远上"意境远比"黄沙直上"开阔,莽莽苍苍、浩浩瀚瀚,给人的印象如同"黄河之水天上来"一样的壮美。"黄沙直上"不过只写了边塞之荒凉而已。第二,"黄河远上白云间"与下句"一片孤城万仞山"构成浑然的气象。黄河横贯大地,远远的一端上接白云;孤城高山兀然立于眼前。一远一近、一动一静相映成趣。"黄沙直上"与"孤城""高山"一样都是高耸而上,显得单调。有人说黄河距玉门关远,凉州城也不靠近黄河,所以应作"黄沙"。其实,《凉州词》只是唐代的一种曲调,不一定非写凉州不可,更不一定非写凉州城(今武威)不可,可以指整个凉州,即河西一带。而玉门关(在今甘肃敦煌西)即在凉州之西。岑仲勉《唐人行第录》云:"《全诗》三函高适四《和王七听玉门关吹笛》云:'胡人吹笛戍楼间,楼上萧条海月闲。借问落梅凡几曲,从风一夜满关山。'押'间''山'二韵同之涣诗,余认为此王七即之涣。"据此,则王之涣的《凉州词》还有另一个题目《听玉门关吹笛》。可知这首诗是诗人在玉门关听笛时所作。孤城是眼前实景,黄河是出关途经之处。黄河和玉门关虽然不在一处,但诗人把它们组织到同一首诗里,在更广阔的空间上描写自然景物。王维的"九江枫树几回青,一片扬州五湖白",王昌龄的"青海长云暗雪山,孤城遥望玉门关",也都是把相距很远的、并非可以同时见到的两地联在一起。这种写法是不足为怪的。

后二句,"杨柳"指乐府横吹曲折杨柳曲,辞曰:"上马不捉鞭,反折杨柳枝。下马吹长笛,愁杀行客儿。"是用笛子伴奏表达行客离愁的歌曲。三、四句是说,羌笛何须吹这撩乱边愁的折杨柳曲呢?玉门关外连春风都吹不到的。那么对于如此少的春之杨柳又何必怨呢?这首诗后二句与李白《塞下曲》"五月天山雪,无花只有寒。笛中闻折柳,春色未曾看"意境类似。

这首诗通过描写塞外荒寒壮阔的景物,透露出征人生活的艰苦和思家的哀怨。情调是悲而壮的。明人杨慎《升庵诗话》说:"此诗言恩泽不及于边塞,所谓君门远于万里也。"不免穿凿。

王之涣的另一首名诗是《登鹳雀楼》:

> 白日依山尽,黄河入海流。欲穷千里目,更上一层楼。

气势雄壮,胸襟开阔,充分表现了盛唐时代积极奋发的精神。鹳雀楼故址在今山西永济市西南城上,三层。"前瞻中条,下瞰大河。""唐人留诗者甚多。"(《梦溪笔谈》卷一五)首句是西望,二句是东望。西望白日将尽,想要看看它究竟尽头何在。东望黄河奔流,想要看看它究竟如何入海。诗人本来站在第二层上眺望,这时便再上一层,以求看得更远,看个究竟。此即所谓"更上一层楼"。末二句是实写自己的心情和举动,本非说理,但也包含了一个生活中的哲理,这正是它耐人寻味的地方。

二 崔 颢

崔颢(?—754),汴州(今河南开封附近)人。开元十年或十一年进士,天宝中任司勋员外郎。《旧唐书》本传说他"有俊才,无士行,好蒲博饮酒。……娶妻择有貌者,稍不惬意即去之,前后数四"。他早年的诗风浮艳轻薄,与这种生活是分不开的。后来入河东军幕,有过一段边塞生活,从此诗风大振。《河岳英灵集》云:"晚节忽变常体,风骨凛然。一窥塞垣,说尽戎旅。"今存诗四十二首。

他最著名的诗是一首七律《黄鹤楼》：

昔人已乘黄鹤去,此地空余黄鹤楼。黄鹤一去不复返,白云千载空悠悠。晴川历历汉阳树,芳草萋萋鹦鹉洲。日暮乡关何处是,烟波江上使人愁。

诗的内容很明确,就是怀古思乡。相传是诗人即兴题于楼壁的,后李白见此诗于楼上,曾叹道："眼前有景道不得,崔颢题诗在上头。"无作而去。(《唐才子传》卷一)崔颢这首诗把怀古和思乡两方面的内容在一首诗里完整地表现出来,从前半的怀古很自然地过渡到后半的思乡。"白云千载空悠悠"这一句,贯穿了古今,引出眼前的景物。西望汉阳树,北望鹦鹉洲;再往北望去不就是汴州家乡了吗?但乡关是望不见的,所见只是烟波浩渺而已。最后一句不仅暗示其眺望之久,而且也概括了怀古与思乡两方面的愁,正好为全诗作结。诗就这样不露痕迹地把两方面的内容融合到一起。无怪乎严羽说："唐人七言律诗,当以崔颢《黄鹤楼》为第一。"(《沧浪诗话·诗评》)沈德潜说："意得象先,神行语外;纵笔写去,遂擅千古之奇。"(《唐诗别裁集》卷一三)至于前三句连用三个"黄鹤",则表现了他不拘于律诗常格,而敢于创新的精神。故前人又称之为"变律"。

此外他的《行经华阴》、《长干曲》四首、《题潼关楼》等,也都是名作。像"岧峣太华俯咸京,天外三峰削不成"(《行经华阴》)这样的诗句,新鲜明快,的确是难得的。

三 李　颀

李颀(生卒年不详),赵郡人,寄居颍阳(今河南许昌附近)。开元二十三年进士。任新乡县尉。由于久未迁升,就辞官归隐了。"性疏简,厌薄世务,慕神仙,服饵丹砂,期轻举之道,结好尘喧之外。一时名辈,莫不重之。"(《唐才子传》卷二)他和王维、王昌龄、高适都有交往。

李颀今存诗一百二十四首,大都是古诗,其中又以赠答诗最多。他

的赠答诗不仅是叙别,而且善于描写朋友的鲜明形象和性格,在赠答诗中别开生面。如《送陈章甫》:

> 四月南风大麦黄,枣花未落桐叶长。青山朝别暮还见,嘶马出门思旧乡。陈侯立身何坦荡,虬须虎眉仍大颡。腹中贮书一万卷,不肯低头在草莽。东门酤酒饮我曹,心轻万事如鸿毛。醉卧不知白日暮,有时空望孤云高。长河浪头连天黑,津口停舟渡不得。郑国游人未及家,洛阳行子空叹息。闻道故林相识多,罢官昨日今如何?

诗写陈章甫豪爽坦荡的性格和在仕途上不得志的愤懑,以及思念家乡的惆怅,无不惟妙惟肖。再如《别梁锽》写梁锽怀才不遇:

> 回头转眄似雕鹗,有志飞鸣人岂知?……朝朝饮酒黄公垆,脱帽露顶争叫呼。

《赠张旭》写张旭醉酒书草:

> 露顶据胡床,长叫三五声。兴来洒素壁,挥笔如流星。下舍风萧条,寒草满户庭。问家何所有,生事如浮萍。左手持蟹螯,右手执丹经。瞪目视霄汉,不知醉与醒。

字里行间透露出诗人对朋友的爱慕和同情。这些诗发展了古典诗歌刻画人物的技巧,是值得注意的。

李颀的赠答诗也有以抒情为主的,如《送魏万之京》:

> 朝闻游子唱离歌,昨夜微霜初渡河。鸿雁不堪愁里听,云山况是客中过。关城曙色催寒近,御苑砧声向晚多。莫见长安行乐处,空令岁月易蹉跎。

魏万是比李颀晚一辈的诗人,李颀设身处地想象他沿途的客愁,诚挚地叮咛他不要沉湎于酒乐之中,这是一首很动人的好诗。又如《少室雪晴送王宁》:

少室众峰几峰别,一峰晴见一峰雪。隔城半山连青松,素色峨峨千万重。过景斜临不可道,白云欲尽难为容。行人与我玩幽境,北风切切吹衣冷。惜别浮桥驻马时,举头试望南山岭。

重点不放在话别上,而放在环境的描写上。用最清晰的线条勾勒出一幅少室雪晴图。语言的锤炼,实在到了炉火纯青的地步。此外,《送刘昱》也是这方面有名的作品。

李颀的边塞诗今存不过五首:《塞下曲》二首、《古塞下曲》《古意》《古从军行》。其中《古意》和《古从军行》是代表作。《古意》是结合游侠主题写的:

男儿事长征,少小幽燕客。赌胜马蹄下,由来轻七尺。杀人莫敢前,须如蝟毛磔。黄云陇底白云飞,未得报恩不得归。辽东小妇年十五,惯弹琵琶解歌舞。今为羌笛出塞声,使我三军泪如雨。

前半对侠客形象的刻画,后半对军营生活的描写,都有过人之处。《古从军行》写征人在行军路上的怨愤,末二句所谓:"年年战骨埋荒外,空见蒲桃入汉家。"是借汉武帝遣李广利伐大宛,苦战连年,士卒损折十之八九,最后引入蒲桃之事,来讽刺玄宗伐吐蕃、屠石堡等战争。诗写得深刻且沉痛。

李颀还很善于用古诗来描写音乐,他尽量用大自然的音响和形象来表达音乐给人的感受。如《听董大弹胡笳声兼寄语弄房给事》:"幽音变调忽飘洒,长风吹林雨堕瓦。迸泉飒飒飞木末,野鹿呦呦走堂下。"《听安万善吹觱篥歌》:"忽然更作渔阳掺,黄云萧条白日暗。变调如闻杨柳青,上林繁花照眼新。"

总之,李颀的古诗,特别是七古有独到之处。他的风格既有豪放洒脱的一面,又有清丽秀美的一面,是值得注意的一个诗人。

四　王昌龄

王昌龄(约生于690年,卒于755至757年之间),字少伯,《旧唐书·文苑传》载为京兆人。开元十五年进士,补秘书省校书郎。开元二十二年中博学宏词后授汜水尉,开元二十八年冬为江宁丞。天宝间贬龙标尉。安史乱起还乡,为刺史闾丘晓所杀。

他在当时就颇负盛名,有"诗家夫子王江宁"之称(《唐才子传》卷二)。他的诗今存一百七十七首,其中七绝七十五首,五绝十四首,占总数之半,尤以七绝为佳。他的绝句所写内容大致有以下三类:

第一,边塞诗。这些诗大都是用乐府旧题写成的组诗,如《从军行》七首,《塞下曲》四首等。诗里表现了战士们的爱国豪情和勇敢乐观的精神,如《从军行》七首之四:

青海长云暗雪山,孤城遥望玉门关。黄沙百战穿金甲,不破楼兰终不还。

首句写战士所在地之凄凉。天宝七载哥舒翰曾筑城于青海龙驹岛,置神威军于海上。雪山即今青海东南之积石山。次句写孤城与玉门关遥遥相望,关内就是故乡,但不取得战争胜利终不肯还。三、四句写战斗热情和胜利信心。《从军行》其五写战斗的捷报:

大漠风尘日色昏,红旗半卷出辕门。前军夜战洮河北,已报生擒吐谷浑。

但更多的诗是写战士们的不幸遭遇和乡愁离恨。如《出塞》:

秦时明月汉时关,万里长征人未还。但使龙城飞将在,不教胡马度阴山。

这首诗慨叹没有名将守边,以致外患频仍,征人不还。首二句,自秦汉以来就开始设关备胡,所以看到明月临关,自然联想起秦汉以来有无数征人战死边疆。那秦月汉关就是历史的见证。三、四句点明主旨,希望有李广那样的将军防守边疆。再如《从军行》:

烽火城西百尺楼,黄昏独坐海风秋。更吹羌笛关山月,无那金闺万里愁。

> 琵琶起舞换新声,总是关山旧别情。缭乱边愁听不尽,高高秋月照长城。

这些诗把普通戍卒的感情写得十分真切。有的诗为将士抱不平,如《塞下曲四首》之三:"纷纷几万人,去者无全生。臣愿节宫厩,分以赐边城。"其四:"功勋多被黜,兵马亦寻分。更遭黄龙戍,唯当哭塞云。"

第二,赠别诗。如《送魏二》:

> 醉别江楼橘柚香,江风引雨入舟凉。忆君遥在潇湘月,愁听清猿梦里长。

《芙蓉楼送辛渐》二首其一:

> 寒雨连江夜入吴,平明送客楚山孤。洛阳亲友如相问,一片冰心在玉壶。

这两首都是写水上送行,都用清风寒雨作为背景,又都以"江楼"为执手言别之所,却又各有重点。前者重在写互相间深挚的友情,显出他对友人的体贴。后者重在写自己的清高纯洁,不受功名富贵的牵扰。

第三,闺怨、宫怨诗。如《闺怨》:

> 闺中少妇不知愁,春日凝妆上翠楼。忽见陌头杨柳色,悔教夫婿觅封侯。

杨柳色,就是春色。少妇本来没有感到忧愁,她装扮一番登楼眺望,看到街头的柳色,忽然感到自己辜负了大好春色。王昌龄的宫怨诗,代表作有《西宫春怨》:

> 西宫夜静百花香,欲卷珠帘春恨长。斜抱云和深见月,朦胧树色隐昭阳。

《长信秋词》:

> 奉帚平明金殿开,且将团扇共徘徊。玉颜不及寒鸦色,犹带昭阳日影来。

这两首诗把宫女的哀怨表现得十分含蓄而婉转。

他的《采莲曲》二首写江南女子的生活,富有地方色彩。如其二:

荷叶罗裙一色裁,芙蓉向脸两边开。乱入池中看不见,闻歌始觉有人来。

王昌龄七绝的艺术特色很有值得我们注意的地方:

第一,王昌龄善于运用七绝表现刹那间的感触。《闺怨》中那少妇原不知愁,她还像未出阁的少女一样无忧无虑地上楼去欣赏春景。可是在见到陌头柳色的刹那间,她感到了自己的孤独。这是最富于启发性的一刹那,因而也是诗意最丰富的一刹那。这首诗就靠了表现刹那间的感触,来启发读者的联想。《从军行》其一"烽火城西百尺楼",也是如此。征人独自守在戍楼上,本是日常的勤务,他没有更多地去想什么。然而一声羌笛传来,便勾起这异乡人无法消除的惆怅。诗人捕捉到一刹那间征人心中所起的变化,并且准确地把它表达出来。这刹那间的感触往往是通过外界的事物引起的。忽然闪现在眼前的景致,忽然听到的声响,都是引起感触的因素,就像投入湖中引起波纹的一粒石子一样。"柳色""笛声",以及从昭阳殿那儿飞来的寒鸦,都深深地触动过诗中的主人公。所以在这些诗里情景就不只是一般的交融在一起,而是有一个明显的触景生情的过程。王昌龄是特别善于叙写这一过程的。

第二,一首绝句总共四句,王昌龄对每一句都经心地加以处理,没有闲笔。王昌龄绝句的起句往往是骤响易彻,以雷鸣般的声势打开一个局面。如"秦时明月汉时关""大漠风尘日色昏""青海长云暗雪山""琵琶起舞换新声""寒雨连江夜入吴"等等,都是单刀直入,开门见山。不过最妙的地方还不在于起句,而是在第三句。绝句一般都要在第三句另辟新境,翻出新意,所以首二句要平缓些才便于翻上一层。王昌龄起调既已高险,还能在第三句上就势一振,把思想感情再深入一步,实在是需要高度的艺术技巧。如《出塞》这首诗,一般人写了"秦时明月汉时关,万里长征人未还",很可能接着把征人未还的愁思描写一番。王昌龄却不这样衔接,他另开辟出一层新意:"但使龙城飞将在,不教胡马度阴山。"其他如"洛阳亲友如相问""忽见陌头杨柳色""更吹羌笛关山月",都是让人意料不到的奇语妙笔。诗的结句,王昌龄更不肯放过。他有时写得很实在、很肯定,如"不破楼兰终不还""一片冰心在玉壶"。有时又很含蓄,故意荡开,余音袅袅,如"高高秋月照长城""朦胧树色隐昭阳"。王昌龄著有《诗格》,其中谈到结句说:"每至落句,常须含蓄,不得令语尽思穷。"这是他自己进行诗歌创作的经验总结。

第五节 高 适

高适(约700—765),字达夫,渤海蓚人,客居梁宋。少时贫困,耻预常科,二十岁曾西游长安。他本想直取公卿,却失望而归。开元二十年,曾到过蓟北,写了一些边塞诗。壮年时期他寓居梁宋一带,并漫游江苏、山东、河北等地。他也曾躬耕过,有《别韦参军》诗"兔苑为农岁不登"为证。他在这期间的诗里反映了人民的痛苦生活,表现了对人民的同情、对政治的不满和改良政治的愿望。天宝八载举有道科中第,《答侯少府》说:"诏书下柴门,天命敢逡巡?赫赫三伏时,十日到咸秦。"但他所得到的只不过是封丘县尉这样的小官。县尉"主盗贼,案察奸宄"(杜佑《通典》卷三三)。高适不堪其职,在《封丘县》这首诗里说:"拜迎官长心欲碎,鞭挞黎庶令人悲。"不久即辞去。天宝十二载,入河西节度使哥舒翰幕掌书记。天宝十四载返朝,任左拾遗、监察御史。安史之乱爆发,又佐哥舒翰守潼关。哥舒翰败于潼关,高适见玄宗于行在,详陈潼关之败的内幕,擢谏议大夫。后擢淮南节度使、彭蜀二州刺史、西川节度使,最后任散骑常侍。《旧唐书》说:"有唐已来,诗人之达者,唯适而已。"有《高常侍集》十卷。

高适的诗歌今存二百余首,有三方面主要内容:

第一,反映他个人早年坎坷遭遇的诗。如《别韦参军》说:"白璧皆言赐近臣，布衣不得干明主。"《宋中十首》之一感叹魏文侯那样广揽人才的人物如今不复得见。他说："梁王昔全胜，宾客复多才。悠悠一千年，陈迹唯高台。寂寞向秋草，悲风千里来。"《蓟中作》则明显地写出权贵阻贤的事实："岂无安边书，诸将已承恩。"诗人的讥刺是很深的。

第二，反映人民疾苦的诗。《封丘县》是这方面的代表作。此外还有《自淇涉黄河途中作》的第九首："去秋虽薄熟，今夏犹未雨。耕耘日勤劳，租税兼潟卤。园蔬空寥落，产业不足数。尚有献芹心，无因见明主。"《东平路中遇大水》一诗写农民的受灾情况："稼穑随波澜，西成不可求。……农夫无倚着，野老生殷忧。"他主张"仓廪终尔给，田租应罢收"，又感到自己的主张难被采纳："纵怀济时策，谁肯论吾谋？"《苦雨寄房四昆季》也表达了同样的思虑："惆怅闵田农，徘徊伤里闾。曾是力耕税，曷为无斗储？万事切中怀，十年思上书。君门嗟缅邈，身计念居诸。"

第三，边塞诗。他的边塞诗大约二十几首，也像一般的边塞诗那样，反映了征人思妇的感情。如《塞上听吹笛》："雪净胡天牧马还，月明羌笛戍楼间。借问梅花何处落，风吹一夜满关山。"①写羌笛引起的愁绪，与王昌龄的《从军行》属于一类。又如《塞下曲》说："荡子从军事征战，蛾眉蝉娟守空闺。独宿自然堪下泪，况复时闻乌夜啼。"还有些诗反映战斗的场面，如另一首五古《塞下曲》："万鼓雷殷地，千旗火生风。日轮驻霜戈，月魄系雕弓。青海阵云匝，黑山兵气冲。战酣太白高，战罢旄头空。万里不惜死，一朝得成功。"也有写边塞生活风貌的，如《营州歌》。

然而高适边塞诗的特色却不表现在这些方面，他的特色是深刻揭示边防政策的弊病，以政论的笔调表示自己对战争的意见，同时流露出对士兵的同情，对将帅的讽刺。他不像王昌龄那样常以戍卒的口吻抒情，也不像岑参那样以诗人的敏感去描绘战斗生活和边塞风光，而是以

---

① 《全唐诗》卷二一四题为《和王七听玉门关吹笛》，首二句作"胡人吹笛戍楼间，楼上萧条海月闲"。

政治家的眼光去分析边防的问题，所以元人说他"尚质主理"（《唐音癸签》卷五引陈绎曾《吟谱》）。在《答侯少府》中说："边兵如刍狗，战骨成埃尘。"在《蓟门五首》其二中说："戍卒厌糟糠，降胡饱衣食。"他希望有李广那样的将领。"转斗岂长策，和亲非远图。惟昔李将军，按节出此都。总戎扫大漠，一战擒单于。"（《塞上》）他的理想是"边庭绝刁斗，战地成渔樵"（《睢阳酬别畅大判官》）。在《蓟中作》里，他沉痛地诉说了自己的苦闷：

  策马自沙漠，长驱登塞垣。边城何萧条，白日黄云昏。一到征战处，每愁胡虏翻。岂无安边书，诸将已承恩。惆怅孙吴事，归来独闭门。

沈德潜说："言诸将不知边防，虽有策无可陈也。"（《唐诗别裁集》卷一）这样的诗在盛唐边塞诗中独树一帜，而与陈子昂《感遇》中的边塞诗是很接近的。

  高适最著名的边塞诗《燕歌行》就是上述种种复杂的思想感情的集中表现：

  汉家烟尘在东北，汉将辞家破残贼。男儿本自重横行，天子非常赐颜色。摐金伐鼓下榆关，旌旆逶迤碣石间。校尉羽书飞瀚海，单于猎火照狼山。山川萧条极边土，胡骑凭陵杂风雨。战士军前半死生，美人帐下犹歌舞。大漠穷秋塞草腓，孤城落日斗兵稀。身当恩遇恒轻敌，力尽关山未解围。铁衣远戍辛勤久，玉箸应啼别离后。少妇城南欲断肠，征人蓟北空回首。边庭飘飖那可度，绝域苍茫更何有？杀气三时作阵云，寒声一夜传刁斗。相看白刃血纷纷，死节从来岂顾勋。君不见沙场征战苦，至今犹忆李将军。

  这首诗是有感于张守珪军中之事而作，却又概括了一般的边塞战争，反映了边塞战争的复杂情况：一方面敌人的侵犯激发了战士的爱国感情，因而奋起抗敌；另一方面因边防失策将帅无能，战事久久不能取胜，再加上军队中官兵苦乐的悬殊，就不能不使战士感到悲愤心寒。诗里描写了战争的艰苦,歌颂了士卒的勇敢,也表现了他们思念家乡的心情,同时对将帅富贵骄逸、不恤士卒也深有讽刺。丰富的内容和深刻的思想,使它成为盛唐边塞诗中最优秀的篇章之一。这首诗在艺术上有两点值得注意:第一,"词浅意深,铺排中即为讽刺"(王夫之《唐诗评选》卷一)。如"战士"二句的对比,"身当"二句的批评,"杀气"二句的怨愤,以及末二句的感叹,都深含讽刺,是全诗的几处关键。第二,诗人从四面八方写来,却又能集中在一点,表现诗的主题思想。它不仅写了行军和战斗的整个过程,而且写了这过程的各个方面:天子、将军、兵士、思妇、敌人。既写了东北的烟尘,又写了来自北方(狼山)的威胁,把在两条战线上分兵转战的情形写得十分具体。然而这一切又集中在一点上,这就是对李将军的追忆,这追忆中包含着对士卒的同情,对将帅的讽刺,以及人们对胜利与和平的期望。

除以上三方面外,《邯郸少年行》《人日寄杜二拾遗》《别董大》《赋得还山吟送沈四山人》《除夜作》等,也都是佳作。

但是,高适的作品中也有一些庸俗的成分。他为了追求个人的功名,迫切地希望进入统治阶级上层集团,因此在天宝后期写了一些歌颂权贵的诗歌,如《留上李右相》,以傅说、萧何比喻李林甫,就是一个突出的例子。

高适诗歌的体裁绝大部分是古诗,尤以七言歌行为佳。七律只有七首,绝句只有十九首。殷璠说:"适诗多胸臆语,兼有气骨。"(《河岳英灵集》卷上)徐献忠说:"常侍诗气骨琅然,词峰峻上,感赏之情,殆出常表。"(《唐音癸签》卷五)都指出了他以深刻的思想、爽快的语言和苍劲悲壮的形象取胜的特点。

第六节 岑 参

岑参和高适都是以七古见长的,又都是以边塞诗著称的。岑参诗歌的题材不如高适那样广泛,他的四百首诗中边塞诗占了相当大的一部分,边塞以外的内容在他的诗里不很突出。就边塞诗而论,其内容之丰富多样超过了高适,思想却不如高适深刻。

岑参(715?—770),江陵(今湖北荆州)人,祖籍南阳(今河南南阳市)。他父亲做过两任刺史,但因早亡所以家境贫寒。少时隐居嵩阳读书,二十岁至长安献书阙下,此后十年屡次往返于京洛间。开元二十九年游河朔,天宝三载中进士。天宝八载在安西节度使高仙芝幕中掌书记(在今新疆库车县),十载归长安。十三载又随封常清出任安西北庭节度判官(军府在轮台),很受封的赏识,多数边塞诗作于此时。至德二载(757)入朝任右补阙。代宗时又一度任关西节度判官,后出为嘉州刺史。五十六岁时卒于成都。有《岑嘉州诗集》。今存诗四百零三首。

岑参一生三次出塞,当时最重要的东北、西部和北部边陲他都去过,而且在安西、北庭、关西节度幕中都曾任过职。因此他对于边塞生活是十分熟悉的。《唐才子传》说:"参累佐戎幕,往来鞍马烽尘间十余载,极征行离别之情,城障塞堡,无不经行。"他的边塞诗,就是在这种生活中写出来的。

岑参善于以浓重的色调描绘西北边疆的奇异景色,以及将士英勇报国不畏艰苦的精神。如写飞沙走石的景象:

> 君不见走马川行雪海边,平沙莽莽黄入天。轮台九月风夜吼,一川碎石大如斗,随风满地石乱走。(《走马川行奉送出师西征》)

再如边塞的严寒和大雪:

> 北风卷地白草折,胡天八月即飞雪。忽如一夜春风来,千树万树梨花开。散入珠帘湿罗幕,狐裘不暖锦衾薄。将军角弓不得控,都护铁衣冷难着。(《白雪歌送武判官归京》)

他也写过热海和火山:

> 侧闻阴山胡儿语,西头热海水如煮。海上众鸟不敢飞,中有鲤

> 鱼长且肥。岸旁青草常不歇,空中白雪遥旋灭。蒸沙烁石燃虏云,沸浪炎波煎汉月。(《热海行送崔侍御还京》)
>
> 火山突兀赤亭口,火山五月火云厚。火云满山凝未开,飞鸟千里不敢来。(《火山云歌送别》)

这些诗里有惊异、有赞美,但毫无畏惧和怯懦,处处表现了将士征服自然、藐视艰苦、勇往直前的积极浪漫主义精神。如《走马川行》后半写大军西征:

> 将军金甲夜不脱,半夜行军戈相拨,风头如刀面如割。马毛带雪汗气蒸,五花连钱旋作冰,幕中草檄砚水凝。虏骑闻之应胆慑,料知短兵不敢接,车师西门伫献捷。

在这里显得有力量的,不是狂风严寒,而是迎风前进的将士。又如:

> 火山六月应更热,赤亭道口行人绝。知君惯度祁连城,岂能愁见轮台月。脱鞍暂入酒家垆,送君万里西击胡。功名只向马上取,直是英雄一丈夫。(《送李副使赴碛西行军》)

诗里充满了不畏艰苦的气魄,在送别诗里是极难得的作品。

岑参有不少诗描写战争场面,写得悲壮有力。如:

> 上将拥旄西出征,平明吹笛大军行。四边伐鼓雪海涌,三军大呼阴山动。虏塞兵气连云屯,战场白骨缠草根。剑河风急云片阔,沙口不冻马蹄脱。(《轮台歌》)

岑参在少数诗里揭露了军中苦乐不均的现象,对统治者穷兵黩武表示不满。《玉门关盖将军歌》写将军穷奢极欲:"暖屋绣帘红地炉,织成壁衣花氍毹。灯前侍婢泻玉壶,金铛乱点野酡酥。"但士卒却是:"战士常苦饥,糗粮不相继。胡兵犹不归,空山积年岁!"(《送狄员外巡按西山军》)但这类作品不如高适深刻。岑参有些诗描写边塞风俗和幕府生活,也很出色,如《凉州馆中与诸判官夜集》《赵将军歌》。

他还有一些描写思乡怀友的诗,真切朴素,如:

故园东望路漫漫,双袖龙钟泪不干。马上相逢无纸笔,凭君传语报平安。(《逢入京使》)

　　走马西来欲到天,辞家见月两回圆。今夜不知何处宿,平沙万里绝人烟。(《碛中作》)

　　岑参的诗在当代就享有很高的声誉。杜甫在《寄岑嘉州》中说:"谢朓(指岑)每篇堪讽诵,冯唐(自指)已老听吹嘘。"在他死后三十年,杜确为他的诗集作序说:"每一篇绝笔,则人人传写。虽闾里士庶、戎夷蛮貊,莫不讽诵吟习焉。"①这是因为他的诗在内容上有独到之处以外,艺术上也取得了高度成就。

　　他的边塞诗给人的第一个印象就是感情的炽热。这些诗融会了山水、游侠、赠答等等各种诗歌的艺术特色,形成奇伟宏丽、气势磅礴的风格。

　　岑参喜欢用奇特的想象造成鲜明的诗句,如"忽如一夜春风来,千树万树梨花开""一川碎石大如斗,随风满地石乱走""都护宝刀冻欲断""长安在何处？只在马蹄下""纷纷暮雪下辕门,风掣红旗冻不翻""君家赤骠画不得,一团旋风桃花色"。殷璠评曰:"语奇体峻,意亦奇造。"(《河岳英灵集》卷上)是很确切的。但他的诗奇绝而不失于险怪,因为他不是在语言上做不适当的夸张,而是把自己对边塞自然风光和战斗生活的真切体验概括提炼成诗。所以我们读他的诗并不觉得有丝毫的虚夸。唐代有不少诗人写边塞诗,但能把边塞的奇异表现得这样具体,这样富于生活实感的,要数岑参是第一个了。

　　岑参又有瑰丽的一面,他的诗奇得美,奇得洒脱。"纷纷暮雪下辕门,风掣红旗冻不翻。"在白雪的辉映下,那面静止的红旗多么瑰丽。"忽如一夜春风来,千树万树梨花开。"写出蓬勃浓郁的春意,令人向往。

---

　　① 《岑参集校注》附录《〈岑嘉州诗集〉序》,陈铁民、侯忠义校注,上海古籍出版社排印本,1981年8月,第463页。

岑参以七言歌行见长,他的歌行,形式富于变化,音调悲壮洪亮。《走马川行》三句一换韵,《轮台歌》两句一换韵,《燉煌太守后庭歌》句句押韵,却又都能一气呵成。他的绝句也很出色,五绝如《行军九日思长安故园》:"强欲登高去,无人送酒来。遥怜故园菊,应傍战场开。"七绝如《春梦》:"洞房昨夜春风起,遥忆美人湘江水。枕上片时春梦中,行尽江南数千里。"都有极巧妙的艺术构思。

严羽说:"高岑之诗悲壮,读之使人感慨。"(《沧浪诗话·诗评》)胡应麟说:"高岑悲壮为宗。"(《诗薮》内编卷二)然而高岑又各有特点,元陈绎曾说:"高适诗尚质主理,岑诗尚巧主景。"(《唐音癸签》卷五)是颇中肯的。

第三章 李 白

第一节 李白的生平

李白(701—762),字太白,祖籍陇西成纪(今甘肃天水附近),先世于隋末移居中亚碎叶城,李白就生在这里。李白的父亲可能是一个富商。李白五岁的时候随父亲迁居绵州(今四川江油)。

李白少年时代所受的教育是多方面的,他"五岁诵六甲,十岁观百家""十五好剑术""十五游神仙""十五观奇书,作赋凌相如",二十岁前后游历了成都、峨眉山等地,还和一个隐士东岩子共同在青城山隐居了好几年。这些生活对李白思想性格的形成有着深刻的影响。

李白一方面接受了传统的儒家思想,热衷用世,追求功名,想要"济苍生""安社稷";另一方面又具有浓厚的道家思想,浮云富贵,粪土王侯,隐逸求仙。这两种思想结合起来,形成一种功成身退的处世态度,正如李白在《代寿山答孟少府移文书》中所说:"奋其智能,愿为辅弼,使寰区大定,海县清一。事君之道成,荣亲之义毕,然后与陶朱、留侯,浮五湖、戏沧洲,不足为难矣!"

开元十三年,李白二十五岁,为了实现他的抱负,便离开四川开始漫游。李白不屑于参加科举考试,他希望凭借自己的才能和声誉,得到某个有力人物的推荐而直取卿相,漫游正是为了寻找这样的机会。李白出蜀后,南游洞庭,东游金陵、扬州,后来回到江夏一带,在湖北安陆与唐高宗时做过宰相的许圉师的孙女结了婚,遂定居安陆。后又北游洛阳、太原,东游齐鲁,寓家任城(今山东济宁)。天宝初南游会稽,与道士吴筠隐于剡中。在十几年的时间里,他几乎漫游了半个中国,写了许多优秀的诗篇,显示了高度的艺术才能。

  天宝元年,李白四十二岁,因玉真公主的推荐,被唐玄宗征召入京。① 李白初到长安,受到玄宗的礼遇,"置于金銮殿,出入翰林中,问以国政,潜草诏诰,人无知者"(李阳冰《草堂集序》)。但李白只是以文学辞章见重,供奉翰林并非实际的官职,更没有政治实权,他那"济苍生""安社稷"的抱负得不到施展的机会。尤其是,自开元末年以来,政治日趋腐化,政权把持在奸相李林甫等人手中。李白不肯投靠权贵,在政治上自然是没有出路的。他"戏万乘若僚友,视俦列如草芥",纵酒狂歌,桀骜不驯。于是,诽谤和冷遇接踵而至,"谗惑英主心,恩疏佞臣计。彷徨庭阙下,叹息光阴逝"(《答高山人兼呈权顾二侯》)。他感到自己留在长安完全是多余的,便恳求还山,于天宝三载沉痛地离开了长安。

  经过长安三年的政治生活,李白对现实的认识比较清醒了。在供奉翰林期间,他写过一些歌咏宫廷生活的诗歌,但这不是他创作的主流。总的看来,他的创作比前一时期具有更强的思想性和更深刻的政治内容。

  从天宝三载到天宝十四载,李白又流浪了十二年,游踪及于汴梁、齐鲁、江浙、燕赵。李白离开长安不久便结识了杜甫,李白和杜甫结下了深厚的友谊。天宝四载李白受道箓于齐州紫极宫,此后他更热衷于求仙访道,企图以宗教迷信麻醉自己,以解脱胸中的悲愤与苦闷。但是李白并没有忘怀于现实政治,这时期政治的腐败在他的诗中得到曲折

---

  ① 玉真公主推荐李白入京,此说最早见于魏颢《李翰林集序》:"与丹丘因持盈法师达。"持盈法师,即玄宗妹玉真公主。至于《旧唐书·李白传》记载的由吴筠推荐入京,郁贤皓《吴筠荐李白说辨疑》认为并不可信。文载《李白丛考》,陕西人民出版社,1982年10月,第65—78页。另,玉真公主的有关事迹,可参看袁行霈、丁放《盛唐诗坛研究》第二章"玉真公主考论——以其与盛唐诗坛的关系为归结",第40—61页。

的反映,使他的诗歌带有更加深广的忧愤。

天宝十四载十一月爆发了"安史之乱"。李白由宣城奔亡郯中,后隐居庐山。在这期间他写了一些反映战乱的诗歌,表达了忧国忧民的心情。唐肃宗至德元载十二月,肃宗的弟弟永王李璘以抗敌平乱为号召,在江陵招募将士数万人,顺江东下,路经庐山辟李白为僚佐。李白出于报国安民的诚意,加入了李璘的幕府。肃宗与李璘之间矛盾很深,肃宗深怕他抢夺自己的帝位,便发兵加以征讨。至德二载永王兵败被杀,李白也因从璘被捕入浔阳狱中,第二年长流夜郎(今贵州桐梓一带)。乾元二年春,李白行至三峡遇赦放还,后往来于宣城、历阳等地,仍然密切地关注着时局的发展。上元二年,李白六十一岁,听到李光弼率大军征讨史朝义的消息,还曾请缨从军,半道因病而还①。宝应元年(762),李白到安徽当涂投靠族叔当涂县令李阳冰,十一月病逝,享年六十二岁。李阳冰将他的作品编成《草堂集》十卷,可惜没有流传下来。现存李白的诗共约一千首。

第二节 李白诗歌的浪漫精神

李白是一个浪漫诗人,他的浪漫精神的基调是积极的,他的作品具有火焰般的热情和一泻千里的气势,但是也带有不少消极的甚至颓废的色彩。这种复杂的思想倾向是由他所处的时代,以及他特殊的社会地位和生活经历所决定的。

李白生活和从事创作活动,主要是在唐玄宗开元、天宝年间,这是唐帝国由盛到衰的转折时期。这个时期的基本特点是:在表面的繁荣

---

① 李白集中有《闻李太尉大举秦兵百万出征东南懦夫请缨冀申一割之用半道病还留别金陵崔侍御十九韵》,所述即此事。不过,学界或认为此诗作于宝应元年秋,"出征东南"指的是李光弼镇压浙江的袁晁起义,并非征讨安史叛军史朝义。详参安旗主编《李白全集编年注释》,巴蜀书社,1990年12月,第1643页。又,郁贤皓《李白晚年行踪及思想考论》也同意此说,收入《李白与唐代文史考论》第一卷《李白丛考》,南京师范大学出版社,2008年1月,第137—138页。今仍从旧说。

昌盛背后,埋藏着深刻的危机。一方面,唐帝国经过一百多年的发展,已达到繁荣昌盛的顶点,成为世界上强大富庶并有高度文化的国家;另一方面,封建社会的各种固有矛盾也逐渐达到激化的程度。土地兼并的加剧,大地主庄园经济的兴起,使越来越多的农民失去土地,不断加深了阶级矛盾。统治者的昏庸腐败、骄奢淫逸,更加重了广大人民的负担。而在统治阶级内部,中央和地方割据势力的矛盾日益加深,终于导致了"安史之乱"。从此,唐帝国遂陷入分崩离析的局面,一蹶不振了。

李白就是生活在这样的时代,他目睹和经历了唐帝国的繁荣、危机和战乱。"一百四十年,国容何赫然。"(《古风》其四十六)唐帝国一百多年的繁荣发展,给他以极大的鼓舞,强烈地激发了他那"济苍生""安社稷""使寰区大定,海县清一"的理想。这种理想是要使唐帝国在统一、安宁、昌盛的道路上继续向前发展。然而就是这样的理想在当时也失去了实现的可能,而与日趋黑暗的现实发生了尖锐的矛盾。他怀抱理想四处奔走,遇到的是嘲笑和冷漠,感到的是压抑和幻灭。他时而高歌自己的理想,时而悲叹个人的不幸;时而乐观,时而颓唐;时而激愤,时而消沉。他的感情,他的诗歌,就是这样激荡着、矛盾着——这正是那个时代的反映。

李白特殊的社会地位和生活经历,也造成他诗歌中复杂的思想倾向。李白的政治地位和思想教养很接近唐代一般中下层地主阶级知识分子,他的诗歌就其主要精神来说,是代表中下层地主阶级对抗腐朽的贵族势力,这与建安以来诗歌的进步传统是一脉相承的。然而李白又有不同于传统的一面。他出身于富商家庭,"混游渔商,隐不绝俗"(《与贾少公书》)。好任侠,重义气,不事产业,轻财好施,这与封建士大夫的作风是显然不同的。自战国以来,任侠之士大抵出于商贾,李白引为同调的朱亥之流便是所谓"散在商钓"的豪士,李白的任侠也正好说明他与市民阶层的联系。李白作为一个受到市民影响的地主阶级中下层知识分子,与上层封建地主阶级既有一定程度的矛盾,又不得不在一定程度上依附他们,否则在政治上就没有出路。他所憎恶的、蔑视的,恰恰是他必须依靠的,不能与之一刀两断的。李白既要入世,就不可避免地要陷入这一矛盾之中。他在这矛盾中挣扎着,始终没有摆脱出来,这在他的创作中明显地表现着,使他的诗歌呈现出复杂的面貌。

李白的浪漫精神虽然具有复杂的思想倾向,但仍有一个中心的主题,这就是理想与现实的矛盾。上面说过,李白本来怀着宏大的理想,他更常以鲁仲连、范蠡、乐毅、朱亥、侯嬴、谢安等人自许,希望自己也能像他们那样,凭着个人的才智和勇气济世安民,做一番轰轰烈烈的事业。"抚剑夜吟啸,雄心日千里。"(《赠张相镐》其二)"纵死侠骨香,不惭世上英。"(《侠客行》)这是何等的壮怀激烈!然而这一切都成了泡影。他"愿一佐明主,功成还旧林"(《留别王司马嵩》),而遇到的却是一个已经失去励精图治精神的君王。他自信"天生我材必有用"(《将进酒》),而社会上却是"谁贵经纶才!"(《玉真公主别馆苦雨赠卫尉张卿》)他指责唐玄宗"珠玉买歌笑,糟糠养贤才"(《古风》其十五)。他悲愤地说:"揽涕黄金台,呼天哭昭王。无人贵骏骨,绿耳空腾骧。乐毅倘再生,于今亦奔亡。"(《经乱离后天恩流夜郎忆旧游书怀赠江夏韦太守良宰》)又说:"我本不弃世,世人自弃我。"(《赠蔡山人》)一种怀才不遇、愤世嫉俗的情绪不断地从他的诗里流露出来。《行路难》三首最集中地表现了他的追求和幻灭。其一:

> 金樽清酒斗十千,玉盘珍羞直万钱。停杯投箸不能食,拔剑四顾心茫然。欲渡黄河冰塞川,将登太行雪满山。闲来垂钓碧溪上,忽复乘舟梦日边。行路难!行路难!多歧路,今安在?长风破浪会有时,直挂云帆济沧海。

这首诗是李白离开长安时写的,虽然悲愤万端,仍未失去信心。第二首着重揭露现实的黑暗,"大道如青天,我独不得出!"他感到在社会上找不到实现自己理想的道路,他不愿意与那班斗鸡走狗之徒为伍;也不肯像冯欢那样"弹剑作歌""曳裾王门",以博取权贵的信任。他形容自己的处境是"淮阴市井笑韩信,汉朝公卿忌贾生"。他像韩信那样受人嘲笑,像贾谊那样遭人忌恨。他感到自己的理想在当时是不能实现的。第三首列举伍子胥、屈原、陆机、李斯的遭遇,表示要及早隐退。"且乐生前一杯酒,何须身后千载名!"这又是多么的消沉、颓唐。这三首《行路难》充分地表现了在理想与现实的矛盾中挣扎着的李白的悲愤和苦闷,代表了他的浪漫精神的特点。

李白的浪漫精神还表现为一种反权贵,轻王侯,傲岸不屈的反抗精神。李白对腐朽的上层贵族势力的蔑视、抨击和反抗,是他的诗歌民主性精华的集中表现。

李白常说自己是"野人""布衣",他意识到自己与那班皇亲国戚、豪门世族是具有不同身份的两类人,他"出则以平交王侯,遁则以俯视巢许。"(《送烟子元演隐仙城山序》)在王公大人面前他是有几分傲气的。李白在诗里对于权贵以及他们的荣华富贵投以强烈的蔑视,表现出一种傲岸不屈的性格。这成为李白诗歌的一个突出的特色。如:

  安能摧眉折腰事权贵,使我不得开心颜。(《梦游天姥吟留别》)

  黄金白璧买歌笑,一醉累月轻王侯。(《忆旧游寄谯郡元参军》)

  乍向草中耿介死,不求黄金笼下生。(《设辟邪伎鼓吹雉子班曲辞》)

  松柏本孤直,难为桃李颜。(《古风》其十二)

  绿萝笑簪绂,丹壑贱岩廊。(《闻丹丘子于城北山营石门幽居中有高凤遗迹仆离群远怀亦有栖遁之志因叙旧以寄之》)

这种粪土权门、轻视富贵的傲岸性格,在等级森严的封建社会里具有一定的反抗封建礼法的意义,是颇为可贵的。

《古风》其二十四揭露宦官和斗鸡小儿的骄横:

  大车扬飞尘,亭午暗阡陌。中贵多黄金,连云开甲宅。路逢斗鸡者,冠盖何辉赫。鼻息干虹霓,行人皆怵惕。世无洗耳翁,谁知尧与跖!

宦官和斗鸡儿是当时颇有权势的两类人,他们围绕在玄宗身边,甚至有左右政事的力量。李白这首诗就是对他们的声讨。

李白反权贵的精神在《答王十二寒夜独酌有怀》一诗中得到最集中的表现。这首诗写到自己的失志,但并不把眼光局限在个人得失之中,而是注视着整个政治局势和社会现实,并对那些煊赫一世的人物予以抨击:

> 君不能狸膏金距学斗鸡,坐令鼻息吹虹霓。君不能学哥舒横行青海夜带刀,西屠石堡取紫袍。吟诗作赋北窗里,万言不值一杯水。世人闻此皆掉头,有如东风射马耳!鱼目亦笑我,谓与明月同。骅骝拳跼不能食,蹇驴得志鸣春风。折杨黄华合流俗,晋君听琴枉清角。巴人谁肯和阳春,楚地犹来贱奇璞。黄金散尽交不成,白首为儒身被轻。一谈一笑失颜色,苍蝇贝锦喧谤声。曾参岂是杀人者,谗言三及慈母惊。与君论心握君手,荣辱于余亦何有!孔圣犹闻伤凤麟,董龙更是何鸡狗!一生傲岸苦不谐,恩疏媒劳志多乖。严陵高揖汉天子,何必长剑挂颐事玉阶。达亦不足贵,穷亦不足悲。韩信羞将绛灌比,祢衡耻逐屠沽儿。君不见李北海,英风豪气今何在?君不见裴尚书,土坟三尺蒿棘居。少年早欲五湖去,见此弥将钟鼎疏。

在这首诗里,李白以极大的愤怒揭露了政治的腐败,像李邕、裴敦复那样比较正派的人惨死在奸相李林甫之手;王十二和自己遭到社会的冷淡、诽谤,找不到政治出路;而一班斗鸡媚上的幸臣以及哥舒翰之流靠开边邀功的武将却自鸣得意,不可一世。李白痛骂这些幸臣权贵是"鸡狗",耻于同他们为伍,表示要永远地离开这丑恶的政治了。

可以将李白对人民的态度与他对权贵的态度加以对比。李白对权贵是桀骜不驯、飞扬跋扈,对于普通人民虽然诗中写得不多,态度却是亲切的、谦逊的。如《丁都护歌》描写拖船运石的纤夫:

> 云阳上征去,两岸饶商贾。吴牛喘月时,拖船一何苦!水浊不可饮,壶浆半成土。一唱都护歌,心摧泪如雨。万人凿盘石,无由达江浒。君看石芒砀,掩泪悲千古。

诗人对于纤夫的疾苦是体贴而又同情的。《宿五松山下荀媪家》感情尤为真挚:

> 我宿五松下,寂寥无所欢。田家秋作苦,邻女夜舂寒。跪进雕胡饭,月光明素盘。令人惭漂母,三谢不能餐。

他想到这老人的一碗饭来之不易,以致"三谢不能餐"。在王侯跟前傲岸不屈的李白,面对一个田家老妇却如此诚恳谦逊!这正显示了他的可贵。

在肯定李白反权贵的同时,也要看到他的局限。李白一方面蔑视权贵,另一方面又沾沾自喜于"王公大人借颜色,金章紫绶来相趋"(《驾去温泉后赠杨山人》)。他一方面自称"布衣",另一方面又想抬高自己的门第。他宣称"不屈己,不干人",其实并没有完全做到,他不断地干谒一些有权势的人物,希望得到他们汲引,"希君一剪拂,犹可骋中衢"(《赠崔谘议》)。这是何等低颜下气!可见李白既有反抗的一面,又有妥协的一面;既是清高的,又是庸俗的。还应看到,李白反权贵只是以个人的"傲骨"去对抗权贵的气焰。他的反抗并不是代表广大劳动人民向整个统治阶级斗争,也不可能从人民群众中汲取斗争的力量,因而他的反抗是软弱的,没有出路的。李白毕竟是脱离人民的,他的孤傲虽然具有对抗权贵的意义,但也表现了他的局限。

狂放不羁,追求个人自由,这是李白诗歌浪漫精神的又一个重要方面。

李白在黑暗的现实中找不到出路,森严的封建礼法和庸俗的社会关系又使他感到窒息,他于是采取一种狂放不羁的生活态度,急切地追求着个人的自由和解脱。他高呼:"大道如青天,我独不得出。"(《行路难》)"摧残槛中虎,羁绁韝上鹰。何时腾风云,搏击申所能!"(《赠新平少年》)他感到自己好比"槛中虎""韝上鹰",渴望摆脱羁绁腾风凌云,得到个人的自由。他青年时代写过一篇《大鹏赋》,描写大鹏"上摩苍苍,下覆漫漫","斗转而天动,山摇而海倾。怒无所搏,雄无所争"。这大鹏既不同于蓬莱的黄鹄、苍梧的玄凤,也不同于衔木的精卫、报晓的天鸡,那些鸟或"驯扰于池湟",或"拘挛于守常",都没有自由,而大鹏却不受任何羁绊,自由地翱翔于宇宙之间,这正是李白向往的境界。

这种精神在山水描写中表现得很突出:"黄河之水天上来,奔流到海不复回。"(《将进酒》)"黄河落天走东海,万里写入胸怀间。"(《赠裴十四》)"庐山秀出南斗傍。""登高壮观天地间,大江茫茫去不还。"(《庐山谣寄庐侍御虚舟》)"连峰去天不盈尺。"(《蜀道难》)这咆哮愤怒、一泻千里的江河,奇险挺拔、高出天外的峰峦,都曲折地表现了李白冲决束缚、追求自由的热情。

在一些隐逸求仙和饮酒的诗里也表现了这种精神。他认为人间是污浊的、黑暗的、不自由的,只有到山林、仙境和醉乡中才能得到自由和解放。"少年早欲五湖去,见此弥将钟鼎疏。"(《答王十二》)"别君去兮何时还,且放白鹿青崖间,须行即骑访名山。安能摧眉折腰事权贵,使我不得开心颜。"(《梦游天姥吟留别》)"人生在世不称意,明朝散发弄扁舟。"(《宣州谢朓楼饯别校书叔云》)"人间不可以托些,吾将采药于蓬邱。"(《悲清秋赋》)"咸阳市中叹黄犬,何如月下倾金罍。"(《襄阳歌》)这些诗都抒发了要求自由的热情。李白是入世的,政治上失败后,便借着隐居山林、求仙学道、纵酒狂歌来排遣苦闷,这些诗可以看作对黑暗现实的一种消极反抗。李白说:"每思欲遐登蓬莱,极目四海,手弄白日,顶摩青穹,挥斥幽愤,不可得也。"(《暮春江夏送张祖监丞之东都序》)正是这种心情的表露。

李白这种追求自由的精神,有积极的反抗黑暗现实的一面,也有消极颓废和迷信的一面。李白所要求的自由仅仅是他个人的自由,只能向山林、仙境、醉乡中去寻求,而他所得到的不过是暂时的麻醉而已。所以在李白的一些作品中,如《将进酒》《梦游天姥吟留别》等等,往往流露出人生如梦、及时行乐、悲观厌世、逃避现实的消极思想,这正是一个孤傲的封建知识分子人生观的局限。

　　上述李白诗歌思想内容的三个方面,也就是他的浪漫精神的具体表现。李白的浪漫精神虽然带有一些消极因素,但其基调是进取的、反抗的、积极的,具有不可阻遏的气魄和力量。

　　如果将李白和杜甫作一番比较,我们可以发现:在李白的诗歌里,直接反映社会现实的作品数量不如杜甫的多。但这并不影响李白诗歌的高度成就。李白的积极浪漫精神的作品曲折地反映了盛唐时代的精神、面貌和矛盾。李白是那个时代培育起来的,他的理想,他的苦闷,他的豪气,他的忧伤,都具有浓厚的时代特色。从这个意义上说,李白也是时代的一面镜子。

第三节　李白诗歌的艺术特色

　　李白的诗歌具有强烈的艺术感染力,他说自己写诗是"兴酣落笔摇五岳,诗成啸傲凌沧洲"(《江上吟》)。杜甫称赞他"笔落惊风雨,诗成泣鬼神"(《寄李十二白二十韵》)。这正好说明了他诗歌浪漫的艺术特点。

　　李白笔下的形象往往是个性化的,带有强烈的主观感情色彩。即使是叙事或写景的诗篇,也能使人感到有诗人的形象活在其中,宛若回旋的狂飙、喷溢的火山,狂呼怒叱,纵横变幻。《蜀道难》先借神话传说叙述蜀道的历史,继而描写沿途风物,呈现出一幅千奇万险的画面:

　　　　噫吁嚱!危乎高哉!蜀道之难难于上青天!蚕丛及鱼凫,开国何茫然。尔来四万八千岁,不与秦塞通人烟。西当太白有鸟道,可以横绝峨眉巅。地崩山摧壮士死,然后天梯石栈相钩连。上有六龙回日之高标,下有冲波逆折之回川。黄鹤之飞尚不得过,猿猱欲度愁攀援。青泥何盘盘,百步九折萦岩峦。扪参历井仰胁息,以手抚膺坐长叹。问君西游何时还,畏途巉岩不可攀。但见悲鸟号古木,雄飞雌从绕林间。又闻子规啼夜月,愁空山。蜀道之难难于上青天,使人听此凋朱颜。连峰去天不盈尺,枯松倒挂倚绝壁。飞湍瀑流争喧豗,砯崖转石万壑雷。其险也若此,嗟尔远道之人胡为乎来哉!剑阁峥嵘而崔嵬,一夫当关,万夫莫开,所守或匪亲,化为狼与豺。朝避猛虎,夕避长蛇,磨牙吮血,杀人如麻。锦城虽云乐,不如早还家。蜀道之难难于上青天,侧身西望长咨嗟!

诗里极力描写蜀道的奇险,"蜀道之难难于上青天"一句在诗中三次出现,回旋往复,造成强烈的艺术效果。然而整首诗的气势是豪放的,感情是激昂的,使人读后心情振奋,想去迎接和征服这大自然的艰险。晚唐诗人皮日休说:"言出天地外,思出鬼神表。读之则神驰八极,测之则心怀四溟。"(《刘枣强碑》)这正是因为诗中融合着李白的豪放性格的缘故。

李白诗歌的意象往往是超越现实的,他很少对生活过程作细致的如实的描绘,而是驰骋想象于广阔的空间,穿插以历史、神话、梦境、幻境和大自然的景物,捕捉许多表面上看来互相没有逻辑联系的意象,运用独特的匠心,构成一幅幅惊心动魄的图画,表现跌宕起伏的感情。《梦游天姥吟留别》《梁甫吟》等诗都是这样。《宣州谢朓楼饯别校书叔云》:

弃我去者昨日之日不可留,乱我心者今日之日多烦忧。长风万里送秋雁,对此可以酣高楼。蓬莱文章建安骨,中间小谢又清发。俱怀逸兴壮思飞,欲上青天揽明月。抽刀断水水更流,举杯消愁愁更愁。人生在世不称意,明朝散发弄扁舟。

短短的十二句诗,感情几次跳跃,若断若续而又一气呵成,痛快淋漓地抒写了胸中的忧愤。《古风》第十九首:

西上莲花山,迢迢见明星。素手把芙蓉,虚步蹑太清。霓裳曳广带,飘拂升天行。邀我登云台,高揖卫叔卿。恍恍与之去,驾鸿凌紫冥。俯视洛阳川,茫茫走胡兵。流血涂野草,豺狼尽冠缨。

诗里写到安禄山在洛阳称帝等史实,但并不对它作细致的描写。李白是从高高的天上俯视世界,通过游仙揭示了时局的变化。

李白的夸张是最大胆的,又是最易为人接受的。《秋浦歌》其十五:

> 白发三千丈,缘愁似个长。不知明镜里,何处得秋霜。

再如"燕山雪花大如席"(《北风行》),"一风三日吹倒山"(《横江词》),"蜀道之难难于上青天"(《蜀道难》),都是明显的夸张而又不失于险怪。

李白的诗歌具有丰富奇特的想象力,如"狂风吹我心,西挂咸阳树"(《金乡送韦八之西京》),"雁引愁心去,山衔好月来"(《与夏十二登岳阳楼》)。《闻王昌龄左迁龙标遥有此寄》:

> 杨花落尽子规啼,闻道龙标过五溪。我寄愁心与明月,随君直到夜郎西。

他想象自己的心可以离开身体飞向远方,或随狂风,或随大雁,或随明月。在天真的想象中表现了深厚的感情。他的丰富的想象还表现在大自然的人格化和个性化上。他说:"暮从碧山下,山月随人归。"(《下终南山过斛斯山人宿置酒》)"举杯邀明月,对影成三人。"(《月下独酌》)"山花向我笑。"(《待酒不至》)在诗人笔下,大自然都具有了生命。《独坐敬亭山》:

> 众鸟高飞尽,孤云独去闲。相看两不厌,只有敬亭山。

人看山,山亦看人;人爱山,山亦爱人。这是独自久坐产生的遐想。

李白的语言清新、豪放,不拘于格律,不雕琢字句,一切统一于自然。"清水出芙蓉,天然去雕饰。"(《经乱离后天恩流夜郎忆旧游赠江夏韦太守良宰》)李白的这两句诗恰好可以用来说明他自己的语言特色。如《子夜吴歌》:

> 长安一片月,万户捣衣声。秋风吹不尽,总是玉关情。何日平

胡虏,良人罢远征?

又如《早发白帝城》:

> 朝辞白帝彩云间,千里江陵一日还。两岸猿声啼不尽,轻舟已过万重山。

都是用极单纯自然而又豪放有力的语言表达了极深厚的感情。

李白决不使格律束缚感情,当感情达到高潮的时候,往往冲破格律的限制,出现一些散文化的诗句。如"清风朗月不用一钱买,玉山自倒非人推。"(《襄阳歌》)"其险也若此,嗟尔远道之人胡为乎来哉!"(《蜀道难》)"我且为君捶碎黄鹤楼,君亦为我倒却鹦鹉洲。"(《江夏赠韦南陵冰》)

李白很注意学习民歌的语言和当时的口语,如《长干行》显然是受了《孔雀东南飞》《西洲曲》的影响。《江夏行》则带有南朝民歌"西曲"的情调。"人道横江好,侬道横江恶。"(《横江词》)"雨落不上天,水覆难再收。君情与妾意,各自东西流。"(《妾薄命》)"一叫一回肠一断,三春三月忆三巴。"(《宣城见杜鹃花》)都运用了生动的口语,而饶有民歌的风味。

第四节 李白的地位和影响

李白在中国文学史上享有崇高的地位。

首先,李白的诗歌是继屈原之后,我国古代积极浪漫精神的新高峰。在李白的诗中,理想主义、反抗精神和英雄性格得到全面的表现和进一步发展,并达到高度成熟。诗人将浪漫精神渗透于各种题材,其基调又是积极奋发的。李白还以其天才的艺术创造力,极大地开拓了诗歌的艺术境界,丰富了诗歌的艺术技巧。由于他继往开来的作用,使我国文学史上源远流长的浪漫诗歌传统得以发扬光大。

其次,李白以其诗歌创作的理论和实践,扫清了六朝华艳柔靡的诗风,完成了陈子昂诗歌革新的伟业。李白继承了陈子昂的革新主张,反对六朝诗风,他说:"自从建安来,绮丽不足珍。"(《古风》其一)还说:"一曲斐然子,雕虫丧天真。"(《古风》其三十五)他主张"清水出芙蓉,天然去雕饰"的诗风,对于六朝诗人谢灵运"池塘生春草""山水含清辉"以及谢朓"澄江静如练""朔风吹飞雨"这些清新、自然而富有创造性的诗句他又加以称赞。李白的诗歌创作,很好地实践了他的诗歌主张,语言自然、明快而又精美,从而在理论和实践上使陈子昂以来的诗歌革新取得了最后的成功。李阳冰《草堂集序》说:"卢黄门云:陈拾遗横制颓波,天下质文,翕然一变。至今朝诗体,尚有梁陈宫掖之风,至公大变,扫地并尽。"评价很中肯。李白在这方面的特殊功绩,给唐诗的繁荣和发展打开了新的局面。

第三,李白通过学习乐府民歌与建安以来优秀诗人的艺术技巧,使古典诗歌的内容和形式都得到了创造性的发展。李白善于从多方面学习民歌并能汲取其精华,这不仅对他诗歌的思想内容有着深刻的影响,而且对他诗歌的语言风格的形成起着重要的作用。在李白的全部诗作中,约有四分之一为乐府诗,他几乎袭用过所有的乐府古题,并达到"情深词显"的境界;他又每每另创新意,自立题目。尤其是五、七言绝句,既富有民歌风味,又有其个性特点。五绝含蓄、深远,唯王维可与比肩;七绝醇美、和谐,仅王昌龄尚可媲美。而他的《蜀道难》《梁甫吟》等佳作,则在古乐府的基础上推陈出新,融合了诗人豪迈不羁的性格,形成了李白歌行所特有的飘逸、奔放、雄奇、壮丽的艺术风格。李白在汲取民间诗歌语言艺术的同时,又注意继承建安以来优秀诗人的艺术传统,杜甫《春日忆李白》曾赞扬他说:"白也诗无敌,飘然思不群。清新庾开府,俊逸鲍参军。"李白从庾信、鲍照,以及二谢、曹植、阮籍、左思、陶潜,乃至江淹、阴铿等人那里都学习和汲取了有益的东西,这使他的诗歌语言除自然明快之外,又具有精美的特点。再加上浪漫的想象力和豪迈奔放的热情,他的语言便带有"高华"和"豪放"的特色。李白堪称学习民歌和前代诗人的典范。由于他的努力,极大地提高了唐诗的思想意义和艺术水平,开创了以他和杜甫二人为代表的中国古典诗歌的黄金时代。

李白对后世的影响是极为深远的。李白的诗名在中唐时已广泛传扬,其诗作"集无定卷,家家有之"(刘全白《唐故翰林学士李君碣记》)。他那追求理想、反抗权贵、要求自由的精神,高傲豪迈的性格,恣肆纵放、雄奇飘逸的诗风,以及他诗歌的"惊风雨""泣鬼神"的艺术魅力,不仅深深地吸引和影响着当时众多的诗人,而且也给后代的诗人和词人们以强烈的鼓舞和启迪。李贺、苏轼、陆游、辛弃疾、高启、龚自珍等大家,无不从李白那里汲取丰富的养料而取得杰出成就。李白思想中的消极因素如人生如梦、及时行乐等等,也往往被他们不同程度地接受。韩愈说:"李杜文章在,光焰万丈长。"(《调张籍》)李白的许多优秀诗篇一千多年来一直照耀着我国文坛,哺育和影响着一代又一代的诗人和作家,同时作为宝贵的精神财富,深受广大人民喜爱而得以广泛流传。关于他反权贵的一些传说,曾被写入戏曲小说,更反映了酷爱自由的人民对这位"诗仙"的热爱和赞扬。

第四章 杜 甫

第一节 杜甫的生平和创作道路

杜甫(712—770),字子美。祖籍襄阳,后迁居河南巩县,杜甫即生于此。他出身于官僚家庭,祖父审言,修文馆学士;父闲,朝议大夫,兖州司马,终奉天令。他的家庭有两个特点:一是"奉儒守官"(《进雕赋表》),二是"立功立言"①。这种家风对杜甫有很深的影响。

杜甫的一生可分为四个时期。

一 读书与壮游时期(三十五岁以前)

杜甫生活在唐帝国由盛到衰的时期,他是在繁荣富庶的盛世里长大的,又从小受着传统文化的熏陶,所以生活道路与创作道路的起点,与盛唐一般诗人没有什么两样。政治上,杜甫希望循着科举的道路登上卿相的高位,以实现其"致君尧舜上,再使风俗淳"(《奉赠韦左丞丈二十二韵》)的抱负。在诗歌创作上,则处于盛唐浪漫精神的影响下,高唱着自己的壮志理想。

杜甫是一个早熟作家,七岁即作诗文。十四岁已出游翰墨场,与前辈结交。《壮游》:"脱略小时辈,结交皆老苍。"二十岁游吴越,二十四

---

① 杜甫十三世祖杜预,史载其语曰:"德不可以企及,立功立言可庶几也。"《晋书》卷三四《杜预传》,中华书局,1974 年 11 月,第 1025 页。

岁归东都，举进士不第。对于这次挫折他并不在意，次年又东游齐赵，过着"裘马轻狂"的生活，开元二十九年三十岁时方回东都。《望岳》："会当凌绝顶，一览众山小。"《画鹰》："何当击凡鸟，毛血洒平芜。"表现了一个二十几岁的青年对前途的乐观和自信。

天宝三载夏，杜甫对洛阳已经厌烦了，他说："二年客东都，所历厌机巧。野人对膻腥，蔬食常不饱。"(《赠李白》)这时恰巧遇上李白从长安出来，他那反抗权贵、追求自由的豪情和飘然不群的诗才，一下子就把杜甫吸引住了。杜甫跟着他一起游历了汴州（开封）、孟诸（山东单县）、齐州（济南）、兖州（曲阜）等地，亲密到"醉眠秋共被，携手日同行"(《与李十二同寻范十隐居》)的地步。天宝四载二人在兖州城东石门分别，李白开始他新的漫游，杜甫动身往长安，从此他们再没见过面。

杜甫对李白倾慕很深，《春日忆李白》："白也诗无敌，飘然思不群。"《不见》："世人皆欲杀，吾意独怜才。敏捷诗千首，飘零酒一杯。"他一生追忆酬赠李白的诗达十一首之多。杜甫所受李白的影响是多方面的，在政治上，他们都攻击杨国忠，都反对开边，都反对横征暴敛。如李白《古风》其十四："三十六万人，哀哀泪如雨。且悲就行役，安得营农圃。"与杜甫《兵车行》主题近似。思想性格方面，李白在游侠、求仙中所表现的要求冲破封建束缚的精神，也影响了杜甫。杜甫生平很少写这方面的诗歌，但在与李白交往的这一段时间里，杜甫在诗里也一再表示厌世学仙。在艺术上，杜甫原来是以写五律为主的，与李白会见前，所存杜甫的十几首诗几乎全是五律，而李白是奔放豪迈的七古名手。此后杜甫的七古大量增加，诗境也豁然开放了。

二 困守长安时期（三十五岁至四十四岁）

杜甫三十五岁来到长安，他满怀希望，也很自负："读书破万卷，下笔如有神。……自谓颇挺出，立登要路津。"(《奉赠韦左丞丈二十二韵》)但等待着他的完全是另一种命运。天宝六载他三十六岁时，"诏征天下士，人有一艺者，皆得诣京师就选。相国晋公林甫以草野之士猥多,恐泄漏当时之机……已而布衣之士,无有第者,送表贺人主,以为野无遗贤。"①杜甫是这次骗局的受害者。杜甫通过这事对权奸专权的政治有了进一步的认识,他指斥李林甫说:"破胆遭前政,阴谋独秉钧。"(《奉赠鲜于京兆》)这时他的生活日益穷困潦倒:"朝扣富儿门,暮随肥马尘。残杯与冷炙,到处潜悲辛。"(《奉赠韦左丞丈二十二韵》)成了贵族官僚的门下客。他急于在政治上寻求一条出路,以实现其政治抱负,于是一再投诗干谒(如《奉赠韦左丞丈二十二韵》《赠翰林张四学士垍》《投赠哥舒开府》《奉赠鲜于京兆》),又直接向玄宗献赋(《三大礼赋》《封西岳赋》),但都没有实际的结果。"长安苦寒谁独悲,杜陵野老骨欲折……饥卧动即向一旬,敝衣何啻联百结"(《投简咸华两县诸子》),正是他当时生活的写照。

就这样,杜甫在当权者的冷遇下,在偃蹇困苦的磨炼中,对社会的认识一天天清醒起来。他逐渐打破了对盛世的幻想,预见到社会的危机。他说:"致君时已晚,怀古意空存。"(《赠比部萧郎中十兄》)天宝十三载所写的《醉时歌》不但不是醉后狂言,反而说明他对现实取得了清醒的认识。诗是赠给他的好友广文馆博士郑虔的,一开始就倾泻了满腔不平:"诸公衮衮登台省,广文先生官独冷。甲第纷纷厌粱肉,广文先生饭不足。先生有道出羲皇,先生有才过屈宋。德尊一代常坎坷,名垂万古知何用!"甚至对于自称素业的儒术也怀疑了:

儒术于我何有哉,孔丘盗跖俱尘埃!

杜甫说出这么气愤的话来,表明他的思想正经历着一场巨大的震荡。

天宝十四载十月,杜甫在长安等了十年才被任命为河西尉,不受,改任右卫率府胄曹参军。杜甫这时已四十四岁了,他写了《官定后戏

---

① 元结《喻友》,《全唐文》卷三八三,中华书局,1983年11月,第3887页。《新唐书》卷二二三上《奸臣上·李林甫传》所记略同:"时帝诏天下士有一艺者得诣阙就选,林甫恐士对诏或斥己,即建言:'士皆草茅,未知禁忌,徒以狂言乱圣听,请悉委尚书省长官试问。'使御史中丞监总,而无一中程者。林甫因贺上,以为野无留才。"中华书局,1975年2月,第6346页。

作》,曰:"耽酒须微禄,狂歌托圣朝。"他的心情是十分苦涩的。

就在这困踬的十年间,杜甫向人民迈出了第一步,天宝十一载所写的《兵车行》标志这一重要的进展。《兵车行》包含着杜甫写实主要特点的萌芽,是其写作因意命题的新乐府、及时反映重大政治事件的发轫之作。此后《丽人行》、《前出塞》九首、《后出塞》五首等一系列诗歌,表明他沿着反映人民疾苦、揭露社会问题的写实道路,又前进了一大步。

天宝十三载秋后因长安米贵,杜甫已把家小送至奉先(今陕西蒲城)寄居。十四载十一月,杜甫得官后即往奉先探望家小。路上他看到听到和想到的事情很多,思想波动很大,回家后写了《自京赴奉先县咏怀五百字》。这时杜甫大半生的岁月已经过去,实现自己的政治抱负仍然毫无希望。眼看政治日益腐败,统治者日益奢侈昏庸,人民日益贫困,而自己却无能为力。他心中的苦闷是可想而知的。杜甫在《自京赴奉先县咏怀五百字》这首诗里表现出来的那种积极入世的思想,面对现实的精神,以及虽被排除在政治之外,也非要过问政治不可的执着态度是颇为动人的。这首诗是杜甫四十多年生活经验的总结,也是他今后为人处世的准则,它记载着杜甫思想的转变和成熟。这首诗是杜甫思想和创作的一大飞跃,杜诗写实的一切特点都已形成,他创作的成熟期到来了。

三 陷贼与为官时期(四十四岁至四十八岁)

天宝十四载十一月爆发了安史之乱,这是唐帝国由盛到衰的转折点,也是唐代诗歌发展的一个转折点。曾经被盛唐诗人们热烈歌唱过的一些题材,像边塞、游侠,在安史叛军的铁蹄下已经没有意义,而战乱所造成的新的局面,他们又难以立即熟悉认识。安史乱后老一辈的诗人既已沉寂,而新起的诗人们又不能把时代的面貌及时地反映出来。和盛唐相比,这时的诗坛就显得萧条多了。

在这种情况之下,杜甫不但没有采取逃避现实的态度,停止自己的歌唱,反而唱出了时代的最强音。他密切地注视着时局的发展,用诗歌及时地反映着每一个重大的政治事件,不断提出自己的褒贬,以求对政治发生积极的作用。这几年里,他曾经与自己所属的士大夫阶级隔离开来,和灾难深重的人民一起流亡。安史之乱爆发时杜甫正在奉先,为了避乱,便从奉先辗转来到白水,又到鄜州羌村。把家眷安置好以后,听说肃宗在灵武即位,便只身前往。途中被敌军俘虏解回长安。幸因官职卑小,未被囚禁。这是天宝十五载秋天的事。

杜甫在长安困居大半年,写出许多优秀的诗篇,如《春望》《悲陈陶》《悲青坂》等等。

至德二载四月杜甫逃出长安,抵达肃宗行在凤翔,任左拾遗。能够回到皇帝身边,杜甫异常高兴,他把肃宗当作中兴的希望,以为自己有了报国尽忠的机会。《自京窜至凤翔喜达行在所》:"影静千官里,心苏七校前。今朝汉社稷,新数中兴年。"《述怀》:"麻鞋见天子,衣袖露两肘。……涕泪受拾遗,流离主恩厚。"但是,不久即因营救房琯罢相,抗疏直谏,触怒了肃宗,闰八月放还鄜州省家。归家作《羌村》三首、《北征》。《北征》是继《自京赴奉先县咏怀五百字》之后又一首长篇巨制。诗里夹叙夹议地表达了他自己对时局的意见,带有很强的政论性,又为其诗歌创作增添了新的色彩。

随着两京的收复,肃宗回到长安,至德二载十一月杜甫也回长安仍任左拾遗。他和肃宗的矛盾一度缓和了,他出入宫廷忙于朝见、值夜、祭祀,闲来则到曲江消磨岁月。他和贾至、王维等人相互唱和着,似乎被肃宗表面的中兴所迷惑而安于现状了。这段时间里,他诗歌的题材比前一时期狭小,有关国家和人民的重大问题,除《洗兵马》以外,在其他诗里很少写到。文学史上有不少诗人处于这种情况下,创作便一蹶不振。不过杜甫于次年六月又坐房琯党,出为华州(今陕西华县)司功参军。他最终离开了长安,离开了宫廷,得以从流亡饥饿的人民中,从满目疮痍的村落间去观察肃宗的中兴,这就给他的创作带来新的转机,使他达到乾元二年的创作高峰。

乾元元年冬末,杜甫曾以事去东都,乾元二年春自东都归华州。当时围攻邺城(今河南安阳)的九节度使军队溃败,郭子仪退守洛阳,局势十分紧张。杜甫将沿途所见写成《新安吏》《石壕吏》《潼关吏》《新婚别》《垂老别》《无家别》。这就是有名的"三吏""三别"。这组诗深刻地反映了封建国家、安史叛军和人民群众三者之间复杂的矛盾关系。安史之乱虽然带有民族斗争的色彩,但本质上是一场统治阶级内部争权夺利的战争。安史军队残酷地屠杀人民,成为人民群众最凶恶的敌人,在山东、河北、关中一带都遭到人民的武装抗击。这就使政府镇压叛军、统一国家的行动客观上符合了人民的利益。杜甫满心希望政府更好地组织力量争取胜利,但是他所看到的却是另一种情形。杜甫忍着悲痛以极大的勇气如实地描绘了他的见闻:

> 肥男有母送,瘦男独伶俜。白水暮东流,青山犹哭声。(《新安吏》)

> 老妻卧路啼,岁暮衣裳单。孰知是死别,且复伤其寒。(《垂老别》)

杜甫愤慨地指责政府残暴无能,对人民表示了同情:"莫自使眼枯,收汝泪纵横。眼枯即见骨,天地终无情。"却又不能不鼓励人民出征,以便给现实问题以现实的解决。诗人把那老妪、新妇、老丈写得深明大义,含泪承担自己的义务,正可以见出杜甫自己对这场战争的态度。"三吏""三别"深刻地揭示了这场战争给人民带来的祸害,特别是精神上的痛苦,揭露了封建国家和人民之间的利害冲突,不愧为一组辉煌的写实诗歌。

乾元二年秋杜甫以关辅大饥,弃官携家至秦州(今甘肃天水),有《秦州杂诗二十首》《留花门》等诗。十月又迁同谷,有《乾元中寓居同谷县作歌七首》备写其生活之艰辛。同年十二月一日出发往成都,沿途有诗,岁终抵达。

这一时期虽然只有四年的时间,杜甫却是处在时代的大变动之中,又处在战乱的中心。杜甫和人民一起流亡,亲身体验了人民的痛苦生活,他辗转于西北一带,忠实地记录着战火和灾荒下人民的生活,这给他的诗带来更强烈的忧国忧民的色彩。

四　漂泊西南时期(四十八岁至五十九岁)

杜甫在四川主要是依靠友人严武、高适、裴冕等人,以维持生活。到成都的第二年春天,裴冕帮助他在成都西南浣花溪营建了草堂,生活总算暂时安定下来。秋晚至蜀州晤高适,冬归。上元二年十二月严武任成都尹,武时有馈赠,并与杜甫唱和。代宗宝应元年七月严武召还,高适为成都尹。徐知道叛乱,杜甫避乱至梓州、阆州等地,欲东下吴楚。代宗广德二年(764)二月,闻严武将再镇蜀,大喜改计却赴成都。六月严武表为节度参谋、检校工部员外郎,次年四月严武卒,杜甫失去依靠,五月便离成都东下了。

自入蜀到离成都这四年半的时间里,杜甫的生活比较安定,但仍不免辗转漂流、衣食艰难。"厚禄故人书断绝,恒饥稚子色凄凉。"(《狂夫》)"布衾多年冷似铁,娇儿恶卧踏里裂。"(《茅屋为秋风所破歌》)"入门依旧四壁空,老妻睹我颜色同。痴儿不识父子礼,跳怒索饭啼门东。"(《百忧集行》)是其生活的真实写照。杜甫这时写了一些描写山水、田园、花草、虫鱼的诗,但并未忘怀国家、人民。《茅屋为秋风所破歌》《闻官军收河南河北》就是这时期的作品。

杜甫离开成都经渝州、忠州、云安,到达夔州。他在夔州住了将近两年,写了大量的诗篇。有描写当地风物及劳动人民生活的诗,如《负薪行》《最能行》《岁晏行》等,也有许多吊古、咏怀、追忆往昔痛定思痛的作品,似乎是对自己的一生和创作加以总结。《忆昔》《壮游》《遣怀》、《咏怀古迹》五首、《秋兴》八首等都是这方面的优秀作品。在这些诗里抒情的成分更浓了。七律运用得更广泛更成熟了。如果说在黄河上下流亡的那些岁月里,杜甫像一个速写画家,匆匆地勾勒了许多人物和场景的素描,那么这时杜甫就有了更多的时间,去从容不迫地构制巨幅图画，使诗歌的艺术性达到登峰造极的地步。杜甫在四川漂泊的时候，他的政治热情也未曾衰退过。中原的战乱，西部的边患，蜀中军阀的混战，以及当地人民的生活，都是诗人时刻关心的问题。在成都和夔州的时候他写了许多怀念和颂扬诸葛亮的诗，如《蜀相》《武侯庙》《八阵图》《夔州歌》《古柏行》、《咏怀古迹》之五、《诸葛庙》《上卿翁请修武侯庙遗像缺落时崔卿权夔州》等等。杜甫为什么对诸葛亮怀着特殊的景慕呢？《蜀相》说：

> 三顾频烦天下计，两朝开济老臣心。出师未捷身先死，长使英雄泪满襟。

《咏怀古迹》说：

> 运移汉祚终难复，志决身歼军务劳。

从这些诗中可以看出，杜甫所赞颂的是诸葛亮"鞠躬尽瘁，死而后已"的那种精神。虽然运移汉祚，诸葛亮决不知难而退："犹闻辞后主，不复卧南阳。"这就是杜甫称之为"云霄万古"的原因。在安史乱后国破家亡、民不聊生的局面下，杜甫颂扬和效法诸葛亮入世的态度，这是很有意义的。

杜甫在四川九年，除原有的疟疾和肺病外，又添了风痹和糖尿病，到大历三年正月出川时，这位五十七岁的老人已是"右臂偏枯耳半聋"（《清明》）了。杜甫出川后辗转到湖北江陵、公安和湖南岳州（岳阳），沿湘江上溯至潭州（长沙）、衡州（衡阳）。大历五年五十九岁病死在由长沙到岳阳的一条破船上。《风疾舟中伏枕书怀》是其绝笔，在这首诗里他还念念不忘："战血流依旧，军声动至今。"杜甫现存诗一千四百余首。据成都草堂杜甫纪念馆统计，历代杜诗校注批点本约五百五十余种，现存一百七十余种[①]，以清人仇兆鳌《杜诗详注》最为详尽。

[①] 有关杜集及其评注版本情况，详参两部杜集书目文献：周采泉《杜集书录》，上海古籍出版社，1986年12月；郑庆笃等编《杜集书目提要》，齐鲁书社，1986年9月。

总结杜甫的一生,我们可以看出杜甫的思想是儒家的。他始终奉守着"仁政爱民""匡时济世"等儒家的信条。然而他不能突破伦理纲常的观念,忠君在他的思想里占有重要的地位,他常把爱国和忠君等同起来。杜甫创作的起点,并不比盛唐一般诗人高出多少,他之所以能够取得比别人更高的成就,除了由于他的天才和勤奋学习之外,更主要的是因为他处在时代的急转弯上,又最大限度地接受了人民的影响。杜甫是在时代和人民的培育下,在现实的政治斗争中走上诗歌写实艺术高峰的。

第二节 杜甫诗歌的思想内容

杜甫是伟大的写实诗人,他的主要作品都贯穿着写实精神。这表现在以下三个方面:

第一,面对现实,讽谕时事。

杜甫的创作活动,主要是在安史之乱前后。不论现实多么黑暗,政治多么腐朽,社会多么凋敝,杜甫决不在它面前闭上眼睛,他总是大胆地揭露矛盾、讽谕时事,表示自己的态度,指出解决的途径。

这种面对现实的精神,在《自京赴奉先县咏怀五百字》中表现得最清楚。在这首诗里,杜甫突破了所谓"穷则独善其身,达则兼济天下"的思想,不管穷达都要面对现实,投身政治,兼济天下。这是杜甫高出其他诗人的地方。黄彻《䂬溪诗话》评杜甫说:"其穷也未尝无志于国与民;其达也未尝不抗其易退之节。备谋先定,出处一致矣!"是中肯之论。诗一开头便说:"杜陵有布衣,老大意转拙。许身一何愚,窃比稷与契。居然成濩落,白首甘契阔。盖棺事则已,此志常觊豁。"再穷再老也不肯放弃从政的理想,拙就拙到底,愚就愚到底,"取笑同学翁,浩歌弥激烈"。这是何等的坚定顽强!在当权者的冷淡、同辈的嘲笑和艰苦的生活中,杜甫也曾动摇过:"非无江海志,潇洒送日月。"但是"终愧巢与由,未能易其节",仍然要百折不挠地投身到政治中去。杜甫这样做,决不像那般蝼蚁辈,是为了自求其穴,也不是为了皇帝一人一姓的利益,而是为了拯救人民。"穷年忧黎元,叹息肠内热",这才是推动杜甫积极从政的原因。所以他越是看到政治黑暗就越不肯避开,越是看到民生疾苦,就越忘掉了个人的不幸。正是在这种崇高思想的映照下,"朱门酒肉臭,路有冻死骨"这十个字才格外耀眼,不仅控诉了社会的不幸,更让我们感到杜甫面对现实讽喻时政的勇气。

正因为杜甫具有面对现实的精神,所以他的诗具有深广的社会内容。玄宗、肃宗、代宗三朝的社会面貌,齐赵陇蜀荆楚各地的风土人情,以及帝王将相、农夫渔父等各个阶层的生活状况,都在他诗中得到真实的反映。

值得注意的是杜甫能够及时地反映重大的政治事件和尖锐的社会矛盾,处处表现出忧国忧民的思想。天宝以来几乎所有比较重大的政治事件,都在杜诗里得到及时反映。正如《新唐书·杜甫传赞》所说:"甫又善陈时事,律切精深,至千言不少衰,世号'诗史'。"

譬如,当玄宗在天宝年间,对外发动掠夺性战争,接连遭到失败,人民负担着过度的赋税和徭役时,杜甫写了《兵车行》为人民呼吁。天宝十一载十一月杨国忠任右丞相,十二载春杜甫就写了《丽人行》讽刺他。当统治集团横征暴敛、奢侈淫逸的生活已达极点,安史之乱迫在眉睫时,杜甫及时指出社会的尖锐矛盾,并敲响了警钟:"朱门酒肉臭,路有冻死骨。"接着潼关的失守,陈陶的战败,相州的溃退,两京的收复,吐蕃的陷长安,关中的大旱,蜀中徐知道之乱,官军收河南河北,湖南兵马使臧玠之乱等等,都一一地被杜甫用诗记录下来。

尤其可贵的是,杜甫不仅及时地反映了这些重大的政治事件和社会问题,而且都表示了鲜明的态度,褒贬爱憎非常分明。

杜甫对不同性质的战争抱有不同的态度。对于统治者不顾农业生产、不顾人民死活而发动掠夺性战争,杜甫是反对的。如《兵车行》:"君不闻汉家山东二百州,千村万落生荆杞。纵有健妇把锄犁,禾生陇亩无东西。""县官急索租,租税从何出?"因为这种战争只能破坏生产,给人民带来灾难。《前出塞》其一:"君已富土境,开边一何多?"其六:"杀人亦有限,列国自有疆。苟能制侵陵。岂在多杀伤?"就讲得更清楚了。他认为开边战争还有一个严重的后果,那就是播下民族间互相仇恨的种子。天宝八载哥舒翰西屠石堡城,就伤害了民族感情,使本来友好和睦的吐蕃在安史乱后一再入侵。杜甫对这种后果看得很清楚:"赞普多教使入秦,数通和好止烟尘。朝廷忽用哥舒将,杀伐虚悲公主亲。"(《喜闻盗贼总退口号》)

杜甫对于各地军阀的混战也是反对的,他不止一次痛斥他们祸国殃民,以致"哀哀寡妇诛求尽"(《白帝》),"无有一城无甲兵"(《蚕谷行》)。

但对于镇压安史叛乱和抵御外来侵略的战争,杜甫则是支持的。《春望》《塞芦子》《三吏》《三别》,都可说明他的这种态度。《喜晴》:"丈夫则带甲,妇女终在家。力难及黍稷,得种菜与麻。"与《兵车行》中的态度完全不同。

杜甫的政治讽刺诗,往往一针见血地揭露统治者的丑恶本质。《丽人行》用许多华美的辞藻来形容杨氏姊妹的装束、神态和宴会的热闹,看似赞赏,实乃讽刺。浦起龙《读杜心解》曰:"无一刺讥语,描摹处,语语刺讥。无一慨叹声,点逗处,声声慨叹。"最后几句直接指向杨国忠:"炙手可热势绝伦,慎莫近前丞相嗔!"表示了对权贵的厌恶。又如《遣兴》其四:"猛虎凭其威,往往遭急缚。雷吼徒咆哮,枝撑已在脚。忽看皮寝处,无复睛闪烁。人有甚于斯,足以劝元恶。"幽默地、幸灾乐祸地道出恶霸的下场,是一种热辣辣的讽刺。广德元年(763)十月,吐蕃陷长安,代宗出奔陕州。第二年春杜甫在《释闷》里写道:"豺狼塞路人断绝,烽火照夜尸纵横。天子亦应厌奔走,群公固合思升平。但恐诛求不改辙,闻道嬖孽①能全生。江边老翁错料事,眼暗不见风尘清。"对皇帝也进行了委婉而含蓄的讽刺。

---

① 嬖孽,指宦官程元振,柳伉请斩之,代宗只削其官放归。事见《资治通鉴》卷二二三。

第二，反映人民的生活和疾苦。

杜甫以前，只有《诗经》和汉乐府对劳动人民的生活和疾苦有所反映，文人笔下所讴歌的多半是王公贵族、官僚隐士。建安诗人受汉乐府的影响，较多地描写了人民生活，曹操的《苦寒行》《蒿里行》提到百姓，王粲的《七哀》写了一个贫苦的妇人，陈琳的《饮马长城窟行》写役夫，曹植的《泰山梁甫行》写边海民，但都未能提供人民生活的广阔画面。陶渊明的田园诗真正写农民的地方也不多。这种情况一直到盛唐都没有多大变化。劳动人民的生活和疾苦在杜诗里才开始占据一个重要的地位。他写过农民、士兵、船夫、渔父、负薪的女子、无告的寡妇，对他们的劳动、生活、痛苦以及精神面貌都作过生动细致的描写。

杜甫笔下的人民是勤劳、勇敢而善良的。《水会渡》：

　　大江动我前，汹若溟渤宽。篙师暗理楫，歌笑轻波澜。

月黑夜里，嘉陵江上，这船夫是何等的气派！杜甫在夔州看到当地许多女子，到了四五十岁还未出嫁，靠砍柴、负盐供给一家生活和缴纳租税，便写了《负薪行》赞赏她们的勤劳，同情她们的不幸。

杜甫很喜爱人民的淳朴和率真。《遭田父泥饮美严中丞》："叫妇开大瓶，盆中为吾取。……高声索果栗，欲起时被肘。指挥过无礼，未觉村野丑。月出遮我留，仍嗔问升斗。"从中可以看出杜甫与人民亲密的关系。

杜甫对人民的态度一贯是亲切的、体贴的，总想去为他们帮一点忙，尽一份力。大历二年杜甫在夔州，住瀼西草堂，邻家寡妇常来他堂前打枣。这年秋天杜甫搬家到东屯，将草堂让给他的一个姓吴的亲戚住。这人一来便插上篱笆，防止打枣。寡妇来向杜甫诉苦，杜甫便写了一首诗给吴郎劝他不要这样，这就是《又呈吴郎》：

　　堂前扑枣任西邻，无食无儿一妇人。不为困穷宁有此？只缘恐惧转须亲。即防远客虽多事，便插疏篱却甚真。已诉征求贫到骨，正思戎马泪盈巾。

在任人扑枣这类琐细的事情上,杜甫表现了对劳苦人民的体贴。杜甫不仅同情这妇人的贫苦,更了解她的内心,而且为她的痛苦而流下了眼泪。

杜甫不断探求造成人民贫困的原因。他认为一方面是由于开边战争和军阀混战破坏了生产,造成人民死亡。另一方面他认为主要是由于统治者的横征暴敛。如《枯棕》:

伤时苦军乏,一物官尽取。

《自京赴奉先县咏怀五百字》:

彤庭所分帛,本自寒女出。鞭挞其夫家,聚敛贡城阙。

《岁晏行》:

去年米贵阙军食,今年米贱大伤农。高马达官厌酒肉,此辈杼轴茅茨空。

杜甫不仅深刻地揭露出贫富的对立,而且指出不论丰收歉收,农民都得不到好处。《遣遇》里具体写出人民受剥削的情况:"石间采蕨女,鬻市输官曹。丈夫死百役,暮返空村号。闻见事略同,刻剥及锥刀。贵人岂不仁,视汝如莠蒿。索钱多门户,丧乱纷嗷嗷。奈何黠吏徒,渔夺成逋逃。"统治者就是这样不把人民当人看待的!《有感》则说出官逼民反的道理:"不过行俭德,盗贼本王臣!"在《昼梦》里他幻想着:

安得务农息战斗,普天无吏横索钱!

当然,杜甫究竟属于封建阶级,他笔下的人民只是弱小的值得怜悯的受害者。他不能同情农民起义,也不能把社会进步的希望寄托在人民身上。这是他的阶级局限。

第三,热爱生活,描写日常生活。

杜甫一方面注视着生活的阴暗面,并且毫不粉饰地揭示出来;另一方面又最善于发现生活中光明的、美好的、善良的事物,即便它们非常微弱,哪怕只是一丝憧憬、一线希望、一个萌芽,杜甫也不会漏过,而且用蘸满热情的诗笔将它们描绘下来。他以诗人的敏感和热情去待人接物,看起来非常普通的日常生活,一经他点化之后,无不诗意盎然。所以每当我们翻开杜甫的诗集,总会感到有一股浓郁的生活气息,让我们顿时更深更广地领略了生活的意义。

杜甫的兴趣很广泛,他对绘画、书法、音乐、舞蹈都有很高的修养。杜甫对大自然具有特殊的敏感和热爱,他和春雨、秋花、细麦、娇莺都建立了亲切的朋友般的关系,它们在诗人笔下充满了蓬勃的生趣:

鹅儿黄似酒,对酒爱新鹅。引颈嗔船逼,无行乱眼多。(《舟前小鹅儿》)

把鹅儿写得天真烂漫,好似一群正在做游戏的儿童,多么逗人喜爱。有时这白头老夫简直就是用儿童的眼光去看待世界:

花鸭无泥滓,阶前每缓行。(《花鸭》)

带几分好奇,又带几分稚气,多么像动画片!有时诗人又很幽默:

二月六夜春水生,门前小滩浑欲平。鸬鹚鸂鶒莫漫喜,吾与汝曹俱眼明。(《春水生》)

开一个小小的玩笑,表现了春天的喜悦。有时诗人又很深情:

门外鸬鹚久不来,沙头忽见眼相猜。自今已后知人意,一日须来一百回。(《三绝句》其二)

两句亲切的叮咛,让我们联想起人间珍贵的友谊。从这些诗里我们可以看出,那活泼泼的小生物和诗人的生活几乎打成了一片,使它变得多么丰富多彩。杜甫就这样运用平易近人的形象,去表现大自然中健康的、富于生命力的东西,把我们诱入童话般的艺术境界,使我们对生活发生了更大的兴趣。谁假如还没有感受到春雨的可贵,那么就读一读《春夜喜雨》这首诗吧:

好雨知时节,当春乃发生。随风潜入夜,润物细无声。野径云俱黑,江船火独明。晓看红湿处,花重锦官城。

春雨体贴人意,在该来的时候来了;诗人摸透了春雨的脾气,点出它的轻柔。春雨就这样默默地、不声不响地给人们送来一个万紫千红的春天。

杜甫的生活热情很高,他很善于安排自己的生活。这只要看他是如何地营建成都草堂就知道了。杜甫简直是把它当作一件艺术品来建造的。他栽种了各种各样的树木,把草堂四周点缀起来,其中有绵竹、桤树、松树以及一些果树,树苗都是杜甫向朋友们要来的。他细心地修筑了水槛,可以向外眺望。在草堂壁上,杜甫又请韦偃画了马,请王宰画了山水,并且亲自题了诗。于是一个小小的局面,便具备了无限的生趣。堂成之后,杜甫无以表达心中的喜悦,竟邀请鸟儿来做伴:"暂止飞鸟将数子,频来语燕定新巢。"(《堂成》)杜甫在成都这段生活比较安定,"老妻画纸为棋局,稚子敲针作钓钩"(《江村》),"昼引老妻乘小艇,晴看稚子浴清江"(《进艇》),平凡的日常生活充满了诗情画意。

杜甫对妻子、儿女的感情很深沉,也很执着,在战乱中这种感情就变得更加强烈。当他只身困在沦陷的长安时,急切地盼望和家人团聚。他说:"烽火连三月,家书抵万金。"(《春望》)又说:"无家对寒食,有泪如金波。"(《一百五日夜对月》)他甚至把老妻想象得如此之美:"香雾云鬟湿,清辉玉臂寒。"(《月夜》)一旦重返家园,杜甫是那样珍惜家庭的温暖,他对家里每一个人的心情都能体贴入微。《北征》:

> 生还对童稚,似欲忘饥渴。问事竞挽须,谁能即嗔喝。翻思在贼愁,甘受杂乱聒。新归且慰意,生理焉得说。

杜甫对兄弟也是一往情深。《月夜忆舍弟》里说:"露从今夜白,月是故乡明。有弟皆分散,无家问死生。"读了这样的诗句,谁能不感动呢?

杜甫很珍视友谊。他和李白有着特别深厚的交情,李白追求真理的热忱,对杜甫的影响非常深远。杜甫一生写了十一首诗来酬赠和追忆李白,《梦李白》二首尤为动人。《彭衙行》和《赠卫八处士》赞扬战乱中的友谊:"暖汤濯我足,剪纸招我魂。从此出妻孥,相视涕阑干。众雏烂熳睡,唤起沾盘餐。誓将与夫子,永结为弟昆。""谁肯艰难际,豁达露心肝!""十觞亦不醉,感子故意长。"写得情真意挚,感人至深。

杜甫常常写到他的邻人。他们都是善良而质朴的:"入门闻号咷,幼子饥已卒。吾宁舍一哀,里巷亦呜咽。"(《自京赴奉先县咏怀五百字》)"世乱遭飘荡,生还偶然遂。邻人满墙头,感叹亦歔欷。"(《羌村》其一)《羌村》其三写邻里慰问他的情形:

> 群鸡正乱叫,客至鸡斗争。驱鸡上树木,始闻扣柴荆。父老四五人,问我久远行。手中各有携,倾榼浊复清。莫辞酒味薄,黍地无人耕。兵革既未息,儿童尽东征。请为父老歌,艰难愧深情。歌罢仰天叹,四座泪纵横。

父老们在极度艰难的生活中,仍旧各有所携以慰问久客生还的杜甫,这种深厚的情谊使杜甫感激涕零,同时也激发了杜甫忧国伤时的感情。

热爱生活是热爱祖国和热爱人民的思想的另一个方面。很难设想一个厌世的否定人生的人,会对祖国人民有什么执着的感情。杜甫正因为热爱祖国和人民,才能具有这样饱满的生活热情,才能充分肯定生活的意义。反过来说,正因为他热爱生活,爱国爱民的感情才变得更充实、更具体。杜甫希望自己有一个幸福的家庭,也希望广大人民都得到这种幸福,因此对于统治者发动的穷兵黩武的侵略战争就不能容忍。《无家别》这首诗对于安史之乱所造成的家破人亡的惨痛现实,表示了极大的忧愤:

> 人生无家别,何以为蒸黎?

杜甫热爱生活中美好的事物,必然更憎恶那些丑恶的东西:"新松恨不高千尺,恶竹应须斩万竿。"(《将赴成都草堂途中有作先寄严郑公》)"芟夷不可阙,疾恶信如仇。"(《除草》)这也就给了他更大的力量,去揭发政治的弊端和抨击一切残害人民的军阀、官吏乃至皇帝。

描写日常生活的诗歌在杜甫的作品中占有不小的数量。这类诗虽然没有揭示重大的社会政治问题,但它们可以培养读者高尚优美的生活情趣,坚定人们生活的意志,同时可以使人们得到健康的休息和美的享受,因而也是一份非常宝贵的遗产。白居易晚年的诗有不少也是描写日常生活的,但是多半陷入身边琐事之中,写洗澡、睡觉、掉牙齿、掉头发,甚至歌咏自己的懒惰,生活的情趣比较庸俗,不及他早年的诗,更远远不及杜甫了。

第三节 杜甫诗歌的艺术特色

杜诗动人的力量并不完全取决于它的题材和思想,同时也取决于艺术的表现,赤裸裸的思想无论如何深刻也不能产生艺术的效果。杜甫为他的思想、性格找到了多样统一的形象,同时又给客观世界丰富多彩的物象以生命。这样就达到了主观情志与客观物象的统一,创造出一系列的诗歌形象。

杜甫所开拓的诗歌天地是很广阔的。他提供了多种多样的形象,这些形象又都在雄浑苍劲的风格上取得了统一。他往往把思想感情凝聚在秋景之中,譬如:"俄顷风定云墨色,秋天漠漠向昏黑""王师未报收东郡,城阙秋生画角哀""清秋幕府井梧寒,独宿江城蜡炬残""秋枯洞庭石,风飒长沙柳"。在秋天的萧瑟和衰飒中,渗透了诗人伤时忧国的心情。杜甫多年漂泊于长江上下,江流、孤舟、急峡、危城……这一切几乎和诗人的生活融为一体。他的思想感情也在这些形象上找到了寄托:"薄云岩际宿,孤月浪中翻。""星垂平野阔,月涌大江流。""壁立石城横塞起,金错旌竿满云直。""五更鼓角声悲壮,三峡星河影动摇。"动荡的江水、急峭的山峡、孤清的月色、凄厉的画角,正是诗人宏阔悲壮的心情的反映。《登高》是一首非常出色的抒情诗:

> 风急天高猿啸哀,渚清沙白鸟飞回。无边落木萧萧下,不尽长江滚滚来。万里悲秋长作客,百年多病独登台。艰难苦恨繁霜鬓,

潦倒新亭浊酒杯。

这首诗集中了秋天和大江这两个杜诗中最富于想象力和联想力的形象,那急风、高天、猿啼、飞鸟、落木、长江,无不饱含着诗人对国家和身世的酸辛与愤悱。胡应麟评曰:"精光万丈,力量万钧。"(《诗薮》内编卷五)这话是中肯的。再如《白帝》也集中了秋天和大江的形象:

> 白帝城中云出门,白帝城下雨翻盆。高江急峡雷霆斗,古木苍藤日月昏。戎马不如归马逸,千家今有百家存。哀哀寡妇诛求尽,恸哭秋原何处村?

雄浑苍劲的形象与跌宕顿挫的节奏,表现了诗人难以平静的忧愤,也反映了那战乱时代的气氛。

《秋兴》八首也集中了秋天和大江的形象,是杜甫抒情诗中艺术性最高的一组诗,它最大的特点在于:用一派弥天盖地的秋色将秦蜀两地联系起来,表现了故国平居之思;又用绵绵不尽的回忆把今昔异代联系起来,表现了抚今追昔之感。"瞿塘峡口曲江头,万里风烟接素秋",这难以逾越的空间;"采笔昔曾干气象,白头吟望苦低垂",这一去不返的岁月,纵横交织构成一个雄浑壮阔的艺术境界,正见出诗人广大的胸襟。"夔府孤城落日斜,每依北斗望京华。""直北关山金鼓振,征西车马羽书驰。"杜甫始终注视着国家大事,而不把眼光局限在身边琐事上,所以才能具有这样的气魄。

杜甫的咏物诗也不是客观事物的模拟,而是个性化了的艺术形象。杜甫最喜欢咏凤凰,"七龄思即壮,开口咏凤凰"。凤凰最早触发了杜甫的诗兴。在前人诗里咏凤凰而能写出性格的要算刘桢的《赠从弟》了:"凤凰集南岳,徘徊孤竹根。于心有不厌,奋翅凌紫氛。岂不常勤苦,羞与黄雀群。何时当来仪,将须圣明君。"反映了建安时代傲岸不羁的文人的性格。杜甫笔下的凤凰却是另外的样子,《朱凤行》:

> 君不见潇湘之山衡山高,山巅朱凤声嗷嗷。侧身长顾求其曹,翅垂口噤心劳劳。下愍百鸟在罗网,黄雀最小犹难逃。愿分竹实

及蝼蚁,尽使鸱枭相怒号。

这凤凰仁爱善良,正是诗人自身的写照。杜甫又喜咏马、咏鹰、咏柏:"哀鸣思战斗,迥立向苍苍。"(《秦州杂诗二十首》其五)"何当击凡鸟,毛血洒平芜。"(《画鹰》)"柯如青铜根如石。"(《古柏行》)都表现了诗人顽强的斗争性格,恰像是诗人自己的化身。

杜甫的叙事诗也具有鲜明的个性。《兵车行》的忧虑、《丽人行》的辛辣、《新安吏》的体贴、《洗兵马》的热烈,以及《石壕吏》的沉默,各具特色而又都统一在忧国忧民的政治热情中。这些诗不仅叙述了一件件事实,同时让我们看到诗人自己的形象。《哀江头》是杜甫叙事诗中特别出色的一首,它的形象丰富多彩,而形象之间若断若续,似联不联,好像有许多话要说,却又不愿一一说出。这就给读者留下了许多想象的余地。苏辙关于这首诗说得很好:"予爱其词气如百金战马,注坡蓦涧,如履平地,得诗人之遗法。如白乐天诗,词甚工,然拙于纪事,寸步不遗,犹恐失之,此所以望老杜之藩垣而不及也。"(《栾城集·栾城第三集·诗病五事》)大胆略去次要情节,而强烈地表现与主题关系最深的部分,造成形象之间的跃动,再加上随之而来的跌宕顿挫的节奏,于是就得到了极好的艺术效果。杜甫写作叙事诗的经验,是值得我们认真学习的。

总之,能否开拓自己独有的形象天地,能否创造具有个性的形象,这是诗歌创作,特别是抒情诗创作中的重要问题。诗歌和小说、戏剧不同的地方就在于它是言志的、缘情的,即使是描写客观事物也要见出诗人主观的性格和情趣。伟大的诗人杜甫以他独有的形象打动了读者,使人千载难忘。在杜甫以前达到这种成就的,只有屈原、陶渊明和李白等少数几个人而已。

具体地说,杜诗的艺术有以下特点:

第一,善于对现实生活作高度的艺术概括。这种概括,有时是选取具有典型意义的事物,通过客观的描写,把复杂的社会现象集中在一两句诗里,从而揭示它的本质。如《自京赴奉先县咏怀五百字》把尖锐的阶级矛盾集中在"朱门酒肉臭,路有冻死骨"这十个字里,使人触目惊心。再如《白帝》"戎马不如归马逸,千家今有百家存"表现四川军阀混战的罪恶,《岁暮》"天地日流血,朝廷谁请缨"表现安史乱后的局势,都是很有概括性的。

　　杜甫的概括,有时是通过人物的对话,对某些事件做概括的介绍。如《兵车行》通过一个行人的话广泛地介绍了兵役的繁重、战争的艰苦,以及人民反对开边的情绪。《石壕吏》通过老妪的一番话,介绍了这一个家庭的遭遇,概括了千万个家庭的现状。

　　杜诗的写实,并不在于塑造典型人物形象。他虽然也写了不少人,但这些人并不是作为具有个性的典型出现的。他写实的特点在于从现实生活中选取典型的事件,加以高度概括的描写。通过这样的描写,去揭示现实生活的本质。

　　第二,雄浑壮阔的艺术境界和细致入微的表现手法。由于杜甫具有爱国爱民的胸襟、博大精深的知识,以及丰富的生活经验,所以他诗歌的境界雄浑壮阔。值得注意的是,这雄浑壮阔的境界往往是通过刻画眼前具体的景物和表现内心情感的细微波动来达到的。《戏题王宰画山水图歌》:"尤工远势古莫比,咫尺应须论万里。"杜甫赞赏王宰的山水,说他能在尺幅的画卷中表现出万里的江山。杜甫自己的诗也具有这种"咫尺万里"之势。李杜同称壮阔,李白是运用风驰电掣、大刀阔斧的手法达到的;杜甫却是以体贴入微、精雕细刻、以小见大、以近求远的方法来实现的。如果说李诗像暴风骤雨,以极不平凡的气势感动读者,杜诗则像轻风细雨,不知不觉地渗透了读者心灵。李使人惊叹,杜使人亲近。李白写安史之乱,是从大处着墨:"俯视洛阳川,茫茫走胡兵。流血涂野草,豺狼尽冠缨。"(《古风》其十九)杜甫却是具体细致地写出这战乱的各个方面,像"三吏""三别"那样。他笔下的安史军队是"群胡归来血洗箭,仍唱胡歌饮都市"(《悲陈陶》)。通过一支沾满鲜血的箭,反映了国家、人民深重的灾难。

　　可见杜甫是以体物察情的细微见长的。《望岳》首二句写远望;次二句写近望;五、六句写细望;七、八句写登山极望。在八句诗里通过不同的距离、不同的角度写出四种望法,足见其细致。《羌村》其一,先写喜,次写惊,后写悲,末写疑。杜甫把握着心情的每一个起伏,达到出神入化的境地。

杜甫不只是细致入微,他还能通过入微的刻画达到雄浑壮阔的境界,这才是杜甫超出一般写实诗人的地方。

杜甫有些诗是由身边琐事的描写,逐步推衍到国计民生的重大问题。《茅屋为秋风所破歌》《又呈吴郎》都是如此。还有许多的诗是将重大的社会政治内容与生活中一个侧面的剖析穿插起来,运用这些细节去表现重大的主题。《春望》首二句是从大处着眼,何等悲壮!次二句却改从小处落笔,用贱泪之花、惊心之鸟去点缀那沦陷的京城,同时也衬出自己伤时之深。再如《北征》,由国及家,由家再及国,用自己一个家庭反映整个国家的变化;而写家庭又着重在儿女的衣着上。在纵论国家大事时,插入一大段儿女衣着的细致描写:"平生所娇儿,颜色白胜雪。见爷背面啼,垢腻脚不袜。床前两小女,补绽才过膝。海图拆波涛,旧绣移曲折。天吴及紫凤,颠倒在短褐。……瘦妻面复光,痴女头自栉。学母无不为,晓妆随手抹。移时施朱铅,狼藉画眉阔。"用衣着这个细节反映战乱给人民带来的灾难,显出国破之痛。

可以说,杜诗和谐地统一了巨细、大小、远近、虚实等等各种对立的审美范畴,这也就是杜诗艺术奥妙之所在。正如《诗薮》所说:"盛唐一味秀丽雄浑,杜则精粗、巨细、巧拙、新陈、险易、浅深、浓淡、肥瘦,靡不毕具。"

第三,杜诗在语言艺术方面有突出的成就,他的语言是经过千锤百炼的。"为人性僻耽佳句,语不惊人死不休。"(《江上值水如海势聊短述》)"新诗改罢自长吟,颇学阴何苦用心。"(《解闷》)"毫发无遗憾。"(《郑谏议十韵》)都可以说明他在语言上所下的功夫。杜甫的语言不同于李白之单纯自然,而是苍劲的、凝练的。苍劲,就是苍老遒劲的意思。他称赞郑谏议的诗说:"波澜独老成。"(《郑谏议十韵》)又说薛华

"歌辞自作风格老"(《苏端薛复筵简薛华醉歌》)。可见杜甫认为诗要老成才好。他自己的语言也正像是一口洪钟发出的深沉的声音。凝练,是说他能用最少的字句表现最丰富的内容,达到高度的概括。苍劲、凝练,这两方面构成杜诗语言的主要特色。我们可以从锤字、炼句两个方面来说明这个问题。

杜甫下字力求准确有力,使每一个字都含有很重的分量和很深的含意。他很善于用实词,如"微风燕子斜"(《水槛遣心》)。叶梦得《石林诗话》云:"燕体轻弱,风猛则不能胜,惟微风乃受以为势,故又有'轻燕受风斜'之语。"再如:"星垂平野阔,月涌大江流。"(《旅夜书怀》)非"垂"不足以见平野之阔,非"涌"不足以见江之奔流。又如:"竖毛怒我啼。"(《无家别》)"独宿江城蜡炬残。"(《宿府》)"风急天高猿啸哀,渚清沙白鸟飞回。"(《登高》)"痴女饥咬我,啼畏虎狼闻。"(《彭衙行》)"不爨井晨冻,无衣床夜寒。"(《空囊》)"三年笛里关山月,万国兵前草木风。"(《洗兵马》)"草阁柴扉星散居,浪翻江黑雨飞初。"(《解闷》其一)这些句子无不苍老遒劲、凝练沉着,与李白的单纯明快迥然不同。可以这么说,李白的两句诗到杜甫手里可能合并为一句;而杜甫的一句诗到李白手里也可能拆作两行。像"大道如青天""黄河之水天上来""床前明月光,疑是地上霜""秋风吹不尽,总是玉关情",这样的诗单纯到一句一意或两句一意,在杜诗里是难得找见的。李杜的语言各有其长处,这里毫无褒贬之意。不过杜甫晚年有少数诗过于追求凝练,不免费解,如"香稻啄余鹦鹉粒,碧梧栖老凤凰枝",是不值得效法的。

第四,杜甫是众体兼长的诗人,五言、七言、古体、律诗、绝句,他无不运用自如,尤以古体和律体为佳。他的古体诗共五百零六首,五古三百六十一首,七古一百四十五首。他常用这种体裁将叙事、抒情、议论三者融合在一起,如《自京赴奉先县咏怀五百字》《北征》《三吏》《三别》《洗兵马》都是如此。《石壕吏》叙述了一个完整的故事,从暮至曙,依次写来。虽只是叙事,而诗人的义愤之情已在不言之中,是古体诗中的佳作。

杜甫的五律共六百三十几首，七律一百五十一首。《月夜》《秋兴》等都是名篇。杜甫在七律方面的贡献特别卓著。五律在开天之际是全面繁荣的时期，七律却还没有引起诗人足够的注意，《河岳英灵集》选诗二百三十一首，七律仅崔颢《黄鹤楼》一首。杜甫可以说是写作七律的第一大家，他写的七律的数量超过初盛唐诗人的七律的总和。在思想内容方面，杜甫以前的七律大都是歌功颂德或应酬之作。杜甫不仅用以描绘自然景物、赠答酬唱，而且用以感叹时世、批评政治、抒发其忧国忧民的思想。在艺术上杜甫以前的七律一味秀丽、典雅。杜甫则创造出沉雄悲壮、慷慨激昂的风格，把七律推向了高潮。

第四节　杜甫的地位和影响

杜甫在中国文学史上是一个承前启后的诗人。杜甫继承了《诗经》和汉乐府的传统，同时也批判地吸取了六朝以来诗歌在音韵格律、遣词造句等方面的艺术技巧，将现实主义诗歌推向高峰。《诗薮》说："大概杜有三难：极盛难继，首创难工，遘衰难挽。子建以至太白，诗家能事都尽，杜后起集其大成，一也。排律近体，前人未备，伐山道源，为百世师，二也。开元既往，大历继兴，砥柱其间，唐以复振，三也。"这段话可以帮助我们了解其承先启后的地位。元稹《唐故工部员外郎杜君墓系铭序》："至于子美，盖所谓上薄风骚，下该沈宋，言夺苏李，气吞曹刘，掩颜谢之孤高，杂徐庾之流丽，尽得古今之体势，而兼文人之所独专矣。"是对杜甫的公正评价。

应该特别指出，杜甫的现实主义精神，以及"即事名篇"的新乐府诗，直接开导了中唐的新乐府运动。元稹《乐府古题序》云："况自风雅至于乐流，莫非讽兴当时之事，以贻后代之人。沿袭古题，唱和重复，于文或有短长，于义咸为赘剩，尚不如寓意古题，刺美见事，犹有诗人引古以讽之义焉。曹刘沈鲍之徒时得如此亦复稀少。近代唯诗人杜甫《悲陈陶》《哀江头》《兵车行》《丽人行》等，凡所歌行，率皆即事名篇，无复依傍。予少时与友人乐天、李公垂辈谓是为当,遂不复拟赋古题。"杜甫以前诗人或借汉乐府旧题来描写时事,如曹操的《蒿里》《薤露》;或全仿古题古意,如《乌生》咏乌、《鸡鸣曲》咏鸡。前者虽有现实意义,但文不对题。杜甫开始改变了这种情况,使诗题与内容取得一致。他自创了许多新题,如用《兵车行》,不用《从军行》《战城南》,用《丽人行》,不用《长安有狭邪行》。这就为诗歌反映现实开辟了一条方便的道路。

第五章　新乐府运动和白居易

第一节　新乐府运动的先驱
——元结、顾况等

新乐府是与古题乐府相对而言的,是一种用新题写时事的乐府诗。它始创于杜甫。元结、顾况又有所发展,是新乐府运动的先驱。

元结(719—772),字次山,河南人,一说武昌人。早年在商余山有一段"耕艺山田"的生活,天宝十二载中进士。安史乱起,逃难入猗玕洞,召集邻里二百余家南奔襄阳。后任道州刺史等职,减免租税、抚辑流亡,是一个关心民生的开明官吏。有《元次山集》。诗六十九首,其他作品一百余篇。

元结曾在《箧中集序》和《二风诗论》等文章中,提出自己的文学主张。首先,他主张文学为政治服务,具体地说就是"极帝王理乱之道,系古人规讽之流"(《二风诗论》),以达到"上感于上,下化于下"(《系乐府序》)的目的。他说当时"天下残破,苍生危急",而"天子重城深宫,……万姓疾苦,时或不闻"(《时议》中篇)。文学的任务就是帮助皇帝了解下情,以便改良政治。其次,他反对"拘限声病,喜尚形似"(《箧中集序》)的淫靡的形式主义诗风,提倡质朴古雅的诗风。这些主张是有进步意义的。

他的诗几乎全是古体。其代表作,安史之乱以前有《系乐府》十二首,其中《贫妇词》《去乡悲》反映了农民的贫困和流离失所的情形,《农

臣怨》写一个劝农使无由申报农田灾害,都是具有人民性的好诗。如《贫妇词》:

>谁知苦贫夫,家有愁怨妻。请君听其词,能不为酸凄?所怜抱中儿,不如山下麂。空念庭前地,化为人吏蹊。出门望山泽,回头心复迷。何时见府主,长跪向之啼。

安史之乱以后,元结所写的《舂陵行》和《贼退示官吏》很为杜甫所推崇:"两章对秋月,一字偕华星。"(《同元使君舂陵行》)这两首诗都是广德二年元结在道州(今湖南道县)刺史任上作的。前者不仅表现了对人民的同情,揭露了统治者不顾人民死活搜刮民脂民膏的罪行,而且表示了宁肯违令受罚,也不愿残害人民的决心。后者痛斥贪吏:"使臣将王命,岂不如贼焉?今彼征敛者,迫之如火煎。"激愤之情见于言表。

元结的艺术特点是语言质朴,接近散文。体裁专用五古。但因过于否定声律辞藻,诗的形象性显得不够,常常陷于枯燥的说教。

上元元年他所编选的《箧中集》选录了沈千运、孟云卿等七人的二十四首诗。其中一部分诗反映了人民的疾苦,如孟云卿的《今别离》等。

顾况(生卒年不详),字逋翁,苏州人。至德二载进士,曾任著作郎(一说著作佐郎),因嘲讽权贵于贞元五年(789)贬饶州司户参军。晚年归隐茅山,自号"华阳山人"。

他曾写了一些反映社会黑暗、同情人民疾苦的新乐府。《上古之什补亡训传十三章》效法《诗经》的四言形式和体例,取首二字为题,并标明主题,如"上古,悯农也""囝,哀闽也",是白居易乐府首章标其目的先例。其中以《囝》为最好,这首诗反映当时福建盛行的一种掠卖奴隶的野蛮风俗,着重写奴隶的痛苦,是很动人的。此外《公子行》《弃妇词》也是有现实意义的好诗。

顾况不避土语方言,比元结的诗更通俗。他运用的体裁也更多样,除古诗外,绝句一百零五首亦有佳者,如《听角思归》。此外如《过山农家》:"板桥人渡泉声,茅檐日午鸡鸣。莫嗔焙茶烟暗,却喜晒谷天晴。"写得很清新。

元、顾以外,戎昱的《苦哉行》,戴叔伦的《女耕田行》《屯田词》也都是从杜甫到白居易这段过渡期中优秀的新题乐府诗。

第二节 新乐府运动

中唐新乐府运动是由张籍、王建、李绅等人的创作开始的。张、王以大量新乐府著称于世。李绅写《新题乐府》二十篇,元和四年(809)元稹以为"雅有所谓,不虚为文",遂"取其病时之尤急者,列而和之,盖十二而已"。这就是《和李校书新题乐府十二首》。白居易又在元稹的基础上扩充为五十首,名曰"新乐府",并在序里明确提出其诗歌创作的主张。于是新乐府的创作从杜甫开始,经过元结、顾况,到白居易就形成一个写实性诗歌运动。

一 张 籍

张籍(约767—约830),字文昌,苏州人。德宗贞元间进士,韩愈荐为国子博士,后任水部员外郎,故称张水部。仕终国子司业,又称张司业。有《张司业集》。

张籍非常推崇杜甫。他的乐府诗广泛地反映了下层人民的生活,有不少血泪的控诉。他又特别善于刻画他们的内心活动,如《促促词》写贫妇的祝愿,《山头鹿》写一个"夫死未葬儿在狱"的妇女的忧伤,《筑城词》揭露了官府的压迫和徭役之繁重。这些都是他的代表作。

《野老歌》和《估客乐》写商人和农民贫富不均的情况,从侧面反映了商人对农民的剥削。如《野老歌》:

> 老农家贫在山住,耕种山田三四亩。苗疏税多不得食,输入官仓化为土。岁暮锄犁傍空室,呼儿登山收橡实。西江贾客珠百斛,

船中养犬长食肉!

张籍还有不少诗反映战乱中人民的灾难。如《废宅行》写朝廷召用吐蕃兵攻打朱泚,造成人民流离失所:"乱定几人还本土,唯有官家重作主。"《征妇怨》写将帅无能以致全军覆没,都有特色。

白居易对张籍的乐府诗评价很高,在《读张籍古乐府》一诗中说:"尤工乐府诗,举代少其伦。为诗意如何?六义互铺陈。风雅比兴外,未尝著空文。"他的乐府诗的确继承了《诗经》和汉乐府的写实传统,力求用诗歌反映广泛的社会问题和人民疾苦。宋人张戒《岁寒堂诗话》云:"张司业诗与元白一律,专以道得人心中事为工。"又说他"思深而语精",是中肯之论。

二 王　建

王建(约767—约830),字仲初,颍川(今河南许昌)人,大历十年进士,曾任昭应县尉、陕州司马等小官,生活比较贫困。有《王司马集》。

王建和张籍是要好的朋友,他们的乐府诗无论在思想内容上或艺术风格上都颇近似,号称"张王"。他的乐府诗数量比张籍多,反映人民生活的面也很广,尤善于刻画劳苦人民的内心。《田家行》写农民一年辛勤劳动的成果,全都被官府夺去:

> 男声欣欣女颜悦,人家不怨言语别。五月虽热麦风清,檐头索索缲车鸣。野蚕作茧人不取,叶间扑扑秋蛾生。麦收上场绢在轴,的知输得官家足。不望入口复上身,且免向城卖黄犊。田家衣食无厚薄,不见县门身即乐。

《簇蚕词》《当窗织》《水夫谣》《海人谣》从不同角度反映不同职业人民的悲惨命运,突破了前人的题材。《水夫谣》写纤夫生活,诗人的感情十分痛切:

> 苦哉生长当驿边,官家使我牵驿船。辛苦日多乐时少,水宿沙

行如海鸟。逆风上水万斛重,前驿迢迢波淼淼。半夜缘堤雪和雨,受他驱遣还复去。夜寒衣湿披短蓑,臆穿足裂忍痛何?到明辛苦何处说,齐声腾踏牵船歌。一间茅屋何所直,父母之乡去不得。我愿此水作平田,长使水夫不怨天。

王建善于运用通俗的口语描写人民生活,他模仿民歌也很成功,如《古谣》:"一东一西陇头水,一聚一散天边霞。一来一去道上客,一颠一倒池中麻。"《独漉歌》:"独漉独漉,鼠食猫肉。乌日中,鹤露宿,黄河水直人心曲。"

王建还有《宫词》百首,在当时很著名。

张、王是新乐府运动中除白居易以外创作成就最高的两个诗人。

三 元　稹

元稹(779—831),字微之,洛阳人。与白居易齐名,世称"元白"。早年与白居易一起向宦官权贵斗争,一再遭到贬谪。后来却勾结宦官,一度做到宰相。

元稹和白居易是诗歌唱和的好友,也是新乐府运动的倡导人之一,他的《乐府古题序》《唐故工部员外郎杜君墓系铭并序》《叙诗寄乐天书》,对新乐府运动的形成有积极的影响。

元稹早年写了不少写实性的诗篇,大都写在白居易之前,和刘猛、李馀的《乐府古题》十九首(刘、李原作已佚),以及《新题乐府》十二首,都反映了人民痛苦的生活。《田家词》全是农民激愤的话,反映了人民的情绪,是元稹集中最优秀的乐府诗:

牛吒吒,田确确,旱块敲牛蹄趵趵,种得官仓珠颗谷。六十年来兵簇簇,月月食粮车辘辘。一日官军收海服,驱牛驾车食牛肉。归来收得牛两角,重铸锄犁作斤劚。姑舂妇担去输官,输官不足归卖屋。愿官早胜仇早复,农死有儿牛有犊,誓不遣官军粮不足。

此外,《织妇词》反映织户被剥削的痛苦:"东家头白双女儿,为解挑纹嫁不得。"是江陵一带的真实情况。《估客乐》深刻地揭露了商人唯利是图的本质,他们奉行"卖假莫卖诚,交关但交假,交假本生轻"的生意经,向农民贩卖假货,赚得大批钱财。又勾结公侯百卿以巩固自己的地位。这是中唐这类题材的诗中最深刻具体的一首。

《连昌宫词》是一首有名的长篇叙事诗,借宫边老人之口说出安史之乱前后社会盛衰的变化。讽刺统治阶级荒淫误国,称赞姚崇、宋璟二相,最后以"努力庙谟休用兵"为结,讽谕的意思是很明显的。

元稹的诗歌说理议论过多,是其缺点。

四 李 绅

李绅(772—846),字公垂,无锡人,一说亳州人。因身材短小,故称"短李"①。其《新题乐府》二十篇颇为元、白称赞,可惜不传。他的《悯农》二首最有名。其一:

春种一粒粟,秋收万颗子。四海无闲田,农夫犹饿死。

这首诗用最鲜明光彩的形象,表现农业生产的繁荣,"一粒粟"和"万颗子"写得那么具体,好像是一笔细账,又仿佛让人看到那金光灿灿的谷粒。又是"四海无闲田",那么农夫生活总不致发生问题吧?但是"农夫犹饿死"。有了前三句,第四句才更发人深思。其二:

锄禾日当午,汗滴禾下土。谁知盘中餐,粒粒皆辛苦。

利用"汗滴"和"米粒"之间的一点近似,构成盎然的诗意,让人觉得这一粒粒米都是农夫汗珠的结晶。

第三节 白居易的生平、思想和创作道路

白居易(772—846),字乐天,原籍太原,后迁居下邽(今陕西渭南

---

① 语见白居易《代书诗一百韵寄微之》:"笑劝迂辛酒,闲吟短李诗。"

县)。他的一生可以分为前后两期,以四十四岁贬江州司马为界线。前期是"兼济天下"的时期,后期是"独善其身"的时期。

一　前　期

白居易是在安史乱后藩镇割据、宦官擅权、民不聊生的时代生长起来的。他诞生于河南新郑一个小官僚的家庭,十一二岁,因河南一带有朱泚、李希烈等藩镇作乱,曾避难越中,后又往徐州、襄阳等地,过着颠沛流离的困苦生活。"时难年饥世业空,弟兄羁旅各西东。田园寥落干戈后,骨肉流离道路中。"(《自河南经乱关内阻饥兄弟离散各在一处因望月有感聊书所怀》)这是他青少年时代生活的反映。这时期的生活使他认识到社会的危机和人民的疾苦,也培养起比较注重实际的态度和刚介耿直的性格。所以他差不多一开始就走上了写实道路。

唐德宗贞元十六年,白居易二十九岁时入长安考中进士。三十二岁与元稹同授校书郎。宪宗元和元年,三十五岁罢校书郎,准备参加"才识兼茂明于体用科"的考试,写成《策林》七十五篇。在《策林》里,他站在中下层地主阶级立场上,对当时的政治、经济、军事、文化提出一系列进步的主张,其核心就是儒家的以民为本的仁政思想。他主张节用爱民、止狱措刑、轻赋敛、偃兵革、劝农桑、利万人,希望皇帝"以天下心为心,以百姓欲为欲"(其七),"酌人言、察人情,而后行为政"(其六十九)。这是指导他进行政治活动和诗歌创作的纲领。这年四月应试,白居易以对策语直入四等,授周至县尉。在那里,他写了《观刈麦》和《长恨歌》,显示出创作的进步倾向和卓越的艺术才能。

元和二年十一月,白居易被宪宗擢为翰林学士,时年三十六岁。《旧唐书》本传载:"居易文辞富艳,尤精于诗笔。自雠校至结绶畿甸,所著歌诗数十百篇,皆意存讽赋,箴时之病,补政之缺,而士君子多之,而往往流闻禁中。章武皇帝纳谏思理,渴闻谠言,二年十一月,召入翰林为学士。"次年五月,拜左拾遗。他对宪宗一再地非次拔擢十分感激,他说自己是"食不知味,寝不遑安","有阙必规,有违必谏"(《初授拾遗献书》),认真地履行其谏官的职责。他的建议最突出的有五件:请减免江淮旱损州县租税,取缔"和籴"改为"折籴";请拣放宫人;请停止向河北藩镇用兵;反对宦官吐突承璀为招讨使伐王承宗;论救元稹。前三件是为减轻人民负担,后两件是向大贵族和宦官斗争。白居易总是直言急谏、辞情切至,言人之难言者。为承璀事他曾当面指责皇帝,帝变色,罢谓李绛曰:"白居易小子,是朕拔擢致名位,而无礼于朕,朕实难奈!"(《旧唐书·白居易传》)但白居易毫不畏惧,他写诗说:"至宝有本性,精刚无与俦。可使寸寸折,不能绕指柔。愿快直士心,将断佞臣头。"(《李都尉古剑》)"勿轻直折剑,犹胜曲全钩。"(《折剑头》)这些诗句表现了他不畏强权的气概,却因此更加引起皇帝和当道者憎恨。元和五年白居易秩满当改官,宪宗谓崔群曰:"可听自便。"(《旧唐书·白居易传》)白居易知道皇帝已经不再信任他了,便请求外调,授京兆府户曹参军。

三年的谏官生活,使白居易对社会政治有了更广泛、深刻的认识,对统治集团的上层也有了进一步的了解。他除了直言诤谏以外,同时写作了大量的诗歌来帮助他的政治斗争。这是他诗歌创作的黄金时代。《秦中吟》《新乐府》大都作于此时。这些诗有力地揭露了政治的黑暗,引起强烈的反应。《与元九书》:"凡闻仆《贺雨》诗,众口籍籍,已谓非宜矣。闻仆《哭孔戡》诗,众面脉脉,尽不悦矣。闻《秦中吟》,则权豪贵近者,相目而变色矣。闻《乐游原》寄足下诗,则执政柄者扼腕矣。闻《宿紫阁村》诗,则握军要者切齿矣。……不相与者,号为沽名,号为诋讦,号为讪谤。苟相与者,则如牛僧孺之戒焉。乃至骨肉妻孥,皆以我为非也。其不我非者,举世不过三两人。"可见他的诗的确是击中了统治者的要害。

元和六年四月至九年冬,白居易丁母忧居下邽渭村,过着隐居的生活。他经常与农民来往,对他们的生活有了进一步的了解,写了《采地黄者》《村居苦寒》《新制布裘》等同情人民的诗歌。另一方面,他的政治热情也开始冷淡下来,"独善其身"的思想渐渐发展。他说:"直道速我尤,诡过非吾志。胸中十年内,消尽浩然气。"(《适意》二首其二)他此时的心境与陶渊明很相似,便写了《效陶潜体诗》十六首。从诗中可以看出他对权贵仍然抱着不合作的态度。

元和九年冬,白居易受太子左赞善大夫。十年六月,首上疏请急捕刺杀宰相武元衡之贼,宰相恶居易非谏官而先言事,忌之者复诬言居易母看花坠井死,而作《赏花》及《新井》诗,有伤名教,遂贬为江州司马。白居易这次遭贬完全是权贵的诬陷,而白居易也从此消沉起来,在严酷的政治斗争中,采取消极逃避的态度了。

二 后 期

白居易在江州心情很忧郁,州司马又是个闲官,所以他每日优游于山水诗酒之间,并在庐山的东林寺边修筑草堂。元和十年岁暮写《与元九书》,十一年写《琵琶行》,十三年十二月升任忠州(今重庆忠县)刺史,在忠州学习巴、渝一带民歌作了《竹枝词》四首。十五年正月宪宗卒,穆宗即位,次年改元长庆,冬,召回长安拜尚书司门员外郎,接连擢至中书舍人。长庆二年(822)河北藩镇作乱,白居易上疏不用,加以李德裕与李宗闵两派朋党互相倾轧,白居易深恐牵连其中,便请求外调,七月除杭州刺史。白居易在杭州过着亦官亦隐的生活,写了《钱塘湖春行》等游览山水的诗。但他很关心人民生活,忙于蓄积湖水,保护堤防等农田水利工程(见《钱塘湖石记》)。有诗曰:"唯留一湖水,与汝救凶年。"(《别州民》)唐敬宗宝历元年(825)改任苏州刺史,在苏州也得到人民的爱戴,《别苏州》:"青紫行将吏,斑白列黎甿。一时临水拜,十里随舟行。"刘梦得《白太守行》亦云:"闻有白太守,抛官归旧溪。苏州十万户,尽做婴儿啼。"白居易答曰:"下惭苏人泪,上愧刘君辞。"(《答刘禹锡〈白太守行〉》)次年秋免郡事,时五十五岁。

此后二十年白居易在文宗、武宗朝历任秘书监、河南尹、太子少傅等职,以刑部尚书致仕。后闲居洛阳履道里,自号"醉吟先生"。又修香山寺,自号"香山居士"。年七十五卒。著有《白氏长庆集》七十一卷,存诗二千八百零六首,是由元稹和他本人先后编定的。

白居易最后的二十年,无论经济地位、生活状况、思想或创作,都起了很大变化,由原来的校书郎(八品),月俸一万六千,到太子少傅(二品),月俸十万。俸禄厚、地位高,便在洛阳置下产业,过起舒服日子来了。他由太子宾客升任太子少傅时很得意地说:"勿言未富贵,久忝居禄位。借问宗族间,几人拖金紫?勿忧渐衰老,且喜加年纪。试数班列中,几人及暮齿?"(《自宾客迁太子少傅分司》)表现了知足保和的心理。又有《知足吟》曰:"不种一垄田,仓中有余粟。不采一枝桑,箱中有余服。官闲离忧责,身泰无羁束。……自问此时心,不足何时足?"在这种情况下,白居易对政治斗争自然采取逃避的态度,他标榜《在家出家》,又标榜《中隐》:"大隐住朝市,小隐入丘樊。丘樊太冷落,朝市太嚣喧。不如作中隐,隐在留司官。似出复似处,非忙亦非闲。"关于他晚年的创作,《序洛诗》说得很清楚:"在洛凡五周岁,作诗四百三十二首,除丧朋、哭子十数篇外,其他皆寄怀于酒,或取意于琴,闲适有余,酣乐不暇。苦词无一字,忧叹无一声,岂牵强所能致耶?……予尝云:理世之音安以乐,闲居之诗泰以适,苟非理世安得闲居!故集洛诗,别为序引。不独记东都履道里有闲居泰适之叟,亦欲知皇唐大和岁,有理世安乐之音,集而序之,以俟夫采诗者。"

白居易前后期的变化,说明作家的思想对创作的重要影响,也说明一个作家如果脱离了人民,失去了进步的政治理想,就很难坚持进步的创作道路了。

第四节 白居易的诗歌主张

白居易的诗歌主张是与正统的儒家诗论一脉相承的。儒家一向强调诗歌的政治作用和社会意义,把诗歌看作是维护封建统治和封建秩序的有力工具。从孔子到《毛诗序》,这个意图十分明显。白居易在

《与元九书》里说:"圣人感人心而天下和平。感人心者,莫先乎情,莫始乎言,莫切乎声,莫深乎义。诗者:根情、苗言、华声、实义。"他认为诗歌最能够帮助帝王感化人心、治理天下。帝王如果重视诗歌这种政治作用,用诗来补察时政,泄导人情,采诗上闻,闻而纳谏,就可以"上下通而一气泰,忧乐合而百志熙"。这样,统治者和人民的感情就可以得到统一,一切社会矛盾可以调和,帝王也就可以"垂拱而理"了。正是从沟通君民、调和矛盾的思想出发,白居易在《新乐府序》里指出"为君、为臣、为民、为物、为事而作"的主张。在他看来,为君、为臣、为民是统一的,没有矛盾的,但关键是为君。他把希望寄托在皇帝身上,把写诗当作向皇帝进谏的一种形式:"月请谏纸,启奏之外,有可以救济人病,裨补时阙,而难于指言者,辄咏歌之,欲稍稍递进闻于上。"(《与元九书》)这就是说,把那些在奏议中不便直说的事情和意见,通过诗歌委婉地向皇帝提出,引起他的警惕,作为他执政的参考。正是从这种狭隘的为封建统治服务的观点出发,白居易对屈原颇为不满,认为他只是发泄了个人的牢骚,而无补于政教。然而在如何为政治服务的问题上,白居易强调"补察时政""泄导人情",这有助于反映人民疾苦,揭发政治黑暗。所以他的主张得不到当权者的重视,而其创作反遭到他们的切齿痛恨。

　　白居易对诗歌与现实的关系、内容与形式的关系,给予了详细的说明。这是其诗歌主张的精华。他认为诗歌是客观现实的反映。《策林》六十九《采诗》:"大凡人之感于事,则必动于情,然后兴于嗟叹,发于吟咏,而形于歌诗矣。"这就是说诗歌的基础是"事",是客观的社会现实,所以诗歌创作应该反映现实。具体地说这里有两点值得注意:第一,"文章合为时而著,歌诗合为事而作"(《与元九书》)。这一口号包含两方面的意思:一是反映时事;二是为现实而作,反映的虽不一定是时事,但目的却是为了现实。杜甫一生写了不少反映现实、讽谕时事的作品,但没有提出为时为事而作这类主张。白居易提出的这一口号是对写实性诗歌理论的一个贡献。第二,"惟歌生民病,愿得天子知"

(《寄唐生》)。诗歌要反映人民的疾苦。白居易的这种主张,为后代诗人指出了明确的写实方向。

关于诗歌内容和形式的关系,他总是把内容放在首要地位,要求形式为内容服务。他反对离开内容单纯追求"宫律高""文字奇"。为了使诗歌发挥社会作用,他又强调形式通俗、语言浅显。《新乐府序》:"其辞质而径,欲见之者易谕也;其言直而切,欲闻之者深诫也;其事核而实,使采之者传信也;其体顺而肆,可以播于乐章歌曲也。"然而他在强调内容的真实性时,没有把艺术的真实和生活的真实区别开来。他对内容的要求已不仅是真实,而是"核实"。这就会排斥虚构、夸张、幻想等浪漫性手法,使诗歌变成真人真事的报道;容易流于自然主义,甚至失去诗的特点,而近似押韵的奏章了。此外,白居易首先强调思想内容是完全正确的,但对艺术形式重视不够。他对自己的创作只提出质径、直切、顺肆的要求也显然是不够的。

总之,白居易的诗歌主张,基本上是进步的,特别是用诗歌揭发政治弊端、反映人民疾苦的主张,在封建社会里具有重要的进步意义。但他的写实理论中也有片面之处。

第五节　白居易诗歌的思想内容

白居易曾把自己的诗分成四类:讽谕诗、闲适诗、感伤诗、杂律诗。《与元九书》曰:"仆数月来,检讨囊帙中,得新旧诗,各以类分,分为卷目。自拾遗来,凡所遇所感,关于美刺兴比者,又自武德讫元和,因事立题,题为新乐府者,共一百五十首,谓之讽谕诗。又或退公独处,或移病闲居,知足保和,吟玩情性者,一百首,谓之闲适诗。又有事物牵于外,情理动于内,随感遇而形于叹咏者,一百首,谓之感伤诗。又有五言、七言、长句、绝句,自一百韵至两韵者,四百余首,谓之杂律诗。"这种分类并没有统一的严格的标准,但我们可以从中看出白居易的创作思想。《与元九书》又说:"谓之讽谕诗,兼济之志也;谓之闲适诗,独善之义也。故览仆诗,知仆之道焉。"可见他把讽谕诗和闲适诗看得同等重要。其实他的闲适诗除《自蜀江至洞庭湖口有感而作》等少数作品外,绝大多数以身边琐事为内容,是不能和他的讽谕诗相提并论的。他的优秀作品多半在那一百七十多首讽谕诗里,《新乐府》五十首和《秦中吟》十首即包括在内。下面将讽谕诗分几个方面加以介绍:

第一,土地问题和赋税问题。在中唐,均田制被破坏,租庸调法也代之以两税法,土地兼并和苛捐杂税使农民纷纷破产。因此土地和赋税的问题,就成为社会最严重的问题之一。正税之外,苛捐杂税很多。各地官吏为讨好皇帝,于常赋之外多所进奉,名曰"羡余",有所谓"日进""月进"。德宗时陆贽上书曰:"今富者万亩,贫者无容足之居,依托强家,为其私属,经岁服劳,常患不充。有田之家,坐食租税。京畿田亩税五升,而私家收租亩一石。官取一,私取十,穑者安得足食?"(《新唐书·食货志二》)李吉甫奏称:平均三个农民要供养七个待衣坐食的游手①。白居易及时地反映了这个问题,并对农民表示了深切的同情。

《观刈麦》写一个"家田输税尽"的农妇,靠拾遗穗过活:"田家少闲月,五月人倍忙。夜来南风起,小麦覆陇黄。妇姑荷箪食,童稚携壶浆。相随饷田去,丁壮在南冈。足蒸暑土气,背灼炎天光。力尽不知热,但惜夏日长。复有贫妇人,抱子在其旁。右手秉遗穗,左臂悬敝筐。听其相顾言,闻者为悲伤:'家田输税尽,拾此充饥肠。'今我何功德,曾不事农桑。吏禄三百石,岁晏有余粮。念此私自愧,尽日不能忘。"《采地黄者》写农民遭到天灾之后没有口粮,只得采地黄来换马粟。《杜陵叟》更深刻地揭示统治者惨无人道的剥削,从而指出农民破产的根本原因。不仅讽刺而且怒骂:"典桑卖地纳官租,明年衣食将何如。剥我身上

---

① [元]马端临《文献通考》卷二三《国用考一·历代国用》载云:"李吉甫为《元和国计簿》及中书奏疏,以天下郡邑户口财赋之入较吏禄、兵廪、商贾、僧道之数,大率以二户而资一兵,以三农而养七游手。"中华书局据商务印书馆《万有文库》十通本影印,1986年9月,第227页。

帛,夺我口中粟。虐人害物即豺狼,何必钩爪锯牙食人肉!"《重赋》揭露地方官吏在正税之外,横征暴敛,用"羡余"的名义,按月向皇帝进贡,以讨得欢心升官发财。人民被搜括得衣不蔽体,而官库里的缯帛丝絮因为岁久而化为尘土。《红线毯》《缭绫》集中地反映了养蚕织锦的农民手工业者所受的剥削,这是中唐很有现实意义的题材:

> 红线毯,择茧缫丝清水煮,拣丝练线红蓝染。染为红线红于花,织作披香殿上毯。披香殿广十丈余,红线织成可殿铺。采丝茸茸香拂拂,线软花虚不胜物。美人蹋上歌舞来,罗袜绣鞋随步没。太原毯涩毳缕硬,蜀都褥薄锦花冷。不如此毯温且柔,年年十月来宣州。宣州太守加样织,自谓为臣能竭力。百夫同担进宫中,线厚丝多卷不得。宣州太守知不知?一丈毯,千两丝。地不知寒人要暖,少夺人衣作地衣!

《赠友诗》其三,揭露两税法对人民的危害说:"私家无钱炉,平地无铜山。胡为秋夏税,岁岁输铜钱。……贱粜粟与麦,贱贸丝与绵。岁暮衣食尽,焉得无饥寒。"

土地和赋税的问题,在杜诗中虽有反映,但并不突出,到白居易才作为一个严重的社会问题集中地表现出来,从而也在更大程度上揭露了封建统治阶级的剥削本质及其荒淫奢侈。

第二,揭发统治者骄奢淫逸欺压人民的罪行。《伤宅》写贵族官僚营造园第追求享乐。《买花》写他们的奢侈。《歌舞》《官牛》《黑龙潭》痛斥贪吏。《卖炭翁》揭露"宫市"的罪恶。"宫市"是唐朝宫廷直接掠夺人民财物的一种最无赖的方式。本来宫廷里需要的日用品,归官府向民间采购,德宗贞元末年,改用太监为宫使直接采办,叫"宫市"。宫里经常派出"白望"几百人到长安东西两市和热闹的街坊,遇到他们看中的东西,只说是"宫市",拿了就走。有时给点报酬,有时不但不给报酬,反而要人倒贴"门户钱"和"脚价钱"。名曰"宫市",其实是掠夺。

"商贾有良货皆深匿之,每敕使出,虽沽浆卖饼者,皆撤业闭门。"①白居易对"宫市"了解很深,便写了这首诗揭发它的弊病:

> 卖炭翁,伐薪烧炭南山中。满面尘灰烟火色,两鬓苍苍十指黑。卖炭得钱何所营?身上衣裳口中食。可怜身上衣正单,心忧炭贱愿天寒。夜来城外一尺雪,晓驾炭车辗冰辙。牛困人饥日已高,市南门外泥中歇。翩翩两骑来是谁?黄衣使者白衫儿。手把文书口称敕,回车叱牛牵向北。一车炭,千余斤,宫使驱将惜不得!半匹红纱一丈绫,系向牛头充炭直。

《宿紫阁山北村》和《轻肥》也是揭发宦官的残暴骄奢。中唐以后宦官常常充任军队的监军或将领。德宗时又充任左右神策军(禁卫军)护军中尉,权势更大了,白居易反对过的吐突承璀就是一个中尉。《宿紫阁山北村》描写神策军在宦官中尉指使下抢劫民财的情景,是富有现实意义的一首诗。《轻肥》把宦官骄奢的生活与人民的悲惨处境做了尖锐对比,愤怒之情溢于言表:

> 意气骄满路,鞍马光照尘。借问何为者?人称是内臣。朱绂皆大夫,紫绶悉将军。夸赴中军宴,走马去如云。樽罍溢九酝,水陆罗八珍。果擘洞庭橘,脍切天池鳞。食饱心自若,酒酣气益振。是岁江南旱,衢州人食人!

《伤宅》讽刺达官贵人营造园第追求享乐,现实性很强。元稹《叙诗寄乐天书》云:"京城之中,亭第邸店以曲巷断;侯甸之内,水陆腴沃以乡里计;其余奴婢、资财,生生之备称之。"可见他们的奢侈。《旧唐书·马璘传》:"内臣戎帅,竞务奢豪。亭馆第舍,力穷乃止,时谓'木妖'。璘之第,经始中堂,费钱二十万贯,他室降等无几。"《伤宅》就是针对这种情况写的:"主人此中坐,十载为大官。厨有臭败肉,库有贯

---

① 参看《资治通鉴》卷二三五"贞元十三年十二月"条下所述,第7578—7579页。韩愈《顺宗实录》卷二亦载宫市事,见《韩昌黎集·外集》卷下,马其昶《韩昌黎文集校注》,上海古籍出版社,1987年6月,第700—701页。

朽钱。……岂无穷贱者,忍不救饥寒?"他又有《凶宅》,说明"人凶非宅凶"的道理,对权贵也是一个讽刺。

《黑潭龙》以鼠狐比喻贪吏,以龙神比喻皇帝,"狐假龙神食豚尽,九重泉底龙无知",既痛斥了贪吏,也讽刺了皇帝。

第三,宣扬爱国主义和反对侵略战争。《西凉伎》慨叹天宝以后西北边疆失去大片国土,当地人民生活非常悲惨,而拥兵积粮的武将却沉湎于酒乐之中,无意收复失地:"缘边空屯十万卒,饱食温衣闲过日。遗民肠断在凉州,将卒相看无意收。"在《城盐州》里,白居易进一步揭露了他们所以如此的原因:"相看养寇为身谋,各握强兵固恩泽。"

《缚戎人》描写一个凉原失地的男子,因思念汉土逃回中原,却被误认为戎人流放到东南边境。全诗像一篇控诉词,控诉昏庸的统治者不但自己不振作起来保卫祖国,而且抑制了人民的爱国热情。

诗人对统治者的穷兵黩武是反对的,《新丰折臂翁》谴责天宝年间杨国忠发动的对南诏的战争,着重反映了这场战争给人民带来的苦难:

新丰老翁八十八,头鬓眉须皆似雪。玄孙扶向店前行,左臂凭肩右臂折。问翁折臂来几年?兼问致折何因缘?翁云贯属新丰县,生逢圣代无征战。惯听梨园歌管声,不识旗枪与弓箭。无何天宝大征兵,户有三丁点一丁。点得驱将何处去?五月万里云南行。闻道云南有泸水,椒花落时瘴烟起。大军徒涉水如汤,未过十人二三死。村南村北哭声哀,儿别爷娘夫别妻。皆云前后征蛮者,千万人行无一回。是时翁年二十四,兵部牒中有名字。夜深不敢使人知,偷将大石捶折臂。张弓簸旗俱不堪,从兹始免征云南。骨碎筋伤非不苦,且图拣退归乡土。此臂折来六十年,一肢虽废一身全。至今风雨阴寒夜,直到天明痛不眠。痛不眠,终不悔,且喜老身今独在。不然当时泸水头,身死魂飞骨不收。应作云南望乡鬼,万人冢上哭呦呦。老人言,君听取。君不闻开元宰相宋开府,不赏边功防黩武;又不闻天宝宰相杨国忠,欲求恩幸立边功。边功未立生人怨,请问新丰折臂翁。

第四，妇女问题和其他社会问题。《上阳白发人》写上阳宫女的辛酸生活，流露着诗人的同情：

> 上阳人，上阳人，红颜暗老白发新。绿衣监使守宫门，一闭上阳多少春！玄宗末岁初选入，入时十六今六十。同时采择百余人，零落年深残此身。忆昔吞悲别亲族，扶入车中不教哭。皆云入内便承恩，脸似芙蓉胸似玉。未容君王得见面，已被杨妃遥侧目。妒令潜配上阳宫，一生遂向空房宿。宿空房，秋夜长，夜长无寐天不明。耿耿残灯背壁影，萧萧暗雨打窗声。春日迟，日迟独坐天难暮。宫莺百啭愁厌闻，梁燕双栖老休妒。莺归燕去长悄然，春往秋来不记年。唯向深宫望明月，东西四五百回圆。今日宫中年最老，大家遥赐"尚书"号。小头鞵履窄衣裳，青黛点眉眉细长。外人不见见应笑，天宝末年时世妆。上阳人，苦最多。少亦苦，老亦苦，少苦老苦两如何！君不见昔时吕向《美人赋》，又不见今日上阳宫人白发歌？

与这诗类似的还有《陵园妾》，都暴露了最高统治者的罪恶。大历后宫女激增，宫中支出浩繁，永贞元年（805）三月初一王叔文放出宫女三百人，四日又放女乐六百人。可见白居易这些诗反映的是当时的实际情况。

《母别子》描写一个男子得到高官以后，便抛弃了旧妻，使前妻与其子女骨肉分离，概括了封建社会许多妇女的命运。但诗人把讽刺的主要对象放在新人身上是不恰当的。白居易常常为妇女大声疾呼："为了莫作妇人身，百年苦乐由他人！"（《太行路》）"须知妇人苦，从此莫相轻。"（《妇人苦》）表现了他对妇女的同情。

此外，《盐商妇》反映了商人非法攫利、穷奢极欲的情形，并且连盐铁尚书一并讽刺在内。《两朱阁》讽刺佛寺浸多。《立碑》讽刺毫无政绩的达官贵人死后立碑颂扬功德，而实有政绩的小官死后却无人过问。

白居易的讽谕诗是有美有刺的，在美诗里有《道州民》这样较好的作品,但是也有不少为统治者歌功颂德的作品。

杂律诗近二千首,其中也不乏佳作。五律如《赋得古原草送别》把春草写得那么顽强而有生命力。七律如《钱塘湖春行》,五绝如《问刘十九》,七绝如《暮江吟》都是脍炙人口的。《暮江吟》:

> 一道残阳铺水中,半江瑟瑟半江红。可怜九月初三夜,露似真珠月似弓。

白居易感伤诗中有两首著名长诗,即《长恨歌》和《琵琶行》。《长恨歌》写李隆基与杨玉环的爱情故事,可能取材于民间传说,关于这首诗的主题思想曾有过争论①,有四种意见:暴露统治阶级荒淫;歌颂他们真挚专一的爱情;对玄宗既有谴责又有同情,他既是悲剧的制造者,又是悲剧的承担者;白居易世界观有矛盾,本为"惩尤物、窒乱阶",但在具体描写中,赞扬李、杨爱情的成分占据了主导地位。

《哀江头》《北征》最早写到李、杨关系。杜甫一方面讽刺玄宗因女色误国,把贵妃比作褒姒,另一方面又对他们表示了同情。这个矛盾也表现在白居易身上。他在《李夫人》诗中说:"生亦悲,死亦感。尤物惑人忘不得。"《胡旋女》:"贵妃胡旋惑君心,死弃马嵬念更深。"《古冢狐》也对贵妃有微词。可见白居易确实认为贵妃是尤物,误了国事,对她和玄宗的关系抱批判态度。但这点在《长恨歌》中并不突出,诗里具体写到李、杨关系,却欣赏玄宗爱情相思的风流韵事。他说:"一篇长恨有风情,十首秦吟近正声。"(《编集拙诗成一十五卷因题卷末戏赠元九李二十》)可见《长恨歌》主要是写爱情。他又说:"时之所重,仆之所轻。"(《与元九书》)白居易并不把这首诗作为正声来加以重视的。在《长恨歌》里,白居易美化了李、杨关系。杨贵妃本是玄宗儿子寿王之妃,被玄宗看中后先度为女道士,数年后(天宝四载)册为贵妃。当时玄宗已近六十岁,贵妃才二十七岁。白居易掩饰了这段丑闻,而且把他

---

① 学界对《长恨歌》主题的有关讨论,可参看杜晓勤《隋唐五代文学研究》第十章,北京出版社,2001年12月,第1037—1045页。

们的爱情写得十分真挚。《长恨歌》完全是围绕玄宗写的,对玄宗的同情多于批判,有惋惜而无谴责。白居易一方面对玄宗惑于女色以致误国、误己表示痛心,另一方面更主要的是赞赏他的爱情,同情这太平天子的不幸。其对玄宗的同情也包含着对盛唐的怀念与惋惜。

《琵琶行》是白居易另一首著名的长诗,内容是写他和一位琵琶女的邂逅、琵琶女的弹奏,以及他们两人各自的身世遭遇。这首诗写于元和十一年秋,白居易贬官江州的第二年。白居易因写讽谕诗得罪于权贵,被贬后更体验了社会的残酷和世态的炎凉。他有满腔的怨愤正无处倾诉,恰巧遇到这个原为歌妓的商人妇,听到她的富有感情的弹奏,知道了她的悲凉的身世,诗人那压抑已久的感情便像开了闸的河水,一起倾泻而出。琵琶女和诗人,他们的社会地位并不相同,两人的遭遇也各有不同的情况,属于不同的社会问题。但诗人还是把她引为同调,引为知己,说出"同是天涯沦落人,相逢何必曾相识"这样深挚的话来,这说明诗人对被侮辱的女性抱着同情与尊重的态度。

《琵琶行》对音乐的描写有独到之处。音乐形象是难以捕捉的,白居易却借助语言把它变成了读者易于感受的具体形象。他用生活中人人可以感受到的声音比喻各种不同的音乐节奏和旋律,着重写弹者和听者的感情交流,不但写有声,而且写无声,用乐曲休止时的余韵来渲染乐曲的效果。这些都是很值得注意的艺术经验。

第六节　白居易诗歌的艺术性

白居易诗的艺术成就突出地表现在诗歌语言上。他的语言浅显平易,有意到笔随之妙。这个成就在讽谕诗中表现得特别明显。讽谕诗本来容易使人迷离恍惚,诗人处在政治迫害的危险中,又往往故意写得隐晦曲折、归趣难求。阮籍的《咏怀》便是这样,陈子昂、李白所写的讽刺时政的诗,也未能尽去闪烁隐约之辞。白居易却运用浅显平易的语言去表现政治讽谕的内容,取得极好的艺术效果。

白居易并不只是浅显平易,他还善于运用一二警句统摄全篇,达到言浅意深、平淡中见警奇的效果。譬如《轻肥》,前十四句全是铺叙权贵的阔绰,最后两句:"是岁江南旱,衢州人食人。"触目惊心地对比了两种不同的生活。再如:"夺我身上暖,买尔眼前恩。"(《重赋》)"地不知寒人要暖,少夺人衣做地衣。"(《红线毯》)"可怜身上衣正单,心忧炭贱愿天寒。"(《卖炭翁》)这些警句有的在篇末,有的在篇中,有的用诗人的口吻,有的用诗中人的口吻,都很鲜明强烈。值得注意的是其警句之警,不在语言的奇峭上,而在于立意的深刻上。深刻的思想以浅显平易的语言出之,不但不削弱思想的力量,反而更易入人心脾。刘熙载《艺概》说:"常语易,奇语难,此诗之初关也。奇语易,常语难,此诗之重关也。香山用常得奇,此境良非易到。"

白居易的艺术成就还突出地表现在叙事诗上。他的叙事诗并不只是叙事,还有抒情。如果说杜甫是以抒情为主结合叙事的话,那么白居易可以说是以叙事为主结合抒情。叙事与抒情的结合,在白居易诗中有几种不同的方式。一种是寓感情于叙事之中,诗里没有抒情的句子,感情却洋溢在叙事的字里行间,如《卖炭翁》。另一类是以第一人称的口吻代替诗中人物抒情,如《上阳白发人》就是替一个上阳宫女倾诉内心的凄苦;《重赋》《杜陵叟》等诗也都成功地运用了这种第一人称的写法。还有一类诗是在事情叙述完了以后直抒胸臆,这就是"卒章显其志"(《新乐府》序)的写法。《观刈麦》《村居苦寒》《新制布裘》《红线毯》都属于这种情况,如"宣州太守知不知,一丈毯,千两丝,地不知寒人要暖,少夺人衣做地衣"(《红线毯》)。这是颇为有力的。

白居易叙事诗的另一个特点,是脉络分明,曲折生动。《卖炭翁》的开头八句对卖炭翁先做了一番总的介绍:"满面尘灰烟火色,两鬓苍苍十指黑。"简单而深情的十四个字,勾勒出他的外貌。"可怜身上衣正单,心忧炭贱愿天寒。"同样简单而深情的十四个字,刻画了他的内心。在这番总的介绍之后,诗人拣取他的一次遭遇,加以具体描写。从卖炭翁送炭进城,到炭车被宫使掠走,这样一个过程,白居易八句诗就叙述得一清二楚，人物的活动像一幅幅画面，连续展现在我们面前。

白居易的艺术成就还表现在刻画人物上，如《新丰折臂翁》《缚戎人》《卖炭翁》《上阳白发人》等诗都侧重于个别人和个别事的特写，诗中人既有与一般被压迫者相同的命运，又有各自独特的遭遇和个性特点，可以说是具有典型意义的形象了。这样的典型形象在白诗中虽然只有几个，却显示着一种新的努力和方向。杜诗也写了许多人，但其个性特点不甚鲜明。白居易在杜甫的基础上又发展了一步，使人物的个性更为突出。试以《新丰折臂翁》和《兵车行》为例。这两首诗都是反对杨国忠的，《兵车行》通过一个役夫介绍兵役之繁重，战争之艰苦，以及人民的反战情绪，是一种概括介绍的写法。那行人只是一个介绍人，而不是作为一个典型出现的。《新丰折臂翁》则不然，他是《兵车行》中千万被征发的人民中的一个，又是具有个性的一个。他反对侵略是用摧折右臂这种独特的方式进行的。他有自己独有的痛苦，也有自己独有的安慰，因此他具有更强的典型意义。白居易这种通过个别揭示一般的写法，是很富于表现力的。

白诗在艺术上也有缺陷，他自己在《和答诗十首序》中说到两点：一是理周辞繁，不简练；二是意切言激，不含蓄。其实是一个问题的两个方面，不含蓄是指内容而言，不简练是指语言而言。白诗这一缺点是与其优点联系在一起的，浅显平易是他的长处，但有些诗浅显过分，就是所谓太露、太尽、太详、太周。白居易没有充分估计读者的想象力，不肯给读者多留一些想象的余地。他有时絮絮叨叨地把他所看到、听到、想到的一切和盘托出，唯恐有一句话、一个词、一个字不明白。这样固然省了读者的思索，可是因为太现成、太易懂，一览无余，略无余蕴，反会使读者兴味索然。有的诗本来意思很浅显，也已表达清楚，读者只需略加思考便可得出结论，可是白居易还要不厌其烦地加以说明和议论。如《新丰折臂翁》就是这样，本来写到"万人冢上哭呦呦"，正好结束，杜甫的《兵车行》就是在"新鬼烦冤旧鬼哭，天阴雨湿声啾啾"上结束的。可是白居易为了"显志"，便添上冗长的一段议论，成了全诗的蛇足。

所以白诗往往明显地分成叙事和议论两部分,前半叙事,后半议论,前半是形象的、充满感情的语言,后半是枯燥的、板起面孔的说教。这种概念化、公式化的毛病削弱了他的诗歌的艺术力量。

  白诗艺术上这些缺陷是有其原因的,艺术性的问题不是一个纯技巧的问题,它与作家生活经验的广度,以及认识生活的深度有密切的关系。可以拿杜甫与白居易比较。杜甫接触人民较多,他熟悉人民的生活,也能深切体验人民的思想情绪,所以话从他口中说出来格外真切动人,让人感到每一句诗的分量都很重。白居易好像是以谏官的身份到社会上采访,他的素材多半是间接听到的一些事件。杜甫写《茅屋为秋风所破歌》是"饥寒而悯人饥寒者也",白居易的《新制布裘》则是"饱暖而悯人饥寒者也"(《碧溪诗话》卷九)。生活土壤的厚薄不同,诗的动人力量和真切程度也就不同了。

  白居易观察现实缺乏理想的高度,他的眼光常常只局限在具体的事情上,局限在某一件弊政上,他的希望只不过是改良这些弊端。这就使他的写实缺乏浪漫的光彩,缺乏更高、更开阔的境界。而白居易诗歌主张中片面、偏激的观点,也限制了他的艺术才能,使他不能更广泛地吸取前人的艺术经验,这也影响了他的艺术成就。

第六章　古文运动和韩柳散文

第一节　古文运动的兴起

唐朝以前，无所谓古文。古文这个概念的提出，始于韩愈。他把自己所写的那种继承三代两汉文体的散文称为古文。古文是和俗下文字，即六朝以来流行已久的骈文相对立的。在唐德宗贞元时期，由于韩愈的大力提倡，古文发生了广泛的影响。许多人向韩愈请教，一时韩门弟子甚多。李翱、皇甫湜等都追随韩愈写作古文，到了唐宪宗元和时期，又得到柳宗元的支持，古文的业绩更著，影响更大。从贞元到元和的二三十年间，古文逐渐压倒了骈文，占据了文坛的主要地位，这就是文学史上所谓古文运动。

在这里有必要把我国古典散文的发展追溯一下。我国散文早在先秦就有了极其光辉的成就。两汉散文一方面继承先秦传统，取得不小的进展；另一方面又受辞赋的影响，开始骈化。到魏晋时期，便初步形成了骈文。骈文讲究声律、对偶和句子的整齐（骈四俪六），是一种有格律的诗化的散文。骈文的出现，丰富了文学体裁，本来有其积极意义。但在南北朝时期，文坛掌握在贵族文人手中，形式主义盛行，这种注重形式美的骈文因投合贵族的趣味，遂向形式主义方面畸形发展，就连一些应用文字也用骈文来写，只有小说及历史、地理等学术著作，还采用散文的形式。如范晔《后汉书》、郦道元《水经注》、杨衒之《洛阳伽蓝记》。当然，南北朝骈文并不都是形式主义的，齐代孔稚圭的《北山移文》、梁代丘迟的《与陈伯之书》便是较好的骈文作品。不过就骈文总的趋势看来,是带有形式主义倾向的。

就在骈文泛滥的同时,复古运动已开始酝酿。在唐代随着中下层地主阶级势力的增长,反对骈文的呼声日益高涨。初唐陈子昂、盛唐萧颖士、中唐独孤及等人,初步奠定了古文运动的理论基础,进行了创作古文的尝试,为韩柳古文运动的开展准备了条件。但是由于骈文广泛地应用于社会生活的各个方面,具有顽固的习惯势力,古文的提倡者又忽视了文学的特点,未能批判地吸取骈文的艺术技巧;再加上文体改革没有与社会思想的斗争紧密地配合起来,所以在韩柳以前,古文一直没能代替骈文占据统治地位。

韩愈倡导的古文运动,是在前代古文家的基础上,从当时的社会现实出发,借助儒学复古运动的旗帜开展起来的。正如《旧唐书·韩愈传》所说:"大历、贞元之间,文字多尚古学,效扬雄、董仲舒之述作,而独孤及、梁肃最称渊奥,儒林推重。愈从其徒游,锐意钻仰,欲自振于一代。"这时除了严重的阶级矛盾以外,藩镇割据削弱了中央政权;佛道两教势力的发展,也危害着中央政权的经济利益。唐王朝陷入深重的危机之中。另一方面,贞元时期经济一度繁荣,获得一个相对稳定的局面,提供了重新巩固唐王朝的希望。以韩愈为代表的儒学复古思潮,就是要借儒家思想来维护封建的等级制度和唐王朝的统治。韩愈树立了从尧、舜、禹、汤、文、武到周公、孔子、孟子的"道统",与佛老对抗,企图恢复儒家的正统地位。他说:"使其道由愈而粗传,虽灭死万万无恨。"(《与孟尚书书》)这在广大中下层地主阶级中得到强烈的响应,儒学复古遂成为一种广泛的社会思想运动。

古文运动便是适应这样一种社会思潮的要求开展起来的。因为那种一味追求形式美的骈文不便于自由地表达儒家的思想,所以必须废弃。而汉以前的散文不但便于表达思想,而且它本来就是"载道"的,所以得到韩愈的肯定。他说:"愈之为古文,是独取其句读不类于今者耶?思古人而不得见,学古道则欲兼通其辞;通其辞者,本志乎古道者

也。"(《题(欧阳生)哀辞后》)

古文运动的基本内容可以归纳为两点:

第一,文道合一。道是目的,文是手段;道是内容,文是形式。文应当为道服务。韩愈说:"通其辞者,本志乎古道者也。"(同上)柳宗元也说:"文者以明道。"(《答韦中立论师道书》)韩愈所谓"道"是什么呢?是指以孔孟为正宗的儒家思想体系,是为维护封建的等级制度服务的。提倡古文运动是为了更有力地宣传儒家的正统思想,这对于后代曾发生了不好的影响。但在当时,韩愈强调儒学建立道统,从排佛和反对骈文这个角度去看,则是有一定积极作用的,柳宗元也尊儒道,但他属于政治革新派,持无神论和进步的社会历史观,与韩愈又有区别。

第二,革新文体,建立新的文学语言。革新文体就是反对骈文,在三代两汉文章的基础上,创立新的散文。关键是文学语言的问题。韩柳力求创立一种新的文学语言,其标准有两个:一是"惟古于词必己出"(《南阳樊绍述墓志铭》)。道虽是古人的,但传道是今人的事,所以必须创造新鲜的词语。二是"文从字顺各识职"(《南阳樊绍述墓志铭》)。就是要有自然的语法规范。总之就是要创立一种新的文学语言,并用它来建立自由流畅的新散文,以代替骈文。

古文运动推翻了骈文数百年的统治,革新了文学语言和文体,对文学的发展是有积极意义的。但韩愈强调创新,有时不免"怪怪奇奇"(《送穷文》),也开了另一种偏重形式的文风。

第二节 韩柳的散文

一 韩 愈

韩愈(768—824),字退之,河阳(今河南孟州市)人。三岁而孤,由嫂郑氏抚养成人。二十五岁中进士,二十九岁步入仕途。先后做过汴州观察推官、四门博士、监察御史等官。在监察御史任上,因关中旱饥,上疏请免徭役赋税,被认为指斥朝政,被贬为阳山令。元和十二年,从裴度平淮西吴元济有功,升为刑部侍郎。后二年,又因谏迎佛骨,触怒宪宗,贬为潮州刺史。穆宗即位后,奉召回京,任兵部侍郎。又转吏部侍郎。

  韩愈的散文内容比较丰富,形式也多种多样。他最擅长于论说文。他的论说文有严密的逻辑和紧凑的结构,曲折变化而又流畅明快。如《师说》,用很短的篇幅从正反两面论述了从师之道:

  古之学者必有师。师者,所以传道受业解惑也。人非生而知之者,孰能无惑?惑而不从师,其为惑也,终不解矣。生乎吾前,其闻道也,固先乎吾,吾从而师之;生乎吾后,其闻道也,亦先乎吾,吾从而师之;吾师道也,夫庸知其年之先后生于吾乎?是故无贵无贱,无长无少,道之所存,师之所存也。

  嗟乎!师道之不传也久矣!欲人之无惑也难矣!古之圣人,其出人也远矣,犹且从师而问焉;今之众人,其下圣人也亦远矣,而耻学于师。是故圣益圣,愚益愚,圣人之所以为圣,愚人之所以为愚,其皆出于此乎?爱其子,择师而教之;于其身也,则耻师焉,惑矣。彼童子之师,授之书而习其句读者,非吾所谓传其道解其惑者也。句读之不知,惑之不解,或师焉,或不焉,小学而大遗,吾未见其明也。巫医乐师百工之人,不耻相师。士大夫之族,曰师曰弟子云者,则群聚而笑之。问之,则曰:"彼与彼年相若也,道相似也,位卑则足羞,官盛则近谀。"呜乎!师道之不复,可知矣!巫医乐师百工之人,君子不齿,今其智乃反不能及,其可怪也欤!

  圣人无常师。孔子师郯子、苌弘、师襄、老聃。郯子之徒,其贤不及孔子。孔子曰:"三人行,则必有我师。"是故弟子不必不如师,师不必贤于弟子,闻道有先后,术业有专攻,如是而已。

  李氏子蟠年十七,好古文,六艺经传皆通习之。不拘于时,学于余。余嘉其能行古道,作《师说》以贻之。

其中"道之所存,师之所存""弟子不必不如师,师不必贤于弟子"的思想,在当时有进步意义,今天看来也有一定的道理。文中所谓"传道"之道,是指儒家的正统思想。文章虽然肯定巫医乐师百工之人"不耻相师",但对他们却是轻视的。杂文是接近论说文的一种体裁,韩愈用来感慨时事,进行讽刺,往往借题发挥,形式更为活泼。《杂说》四以千里马比喻贤才,寄寓了自己的不平。

  世有伯乐,然后有千里马。千里马常有,而伯乐不常有。故虽有名马,只辱于奴隶人之手,骈死于槽枥之间,不以千里称也。马之千里者,一食或尽粟一石,食马者不知其能千里而食也。是马也,虽有千里之能,食不饱,力不足,才美不外见,且欲与常马等不可得,安求其能千里也?策之不以其道,食之不能尽其材,鸣之而不能通其意,执策而临之曰:"天下无马!"呜呼!其真无马邪?其真不知马也!

三处折笔,使短短一篇文章波澜起伏,很有气势。《送李愿归盘谷序》借李愿的一番话尽情地揭露了官场的丑恶。文章描绘了三种不同的人物:大丈夫之遇于时者,大丈夫之不遇于时者,以及钻营拍马的小人,对比十分鲜明,笔锋十分犀利。

韩愈的记叙文,具有鲜明的人物形象,对事件的叙述有头有尾,相当完整。《张中丞传后叙》写张巡等人抵抗安史军队,坚守睢阳的事迹,绘声绘色。尤以南霁云向贺兰进明求援一段为佳,仅用一番话,两个动作(断指、射塔),便生动地刻画了他的形象:

  南霁云之乞救于贺兰也,贺兰嫉巡、远之声威功绩出己上,不肯出师救;爱霁云之勇且壮,不听其语。强留之,具食与乐,延霁云坐。霁云慷慨语曰:"云来时,睢阳之人不食月余日矣!云虽欲独食,义不忍!虽食,且不下咽!"因拔所佩刀断一指,血淋漓,以示贺兰,一座大惊,皆感激为云泣下。云知贺兰终无为云出师意,即驰去。将出城,抽矢射佛寺浮图,矢著其上砖半箭,曰:"吾归破贼,必灭贺兰,此矢所以志也!"愈贞元中过泗州,船上人犹指以相语。城陷,贼以刃胁巡降,巡不屈,即牵去,将斩之。又降云,云未应。巡呼云曰:"南八!男儿死耳,不可为不义屈!"云笑曰:"欲将以有为也。公有言,云敢不死!"即不屈。

此外,《柳子厚墓志铭》也是记叙文中的佳作。

在抒情散文中,《祭十二郎文》悼念亡侄,文笔曲折入微,是韩愈的名篇。

韩文的风格雄壮奔放、波澜曲折。他善于创造性地使用古代词语和吸收当代的口语,创造出许多新的语汇。如"业精于勤""动辄得咎""含英咀华""牢不可破""大声疾呼""落井下石""不平则鸣""摇尾乞怜"等等。但有的文章过于追求新奇或古奥,因而生涩难懂,这是其缺陷。韩愈反对骈文,同时也吸取了骈文的长处。他的文章运用排句、偶句很多,也有四六句,如《送李愿归盘谷序》,甚至有的押韵,散骈相间,使文章更富于变化。

二 柳宗元

柳宗元(773—819),字子厚,河东(今山西永济)人。二十一岁登进士第,三十一岁为监察御史里行。顺宗即位,王叔文执政,他参加了王叔文的集团,任礼部员外郎,积极从事政治革新,如罢宫市、免进奉等,做了不少有利于人民的大事。王叔文执政不到七个月,因为遭到宦官和旧官僚的反对而失败,柳宗元被贬为永州司马。十年后,改为柳州刺史。宪宗元和十四年,死于柳州,年四十七岁。

柳宗元的寓言小品,讽刺社会上种种腐败现象,一针见血,有相当高的艺术性。《三戒》借麋、驴、鼠三种动物,讽刺了统治阶级种种丑恶的面目。《黔之驴》:

黔无驴,有好事者船载以入。至则无可用,放之山下。虎见之,庞然大物也,以为神。蔽林间窥之,稍出近之,憖憖然莫相知。

他日,驴一鸣,虎大骇,远遁,以为且噬已也,甚恐。然往来视之,觉无异能者。益习其声,又近出前后,终不敢搏。稍近,益狎,荡倚冲冒,驴不胜怒,蹄之。虎因喜,计之曰:"技止此耳!"因跳踉大㘎,断其喉,尽其肉,乃去。噫!形之庞也类有德,声之宏也类有能。向不出其技,虎虽猛,疑畏,卒不敢取。今若是焉,悲夫!

《蝜蝂传》讽刺贪得无厌的人,也很尖锐。柳宗元在这类作品中成功地运用了比喻、夸张、幽默、人格化等手法,把先秦诸子散文中的寓言片断,发展为一种独立的文学样式。

柳宗元的杂文揭示社会矛盾,具有现实主义的精神。《捕蛇者说》,以赋税与毒蛇相比,通过蒋氏三代的经历,举出事实数字,有力地揭露封建剥削之残酷,文章末尾说:"孰知赋敛之毒有甚是蛇者乎!"立意是很深刻的。柳宗元在这篇文章里不仅举出事实说明主题,还深入揭示蒋氏内心的矛盾和痛苦:蒋氏宁可死于毒蛇,而不愿承担赋税。文章写他始而"貌若甚戚者",继而"大戚,汪然出涕",是极有表现力的。特别是讲到悍吏来时,"吾恂恂而起"、"弛然而卧"、"熙熙而乐",他表面上的安乐,更让人感到他处境之可悲。这是柳宗元杂文中最为成功的一篇。

中国散文渊源久远,但早期主要用以叙事、议论,先秦两汉还没有独立的山水游记。梁陶弘景《答谢中书书》、梁吴均《与宋元思书》可算较早的山水名篇。郦道元《水经注》用散文形式对祖国山水作了精致的描写。柳宗元继郦道元之后,使山水游记成为一种独立的体裁。柳宗元在永州所写的八篇游记,后人总称为"永州八记"①,是这方面的代表作。这些文章不仅用清新秀美的文笔描绘了自然山水的种种形态,各有各的特点;而且寄寓了自己政治上遭受迫害的激愤之情,从永州山

---

① "永州八记",具体指元和四年至九年间创作的《始得西山宴游记》《钴鉧潭记》《钴鉧潭西小丘记》、《至小丘西小石潭记》(通称《小石潭记》)、《袁家渴记》《石渠记》《石涧记》《小石城山记》。

水中或隐或现地可以看到作者自己的遭遇。譬如《钴鉧潭记》与《小石潭记》都是写潭,但各不相同。前者具体写水,写了溪水、潭水、泉水,把钴鉧潭的来龙去脉,水流的方位、形势、缓急,写得清清楚楚,宛如一幅图画历历可见。同时又反映了在"官租私券"下民不聊生的情形。《小石潭记》除"水尤清冽""闻水声如鸣佩环"以外,别无直接写水的文字。它着重写小石潭上下左右周围的环境,四周的竹树,潭底、潭岸的各种形状的石头,潭中的鱼,潭水的源。刻画细致而不琐碎,语言精练而富有变化,实在是柳宗元山水游记中最精彩的一篇。特别是写鱼的一段,实写鱼而虚写水,通过对游鱼和鱼影的描绘,衬托出潭水之清澈。后几句写鱼由静到动,运用拟人化的手法,把作者愉快的心情也写到鱼儿身上去了。最后一段写人的感觉,流露了柳宗元抑郁忧愤的心情:

> 从小丘西行百二十步,隔篁竹,闻水声,如鸣佩环,心乐之。伐竹取道,下见小潭,水尤清冽。全石以为底,近岸,卷石底以出,为坻、为屿、为嵁、为岩。青树翠蔓,蒙络摇缀,参差披拂。潭中鱼可百许头,皆若空游无所依。日光下澈,影布石上,佁然不动;俶尔远逝,往来翕忽,似与游者相乐。潭西南而望,斗折蛇行,明灭可见,其岸势犬牙差互,不可知其源。坐潭上,四面竹树环合,寂寥无人,凄神寒骨,悄怆幽邃。以其境过清,不可久居,乃记之而去。

第三节　唐代古文运动的衰落和晚唐讽刺小品

韩、柳从理论上和创作实践上,推翻了骈文的统治,取得古文运动的胜利。但是古文运动在唐代并没有取得良好的发展。韩、柳的继承者,以李翱、皇甫湜和孙樵为代表,片面地发展了韩愈提倡"创新"的主张,追求奇异怪僻,道路越走越窄。同时社会矛盾进一步发展,孔孟之道补救不了唐王朝的崩溃,士大夫消极颓废,追求享乐,于是形式华丽、内容空虚的骈文重新泛滥。已丧失生命力的古文,在骈文的冲击下,便日益衰落下去。唐代古文运动就这样流产了。直到北宋中叶在新的条件下,以欧阳修为首,再一次掀起古文运动,才确立了韩、柳古文的传统。

在古文运动的衰落中,晚唐讽刺小品却放出奇异的光彩。这是继承柳宗元寓言小品的传统,在晚唐阶级矛盾尖锐的情况下产生的。鲁迅说:"唐末诗风衰落,而小品放了光辉。但罗隐的《谗书》几乎全部是抗争和愤激之谈;皮日休和陆龟蒙自以为隐士,别人也称之为隐士,而看他们在《皮子文薮》和《笠泽丛书》中的小品文,并没有忘记天下,正是一榻胡涂的泥塘里的光彩和锋铓。"(《小品文的危机》)

罗隐《谗书》里的讽刺小品,都是他的"愤闷不平之言,不遇于当世而无所以泄其怒之所作"(方回《罗昭谏谗书跋》),罗隐自己也认为是"所以警当世而诫将来"的(《谗书重序》)。其《英雄之言》揭露刘邦、项羽等盗取国家,与强盗没有什么两样,是一篇十分犀利的文章。

皮日休的小品文收在咸通七年(866)自编的《皮子文薮》里,往往托古讽今,能一针见血。如《鹿门隐书》:"古之置吏也,将以逐盗;今之置吏也,将以为盗。""古之官人也,以天下为己累,故己忧之;今之官人也,以己为天下累,故人忧之。"《读司马法》:"古之取天下也,以民心;今之取天下也,以民命。"《原谤》说:"呜呼!尧舜大圣也,民且谤之;后之王天下者,有不为尧舜之行者,则民扼其吭,捽其首,辱而逐之,折而族之,不为甚矣。"反映了大起义前夕人民激烈的反抗情绪。

陆龟蒙的讽刺散文收在《笠泽丛书》里。《野庙碑》对贪暴的官吏作了辛辣的讽刺,说他们"平居无事,指为贤良,一旦有大夫之忧,当报国之日,则恇挠脆怯,颠踬窜踣,乞为囚虏之不暇"。其他如《祀灶解》《记稻鼠》,也都很出色。

第七章　中唐其他诗人和诗派

第一节　刘长卿和韦应物

刘长卿和韦应物是中唐前期诗人。他们对中唐的腐败现实有所不满,对人民也有一定程度的同情和关切,但他们的创作主要是继承王、孟,以山水田园诗著称。

刘长卿大约生于公元 725 年左右,卒于公元 786 年至 791 年之间,字文房,河间(今河北河间)人。天宝中登进士,曾两遭迁谪,后任随州刺史,也称刘随州,有《刘随州集》。《刘随州集》中反映现实的诗篇很少,只有《疲兵篇》《穆陵关北逢人归渔阳》等少数作品。他的诗以抒写贬官的哀伤和描绘山水景物为多,在山水中寄托着消极的人生态度,情调是萧瑟、寂寞而感伤的。如《送灵澈上人》:

　　苍苍竹林寺,杳杳钟声晚。荷笠带斜阳,青山独归远。

青山斜阳,是刘长卿诗中常见的典型环境,闲淡清冷,是笼罩在他诗中的普遍情调。再如《逢雪宿芙蓉山主人》:

　　日暮苍山远,天寒白屋贫。柴门闻犬吠,风雪夜归人。

此外如《馀干旅舍》:"摇落暮天迥,青枫霜叶稀。孤城向水闭,独鸟背人飞。"《寻南溪常山道人隐居》:"一路经行处,莓苔见履痕。"《秋杪江亭有作》:"寒渚一孤雁,夕阳千万山。扁舟如落叶,此去未知还。"《过贾谊宅》:"秋草独寻人去后,寒林空见日斜时。"《题郑山人所居》:"落花芳草无寻处,万壑千峰独闭门。"《碧涧别墅喜皇甫侍御相访》:"荒村带返照,落叶乱纷纷。"莫不是用夕阳、落叶、孤雁、寒林之类形象,构成一个闲淡清冷的意境,这意境体现了中唐一部分士大夫阶级逃避现实的消极思想。

刘长卿在当时以五言诗著称,尝自许为"五言长城"①,尤以五律著名。他的语言精练雅净,形象鲜明,毫不拖沓。高仲武《中兴间气集》评曰:"诗体虽不新奇,甚能炼饰。大抵十首已上,语意稍同,于落句尤甚,思锐才窄也。"②

韦应物(约737—约791),长安人。玄宗时曾任三卫郎,狂放不羁。晚年折节读书,应举中进士,历任滁州、江州、苏州刺史,颇有政绩。有《韦苏州集》。

韦应物也以五言见长,苏东坡说:"乐天长短三千首,却爱韦郎五字诗。"(《和孔周翰二绝·观静观堂效韦苏州诗》)白居易《与元九书》云:"如近岁韦苏州歌行,才丽之外,颇近兴讽。其五言诗,又高雅闲澹,自成一家之体,今之秉笔者,谁能及之?"可见白居易对他的评价也很高。韦应物有不少讽刺统治阶级,反映人民疾苦的好诗。《拟古诗十二首》《杂体五首》《采玉行》都有很强的现实性,《寄李儋、元锡》云:"身多疾病思田里,邑有流亡愧俸钱。"可以看出他为官的态度。《观田家》写农民辛苦的劳动和繁重的徭役,并因自己不耕而食感到惭愧。这类诗证明韦和刘完全不同,他是一个关心现实关心人民的诗人,这正是白居易称赞他的原因。

韦应物也有高雅闲淡的一面,他与刘长卿一样也以山水田园诗著

---

① 权德舆《秦徵君校书与刘随州唱和集序》:"悉索笥中,得数十编,皆文场之重名强敌,且见校以故敌、故随州刘君长卿赠答之卷,惜其长往,谓余宜叙。噫夫! 彼汉东守,尝自以为五言长城,而公绪用偏伍奇师,攻坚击众,虽老益壮,未尝顿锋。"《权德舆诗文集》"辑遗",上海古籍出版社,2008年10月,第812页。据此,"五言长城"系长卿自称。《唐才子传》卷二《刘长卿》所谓"权德舆称为'五言长城'",并不符合事实。参看《唐才子传校笺》卷二傅璇琮按语,第一册,第323页。

② 《中兴间气集》卷下,《唐人选唐诗新编》,第502页。按,"十首已上",此本原作"九首已上",今据按语所引其他版本改之。

称。这些诗寄托了他对现实的不满,也流露出希企隐逸的心情。从数量上看,这类山水诗占了他全部诗歌的大半。如《滁州西涧》:

  独怜幽草涧边生,上有黄鹂深树鸣。春潮带雨晚来急,野渡无人舟自横。

这首诗纯用白描的手法,抓住最有情趣的刹那,构成一个画面。再如《闲居寄诸弟》:

  秋草生庭白露时,故园诸弟益相思。尽日高斋无一事,芭蕉叶上独题诗。

《秋夜寄丘二十二员外》:

  怀君属秋夜,散步咏凉天。山空松子落,幽人应未眠。

都不是以辞藻的工巧取胜,而是敏感地发现生活中富有情趣的事物,简洁明白地说出来而成为好诗的。在这一点上,他很接近陶渊明。

《寄全椒山中道士》代表他艺术方面的成就,但这首诗消极出世的思想更浓厚些。

第二节　大历十才子和李益的边塞诗

  大历年间(766—779)经济一度繁荣,政治上呈现出一些升平的迹象,于是一批诗人刻意模仿盛唐之音,后人称他们为"大历十才子"。"大历十才子"的称号及人名,最早见于姚合的《极玄集》李端名下注,十才子是:卢纶、吉中孚、韩翃、钱起、司空曙、苗发、崔峒①、耿沣、夏侯审、李端。后来有人去韩、崔、夏侯,换入郎士元、李益、李嘉祐②,《沧浪

---

① 崔峒,原文作"崔洞",不从。
② [宋]江休复《江邻几杂志》:"卢纶、钱起、郎士元、司空曙、李端、李益、李嘉祐、耿沣、苗发、皇甫曾、吉中孚,共十一人。或无吉中孚,有夏侯审。"民国王均卿主编《笔记小说大观》,第八册,广陵古籍刻印社重刊民国元年(1912)上海进步书局石印本,1983年4月,第16页。

诗话》未列举姓名,却说有冷朝阳①。管世铭《读雪山房唐诗钞》有刘长卿、郎士元、皇甫冉、李嘉祐、李益,无吉中孚、苗发、崔峒、耿沣、夏侯审(《读雪山房唐诗钞》卷一八)。

"大历十才子"的诗对社会动乱和人民的苦难较少反映,他们依附权贵(如驸马郭暧),出入公侯之门,以诗歌互相酬唱或呈赠达官贵人。他们有一定的艺术修养,擅长律诗,追求声律和对仗的工整,崇尚齐梁的绮丽诗风,但缺乏艺术的创造力。

钱起(722—780),字仲文,吴兴人。他的时代比其他九人早。但其作品大多写于肃宗、代宗期间。他曾任尚书考功郎中,有《钱考功集》十卷。卷九收《江行无题》一百首,据考证是钱起的曾孙钱珝所作②,已经是唐末的作品了。钱起的诗比较著名的有《省试湘灵鼓瑟》:

> 善鼓云和瑟,常闻帝子灵。冯夷空自舞,楚客不堪听。苦调凄金石,清音入杳冥。苍梧来怨慕,白芷动芳馨。流水传潇浦,悲风过洞庭。曲终人不见,江上数峰青。

卢纶(748—约799),字允言,河中蒲人。他的诗以《和张仆射塞下曲》六首最著名。其二:

> 林暗草惊风,将军夜引弓。平明寻白羽,没在石棱中。

遒劲有力,是十才子中难得的佳作。其三尤其出色:

> 月黑雁飞高,单于夜遁逃。欲将轻骑逐,大雪满弓刀。

这首诗歌唱胜利,歌唱勇敢,一种英雄气概充溢于字里行间。诗人不仅善于捕捉形象,而且善于捕捉时机,把具有典型意义的形象放到最富有艺术效果的时刻去表现,部队准备出击的场面写得十分逼真而生动。

---

① 《沧浪诗话·诗评》云:"冷朝阳在大历才子中为最下。"郭绍虞认为:"按《唐书·文艺传》及江邻几《杂志》所举大历十才子之名,均无冷朝阳,沧浪所指,当是泛指一般才子。"《沧浪诗话校释》,人民文学出版社,1961年5月,第161—162页。

② 参《唐才子传校笺》卷四《钱起》下按语,第二册,中华书局,1989年3月,第44—45页。

耿沛(生卒年不详),宝应二年(763)进士。在十才子中,他的诗较多地反映了战乱之后社会的破败。如"废井莓苔厚,荒田路径微"(《宋中》),"藤草蔓古渠,牛羊下荒冢"(《晚次昭应》)。《路旁老人》写战乱之后人民流离失所的悲哀,表达了诗人的同情:

> 老人独坐倚官树,欲语潸然泪便垂。陌上归心无产业,城边战骨有亲知。余生尚在艰难日,长路多逢轻薄儿。绿水青山虽似旧,如今贫后复何为。

李益(748—827),字君虞,姑臧(今甘肃武威)人,大历四年进士。幽州节度使刘济辟为从事,过了十年戎马生涯。所写边塞诗广泛流传,乐工常常被诸管弦。唐宪宗召为秘书少监。有《李君虞集》。

李益的边塞诗无论在内容上、风格上都很接近王昌龄,而且他也是七绝的能手。他有一些诗表现将士的英雄主义精神,豪放遒劲,如《塞下曲》:

> 伏波唯愿裹尸还,定远何须生入关。莫遣只轮归海窟,仍留一箭定天山。

其诗大部分都是写战士思乡的痛苦,并常以月色、角声渲染气氛。如《从军北征》《听晓角》《夜上受降城闻笛》,或直接写征人,或从侧面借塞鸿表现征人,都很耐人寻味。

中唐时代国势的衰落在李益诗中打下了深深的烙印。歌唱胜利的声音渐渐喑哑了,大军出征的雄壮场面,我们也很难找见。《回军行》写一支部队的败退:

> 关城榆叶早疏黄,日暮沙云古战场。表请回军掩尘骨,莫教士卒哭龙荒。

《观回军三韵》是写将军阵亡,部队回撤:

> 行行上陇头,陇月暗悠悠。将军万里没,回旆陇戍秋。谁令呜咽水,重入故营流。

《上汝州郡楼》写边防空虚,中原陷入战乱,也像边疆州郡一样了:

> 黄昏鼓角似边州,三十年前上此楼。今日山川对垂泪,伤心不独为悲秋。

像这样的诗在王昌龄、高适、岑参集中难以找见。绝句之外,《过五原胡儿饮马泉》是用七古写边塞的好诗。

和王昌龄一样,李益写宫怨也很出色。如《宫怨》:

> 露湿晴花春殿香,月明歌吹在昭阳。似将海水添宫漏,共滴长门一夜长。

李益的七绝很受人推崇。《诗薮》曰:"七言绝,开元之下,便当以李益为第一,如《夜上西城》《从军北征》《受降》《春夜闻笛》诸篇,皆可与太白、龙标竞爽,非中唐所得有也。"

第三节　韩孟诗派

韩孟诗派是与新乐府运动同时崛起的一个影响较大的诗派。这个诗派的代表是韩愈、孟郊,此外还包括贾岛、卢仝、刘叉等人。

韩孟和白居易都不满意大历以来华贵平庸的诗风,而从不同方面有所突破。白居易等人的新乐府反映人民疾苦、暴露政治弊端,浅显平易;韩孟等人主要是通过抒写个人的不幸遭遇来揭示社会的弊病,深险怪僻。韩、孟诗歌的成就显然不如白居易,但也不失为优秀的诗人。

韩愈存诗三百余首,有些诗反映了社会政治的黑暗。如《汴州乱》二首写汴州军阀间互相杀戮的情况。《归彭城》写政治的腐败和诗人伤时忧国的心情:

> 天下兵又动,太平竟何时?讦谟者谁子?无乃失所宜。前年关中旱,闾井多死饥;去岁东郡水,生民为流尸。上天不虚应,祸福各有随。我欲进短策,无由至彤墀。刳肝以为纸,沥血以书

辞。……缄封在骨髓,耿耿空自奇。昨者到京城,屡陪高车驰。周行多俊异,议论无瑕疵。见待颇异礼,未能去毛皮。到口不敢吐,徐徐俟其蠟。

把政事的腐败与个人的失意结合在一起写,是一首比较深刻的政治抒情诗。再如《八月十五日夜赠张功曹》《龊龊》《左迁至蓝关示侄孙湘》也都是同样的写法。韩愈也有少数近似白氏讽谕诗的作品,如《华山女》《射训狐》《泷吏》《南山有高树行赠李宗闵》,这些诗对社会习俗和政治时事都有所讽刺。《华山女》选取典型的事件,运用形象的语言,塑造了一个鲜明的形象,嬉笑怒骂地讽刺了上上下下整个统治阶级的昏庸。不过总的看来,他的诗反映当时的社会问题,深度和广度都还不够。

韩愈还有不少描写自然山水的好诗。《山石》写往还山寺所见的幽雅、恬美的情景,概括了黄昏、夜半、天明三个时间的不同景色,引人入胜。《早春呈水部张十八员外》也写得清新隽永,诗意盎然:

天街小雨润如酥,草色遥看近却无。最是一年春好处,绝胜烟柳满皇都。

韩愈在艺术上有独创之处。他的风格多样,但主要特点是深险怪僻,好追求奇特的形象。正如《调张籍》中所说:"我愿生两翅,捕逐出八荒。精诚忽交通,百怪入我肠。"具体地说表现为以下三点:

第一,用奇字、造拗句、押险韵,避熟就生、因难见巧。如"虎熊麋猪逮猿猱,水龙鼍龟鱼与鼋。鸦鸱雕鹰雉鹄鸥,炜炰煨爞孰飞奔"(《陆浑山火》);"母从子走者为谁"(《汴州乱》);"乃一龙一猪"(《符读书城南》)。韩愈务去陈言,力求创新是好的,但有的诗刻意求工,斧凿痕迹很重,甚至佶屈聱牙,妨害了诗的音乐性和形象性,不能不说落入了另一种形式主义。

第二,善于捕捉和表现变态百出的形象,气势雄伟,想象丰富。如《雉带箭》从动态中把握雉、箭和将军的形象,大笔淋漓,一气呵成;《南山》连用五十多个新颖的比喻,把南山写得光怪陆离,表现出惊人的想象力。

第三,以文为诗。如"寿州属县有安丰,唐贞元时县人董生召南隐居行义于其中"(《嗟哉董生行》)。这种句法一扫浮艳之习,但往往破坏了诗的韵律,正如沈括所说:"韩退之诗,乃押韵之文耳。"①这对宋诗有很大影响。

孟郊(751—814),字东野,湖州武康(今浙江武康县)人。早年曾隐居嵩山,四十一岁才到长安应进士试,两次连遭落第,直到四十六岁才中进士,任溧阳县尉。孟郊抑郁寡欢不务公事,县令乃以假尉代东野,分其半俸,孟郊毅然辞官。五十六岁后定居洛阳,任河南水陆运从事、试协律郎。由于诗风与流俗不合,受到一些诽谤,处境孤苦,生活困窘。六十四岁时郑馀庆招他任兴元军参谋,在途中(河南阌乡)暴卒。有《孟东野集》,存诗四百多首。

孟郊最为韩愈所称道,也是韩愈文学主张的支持者,其现存诗绝大部分是乐府和古诗。他认为诗歌应该"下笔证兴亡,陈辞备风骨"(《读张碧集》)。他的诗用意深刻,造语奇警,然而古拙中见凝练,奇险中见平易,与贾岛皆以苦吟著名。孟郊一方面像韩愈那样尚奇险,另一方面又往往吸收乐府民歌的优点,能运用晓畅的词语写诗。

孟郊诗多描述他个人的贫病饥寒,《答友人赠炭》《秋夕贫居述怀》《秋怀十五首》是这方面的代表作。《借车》中有句"借车载家具,家具少于车",充分表明了他生活的窘状。前人说"郊寒岛瘦"(苏轼《寄柳子玉文》),对孟郊有菲薄之意。不过他的"寒",是冷酷现实在诗人心中的反映,这些诗实际上反映了封建社会广大下层知识分子的生活和苦闷。可贵的是,在极端穷困之中,孟郊坚持操守,不肯趋炎附势,他说:"野策藤竹轻,山蔬薇蕨新。潜歌归去来,事外风景真。"(《长安羁

---

① 语见[宋]魏泰《东轩笔录》卷一二:"沈括存中、吕惠卿吉甫、王存正仲、李常公择,治平中,同在馆下谈诗,存中曰:'韩退之诗,乃押韵之文耳,虽健美富赡,而终不近古。'"中华书局,1983年10月,第141页。

旅行》)"坐甘冰抱晚,永谢酒怀春。"(《自惜》)《唐才子传》也说他"郊拙于生事,一贫彻骨,裘褐悬结,未尝俯眉为可怜之色"。

孟郊还有一些直接描写人民疾苦、揭示社会矛盾的诗,如《长安早春》《织妇词》,鲜明地指出阶级的对立。《寒地百姓吟》的对比更为深刻,诗人的悲愤也更深沉:

无火炙地眠,半夜皆立号。冷箭何处来?棘针风骚劳。霜吹破四壁,苦痛不可逃。高堂捶钟饮,到晓闻烹炮。寒者愿为蛾,烧死彼华膏。华膏隔仙罗,虚绕千万遭。到头落地死,踏地为游遨。游遨者是谁?君子为郁陶。

孟郊还有一些诗对社会的黑暗面有所揭露,如:"有财有势即相识,无财无势成路人。"(《伤时》)"今人表似人,兽心安可测。虽笑未必笑,虽哭未必戚。面结口头交,肚里生荆棘。"(《择友》)

贾岛(779—843),字浪仙,河北范阳(今北京附近)人。青年时曾做过和尚,名无本,后还俗,曾任长江(今四川蓬溪县)主簿等职。有《长江集》。

贾岛的诗很受韩愈赏识,又与孟郊齐名,其实成就远不如孟郊。他以"苦吟"著称,专以炼字铸句求胜,其诗缺乏社会内容。他面对黑暗腐朽的社会,常取超然的态度,为自己创造了一个寂寞空虚的境界,并从佛家的寂灭中找到了精神寄托。他的诗以清奇僻苦为特色,闻一多《唐诗杂论》说:"他爱静、爱瘦、爱冷,也爱这些情调的象征——鹤、石、冰雪。黄昏与秋是传统诗人的时间与季候,但他爱深夜过于黄昏,爱冬过于秋。他甚至爱贫、病、丑和恐怖。"如"湿苔粘树瘿"(《寄魏少府》),"归吏封宵钥,行蛇入古桐"(《题长江》)。即使是比较好的诗,如《寻隐者不遇》也是一片荒凉之意:"松下问童子,言师采药去。只在此山中,云深不知处。"

贾岛长于五律,但他的诗往往缺乏完整的构思,而以片言只语取胜。司空图《与李生论诗书》曰:"贾浪仙时有警句,视其全篇,意思殊馁。"佳句如："秋风生渭水,落叶满长安。"(《忆江上吴处士》)"鸟宿池边树,僧敲月下门。"(《题李凝幽居》)都可见出他在语言上所下的功夫。他曾在"独行潭底影,数息树边身"下注了一首诗云:"二句三年得,一吟双泪流。知音如不赏,归卧故山秋。"可以看出他的吟诗是多么苦。他的一些小诗如《渡桑干》《剑客》较有情致。

贾岛清奇僻苦的诗风,对晚唐五代、宋末四灵(徐照、徐玑、翁舒、赵师秀)、明末的锺(惺)谭(元春)、清末的同光派有很大影响。晚唐诗人李洞"常持数珠念贾岛佛,一日千遍。人有喜岛者,洞必手录岛诗赠之,叮咛再四曰:'此无异佛经,归焚香拜之。'"(《唐才子传》卷九)可见每个朝代的末期诗人都有归向贾岛的趋势。

此外,卢仝、刘叉也是这个诗派中值得注意的诗人,卢仝自号玉川子,他的代表作是《月蚀诗》,但过于好奇逞怪。《走笔谢孟谏议寄新茶》倒是一首思想内容较好的诗。刘叉的《雪车》对统治者大胆斥责,是十分难得的好诗。

第四节　刘禹锡和柳宗元

刘禹锡(772—842),字梦得。贞元九年与柳宗元一同中进士,顺宗永贞元年与柳宗元一同参加了王叔文政治集团,在当政的几个月内实现了一些改革。王叔文被贬,刘禹锡也谪为朗州(今湖南常德)司马,后迁连州(今广东连州市)刺史、夔州刺史、和州刺史,晚年迁太子宾客分司东都。与白居易唱和甚多,世称"刘白"。七十一岁卒。有《刘宾客集》四十卷。

刘禹锡是进步的朴素唯物主义思想家,他的三篇《天论》,继柳宗元《天说》之后进一步阐发了无神论思想。

他有一些讽刺时政、发泄积愤的寓言诗。《聚蚊谣》讽刺世俗小人:"我躯七尺尔如芒,我孤尔众能我伤。……清商一来秋日晓,羞尔微形饲丹鸟。"《飞鸢操》笑骂权奸:"鹰隼仪形螻蚁心,虽能戾天何足贵。"

他还有许多著名的怀古诗,语言平易,感情深厚。如《金陵五题》其一《石头城》:

山围故国周遭在,潮打空城寂寞回。淮水东边旧时月,夜深还过女墙来。

其三《乌衣巷》:

朱雀桥边野草花,乌衣巷口夕阳斜。旧时王谢堂前燕,飞入寻常百姓家。

前一首以终古不变的青山、江潮、明月衬出六朝繁华俱归乌有,后一首不直言堂中主人之变换,却借燕子从旁点出,都是委婉凄切之作。无怪乎白居易读了《金陵五题》之后"掉头苦吟,叹赏良久"[①]。这类诗还有《西塞山怀古》,也是脍炙人口之作。

刘禹锡还有些感慨身世的诗,如《元和十年自朗州承召至京戏赠看花诸君子》:

紫陌红尘拂面来,无人不道看花回。玄都观里桃千树,尽是刘郎去后栽。

《再游玄都观》:

百亩庭中半是苔,桃花开尽菜花开。种桃道士归何处?前度刘郎今又来。

这两首诗对权贵含有嘲讽的意味。《酬乐天扬州初逢席上见赠》也是感叹身世之作:

巴山楚水凄凉地,二十三年弃置身。怀旧空吟闻笛赋,到乡翻似烂柯人。沉舟侧畔千帆过,病树前头万木春。今日听君歌一曲,

---

① [宋]计有功《唐诗纪事》卷三九《刘禹锡》引刘禹锡《金陵五题》自叙云:"乐天掉头苦吟,叹赏良久曰:《石头》诗云'潮打空城寂寞回',吾知后之诗人,不复措辞矣。"王仲镛校点《唐诗纪事校笺》,巴蜀书社,1989年8月,第1072页。

暂凭杯酒长精神。

　　唐敬宗宝历二年,刘禹锡从和州返洛阳,同时白居易从苏州返洛阳,两人在扬州相逢。盘桓半月,然后结伴北上。在扬州初逢时,白居易写了一首《醉赠刘二十八使君》送给刘禹锡。诗是这样写的:"为我引杯添酒饮,与君把箸击盘歌。诗称国手徒为尔,命压人头不奈何。举眼风光长寂寞,满朝官职独蹉跎。亦知合被才名折,二十三年折太多。"刘禹锡的这首诗就是酬答白居易的,既扣着白诗的原意,又不局限于白诗的原意,而是着重抒写这特定环境中自己的感情。世事的变迁、仕宦的升沉,在他看来似乎是自然的规律。他固然感到惆怅,却又相当达观。二十三年的贬谪生活,并没有使他消沉颓唐。正像他在另外的诗里所写的:"莫道桑榆晚,为霞尚满天。"(《酬乐天咏老见示》)他这棵病树仍然要重添精神,迎上春光。

　　白居易说:"彭城刘梦得,诗豪者也,其锋森然,少敢当者。"(《刘白唱和集解》)刘禹锡的诗歌确实有一种豪爽的乐观向上的风格。在歌咏秋天的两首诗里这种风格表现得十分突出。《秋词》其一:"自古逢秋悲寂寥,我言秋日胜春朝。晴空一鹤排云上,便引诗情到碧霄。"七律《始闻秋风》后四句:"马思边草拳毛动,雕盻青云睡眼开。天地肃清堪四望,为君扶病上高台。"

　　刘禹锡学习民间俚歌俗调写成的诗歌也有较高的成就。他长期生活在楚水巴山之间,对当地民歌有很深的爱好。他写的《竹枝词》具有健康开朗的情绪和浓厚的地方色彩。如"杨柳青青江水平,闻郎江上踏歌声。东边日出西边雨,道是无晴却有晴",用谐音双关语表现女子对情人既怀恋又怀疑的复杂心情。《杨柳枝词》九首也是模仿民歌之作,以"城外春风吹酒旗"最好。此外,还有仿俚歌的《插田歌》,反映了农村的阶级分化和对立。

　　柳宗元存诗一百四十余首,多数是抒发个人离乡去国的悲愤抑郁,如《登柳州城楼寄漳汀封连四州》:

> 城上高楼接大荒,海天愁思正茫茫。惊风乱飐芙蓉水,密雨斜侵薜荔墙。岭树重遮千里目,江流曲似九回肠。共来百越文身地,犹自音书滞一乡。

又如《与浩初上人同看山寄京华亲故》:

> 海畔尖山似剑铓,秋水处处割愁肠。若为化得身千亿,散上峰头望故乡。

《别舍弟宗一》:

> 零落残魂倍黯然,双垂别泪越江边。一身去国六千里,万死投荒十二年。桂岭瘴来云似墨,洞庭春尽水如天。欲知此后相思梦,长在荆门郢树烟。

柳宗元的《田家三首》真实地反映了农民的生活,表达了对农民的同情。其二:"蚕丝尽输税,机杼空倚壁。里胥夜经过,鸡黍事筵席。"其写景诗意境深隽明彻,如《柳州二月榕叶落尽偶题》:

> 宦情羁思正凄凄,春半如秋意转迷。山城过雨百花尽,榕叶满庭莺乱啼。

《酬曹侍御过象县见寄》:

> 破额山前碧玉流,骚人遥驻木兰舟。春风无限潇湘意,欲采蘋花不自由。

又如《江雪》:

> 千山鸟飞绝,万径人踪灭。孤舟蓑笠翁,独钓寒江雪。

《渔翁》:

> 渔翁夜傍西岩宿,晓汲清湘燃楚竹。烟销日出不见人,欸乃一声山水绿。回看天际下中流,岩上无心云相逐。

这些诗都能给人以美的享受。前人常以他与韦应物并称"韦柳"。又说他与陶潜风格近似,他的《饮酒》《咏三良》《咏荆轲》,是模仿陶诗之作。

第五节 李 贺

李贺是中唐浪漫诗风的代表诗人,又是从中唐到晚唐诗风转变的一个代表者。

李贺(790—816),字长吉,河南福昌(今河南宜阳县)昌谷人,是没落的宗室(郑王)后裔。父李晋肃做过边疆上的小官,死得很早,家庭相当困窘。李贺的诗歌很早就获得盛名。《唐摭言》载:"贺年七岁,以长短之制名动京华。"又说他以《高轩过》一诗得到韩愈、皇甫湜的赞赏。这件事虽经考证不可信,但李贺的诗歌才能早熟却是事实[①]。唐人张固《幽闲鼓吹》载:"李贺以歌诗谒韩吏部,吏部时为国子博士分司,送客归,极困。门人呈卷,解带旋读之。首篇《雁门太守行》曰:'黑云压城城欲摧,甲光向日金鳞开。'却援带,命邀之。"这是元和二年李贺十八岁时的事情。元和五年李贺到长安应试,不料因父名晋肃,人曰应避家讳,不得应举。韩愈为之作《讳辩》。《讳辩》曰:"愈与李贺书,劝贺举进士。贺举进士有名,与贺争名者毁之曰:'贺父名晋肃,贺不举进士为是,劝之举者为非。'"接着韩愈指出"避嫌名"的不合理,并质问道:"父名晋肃,子不得举进士;若父名仁,子不得为人乎?"韩愈的辩解虽然很有力,但并没有发生作用,李贺终于不得不放弃考试[②]。元和六年李贺得到一个奉礼郎的小官,三年后辞去。他的心情一直抑郁不平,二十七岁就去世了。存诗二百四十一首。

李贺的创作态度是很勤奋刻苦的。李商隐《李贺小传》云:"恒从小奚奴,骑距驴,背一古破锦囊,遇有所得,即书投囊中。及暮归,太夫

[①] 详参《唐才子传校笺》卷五《李贺》吴企明有关考证,第二册,第285—286页。
[②] 一说李贺属于应举不第,并非"不就试",详见《唐才子传校笺》卷五《李贺》吴企明有关考证,第二册,第287页。

人使婢受囊出之,见所书多,辄曰:'是儿要当呕出心始已尔。'上灯,与食。长吉从婢取书,研墨叠纸足成之,投他囊中。非大醉及吊丧日,率如此。"①

李贺诗歌的中心内容是诉说怀才不遇的悲愤。感士不遇,本是诗歌中普遍的主题。李贺结合自己的身世,使这类诗歌带上了他所独有的幽冷与凄婉的色彩,给人以深刻的印象。如《秋来》:

> 桐风惊心壮士苦,衰灯络纬啼寒素。谁看青简一编书,不遣花虫粉空蠹?思牵今夜肠应直,雨冷香魂吊书客。秋坟鬼唱鲍家诗,恨血千年土中碧。

秋风起,壮心惊。随着时间的流逝,自己的壮志也消磨殆尽,在这苦雨凄风之夜,只有古代怀才不遇的诗人的香魂前来慰吊。再如《致酒行》写旅居长安的潦倒生活和落魄心情:

> 零落栖迟一杯酒,主人奉觞客长寿。主父西游困不归,家人折断门前柳。吾闻马周昔作新丰客,天荒地老无人识。空将笺上两行书,直犯龙颜请恩泽。我有迷魂招不得,雄鸡一声天下白。少年心事当拏云,谁念幽寒坐呜呃!

《马诗》二十三首,通过马表现贤才的雄心壮志及其不遇的愤慨,如:"夜来霜压栈,骏骨折西风。""午时盐坂上,蹭蹬溘风尘。"这些诗虽不是忧国忧民,而是忧己身之不遇,但也反映了封建社会压抑人才的不合理现象。

李贺第二类诗是描写幻想中的神仙世界,表现他的苦闷和追求。如《梦天》写梦游月宫,俯视人间的情景,表现了不满现实社会而又无力改变它,转而厌弃现实、逃避现实的心情。又如《天上谣》:

---

① "距驉"二字,异文较多,此从《樊南文集》卷八,[清]冯浩详注,钱振伦、钱振常笺注,上海古籍出版社,1988年12月,第465页。关于"距驉",何其群《李贺骑驴乎》一文认为,文献所载李贺骑驴为误,其所骑"距驉",即"駏驉",指的是"如马而小"的连钱骢一类,并非是通常所谓的驴类。收入所著《李贺研究论集》,北岳文艺出版社,1989年6月,第43—47页。

> 天河夜转漂回星,银浦流云学水声。玉宫桂树花未落,仙妾采香垂珮缨。秦妃卷帘北窗晓,窗前植桐青凤小。王子吹笙鹅管长,呼龙耕烟种瑶草。粉霞红绶藕丝裙,青洲步拾兰苕春。东指羲和能走马,海尘新生石山下。

诗写神仙之乐,这种神仙世界是李贺心目中光明美好的象征,是对理想生活的艺术概括。正像人间的河流中漂着晶白的石子一样,天河中也漂着闪烁的星星。他还想象云彩是天河中的流水,也学着发出流水的声音。最有趣的是那些神仙也和人们一样过着劳动和爱情的生活,那里没有丑恶和死亡,有的只是美丽的青春。但这只不过是一首美丽的梦幻曲而已。从这首诗里我们可以看出,诗人在穷愁苦恨之际,是多么厌倦当时的社会,多么热忱而执着地憧憬和追求着另一个世界的幸福生活!

李贺第三类诗描写人民疾苦。《感讽》其一写春蚕未收县吏就一个接一个地来征税了,他们凶恶地进行讹诈:"越妇拜县官,桑牙今尚小。会待春日晏,丝车方掷掉。越妇通言语,小姑具黄粱。县官踏餐去,簿吏复登堂。"《老夫采玉歌》是这方面的代表作:

> 采玉采玉须水碧,琢作步摇徒好色。老夫饥寒龙为愁,蓝溪水气无清白。夜雨冈头食蓁子,杜鹃口血老夫泪。蓝溪之水厌生人,身死千年恨溪水。斜山柏风雨如啸,泉脚挂绳青袅袅。村寒白屋念娇婴,古台石蹬悬肠草。

这首诗的题材新颖,写采玉工人的艰苦劳动和痛苦心情,心理刻画同景物描写密切地融合在一起,十分感人。

第四类是写恋情、闺思、宫怨的诗。如果说以上三类以构思奇特、想象丰富见长,那么这类诗则以形象鲜明、意境美丽、格调清新、感情真挚为特点。如《江楼曲》写少妇等待夫婿归来,颇有生活气息。又如《蝴蝶飞》:

> 杨花扑帐春云热,龟甲屏风醉眼缬。东家蝴蝶西家飞,白骑少

年今日归。

姚文燮评曰:"春闺丽饰,以待良人。乃走马狭邪,如蝴蝶翩翩无定。今忽游罢归来,喜可知已。"(《昌谷集注》卷三)《三月过行宫》对幽禁于深宫的宫女表示同情:"渠水红繁拥御墙,风娇小叶学娥妆。垂帘几度青春老,堪锁千年白日长。"

第五类是那些揭露统治者残暴荒淫的诗篇。如《猛虎行》影射藩镇割据,《吕将军歌》讽刺宦官擅权,《苦昼短》讽刺皇帝迷信求仙。此外李贺的名篇还有很多,如《李凭箜篌引》《苏小小墓》《金铜仙人辞汉歌》《长歌续短歌》《将进酒》等。

李贺的诗受楚辞、古乐府、齐梁宫体、李白等多方面的影响。经过李贺自己熔铸,形成其独特的奇崛冷艳的诗风。王思任《昌谷诗解序》曰:"以其哀激之思,变为晦涩之调,喜用鬼字、泣字、死字、血字。"是抓住了李贺诗特点的。短命的李贺不可能对社会生活有非常深刻的体验,他的诗歌思想内容比较单薄,但他有惊人的想象力,能驱遣千奇百怪的形象,运用丰富鲜明的色彩来充分表现诗歌的内容,寄托他的思想。杜牧《李长吉歌诗序》曰:"鲸吸鳌掷,牛鬼蛇神,不足为其虚荒诞幻也。盖骚之苗裔,理虽不及,辞或过之。"方拱乾《昌谷集注序》曰:"所命止一绪,而百灵奔赴,直欲穷人以所不能言,并欲穷人以所不能解。"诚然,虚荒诞幻是李贺诗歌的主要特点。这表现在以下三个方面:

首先,李贺诗歌的意象带有很大的虚幻和想象的成分。在他的笔下,太阳会发出玻璃的声音,《秦王饮酒》:"羲和敲日玻璃声。"马骨会发出铜声,《马诗》:"向前敲瘦骨,犹自带铜声。"他喜欢写鬼蜮的世界,在那个世界里,白天和黑夜是颠倒的,光明和黑暗也是颠倒的。《感讽》其三:"月午树立影,一山唯白晓。漆炬迎新人,幽圹萤扰扰。"

其次,李贺诗歌的构思也是不拘常法,意象之间跳跃很大,常常超越时间和空间。正如吴正子评《昌谷诗》所说:"盖其触景遇物,随所得句,比次成章,妍虫杂陈,斓斑满目。所谓天吴紫凤颠倒在裋褐也。"如

《长歌续短歌》:

> 长歌破衣襟,短歌断白发。秦王不可见,旦夕成内热。渴饮壶中酒,饥拔陇头粟。凄凉四月阑,千里一时绿。夜峰何离离,明月落石底。徘徊沿石寻,照出高峰外。不得与之游,歌成鬓先改。

跌宕跳跃的构思恰好表现了诗人那不能平静的灵魂。

再次,李贺诗歌的语言极力避免平淡,追求峭奇。为了求奇,他便在事物的色彩和情态上着力:写绿,有"寒绿""颓绿""丝绿""凝绿""静绿";写红,有"笑红""冷红""愁红""老红";写鬼灯曰"漆",写鬼火曰"碧";风有"酸风",雨有"香雨",龙凤的玉脂会"泣",而天若有情天也会"老"。陆游曰:"贺词如百家锦衲,五色眩曜,光夺眼目,使人不敢熟视。"①如《雁门太守行》全用秾辞丽藻大红大绿去表现紧张悲壮的战斗场面,构思新奇形象饱满:

> 黑云压城城欲摧,甲光向日金鳞开。角声满天秋色里,塞上燕脂凝夜紫。半卷红旗临易水,霜重鼓寒声不起。报君黄金台上意,提携玉龙为君死!

李贺诗也有较严重的缺点。他富有感情而缺乏深刻的思想,强调印象而缺乏深厚的生活体验,忌平淡求离奇,必然走向神秘晦涩。有的过于阴森可怖,如"百年老鸮成木魅,笑声碧火巢中起"(《神弦曲》),"月午树立影,一山唯白晓。漆炬迎新人,幽圹萤扰扰"(《感讽》)。歌唱神秘和死亡,正是诗人对人生感到空虚、幻灭的表现。有的诗如《恼公》,辞意晦涩,有唯美主义倾向。

---

① [宋]范晞文《对床夜语》卷二:"或问放翁曰:'李贺乐府极今古之工,巨眼或未许之,何也?'翁云:'贺词如百家锦衲,五色炫耀,光夺眼目,使人不敢熟视,求其补于用,无有也。杜牧之谓稍加以理,奴仆命骚可也。岂亦惜其词胜!若《金铜仙人辞汉》一歌,亦杰作也。然以贺视温庭筠辈,则不侔矣。"《历代诗话续编》,中华书局,2001年8月,第422页。

第八章 晚唐诗坛

第一节 杜 牧

杜牧(803—853),字牧之,京兆万年(今西安)人,宰相杜佑之孙。二十六岁中进士后,在江西等使幕任幕僚,后又任黄州、池州等地刺史,官至中书舍人。五十岁卒。他的外甥裴延翰为他编辑《樊川文集》二十卷,诗文合为四百五十首。

杜牧具有经邦济世的抱负和忧国忧民的情怀,他的古诗多反映这方面的内容。《郡斋独酌》:"平生五色线,愿补舜衣裳。弦歌救燕赵,兰芷浴河湟。"《感怀》从高祖、太宗说到安史乱后藩镇割据的局面,最后表达了自己的壮志,忧愤之情溢于言表。七律《早雁》影射武宗会昌二年(842)回纥入侵之事,表现出他对边地人民的关怀。

杜牧的咏史诗讽刺帝王的荒淫,议论政治的得失,很有特色。《过华清宫三绝句》讽刺唐玄宗荒淫误国,是其代表作:

> 长安回望绣成堆,山顶千门次第开。一骑红尘妃子笑,无人知是荔枝来。

> 新丰绿树起黄埃,数骑渔阳探使回。霓裳一曲千峰上,舞破中原始下来。

> 万国笙歌醉太平,倚天楼殿月分明。云中乱拍禄山舞,风过重峦下笑声。

这些诗出语警拔,含意深远,委婉的讽刺很耐人寻味。他的一些咏史诗带有史论色彩,如《赤壁》:"东风不与周郎便,铜雀春深锁二乔。"《乌江亭》:"江东子弟多才俊,卷土重来未可知。"他的《泊秦淮》则寄寓了历史兴亡之感:

> 烟笼寒水月笼沙,夜泊秦淮近酒家。商女不知亡国恨,隔江犹唱后庭花。

陈后主耽于声色,终至亡国。《玉树后庭花》便被人们看作是亡国之音。诗人在字句之间对那班醉生梦死的统治者也含有讽刺。

杜牧的政治抱负既不得施展,便心怀不平,过着纵情声色、放达自任的生活,常常写一些感慨人生,或描写自己放浪的生活的诗歌。如《遣怀》:"落魄江湖载酒行,楚腰纤细掌中轻。十年一觉扬州梦,赢得青楼薄倖名。"旷达中带有感伤。

杜牧在七绝的写作上有独特成就,除咏史外,抒情、写景,无不爽朗俊逸,如《江南春》:

> 千里莺啼绿映红,水村山郭酒旗风。南朝四百八十寺,多少楼台烟雨中。

《山行》:

> 远上寒山石径斜,白云生处有人家。停车坐爱枫林晚,霜叶红于二月花。

这类诗都不以奇峭或辞采取胜,却自有一种风流俊爽之气蕴含其中,在晚唐独树一帜。《秋夕》是一首深沉蕴藉的七绝:

> 银烛秋光冷画屏,轻罗小扇扑流萤。天阶夜色凉如水,坐看牵牛织女星。

它写一个失意宫女的孤独生活和凄凉心情。前两句描绘出一幅深宫生活的图景:在一个秋天的晚上,白色的蜡烛发出微弱的光,给屏风上的图画添了几分暗淡而幽冷的色调,这时,一个孤单的宫女正用小扇扑打着飞来飞去的萤火虫。她的生活寂寞凄凉可想而知。她久久地眺望着牵牛织女星,想起自己不幸的身世,也产生了对于真挚爱情的向往。可以说,满怀心事都在这举首仰望之中了。诗中虽然没有一句抒情的话,但宫女那种哀怨与期望相交织的复杂感情见于言外,从一个侧面反映了封建时代妇女的悲惨命运。

《阿房宫赋》通过对秦始皇穷奢极欲的谴责,讽刺唐敬宗(李湛)大起宫室,并揭示了国以民为本的主题。《上知己文章启》曰:"宝历大起宫室,广声色,故作《阿房宫赋》。"这篇赋前半是瑰丽的景色描写,后半是史论,二者结合得很好。

第二节　李商隐

李商隐(约813—约858),字义山,号玉谿生,怀州河内(今河南沁阳)人,他出身于小官僚家庭,十八岁即得到令狐楚的赏识,二十六岁又靠了令狐楚之子令狐绹的力量中进士。次年入泾原节度使王茂元幕,任书记,并做了他的女婿。当时牛李党争剧烈,令狐绹属牛党,王茂元属李党,令狐绹遂诋毁李商隐"背恩"。后来令狐绹为相,李商隐曾屡次上书献诗请求汲引,终遭冷遇,只好到各地幕府中去当书记谋生。他本有"欲回天地入扁舟"(《安定城楼》)的抱负,却终身潦倒,得不到实现抱负的机会,因此心情始终是抑郁苦闷的。四十八岁卒。存诗约六百首。下面分三类来讲:

第一,政治诗。有直陈时事的,如大和九年的甘露之变,当时诗人很少反映,就连白居易也只是感叹王涯等人"白首同归",而庆幸自己"青山独往","麒麟作脯龙为醢,何似泥中曳尾龟",采取明哲保身的态度(见《白氏长庆集·后集》卷一三《九年十一月二十一日感事而作[其日独游香山寺]》)。当时的气氛是很恐怖的。但年轻的李商隐却写了《有感》和《重有感》,猛烈地抨击宦官专权以及他们的残暴行为。在《重有感》里,他希望上疏声讨宦官的昭义军节度使刘从谏,以实际的

军事行动,拯救国家的灾难:

> 玉帐牙旗得上游,安危须共主君忧。窦融表已来关右,陶侃军宜次石头。岂有蛟龙愁失水?更无鹰隼与高秋!昼号夜哭兼幽显,早晚星关雪涕收。

《行次西郊一百韵》以距离长安不远的鄠县附近的一个破落村庄为背景,描写了甘露之变二年以后(837),在兵祸旱灾严重摧残下民不聊生的情况,并追述了百余年来国家一系列重大的变化,从今昔对比中探求政治的出路,忧国忧民,颇似杜甫的《北征》。

他的政治诗多半以借古讽今的咏史诗出现,集中地批判了统治者的荒淫、愚昧、无能。《隋宫》借隋炀帝亡国的教训,为唐末帝王敲起警钟。其一曰:"春风举国裁宫锦,半作障泥半作帆。"诗人对这种劳民伤财的罪行是很反对的。《瑶池》借周穆王讽刺唐代皇帝求仙:

> 瑶池阿母绮窗开,黄竹歌声动地哀。八骏日行三万里,穆王何事不重来?

中晚唐的几个皇帝都妄想长生不老,宪宗、穆宗、文宗、武宗莫不服丹,穆宗因此致命,文宗为了用小儿心肝合药,闹得长安满城风雨,人心惶惶。这首诗就是讽刺这种现象的。

《随师东》借古事影射朝廷东伐李同捷的战争。《资治通鉴》文宗大和二年:"时河南、北诸军讨同捷久未成功,每有小胜,则虚张首虏以邀厚赏,朝廷竭力奉之,江淮为之耗弊。"《贾生》取材于汉代:

> 宣室求贤访逐臣,贾生才调更无论。可怜夜半虚前席,不问苍生问鬼神。

借贾谊之事慨叹贤才不为朝廷重用。都是借古讽今的好诗。

第二,爱情诗。他的《无题》诗有些是借美人香草寄托怀才不遇之慨,或求人汲引;还有许多是写缠绵悱恻的爱情和相思的痛苦,深情绵邈,隐晦曲折,典型地表现了士大夫阶级爱情的特点和弱点。他强烈地渴望自由的爱情,充满了迷惘的幻想:"蓬山此去无多路,青鸟殷勤为探看。""身无彩凤双飞翼,心有灵犀一点通。"《东南》借助古诗的意境,将渴望与爱人见面的心情写得很美:"东南一望日中乌,欲逐羲和去得无?且向秦楼棠树下,每朝先觅照罗敷。"他渴望变成阳光,每天清晨先去照他的爱人。诗人的爱情有时表现得真挚、虔诚,如"春蚕到死丝方尽,蜡炬成灰泪始干"。但他常常是处在失恋和相思的苦痛之中,陷入缠绵悱恻、感伤凄凉的绝望里,如"刘郎已恨蓬山远,更隔蓬山一万重","春心莫共花争发,一寸相思一寸灰"。

李商隐对妻子的爱情也很深挚。他结婚不到十二年,妻子便死了。就在那十二年中,由于诗人到处漂泊,也不能和妻子常常团聚。《夜雨寄北》就是怀念妻子的一首诗:

> 君问归期未有期,巴山夜雨涨秋池。何当共剪西窗烛?却话巴山夜雨时。

第三,寄寓身世之感的抒情诗。这类诗写得深沉蕴藉,在他的诗集中占了相当大的比重。如《初食笋呈座中》:

> 嫩箨香苞初出林,於陵论价重如金。皇都陆海应无数,忍剪凌云一寸心。

这是李商隐二十二岁在兖州所写的,当时他正在兖海观察使崔戎幕中掌章奏。这首诗以初出林的嫩笋为象征,表现了一个具有凌云壮志的青年,对于不公正的社会的愤慨,以及对于自己前途的忧虑。《回中牡丹为雨所败二首》也是寄慨之作,其二:

> 浪笑榴花不及春,先期零落更愁人。玉盘迸泪伤心数,锦瑟惊弦破梦频。万里重阴非旧圃,一年生意属流尘。前溪舞罢君回顾,并觉今朝粉态新。

这首诗以为雨所败的牡丹象征自己,咏物和抒情融合在一起,曲折而细腻地表现了自己不幸的遭遇。《锦瑟》是这方面的代表作:

> 锦瑟无端五十弦,一弦一柱思华年。庄生晓梦迷蝴蝶,望帝春心托杜鹃。沧海月明珠有泪,蓝田日暖玉生烟。此情可待成追忆,只是当时已惘然。

这首诗是诗人晚年写的,内容是哀悼自己理想的破灭。开头两句"锦瑟无端五十弦,一弦一柱思华年"是诗人看到锦瑟时产生的一种联想,他想起过去的年复一年。他本来是不愿意想这些的,但看到锦柱不由得不想,所以一开头就责怪锦瑟说:你无缘无故地,偏偏是五十弦,让我不得不想起自己已经逝去的年华。第三句用庄子梦蝶的典故,意思是说自己年轻时曾有过美好的愿望和理想。第四句用蜀帝杜宇魂魄化为杜鹃的典故,意思是说美好的希望只好寄托在杜鹃的啼声之中,化为一片悲哀了。第五句用沧海珠泪象征自己的怀才不遇,第六句用良玉生烟象征自己的美好理想已化为云烟。诗的最后说:"此情可待成追忆,只是当时已惘然。"这种感情并非追忆往事时才有,就是在当年已经不胜惘然了。

此外如《登乐游原》:

> 向晚意不适,驱车登古原。夕阳无限好,只是近黄昏。

《夕阳楼》:

> 花明柳暗绕天愁,上尽重城更上楼。欲问孤鸿向何处,不知身世自悠悠。

这些诗融合了自身的潦倒遭遇和时代的没落感,形成凄凉感伤的情调。

李商隐在艺术上有杰出的成就。首先他善于运用神话传说和历史典故,通过想象、联想和象征,构成丰富多彩的艺术形象。这一点是深受李贺影响的,所不同的是李贺偏重于印象,李商隐偏重于象征。其次,他的诗对于情景都有细致入微的刻画,贺裳《载酒园诗话》云:"义山之诗,妙于纤细。"其实他不仅纤细,还能于纤细中见深厚,精巧中见浑成。这一点又是接近杜甫的。叶梦得说:"唐人学老杜,惟商隐一人而已,虽未尽造其妙,然精密华丽,亦自得其仿佛。"①如《安定城楼》《夜雨寄北》《行次西郊一百韵》,都有杜诗风格。复次,他善于活用典故。这些典故丰富了诗的形象,也深化了诗的主题。但因其喜用生僻典故,以致有些诗歌晦涩难懂。杨文公《谈苑》曰:"商隐为文,多简阅书册,左右鳞次,号獭祭鱼。"宋初"西昆体",就是直接模仿李商隐而走上形式主义的。

第三节　温庭筠和韦庄

温庭筠(812?—866?),字飞卿,本名岐,太原祁(今山西祁县)人。祖父做过宰相。《旧唐书》本传曰:"士行尘杂,不修边幅,能逐弦吹之音,为侧艳之词。"又说他和公卿无赖子弟"相与蒲饮,酣醉终日",可见其生活之放荡颓废。因为世人不齿,温庭筠终身未中进士。晚年任方城尉和国子监助教。

温庭筠与李商隐齐名,称"温李"②,但成就远不如李。他的诗缺乏社会政治内容,主要是写贵族妇女和王公权贵的游宴享乐,如《夜宴谣》《张静婉采莲曲》《咏㘓》。这些诗色彩浓艳,辞藻华丽,近似南朝宫体,是晚唐唯美主义诗风的代表。

他有一些吊古感怀的作品,如《过五丈原》惋惜诸葛亮出师未捷而身先死,未能挽救蜀国的命运:

　　铁马云雕共绝尘,柳营高压汉宫春。天清杀气屯关右,夜半妖星照渭滨。下国卧龙空寤主,中原得鹿不由人。象床宝帐无言语,从此谯周是老臣。

---

① 《文献通考》卷二三三《经籍考六十·集(别集)》引"石林叶氏"语,第1857页。按,石林叶氏,即叶梦得。叶梦得诸诗文评,吴文治主编《宋诗话全编》载录的《叶梦得诗话》,包括《石林诗话》三卷,以及据他书载叶氏语所作的《辑录》,均未收入《文献通考》所引,可据补。江苏古籍出版社,1998年12月,第2685—2728页。

② 李商隐、温庭筠、段成式三人皆排行十六,又称"三十六体"。

《过陈琳墓》在凭吊陈琳的同时,也自伤身世:

> 曾于青史见遗文,今日飘蓬过此坟。词客有灵应识我,霸才无主始怜君。石麟埋没藏春草,铜雀荒凉对暮云。莫怪临风倍惆怅,欲将书剑学从军。

他的边塞诗颇有风力,但也带有晚唐的艳丽作风,如《塞寒行》:

> 燕弓弦劲霜封瓦,朴簌寒雕睇平野。一点黄尘起雁喧,白龙堆下千蹄马。河源怒浊风如刀,翦断朔云天更高。晚出榆关逐征北,惊沙飞迸冲貂袍。心许凌烟名不灭,年年锦字伤离别。彩毫一画竟何荣,空使青楼泣成血。

他还有一些描写自然景物,表现旅况羁愁的诗,《商山早行》是其名作:

> 晨起动征铎,客行悲故乡。鸡声茅店月,人迹板桥霜。槲叶落山路,枳花明驿墙。因思杜陵梦,凫雁满回塘。

他的绝句写得秀丽而富有情韵,如《瑶瑟怨》:

> 冰簟银床梦不成,碧天如水夜云轻。雁声远过潇湘去,十二楼中月自明。

韦庄(约836—910),字端己,长安杜陵人,宰相韦见素之后。早年丧父,家庭贫寒,曾在江南一带漂泊,乾宁元年(894)才中进士,后入蜀为王建掌书记。唐亡,王建建立前蜀,他任宰相。有《浣花集》十卷,补遗一卷。诗共三百一十九首。

僖宗广明元年(880)韦庄目睹了黄巢军入长安的情况,中和三年(883)在洛阳写了一千余字的叙事诗《秦妇吟》。此诗《浣花集》《全唐诗》均无著录。1899年后始从敦煌石窟写本中发现,原写本数种藏英伦博物馆及巴黎国立图书馆。这首诗借一个长安妇女之口叙述了黄巢起义军攻陷长安以后的情形,所叙时间自广明元年至中和三年,凡四年之久。虽然客观上反映了官军腐败残暴的情况,但韦庄站在地主阶级立场上对黄巢起义军作了否定性的描写。诗的艺术性较高,在事件叙述和场面描写上表现了突出才能。当时曾广泛流传,据孙光宪《北梦琐言》知此诗为公卿垂讶,"庄乃讳之"。时人号为"秦妇吟秀才"。他日撰家戒,不许垂《秦妇吟》障子,以此止谤。

他的抒情写景小诗清丽深婉,如《古离别》:

> 晴烟漠漠柳毵毵,不那离情酒半酣。更把玉鞭云外指,断肠春色在江南。

又如《台城》:

> 江雨霏霏江草齐,六朝如梦鸟空啼。无情最是台城柳,依旧烟笼十里堤。

第四节　皮日休、聂夷中、杜荀鹤等写实诗人

唐末有一批诗人,直接继承新乐府运动的传统,形成一个写实流派。主要诗人有皮日休、聂夷中和杜荀鹤,此外还有陆龟蒙、罗隐等。

皮日休(834?—883?),字逸少,后改袭美,襄阳人,少居鹿门山,家世务农。《皮子世录》曰:"自有唐已来,或农竟陵,或隐鹿门,皆不拘冠冕,以至皮子。"中年漫游许多地方,途中自编了《皮子文薮》。懿宗咸通八年(867)中进士,曾任著作郎等职。不久黄巢起义,皮日休参加了起义军,僖宗广明元年黄巢入长安称帝,皮为翰林学士。巢兵败后亡。

皮日休有诗三百余首,《正乐府十篇》序曰:"乐府,盖古圣王采天下之诗,欲以知国之利病,民之休戚者也……诗之美也,闻之足以观乎功;诗之刺也,闻之足以戒乎政。"其中以《橡媪叹》最好:

> 秋深橡子熟,散落榛芜岗。伛伛黄发媪,拾之践晨霜。移时始盈掬,尽日方满筐。几曝复几蒸,用作三冬粮。山前有熟稻,紫穗

袭人香。细获又精舂,粒粒如玉珰。持之纳于官,私室无仓厢。如何一石余,只作五斗量!狡吏不畏刑,贪官不避赃。农时作私债,农毕归官仓。自冬及于春,橡实诳饥肠。吾闻田成子,诈仁犹自王。吁嗟逢橡媪,不觉泪霑裳。

此外,《卒妻怨》《哀陇民》也是优秀的现实主义作品。

聂夷中(837—?),字坦之,河东(山西永济)人。他出身贫寒,三十六岁中进士后,任县尉等官。他存诗仅三十七首,"多伤俗闵时之举"(《唐才子传》卷九)。《田家》《咏田家》都是思想深刻、语言警拔的作品。《咏田家》：

二月卖新丝,五月粜新谷。医得眼前疮,剜却心头肉。我愿君王心,化作光明烛。不照绮罗筵,只照逃亡屋。

《公子行二首》揭露贵族"走马踏杀人,街吏不敢诘","一行书不读,身封万户侯",也是深刻的作品。

杜荀鹤(846—907),字彦之,自号九华山人,池州石埭(今安徽石埭)人。他出身寒微,说自己是"江湖苦吟士,天地最穷人"(《郊居即事投李给事》)。四十六岁才中进士,"洎(朱温)受禅,拜翰林学士,五日而卒"(《北梦琐言》卷六)。有《唐风集》,存诗三百四十九首,多为七律。

他的诗全面地反映了黄巢起义后的社会面貌、人民的灾难和痛苦。《山中寡妇》写徭役赋税之繁重：

夫因兵死守蓬茅,麻苎衣衫鬓发焦。桑柘废来犹纳税,田园荒后尚征苗。时挑野菜和根煮,旋斫生柴带叶烧。任是深山更深处,也应无计避征徭。

《题所居村舍》斥责官吏杀民邀功："如此数州谁会得,杀民将尽更邀勋。"《再经胡城县》尤为犀利："去岁曾经此县城,县民无口不冤声。今来县宰加朱绂,便是生灵血染成。"《旅泊遇郡中叛乱示同志》写军阀

"遍搜宝货无藏处,乱杀平人不怕天"。《乱后逢村叟》说:"因供寨木无桑柘,为点乡兵绝子孙。还似平宁征赋税,未尝州县略安存。"这些诗写农村之凋敝,虽不用新乐府的形式,而是以律诗写时事,且多用口语,也显示出新乐府运动的影响。

陆龟蒙,字鲁望,自号天随子、江湖散人、甫里先生,吴郡(今江苏苏州)人,有《甫里先生集》《笠泽丛书》。他的诗讽刺政治弊端,力量很强,如《新沙》:

> 渤澥声中涨小堤,官家知后海鸥知。蓬莱有路教人到,亦应年年税紫芝。

《筑城词》讽刺将军们不顾人民死活,靠筑城邀功:

> 莫叹将军逼,将军要却敌。城高功亦高,尔命何足惜!

第九章　唐代传奇和敦煌变文

第一节　唐代传奇

一　唐传奇的兴起

在唐代,中国古典小说得到长足的发展。除沿袭魏晋南北朝小说,出现了《酉阳杂俎》《云溪友议》等作品外,还出现了传奇这种新的小说体裁。传奇代表着唐代小说新的水平。"传奇"这一名称的来源,可能是由于晚唐时裴铏写了一部小说集叫《传奇》,后来就以这个书名作为这一类小说的统称。宋陈师道《后山诗话》说:"范文正公为《岳阳楼记》,用对语说时景,世以为奇。尹师鲁读之,曰:'传奇体耳!'"这说明在北宋初年,"传奇"已经成为一种文体的名称。元代陶宗仪《南村辍耕录》说:"唐有传奇,宋有戏曲、唱诨、词说,金有院本杂剧……"将传奇与院本、杂剧等并列,它作为一种文学体裁的意义就更明确了。明胡应麟《少室山房笔丛》将小说分为六类,第二类叫传奇:"《飞燕》《太真》《崔莺》《霍玉》之类是也。"[①]正式地将传奇作为一种小说的体裁。

唐传奇是在六朝志怪小说的基础上发展起来的,但它与志怪小说

[①] 《少室山房笔丛》卷二九《丙部·九流绪论下》,中华书局上海编辑所,1958年10月,第374页。按,胡应麟所分六类为:志怪(《搜神》《述异》《宣室》《酉阳》之类),传奇,杂录(《世说》《语林》《琐言》《因话》之类),丛谈(《容斋》《梦溪》《东谷》《道山》之类),辨订(《鼠璞》《鸡肋》《资暇》《辨疑》之类),箴规(《家训》《世范》《劝善》《省心》之类)。

相比,已有根本性的变化。这表现在两个方面:第一,志怪小说的内容主要是鬼神怪异之事;唐传奇虽然也是传写奇闻,但大多取材于现实生活。正如鲁迅所说:"传奇者流,源盖出于志怪,……而大归则究在文采与意想,与昔之传鬼神明因果而外无他意者,甚异其趣矣。"(《中国小说史略》)第二,六朝人志怪是把怪异当成事实来记载,并不是有意识地创作小说。唐人写传奇,才开始有意识地从事小说创作。胡应麟说:"凡变异之谈,盛于六朝,然多是传录舛讹,未必尽设幻语;至唐人乃作意好奇,假小说以寄笔端。"(《少室山房笔丛》卷三六)鲁迅说得更透彻:"小说亦如诗,至唐代而一变,虽尚不离于搜奇记逸,然叙述宛转,文辞华艳,与六朝之粗陈梗概者较,演进之迹甚明,而尤显者乃在是时则始有意为小说。"(《中国小说史略》)从以上两个方面可以看出,唐传奇的出现是中国小说史上的一次大飞跃,它标志着中国小说进入了成熟的阶段。

唐传奇的兴起是有深刻的社会原因的。隋末农民大起义沉重地打击了世族大地主阶级,唐代实行均田制的结果,又壮大了中下层庶族地主阶级的势力。唐王朝以科举考试选取官吏,为中下层地主阶级知识分子提供了较多的仕进的机会,使这些人成为政治舞台上一支活跃的力量。唐代著名的作家、诗人,大多出身于这个阶层,他们对社会现实和人民生活比较熟悉,在文学创作上更富有创新的精神,是同六朝以来世族大地主阶级的形式主义文学相对抗的进步力量。唐传奇之所以能突破六朝志怪的藩篱,反映广阔的社会生活,表现一定的进步思想,与这批人的努力是分不开的。

唐代是我国封建经济迅速发展的时期,农业、手工业、商业和国际贸易,都达到空前的繁荣。同时,城市经济也迅速发展起来,长安、洛阳、扬州、成都,都成了人口密集的大城市。这些通都大邑聚集着官僚、地主、文人、士子、豪侠、商贾、手工业者,以及僧道、歌妓等各个阶层和各行各业的人物,形成错综复杂的社会关系,流传着形形色色的奇闻趣事,这就为小说创作提供了丰富的素材。而六朝那种篇幅短小、粗陈梗概的小说显然不能适应表现新题材的要求,于是一种篇幅较长、情节较曲折,而又注意刻画人物的传奇小说便得以发展起来了。

唐代科举考试有"行卷""温卷"的风气,应试的文人为了获得考官的赏识,往往在考前送上自己的文章,第一次送上叫"行卷",以后再送叫"温卷"。"行卷"和"温卷"的文章中就包括传奇小说,宋赵彦卫《云麓漫钞》说:"唐之举人,先藉当时显人,以姓名达之主司,然后以所业投献。逾数日又投,谓之温卷,如《幽怪录》《传奇》等皆是也。盖此等文备众体,可以见史才、诗笔、议论。"当然,这并不是传奇发展的主要原因;只是在传奇已经为人们广泛地接受和欣赏的情况下,才可能用它来"行卷"和"温卷"。但这种风气的盛行,也会反过来刺激传奇小说的写作。

唐代是文学艺术普遍繁荣的时期,唐传奇的发展与其他文体的繁荣也是分不开的。唐代诗歌和散文的高度成就,对传奇的创作必然有促进的作用。它们的写实、积极浪漫精神,以及丰富多彩的表现方法,对传奇小说的写作都提供了良好的借鉴。此外,唐代新兴的"市人小说"①,以及变文等民间讲唱文学,对传奇的发展也产生了一定的影响。"市人小说"等是适应市民阶层的要求而兴起的新的文艺形式,在当时十分流行。文人自然会吸取它们的题材、思想和表现艺术,来丰富自己的创作。《柳氏传》《周秦行纪》等传奇作品,散文与韵文夹杂,类似变文的体裁。《虬髯客传》《长恨歌传》吸取了民间传说的成分。

二 唐传奇的分期

唐传奇的发展大致可分为三个阶段:

一、初唐时期。这是传奇小说发展的初期,作品数量很少,仅存《古镜记》《补江总白猿传》《游仙窟》三篇。这时期的传奇,艺术上虽

---

① [唐]段成式《酉阳杂俎·续集》卷四《贬误》载云:"予太[大]和末,因弟生日观杂戏。有市人小说呼'扁鹊'作'褊鹊'……市人言二十年前尝于上都斋会设此。"可知当时城市中出现了"市人小说"这种新的文艺形式。中华书局,1981年12月,第240页。

注意到描摹形象和整体结构,但总的说来还不够成熟,是由六朝志怪到成熟的唐传奇之间的一个过渡阶段。隋末唐初人王度所作的《古镜记》,是现存唐传奇中最早的一篇,小说围绕古镜灵异这条线索,按时间顺序将十二段可以独立的故事贯穿为一个整体。无名氏所作的《补江总白猿传》稍后于《古镜记》,开始具有小说的情节结构,描写也更生动。内容是写梁将欧阳纥之妻被白猿掠去,经过一个多月,纥杀死白猿救回妻子。后生一子,状貌类猿,长大后,"文学善书,知名于时"。有人认为是诋毁欧阳询的[①]。《游仙窟》的作者张鷟,字文成,武后时文苑名士。作品以第一人称叙述奉使河源,在积石山神仙窟中遇十娘、五嫂,宴饮欢笑,以诗相调谑,止宿而去,实际反映了封建文人戏酒狎妓的生活。作品散韵相间,文体浮艳。

二、盛唐至中唐时期。这是传奇小说的鼎盛时期,出现了许多著名的作家和作品。作品的题材多取自现实生活,或直接取材,或假神怪故事借古讽今,涌现了《离魂记》《枕中记》《南柯太守传》《柳毅传》《李娃传》《霍小玉传》《莺莺传》《长恨歌传》等大批脍炙人口的佳篇,不论思想意义或艺术技巧都达到了相当的高度。

三、晚唐时期。这是传奇小说逐渐走向衰微的时期,尽管作品的数量有增无减,但思想内容和艺术技巧都远逊于前一个时期。由于中唐以后游侠之风及神仙方术盛行,搜奇猎异、言神志怪的风气重又兴起,影响到小说创作与现实生活逐渐脱离。这个时期只有反映豪士侠客生活的作品较有特色,袁郊《红线传》、裴铏《聂隐娘》、杜光庭《虬髯客传》等篇颇有影响。这个时期的另一特点是出现了大批传奇专集,现存的有袁郊《甘泽谣》、裴铏《传奇》、皇甫枚《三水小牍》等。

三 唐传奇代表作品

现存唐传奇大部分收录在《太平广记》内,另外《文苑英华》《太平

[①] 详参侯忠义《隋唐五代小说史》第二章"唐初期传奇小说",浙江古籍出版社,1997年6月,第39—40页。

御览》《全唐文》等总集、类书里也保存了一些。而鲁迅所辑录的《唐宋传奇集》，廓清了明清书商"妄制篇目，改题撰人"的流弊（《唐宋传奇集·序例》），是一个较好的辑本。

唐传奇的代表作，首先要提到的是《李娃传》。《李娃传》的作者白行简，字知退，是诗人白居易的弟弟。贞元末登进士第，元和十五年授左拾遗，累迁司门员外郎，主客郎中。宝历二年冬病卒。有集十二卷，今已不存。《李娃传》见于《太平广记》卷四八四《杂传记一》（原题或作《汧国夫人传》）。

据传末所云，白行简的伯祖为官与传中男主人公荥阳生是前后任，所以详知他的身世。白行简向李公佐（《南柯太守传》的作者）讲述了荥阳生和李娃的故事，并在李公佐的鼓励下写了这篇《李娃传》。另据元稹《酬翰林白学士代书一百韵》"光阴听话移"句下注："又尝于新昌宅，说一枝花话，自寅至巳，犹未毕词也。"可知白居易也曾向元稹讲过一枝花（即李娃）的故事。这个故事是白家所熟悉并深感兴趣的，它有一定的事实根据，白行简在原来故事的基础上进行文学加工，写成这篇著名的传奇。

小说写荥阳公子某生，赴京考试，遇名妓李娃，甚爱之，遂居其家。岁余，资财荡尽，娃与母设计将生骗出，悄悄迁往他处。生无处可归，怨懑成疾，几乎死去，愈后在凶肆（犹今之殡仪馆）唱挽歌为生。长安有东西两肆，两肆互争胜负。东肆长知生歌声哀婉妙绝，就凑了钱雇荥阳生与西肆比赛。比赛那天观众数万，生举声清越，响振林木，闻者歔欷掩泣。恰巧荥阳公因公入京，也悄悄前往观看，并认出了儿子，认为儿子的行为侮辱了家门，鞭之数百，弃之而去。生鞭伤溃烂，持破瓯以乞食为事。一旦大雪，生为冻馁所驱，冒雪而出，至一门前，连声疾呼："饥冻之甚！"原来这就是李娃的住处。李娃听出生的声音，见他枯瘠疥厉，几乎不像人样，遂生怜悯之心，以绣襦拥而归。失声长恸曰："令子一朝及此，我之罪也！"遂不顾母亲反对，坚决留下他。自己出钱赎了身，另租房与他一起居住。治好了荥阳生的伤病，又督促他苦读三年,登进士第;应直言急谏科,策名第一,授成都府参军。将赴任时,李娃向生说:"让你恢复了本来的身份,我也对得起你了。你另选高门吧!"在荥阳生的恳求下,李娃答应送他到剑门,然后分手。行至剑门,遇上荥阳公。荥阳公见儿子有了今日,便和他恢复了关系,并坚持留下李娃与儿子成婚。李娃妇道甚修,治家严整,天子封她为汧国夫人。

这篇小说成功地塑造了李娃这个妓女的形象。荥阳公子虽倾心于她,但处在她的地位,也只能以对待一般贵公子的态度去对待他,而没有抱任何幻想。荥阳生不过是爱其色,作为妓女无非是以色事人,借以谋生。她既没有爱过荥阳生,也就很自然地要在他资财荡尽之后抛弃他。荥阳生有为官的父亲,家里有钱财产业,离开她之后竟然会沦为乞丐,她是不可能料到的。可是当荥阳生为她受尽了磨难,以一个乞丐的身份出现在她面前的时候,她便改变了态度,毅然地收留了他,并真诚地帮助他。这时荥阳生已不再是一个嫖客,她也就不再以对待嫖客的态度去对待他了。李娃的可贵之处,不仅在于有勇气接受一个乞丐,而且在于她始终保持着清醒的头脑,在荥阳生当了官以后便主动地离开他,丝毫也不贪慕他的荣华富贵。这和荥阳公的态度恰恰形成对比。当儿子沦为凶肆歌者的时候,他为了维护门第的尊严几乎把他打死。可是一旦儿子做了官,便又主动恢复了父子关系。相形之下,李娃的胆识与心地都令人钦佩。

李娃的特殊之处在于她始终处于主动的地位,她的命运掌握在自己手中,而不是由别人摆布着。作为一个妓女,她的地位虽然是卑贱的,但她的精神却是高傲的。作者以热情的笔墨歌颂这样一位女性,在等级森严的封建社会里是有积极意义的。

荥阳生是一个回头的浪子。使他回头的不是别人,恰恰是那个使他着迷而毁了前程的妓女。在小说里他是一个次要人物,是烘托李娃的,但作者对他着墨很多,刻画细致。初入长安时的幼稚,沦为歌者时的伤感,再沦为乞丐时的悲苦,无不活现于纸上。

在唐传奇里,《李娃传》的故事情节可算是最曲折的了。以荥阳生的遭遇为线索形成几个大的波澜,他一沦为歌者,再沦为乞丐,最后绝处逢生,在李娃的帮助下又回到了上层社会。三处转折经过作者精心地处理成为小说最精彩的地方。

《莺莺传》见于《太平广记》卷四八八《杂传记五》,作者是著名诗人元稹。后人因传中的张生赋《会真诗》三首,又名曰《会真记》。唐传奇中对后世影响最大的莫过于这一篇。

传中的张生,宋人有疑为张籍的,不可信。据考证是元稹自己的托名①。张生和莺莺的恋爱故事,原来是根据他自己的一段经历写成的。

贞元中张生游于蒲州,住在普救寺。有个寡妇崔氏带着十七岁的女儿莺莺也住在寺中。时逢乱军劫掠,张生请吏护之,崔氏免于难,遂于中堂设宴以感谢张生。张生得见莺莺,"自是惑之"。后托莺莺的婢女红娘传递情诗,莺莺亦写诗还赠曰:"待月西厢下,迎风户半开。拂墙花影动,疑是玉人来。"当天晚上两人相会,出乎张生意料,莺莺大加责备,最后说:"愿以礼自持,毋及于乱!"张生在绝望中度过了几天,忽然莺莺又来幽会。"朝隐而去,暮隐而入,同安于曩所谓西厢者,几一月矣。"数月后张生去长安应考,莺莺弹琴作别。张生考试不中遂留在长安,并寄信给莺莺以广其意,实际上是表示了决绝的意思。莺莺回了一封情意缠绵的信,信里说:如果能体贴我的苦衷以成全婚事,"虽死之日,犹生之年",否则,"骨化形销,丹诚不灭",即使死了灵魂也永远跟你在一起。可是张生并未因此而感动,最终还是遗弃了她。他有一段话解释自己的行为:"大凡天之所命尤物也,不妖其身,必妖于人。……予之德不足以胜妖孽,是用忍情。"元稹在篇末也说:"时人多许张为善补过者。"

《莺莺传》作为一篇小说不算很成功。人物形象不够丰满,故事情

---

① 详参汪辟疆校录《唐人小说》卷上《莺莺传》后所附《辨传奇莺莺事》,上海古籍出版社,1978年1月新1版,第140—144页。

节也比较简单,诗词和书信占了几乎一半篇幅。但它所描写的莺莺这样一个大家闺秀,却是此前的文学作品中少见的。此前的文学作品,爱情纠葛中的主人公大都是下层的妇女,或出身于商贾船户之家或本身就是妓女姬妾,再不然就是神女仙姬,像莺莺这样的贵族小姐进入小说,自然会有强烈的社会影响。诚如鲁迅所说:"其事之振撼文林,为力甚大。"(《唐宋传奇集·稗边小缀》)莺莺的性格有两重性:一方面敢于冲破礼教的束缚,追求自己的幸福,甚至逾墙与张生相会;另一方面又疑虑重重,怨而不怒。关于她的性格,传中有一段文字:"大略崔之出人者,艺必穷极,而貌若不知;言则敏辩,而寡于酬对。待张之意甚厚,然未尝以词继之。时愁艳幽邃,恒若不识;喜愠之容,亦罕形见。"概括起来就是含蓄蕴藉、温柔敦厚。这一切都正符合莺莺的身份和教养。

张生对莺莺始乱之、终弃之,本来应该受到谴责,可是作者却在回护他。可见作者和张生同样的轻薄。

李公佐的《柳毅传》人物性格鲜明、情节曲折,富有浪漫色彩,在唐传奇中也是上乘。小说写儒生柳毅应举下第,将还湘水之滨。在泾阳见一美妇人牧羊于道旁,面带愁容。她是洞庭龙君的小女,嫁给泾川龙君次子,为夫婿所薄、公婆所厌,希望柳毅带一封信给父亲。柳毅慨然应允,并按照龙女所说的途径将信送到洞庭君手中。洞庭君览毕掩面而泣,宫中皆恸哭。洞庭君之弟钱塘君大怒,直飞泾川吃掉无情郎,救回龙女。宫中连日设宴款待柳毅,席间钱塘君要柳毅娶龙女为妻。柳毅义正词严断然拒绝,使钱塘君对他更加敬佩,两人遂成为知心的朋友。柳毅回家后连娶两妻均亡。后又娶卢氏女,生一子,毅益重之。一天卢氏女说自己就是龙女,并约柳毅同往觐见洞庭君。此后柳毅遂成为仙人。

龙女在夫家遭受虐待,在封建社会有一定的普遍性。柳毅为她传书,完全是出于同情,并不因为有恩于龙女便轻率地与她结合,也不屈服于钱塘君的威力而答应他的要求。他的节操是可贵的。此外如洞庭君的稳重、钱塘君的刚烈,每一个人物的形象都栩栩如生。钱塘君救回龙女后和洞庭君的几句对话十分传神:"君曰:'所杀几何?'曰:'六十万。'曰:'伤稼乎?'曰:'八百里。''无情郎安在?'曰:'食之矣。'君怃然曰:'顽童之为是心也,诚不可忍。然汝亦太草草。赖上帝显圣,谅其至冤。不然者,吾何辞焉。从此已去,勿复如是。'"话虽简短,而神情口吻跃然于纸上。

沈既济的《枕中记》和李公佐的《南柯太守传》都是通过写梦,对热衷功名富贵的知识分子进行讽刺。《枕中记》里的卢生,在邯郸旅舍中借道士吕翁的青瓷枕入睡,梦中出将入相,享尽荣华。醒后才知道这一生的富贵还不到蒸熟一顿黄粱饭的工夫。《南柯太守传》里的淳于棼醉后入梦,被槐安国召为驸马,出任南柯太守二十载,王赐食邑、爵位,居台辅。荣耀显赫,一时之盛,代莫比之。后因与檀萝国交战失败,公主又薨,于是宠衰谤起,被国王遣送而还,而己身卧于堂下,家僮拥篲于庭,喝剩下的酒还在酒杯里。"梦中倏忽,若度一世矣。"淳于棼十分惊异,寻踪发掘,才知道所谓槐安国原来是槐树下的蚁穴,南柯郡原来是槐树的南枝。这两篇小说在艺术上都相当成功,《南柯太守传》余韵悠然,又超过了《枕中记》。

唐传奇小说对后代文学产生过明显的影响。不少作品所写的故事为后代的戏曲、小说提供了素材,如元代高文秀的《郑元和风雪打瓦罐》、石君宝的《李亚仙诗酒曲江池》、明代薛近兖的《绣襦记》取材于《李娃传》,元代白朴的《唐明皇秋夜梧桐雨》、清代洪昇的《长生殿》取材于《长恨歌传》,金代董解元的《西厢记诸宫调》和元代王实甫的《西厢记》取材于《莺莺传》,《初刻拍案惊奇》中《李公佐巧解梦中言 谢小娥智擒船上盗》取材于《谢小娥传》,《醒世恒言》中《杜子春三入长安》取材于《续玄怪录·杜子春》。唐传奇中的一些故事成为后代诗词常用的典故,如"黄粱梦"(《枕中记》)、"章台柳"(《柳氏传》)。此外,唐传奇面向现实的倾向对后代小说的创作也产生了积极的影响。宋代以后,中国古典小说分为文言与白话两个流派,文言小说与唐传奇小说一脉相承,直至清初蒲松龄的《聊斋志异》,都可看出唐传奇的深刻影响。唐传奇在艺术上所取得的杰出成就,特别是作为小说艺术所必须具备的引人入胜的情节、首尾完整的结构、鲜明饱满的形象、生动细腻的笔触等等,更为后代小说所继承和发展。唐传奇小说以其高度的思想性和艺术性,丰富了我国小说的优良传统。广义地讲,唐传奇作家观察生活、概括生活的方法,运用语言、提炼语言的技巧,以及丰富大胆的想象、精巧缜密的构思等等,也给其他文学形式以有益的借鉴。因而,唐传奇小说在我国文学发展史上,有着不可低估的地位。

第二节　敦煌变文

敦煌变文是指在敦煌发现的,唐代俗讲僧和民间艺人讲说故事的底本。变文的得名与佛家所谓变相有关。用绘画表现的佛教故事叫变相,用文字表现的佛教故事就叫变文。变文最先出现于佛寺,由俗讲僧向听众衍述佛经中富有文学意味的神变故事。这本来是一种宗教的宣传,后来为了招徕听众,逐渐增加一些非宗教性的内容。讲唱者不限于俗讲僧,讲唱的地点也不限于寺院,出现了一些职业的民间艺人,讲唱以民间传说、历史故事和现实生活为题材的变文。这样,变文就由宗教的宣传品变成一种通俗的民间文艺了。

从唐代文献中关于变文的记载,可以看出变文繁盛的情况。赵璘《因话录》说:"有文淑僧者,公为聚众谭说,假托经论所言,无非淫秽鄙亵之事。不逞之徒,转相鼓扇扶树;愚夫冶妇,乐闻其说,听者填咽。寺舍瞻礼崇拜,呼为和尚。教坊效其声调,以为歌曲。"文淑所讲唱的已不限于佛经故事,再加上声调动听,所以受到广泛的欢迎。吉师老《看蜀女转昭君变》诗说:"妖姬未著石榴裙,自道家连锦水濆。檀口解知千载事,清词堪叹九秋文。翠眉颦处蜀边月,画卷开时塞外云。说尽绮罗当日恨,昭君传意向文君。"可见讲唱变文的还有女人。郭湜《高力士外传》说:"太上皇移仗西内安置,……每日上皇与高公亲看扫除庭院,芟薙草木。或讲经、论议、转变、说话,虽不近文律,终冀悦圣情。"这里说的"转变",就是转唱变文。可见这种民间文气已深入到宫廷。

变文采用诗文相间、有说有唱的形式。散文和韵文的结合有两种方式:一种是以散文讲述故事,以韵文重复散文讲述过的内容;另一种是散文和韵文互相补充,用散文作为"引子",再用韵文详细叙述。散文部分是口述,韵文部分是吟唱。散文部分大多是浅近的文言和四六骈语,也有使用白话的。韵文以七言为主,间或杂有三言、五言或六言。在变文写本上有的注出"平""侧""断"等字,有人认为是指演唱时所用的"平调""侧调""断金调",进而推测在讲唱变文时有音乐伴奏。在讲唱变文的时候有的还配合着图画。例如《降魔变文》卷子的背面就有图画,而且每段图画的内容和文字的内容都是配合的。再参照吉师老诗中所说的"画卷开时塞外云"来看,可以肯定是一边讲唱一边展示图画。这样,变文有说,有唱,有图,可以说是一种带有综合性的艺术了。

变文的内容,大体可分为讲唱佛经故事和讲唱人世故事两种。讲唱佛经故事的作品完全是宣传佛教教义,充满了因果报应、地狱轮回、佛法无边、人生无常等思想,并夹杂着封建伦理道德的宣传。这些作品又可分为两类:其一,直接说经——先引一小段经文,而后边讲边唱,敷衍铺陈。因是直接宣讲经义,有人又称这类作品为"讲经文"。《维摩诘经讲经文》是其代表作,约有三十卷左右,今天还能见到十五卷以上。在讲唱每节经文之前,先引一二十字经文,再据此渲染,常常铺陈为三五千字的长篇大幅,用不同的人物、语言来描绘相同的场景,极富想象力和文学趣味。此外还有《阿弥陀经变文》《妙法莲华经变文》等。其二,间接说经——不引经文,开门见山讲唱佛经故事,如《降魔变文》《大目乾连冥间救母变文》等。《降魔变文》的故事出于《贤愚经》,写作技巧是这类作品中最好的,情节曲折紧凑,构思和语言都有可取之处,尤其是后半描写佛弟子舍利弗与"外道"六师斗法,令人惊心动魄。

斗法中舍利弗从容不迫,六破对手,显示出佛法的威力:

  (六师)急于众中化出大树,坡(婆)娑枝叶,敝(蔽)日干云,耸干芳条,高盈万仞。祥擒(禽)瑞鸟,遍枝叶而和鸣;翠叶芳花,周数里而斗(陡)暗。于是见者,莫不惊嗟。

  舍利弗忽于众里化出风神,叉手向前,启言和尚:"三千大千世界,须臾吹却不难;况此小树纤毫,敢能当我风道!"出言已讫,解袋即吹。于时地卷如绵,石同尘碎,枝条迸散他方,茎干莫知所在。

有声有色,想象奇特,语言通俗洗练,流畅自如。

  变文中讲唱人世故事的作品,无论数量和质量都较讲唱佛经故事的作品为优。从内容上又可细分为讲唱历史、传说故事与讲唱现实生活故事两类。前者如表现反抗暴君的《伍子胥变文》、反映封建社会妇女悲惨遭遇的《王昭君变文》、揭露统治阶级荒淫残暴的《孟姜女变文》等,后者如讴歌当代民族英雄的《张义潮变文》《张淮深变文》等。

  《伍子胥变文》取材于相传为赵晔所作的《吴越春秋》,为历史事实与民间传说的综合,在变文中则增加了许多传奇性的情节。说的是楚平王荒淫无道,强夺儿妇为妃,子胥之父伍奢苦谏,楚王不听,反而杀害了伍奢及其子子尚。伍子胥历尽千难万险,辗转逃归吴国,起兵报了父兄之仇。后来吴王夫差听信谗言,将子胥赐死,越王遂举兵伐吴。作者在鞭笞无道暴君的同时,怀着深切的同情塑造了伍子胥这个坚毅不屈、有勇有谋、视死如归的悲剧形象,热烈讴歌了敢向暴虐复仇雪恨的坚强意志和斗争精神。作品着重描绘了伍子胥在奔亡中面临绝境而不动摇的精神:

  子胥哭已,更复前行。风尘惨面,蓬尘暎(映)天,精神暴乱,忽至深川。水泉无底,岸阔无边。登山入谷,绕涧寻源,龙蛇塞路,拔剑荡前,虎狼满道,遂即张弦。饿乃芦中餐草,渴饮岩下流泉。丈夫为仇发愤,将死由(犹)如睡眠。

作品特别注意通过主人公的感觉来渲染凄清的氛围:

>   悲歌以（已）了，行至江边远眺。唯见江潭广阔，如何得渡？芦中引领，回首寂然。不遇泛舟之宾，永绝乘查（槎）之客。唯见江乌出岸，白鹭争飞；鱼鳖踪（纵）横，鸤鸿芬（纷）泊。又见长洲浩汗，漠浦波涛，雾起冥昏，云阴暧叇。树摧老岸，月照孤山，龙振（震）鳖惊，江豚作浪，若有失乡之客，登岫岭以思家；乘查（槎）之宾，指参辰而为正。

作品还以生动的笔触，细致刻画了拍纱女、渔人等个性鲜明的形象。拍纱女在颍水边三次恳切邀请子胥进食，为了避嫌，抱石投河而死，写得凄婉动人。渔人帮助子胥渡江，并以酒肉款待，却不因摆渡而收留剑璧作为报偿，渡江到岸又指教子胥投奔吴王，最后覆船而亡。真是光明磊落，肝胆照人！我们从他们身上，不仅看到了不贪财富、舍己救人的高贵品质，而且可以看到伍子胥的抗暴复仇行动绝不是孤立的，它赢得广大人民的同情和支持。此外，作品对楚王的荒淫残暴、吴王的昏庸乖戾、伍奢的耿直无私、伍尚的懦弱无能，也都写得栩栩如生。

《张义潮变文》和《张淮深变文》描写重大的现实政治事件，可惜都残缺不全，不能见到作品的全貌。关于张义潮率众驱走吐蕃和回鹘守将，收复瓜、沙、伊、肃等广大地区，并派人奉十一州地图、户籍归唐的事迹，在《新唐书》里有简略的记载，事情发生于唐宣宗大中年间（849—859）。这篇变文热情赞颂了这位身处边塞的爱国英雄。

变文的发现，填补了我国文学史上的一个空白。我们不但可以从中找到后代许多文学题材的根据，也可以找到后代许多文学形式的源头。变文体制最基本的特点是韵散相间、诗文结合、逐段铺叙、说说唱唱。后代的弹词、宝卷、鼓词等民间文学形式是和它一脉相承的。变文里用唱词代替故事中人物对话的方式，则为近代戏曲所借鉴。变文和变相图配合的形式，又启迪了后世全相平话或出像小说的诞生。可以说，敦煌变文是后世各种说唱文学的先驱，它代表了文学发展的一个新的方向。但也应看到，变文这种说唱的形式还处于一种拟古和创新、典雅和通俗的矛盾状态，是介乎诗赋和戏曲之间的一种文体，在艺术上还不那么成熟，比较粗糙、呆板，后代的各种说唱文学和小说、戏曲，保存了变文诗文结合、说说唱唱的结构，扬弃了它呆板的程式，显示出更为旺盛的生命力。

第十章 唐五代词

第一节 词的名称、起源和发展

词是曲子词的简称,就是歌词的意思。清宋翔凤《乐府余论》说:"以文写之则为词,以声度之则为曲。"这表明它是一种配合音乐歌唱的诗体。

曲子词是唐五代时的通称,词是后起的名称,此外,又叫诗余、乐府、长短句等等。诗余之称大约始于南宋,宋宁宗庆元间编的一部词选,就叫《草堂诗余》。宋翔凤《乐府余论》说:"谓之诗余者,以词起于唐人绝句。……则词实诗之余,遂名曰诗余。"这种说法并不符合词产生的实际情况,诗余的名称也不十分恰当。词既然是一种入乐的歌诗,所以有人又称之为乐府。宋人贺铸的词集就题为《东山寓声乐府》。但是严格地说,词和汉魏六朝的乐府诗不同,它所配合的音乐以及合乐的方式跟乐府诗都有很大区别。《旧唐书·音乐志》说,词是"胡夷、里巷之曲",它所配合的音乐是燕乐。其主要成分是北周、隋以来从西域传入的西北各民族的音乐,乐器以琵琶为主。燕乐又叫䜩乐、宴乐,是供宴会上演奏的。而乐府诗所配的音乐却是雅乐(汉魏以前的古乐)和清乐(清商曲,汉魏六朝以来的"街陌歌谣")。词是由乐以定词,根据词调的要求填词;而乐府诗则是选词以配乐。把词称为长短句,是着眼于句式。宋人词集题为长短句的有秦观的《淮海居士长短句》。长短句固然是词的一种形式上的特点,但词的主要特点,它和诗的主要区别并不在这里。杂言诗的句子也是参差不齐的,但并不是词。词和诗的主要区别在于它和音乐相结合的方式上。所以把词叫作长短句,并没有标举出它的主要特点。

关于词起源于何时,目前学术界还没有取得一致的看法。宋王灼《碧鸡漫志》卷一说:"盖隋以来,今之所谓曲子者渐兴。"宋张炎《词源》卷下也说:"粤自隋唐以来,声诗间为长短句。"都认为隋代就开始有词了。《碧鸡漫志》卷四引《脞说》:"水调《河传》,炀帝将幸江都时所制。"后蜀何光远《鉴戒录》卷七:"《柳枝》者,亡隋之曲,炀帝将幸江都,开汴河,种柳,至今号曰隋堤,有是曲也。"而《河传》和《柳枝》都是后来常见的词牌。这样看来,说词最早产生于隋代,似乎是可以成立的。

中国文学的体裁多起源于民间,词也不例外。在敦煌发现的曲子词,共一百九十多首[①],绝大多数是民间的作品。这是现存最早的唐代民间词,它们大都作于唐玄宗至五代。敦煌曲子词的内容相当广泛,有歌颂皇帝功德的,如《感皇恩》;有宣扬菩萨灵验的,如《苏莫遮》;有表现对府兵制不满的,如《阿曹婆词》;也有反映边疆复杂情况的,如《菩萨蛮》:"敦煌古往出神将,感得诸蕃遥钦仰。效节望龙庭,麟台早有名。　　只恨隔蕃部,情恳难申吐。早晚灭狼蕃,一齐拜圣颜。"艺术性较高的是那些反映妇女生活和心情的曲子词。如《望江南》:"天上月,遥望似一团银。夜久更阑风渐紧,为奴吹散月边云,照见负心人。"有的反映了妓女的悲惨命运,如《望江南》:

> 莫攀我,攀我太心偏。我是曲江临池柳,者(这)人折了那人攀,恩爱一时间。

还有一首《菩萨蛮》表现了爱情的坚贞不渝:

---

① 见《全唐五代词》正编卷四《敦煌词》说明,曾昭岷、曹济平、王兆鹏、刘尊明编著,中华书局,1999年12月,第797—798页。

枕前发尽千般愿，要休且待青山烂，水面上秤锤浮，直待黄河彻底枯。　　白日参辰现，北斗回南面，休即未能休，且待三更见日头。

中唐时期，文人学习民间词，创作了一些优秀的作品。张志和的《渔歌子》五首表现了诗人自己的生活情趣。其一：

西塞山前白鹭飞，桃花流水鳜鱼肥。青箬笠，绿蓑衣，斜风细雨不须归。

韦应物的《调笑令》写边塞风光，很有画意：

胡马，胡马，远放燕支山下。跑沙跑雪独嘶，东望西望路迷。迷路，迷路，边草无穷日暮。

王建的《宫中调笑》以宫怨为题材，也是一首名作：

团扇，团扇，美人病来遮面。玉颜憔悴三年，谁复商量管弦？弦管，弦管，春草昭阳路断。

白居易和刘禹锡在词的早期发展史上占有重要的地位。他们的作品比较多，艺术上也更成熟了。刘禹锡在贬官期间学习巴楚一带的民歌很有成绩，他的词清新活泼，很有民歌的风采。如《竹枝》九首其二、其九：

山桃红花满上头，蜀江春水拍山流。花红易衰似郎意，水流无限似侬愁。

山上层层桃李花，云间烟火是人家。银钏金钗来负水，长刀短笠去烧畲。

白居易的《忆江南》三首浅显平易、流畅自然，和白诗的风格是一致的。其一：

江南好，风景旧曾谙。日出江花红胜火，春来江水绿如蓝，能不忆江南！

他的《花非花》却又迷离朦胧,开启了晚唐词风:

> 花非花,雾非雾,夜半来,天明去。来如春梦几多时,去似朝云无觅处。

他的《浪淘沙》六首更多地带有民歌的情调,其四:

> 借问江潮与海水,何似君情与妾心。相恨不如潮有信,相思始觉海非深。

而他的《长相思》则已完全是词的格调了:

> 汴水流,泗水流,流到瓜洲古渡头。吴山点点愁。　思悠悠,恨悠悠,恨到归时方始休。月明人倚楼。

相传为李白所作的两首词,并不见于古本李太白集,很可能出于晚唐人之手。《忆秦娥》:

> 箫声咽,秦娥梦断秦楼月。秦楼月,年年柳色,灞陵伤别。
> 乐游原上清秋节,咸阳古道音尘绝。音尘绝,西风残照,汉家陵阙。①

这首词以长安为对象,勾勒了几幅素描,就仿佛是几幅长安素描的合订本。在这些画面里表现了对于历史的凭吊,对于古代文明的追怀,对于统一帝国的留恋和对于前途的茫然。词里那种悲壮的气象、沉思的神情、哀婉的语调、孤独的情怀,再加上衰飒的画面、黄昏的色彩,都带有鲜明的晚唐诗歌的风格特点。现实感与历史感交织在一起,时间的悠远感与空间的广漠感融合在一起,我们觉得作者仿佛站在历史长河的

---

① 这首词最早见于北宋末南宋初邵博所撰《邵氏闻见后录》卷一九,曰:"李太白词也。予尝秋日钱客咸阳宝钗楼上,汉诸陵在晚照中。有歌此词者,一坐凄然而罢。"北宋李之仪《忆秦娥》也注明"用太白韵"。可见这首词在北宋后期已经被认为是李白所作。南宋黄昇《唐宋诸贤绝妙词选》收录了这首词和另一首《菩萨蛮》,题李白作,且曰:"二词为百代词曲之祖。"以后各家多从之。但前人多有怀疑,胡应麟《少室山房笔丛》说:"太白在当时,直以风雅自任,即近体盛行,七言律鄙不肯为,宁屑事此?且二词虽工丽,而气衰飒,于太白超然之致,不啻穹壤。藉令真出青莲,必不作如是语。详其意调,绝类温方城辈,盖晚唐人词,嫁名太白。"此说不无道理。而且《忆秦娥》词牌不见于唐崔令钦《教坊记》,也不见于《花间集》,只是在冯延巳的《阳春集》中有一首,但句法与传为李白的这首不同。盛唐是否有《忆秦娥》词就很可怀疑了。

一座孤岛上,正向着邈远的时间与空间茫然地举目四望,同时把他的一些破碎的回忆与印象,编织成这首词。传为李白的《菩萨蛮》也写得十分苍劲:

> 平林漠漠烟如织,寒山一带伤心碧。暝色入高楼,有人楼上愁。　玉阶空伫立,宿鸟归飞急。何处是归程,长亭更短亭。

第二节　温庭筠和《花间集》

温庭筠是唐代写词最多的一个人。他的词集名《金荃集》,已佚。诸家选本,《花间集》收六十六首,《全唐诗》附词收五十九首。《金奁集》收六十二首,刘毓盘辑《金荃词》一卷(《唐五代宋辽金元名家词集六十种辑》),共得七十六首。他的词几乎全是写爱情、相思,又多用女子声吻。色彩浓艳,辞藻华丽,充满浓烈的脂粉气。前人说他的词风"香而软"①,抓住了他的特点。如他的代表作《菩萨蛮》:

> 小山重叠金明灭,鬓云欲度香腮雪。懒起画蛾眉,弄妆梳洗迟。　照花前后镜,花面交相映。新帖绣罗襦,双双金鹧鸪。

这首词写一个女子刚刚睡醒,正在梳洗打扮。一副娇滴滴的、慵懒的情态,活现在纸上。"照花前后镜,花面交相映"像一个特写镜头,词人就用这种艳丽的图画去粉饰统治阶级醉生梦死的生活。

---

① 清初沈雄《古今词话》之《词评》上卷"温庭筠金荃集"云:"《北梦琐言》曰:温字飞卿,旧名岐。以'鸡声茅店月,人迹板桥霜'句知名。才思敏捷,入试日,凡八叉手而八韵成,多为邻铺假手。沈询知贡举,别施一席试之。或曰,潜救八人矣。有《金荃集》,盖取其香而软也。"《词话丛编》本,第一册,第969—970页。又,[清]王弈清等撰《历代词话》卷二《唐二》"八叉手"条所述基本同于沈雄《古今词话》,小注亦云引自《北梦琐言》,当是沿袭沈雄之说。《词话丛编》本,第二册,2005年10月,第1110页。按,《北梦琐言》原本三十卷,今本仅存二十卷,未见上述评语。沈雄所引,是否采自《北梦琐言》佚文,未详所据,存疑俟考。另,关于《北梦琐言》的辑佚情况,可参房锐《〈北梦琐言〉辑佚》,《四川师范大学学报》(社会科学版),2004年第6期,第89—95页。此文提及前人相关重要辑本,并做了新的辑佚,但均未收录此条。

温词在艺术上有独到之处,他能把握感情的每一丝细微的波澜,以艳词秀句出之,兼有幽深、精艳两者之美。温词的抒情,往往只是截取感情的几个片断,意象之间若断若续,几乎看不见缝缀的针线,中间的环节全靠读者发挥自己的想象加以补充,因此特别耐人寻味。如《菩萨蛮》:

> 玉楼明月长相忆,柳丝袅娜春无力。门外草萋萋,送君闻马嘶。　画罗金翡翠,香烛销成泪。花落子规啼,绿窗残梦迷。

词的抒情主人公是一个年轻的女子。在暮春的黎明时分,她送走情人,懒懒地踱回玉楼,陷入沉思之中。昨夜的相会、今晨的送别、柳丝、草萋、马嘶、鸟啼,种种印象纷总沓至,一片迷惘。词人截取她意识活动中的几个片断,抓住她的心理特征,细致、准确而又不着痕迹地把她的情绪表现出来,真是恰到好处。周济说:"针缕之密,南宋人始露痕迹,《花间》极有浑厚气象。如飞卿则神理超越,不复可以迹象求矣。然细绎之,正字字有脉络。"(《介存斋论词杂著》)真可谓温庭筠的知音。

温词总的看来是浓艳的,有的词浓得化不开来,艳得令人目眩。但也有清新疏淡之作,如《梦江南》:

> 梳洗罢,独倚望江楼。过尽千帆皆不是,斜晖脉脉水悠悠,肠断白蘋洲。

五代后蜀赵崇祚辑录了晚唐五代时期温庭筠、皇甫松、韦庄、薛昭蕴(纬)、牛峤、张泌、毛文锡、牛希济、欧阳炯、和凝、顾敻、孙光宪、魏承斑、鹿虔扆、阎选、尹鹗、毛熙震和李珣十八家词五百首,编为《花间集》十卷。这是我国最早的一部文人词集。这十八家除温庭筠、皇甫松、薛昭蕴(纬)、和凝以外,其余都是五代蜀人或入蜀词人。他们的词风大体上一致,后世因称为花间词人。在中原战乱频仍之际,西蜀相对安定,所以集中了一批文人。而西蜀的统治阶级在相对安定的局面中又弦歌宴饮,过着奢侈淫靡的苟安生活。于是,那种镂玉雕琼、裁花剪叶、描写女人姿色风情的词,便适应歌台舞榭的需要而大量地产生出来了。

欧阳炯《花间集》序说："杨柳大堤之句,乐府相传;芙蓉曲渚之篇,豪家自制。莫不争高门下,三千玳瑁之簪;竞富樽前,数十珊瑚之树。则有绮筵公子,绣幌佳人,递叶叶之花笺,文抽丽锦;举纤纤之玉指,拍按香檀。不无清绝之辞,用助娇娆之态。自南朝之宫体,扇北里之倡风。何止言之不文,所谓秀而不实。"花间词就是在这样的社会风尚里产生的。陆游《跋花间集》说:"方斯时,天下岌岌,生民救死不暇,士大夫乃流宕如此。可叹也哉!或者,亦出于无聊故耶!"这是对花间词的中肯批评。唐诗从南朝宫体中解放出来,取得空前未有的成就,到这时仿佛又回到了南朝宫体的老路上去。花间词人大都步温庭筠的后尘,浓艳香软而不能自拔。诸如"云鬟半坠懒重簪"(顾敻《酒泉子》),"慢回娇眼笑盈盈"(张泌《浣溪沙》),"握手送人归,半拖金缕衣"(孙光宪《菩萨蛮》),简直就是南朝宫体诗的翻版。

韦庄与温庭筠齐名。《花间集》收入韦词四十八首,刘毓盘辑为《浣花词》一卷,共五十五首,刊入《唐五代宋辽金元名家词六十种辑》中。温词浓艳,韦词清艳,语言也比较疏朗自然。如《菩萨蛮》:

> 人人尽说江南好,游人只合江南老。春水碧于天,画船听雨眠。垆边人似月,皓腕凝双雪。未老莫还乡,还乡须断肠。

又如《女冠子》:

> 四月十七,正是去年今日,别君时。忍泪佯低面,含羞半敛眉。不知魂已断,空有梦相随。除却天边月,没人知。

周济评韦庄词曰:"端己词,清艳绝伦。初日芙蓉春月柳,使人想见风度。"(《介存斋论词杂著》)况周颐《历代词人考略》卷五曰:"韦文靖词,与温方城齐名,熏香掬艳,眩目醉心,尤能运密入疏,寓浓于淡,花间群贤,殆鲜其匹。"

顾敻,官至太尉。《花间集》收其词五十五首。况周颐曰:"顾敻艳词,多质朴语,妙在分际恰合。"(《历代词人考略》)他的《诉衷情》便是艳中有质的作品:

>永夜抛人何处去?绝来音。香阁掩,眉敛,月将沉,争忍不相寻?怨孤衾。换我心,为你心,始知相忆深。

王士禛《花草蒙拾》评末三句曰:"自是透骨情语。"

李珣,字德润,先世本波斯人,家梓州。以秀才豫宾贡,事蜀主衍。国亡,不仕。《花间集》录珣词三十七首。《历代词人考略》卷五曰:"李秀才词,清疏之笔,下开北宋人体格。""五代人小词,大都奇艳如古蕃锦,惟李德润词,有以清胜者。"如《渔歌子》:

>荻花秋,潇湘夜,橘洲佳景如屏画。碧烟中,明月下,小艇垂纶初罢。 水为乡,蓬作舍,鱼羹稻饭常餐也。酒盈杯,书满架,名利不将心挂。

他的《南乡子》十阕,很有地方色彩,如:"暗里回眸深属意,遗双翠,骑象背人先过水。""避暑信船轻浪里,闲游戏,夹岸荔枝红蘸水。""行客待潮天欲暮,送春浦,愁听猩猩啼瘴雨。""香带游女偎伴笑,争窈窕,竞折团荷遮晚照。"

第三节 李煜及南唐词人

在战乱频仍的五代,偏安江南的南唐经济比较繁荣。中原士人有不少到这里来避乱,南唐统治者又比较爱好文学,因此南唐也成为一个词的中心。陈世修在《阳春集序》中说:"金陵盛时,内外无事,朋僚亲旧,或当燕集,多运藻思为乐府新词,俾歌者倚丝竹歌之,所以娱宾而遣兴也。"可见南唐词也像花间词一样,是适应统治阶级酣歌醉舞的享乐生活的需要而繁荣起来的。

冯延巳(903—960)是南唐词人里时代较早、创作较多的一个人。他字正中,广陵(今江苏扬州)人。李昇以为秘书郎,使与李璟游处,后官至中主李璟宰相。有《阳春集》,存词一百多首。他不像花间词人那样醉心于描写女人的容貌、装饰,而是着力表现人物内心的哀愁。词作

由描写转为抒情,因而显得委婉幽深。如《鹊踏枝》:

谁道闲情抛掷久?每到春来,惆怅还依旧。日日花前常病酒,不辞镜里朱颜瘦。　河畔青芜堤上柳,为问新愁,何事年年有?独立小桥风满袖,平林新月人归后。

几日行云何处去?忘了归来,不道春将暮。百草千花寒食路,香车系在谁家树?　泪眼倚楼频独语,双燕飞来,陌上相逢否?撩乱春愁如柳絮,悠悠梦里无寻处。

冯煦《阳春集序》云:"翁俛卬(俯仰)身世,所怀万端,缪悠其辞,若显若晦。揆之六义,比兴为多。……翁何致而然耶?周师南侵,国势岌岌。中主既昧本图,汶暗不自强,强邻又鹰瞵而鹗睨之。而务高拱,溺浮采,芒乎芴乎,不知其将及也。翁负其才略,不能有所匡救,危苦烦乱之中,郁不自达者,一于词发之。"说冯词有政治寄托,未免于穿凿。但他词里那种哀愁,联系他宰相的身份和当时南唐的处境来看,与他对国事的忧虑是分不开的。

冯延巳的词不仅长于抒情,也长于写景状物,如"风乍起,吹皱一池春水"(《谒金门》),"红杏开时,一霎清明雨"(《鹊踏枝》),"绿树青苔半夕阳"(《采桑子》),"江上晚山三四点"(《归自谣》),"双燕飞来垂柳院,小阁画帘高卷"(《清平乐》)。冯延巳很善于把握客观景物的特征,构成鲜明的意象。

冯延巳在词史上有重要的地位。刘熙载说:"晏同叔得其俊,欧阳永叔得其深。"(《艺概·词曲概》)况周颐说:"《阳春》一集,为临川、珠玉所宗。愈瑰丽,愈醇朴。南渡名家,靡丐膏馥,辄臻上乘。"(《历代词人考略》)王国维说:"冯正中词,虽不失五代风格,而堂庑特大,开北宋一代风气。"(《人间词话》一九)

南唐中主李璟(916—961)即位之初还能有所作为,后来却荒于政事,不得不奉表称臣于后周,岁贡万物。他存词四首,带有浓厚的感伤情调。代表作《摊破浣溪沙》:

菡萏香销翠叶残,西风愁起绿波间。还与韶光共憔悴,不堪看。　　细雨梦回鸡塞远,小楼吹彻玉笙寒。多少泪珠无限恨,倚栏杆。

南唐后主李煜(937—978),字重光,元宗第六子。在位十五年。开宝八年(975)宋将曹彬攻破金陵,煜出降。明年至京师,封违命侯,过着囚徒般的生活。太平兴国三年(978)七夕被宋太宗派人毒死。年四十二。李煜工书,善画,通晓音律,是唐五代词人中成就最高的一个人。

李煜亡国前后的词呈现出不同的面貌。前期的词主要是宫廷生活的反映,虽然在艺术上已经显示了一定的才能,但内容空虚、作风淫靡,和花间词并无多大区别。如《一斛珠》:"晓妆初过,沉檀轻注些儿个。向人微露丁香颗。一曲清歌,暂引樱桃破。　　罗袖裛残殷色可,杯深旋被香醪涴。绣床斜凭娇无那。烂嚼红茸,笑向檀郎唾。"后期由于身份和生活的变化,李煜词风也发生了显著的变化。这时的词完全脱去了宫廷生活的气息,而表现了一个亡国之君的悲伤。如《虞美人》:

春花秋月何时了?往事知多少。小楼昨夜又东风,故国不堪回首月明中。　　雕栏玉砌应犹在,只是朱颜改。问君能有几多愁?恰似一江春水向东流。

又如《浪淘沙》:

帘外雨潺潺,春意阑珊。罗衾不耐五更寒。梦里不知身是客,一晌贪欢。　　独自莫凭栏,无限江山,别时容易见时难。流水落花春去也,天上人间。

李煜在词中所念念不忘的故国,显然是他失去的小朝廷。他所追怀的往事,则是帝王的享乐生活。但是由于他的忧愁,是借助典型化的客观景物和富有诗意的比喻抒写出来的,使这些景物和比喻具有了普遍的意义,所以读者可以借用它们来抒发自己的忧愁,尽管读者的感情和李煜有着不同的生活内容。不过李煜这些词里的感情毕竟是消沉的，它不能给予读者以希望和力量。

前面说过，冯延巳开始由偏重描写转向偏重抒情，用词来抒写个人的生活感受和个人的感情。李煜沿着以词抒情的道路再向前走，终于使词成为个人抒情的方便形式，使词取得了类似抒情诗的地位。王国维说："词至李后主而眼界始大，感慨遂深，遂变伶工之词而为士大夫之词。"(《人间词话》一五)是最中肯之论。

参考文献

《曹操集》,[三国魏]曹操著,中华书局,1974年7月。
《曹植集校注》,[三国魏]曹植著,赵幼文校注,中华书局,1998年7月。
《建安七子集》,俞绍初辑校,中华书局,2005年6月。
《后汉书》,[南朝宋]范晔撰,[唐]李贤等注,中华书局,2001年5月。
《三国志》,[晋]陈寿撰,[南朝宋]裴松之注,中华书局,2005年2月。
《嵇中散集》,[晋]嵇康著,《四部丛刊》景明嘉靖本。
《阮籍集校注》,[三国魏]阮籍著,陈伯君校注,中华书局,2004年6月。
《陆士衡文集校注》,[晋]陆机著,刘运好校注整理,凤凰出版社,2007年12月。
《陶渊明集笺注》,袁行霈撰,中华书局,2005年8月。
《晋书》,中华书局,2003年6月。
《鲍参军集注》,[南朝宋]鲍照著,钱仲联增补集说校,上海古籍出版社,2008年5月。
《谢宣城集校注》,[南朝齐]谢朓著,曹融南校注集说,上海古籍出版社,2001年4月。
《庾子山集注》,[北周]庾信撰,[清]倪璠注,许逸民校点,中华书局,2000年3月。
《江文通集汇注》,[南朝梁]江淹著,[明]胡之骥注,中华书局,1999年2月。
《陶弘景集校注》,[南朝梁]陶弘景著,王京州校注,上海古籍出版社,2009年11月。

《先秦汉魏晋南北朝诗》，逯钦立辑校，中华书局，1983年9月。

《宋书》，[南朝梁]沈约撰，中华书局，1996年4月。

《南齐书》，[梁]萧子显撰，中华书局，1997年3月。

《南史》，[唐]李延寿撰，中华书局，1997年3月。

《北齐书》，[唐]李百药撰，中华书局，1997年3月。

《古今注》，[晋]崔豹撰明正德、嘉靖间《顾氏文房小说》本。

《水经注疏》，[北魏]郦道元注，杨守敬、熊会贞疏，段熙仲点校，陈桥驿复校，江苏古籍出版社，1999年8月。

《洛阳伽蓝记校释》，[北朝魏]杨衒之撰，周祖谟校释，中华书局，2010年9月。

《世说新语笺疏》，[南朝宋]刘义庆撰，[南朝梁]刘孝标注，余嘉锡笺疏，周祖谟等整理，上海古籍出版社，1993年12月。

《新辑搜神记 新辑搜神后记》，[晋]干宝撰、[晋]陶潜撰，李剑国辑校，中华书局，2007年3月。

《博物志校证》，[晋]张华撰，范宁校证，中华书局，2014年8月。

《拾遗记校注》，[晋]王嘉撰，[南朝梁]萧绮录，齐治平校注，中华书局，2015年5月。

《颜氏家训集解》，王利器撰，中华书局，1996年9月。

《梁书》，[唐]姚思廉撰，中华书局，1997年3月。

《文选》，[南朝梁]萧统编，[唐]李善注，影胡克家刻本，中华书局，1995年10月。

《文心雕龙注》，[南朝梁]刘勰著，范文澜注，人民文学出版社，2001年5月。

《诗品注》，[南朝梁]锺嵘著，陈延杰注人民文学出版社，1998年2月。

《唐人选唐诗新编》，傅璇琮主编，陕西人民教育出版社，1996年7月。

《王子安集注》，[唐]王勃著，[清]蒋清翊注，上海古籍出版社，1995年11月。

《孟浩然集校注》，[唐]孟浩然著，徐鹏校注，人民文学出版社，1989

年8月。

《王右丞集笺注》,[唐]王维撰,[清]赵殿成笺注,上海古籍出版社,
2007年10月。

《李白全集编年笺注》,[唐]李白撰,安旗、薛天纬、阎琦、房日晰笺注,
中华书局,2015年10月。

《杜甫全集校注》,[唐]杜甫撰,萧涤非主编,人民文学出版社,2015
年7月。

《岑参集校注》,[唐]岑参著,陈铁民、侯忠义校注,上海古籍出版社,
1981年8月。

《白居易集笺校》,[唐]白居易著,朱金城笺校,上海古籍出版社,1988
年12月。

《元稹集》,[唐]元稹著,冀勤点校,中华书局,1982年8月。

《韩昌黎文集校注》,[唐]韩愈著,马其昶校注,上海古籍出版社,1987
年6月。

《三家评注李长吉歌诗》,[唐]李贺著,[清]王琦等评注,上海古籍出
版社,1998年12月。

《宋本艺文类聚》,[唐]欧阳询撰,影宋绍兴刻本,上海古籍出版社,
2015年1月。

《全唐诗(增订本)》,[清]彭定求等编,中华书局,2013年3月。

《全唐文》,[清]董诰等编,中华书局,1983年11月。

《文镜秘府论汇校汇考》,〔日〕遍照金刚编著,卢盛江校,中华书局,
2006年4月。

《全唐五代诗格汇考》,张伯伟撰,凤凰出版社,2002年4月。

《隋唐嘉话》,[唐]刘𬩽撰,程毅中点校,中华书局,1997年12月。

《通典》,[唐]杜佑撰,王文锦等点校,中华书局,2003年5月。

《隋书》,[唐]魏徵撰,中华书局点,1973年8月。

《旧唐书》,[后晋]刘昫等撰,中华书局,1975年5月。

《新唐书》,[宋]欧阳修、[宋]宋祁等撰,中华书局,1975年2月。

《开元天宝遗事十种》，丁如明辑校，上海古籍出版社，1985年1月。
《贞观政要集校》，[唐]吴兢撰，谢保成集校，中华书局，2003年11月。
《唐语林校证》，[唐]王谠著，周勋初校注，中华书局，1987年7月。
《唐诗纪事校笺》，[宋]计有功撰，王仲镛校点，巴蜀书社，1989年8月。
《唐才子传校笺》，[元]辛文房撰，傅璇琮校笺，中华书局，1987年5月。
《唐人行第录》，岑仲勉著，中华书局，2004年4月。
《唐音癸签》，[明]胡震亨著，上海古籍出版社，1981年5月。
《唐诗品汇》，[明]高棅编纂，影明汪宗尼校订本，上海古籍出版社，1988年7月。
《唐诗杂论》，闻一多，上海古籍出版社，1998年12月。
《太平广记》，[宋]李昉编，中华书局，1961年9月。
《唐人小说》，汪辟疆校录，上海古籍出版社，1978年1月。
《唐五代笔记小说大观》，上海古籍出版社编，上海古籍出版社，2000年3月。
《全唐五代词》，曾昭岷、曹济平、王兆鹏、刘尊明编著，中华书局，1999年12月。
《词话丛编》，唐圭璋编，中华书局，2005年10月。
《乐府诗集》，[宋]郭茂倩撰，影傅增湘藏宋本，人民文学出版社，2010年2月。
《直斋书录解题》，[宋]陈振孙撰，徐小蛮等点校，上海古籍出版社，1987年12月。
《新校正梦溪笔谈》，[宋]沈括著，胡道静校正，中华书局，1957年11月。
《东轩笔录》，[宋]魏泰撰，中华书局，1983年10月。
《碧溪诗话》，[宋]黄彻著，人民文学出版社，1986年9月。
《石林诗话校注》，[宋]叶梦得著，逯铭昕校注，人民文学出版社，2011年12月。
《苕溪渔隐丛话》，[宋]胡仔纂集，廖德明校点，人民文学出版社，1962年6月。

《沧浪诗话校释》,[宋]严羽著,郭绍虞校释,人民文学出版社,1961年5月。

《诗评》,[宋]敖陶孙撰,《丛书集成初编》本,中华书局,1985年。

《诗话总龟》,[宋]阮阅撰,周本淳校点,人民文学出版社,1998年2月。

《诗林广记》,[宋]蔡正孙撰,常振国、降云点校,中华书局,1982年8月。

《古今说海》,[明]陆楫编,巴蜀书社,1988年3月。

《诗薮》,[明]胡应麟撰,上海古籍出版社,1979年11月。

《采菽堂古诗选》,[明]陈祚明编,李金松点校,上海古籍出版社,2008年12月。

《古诗评选》,[明]王夫之著,李中华、李利民校点,上海古籍出版社,2011年7月。

《明诗话全编》,吴文治主编,江苏古籍出版社,1997年12月。

《古诗源》,[清]沈德潜选,中华书局,2000年7月。

《诗比兴笺》,[清]陈沆撰,上海古籍出版社,1981年12月。

《日知录集释》,[清]顾炎武著,[清]黄汝成集释,栾保群、吕宗力校点,上海古籍出版社,2014年6月。

《原诗 一瓢诗话 说诗晬语》,[清]叶燮著,霍松林校注;[清]薛雪著,杜维沫校注;[清]沈德潜著,霍松林校注,人民文学出版社,1979年9月。

《艺概》,[清]刘熙载撰,上海古籍出版社,1982年9月。

《古诗赏析》,[清]张玉穀撰,许逸民点校,上海古籍出版社,2000年12月。

《多岁堂古诗存》,[清]成书辑,清道光十一年刻本。

《清诗话》,丁福保汇辑,上海古籍出版社,1999年6月。

《清诗话续编》,郭绍虞编选,上海古籍出版社,1983年12月。

《历代诗话》,[清]何文焕辑,中华书局,1981年4月。

《历代诗话续编》,丁福保辑,中华书局,2001年8月。

《古逸丛书》,[清]黎庶昌辑,广陵书社影印本,2013年7月。

《中国小说史略》,鲁迅著,人民文学出版社,1973年8月。

《鲁迅辑录古籍丛编》,鲁迅辑录,人民文学出版社,1999年7月。
《且介亭杂文》,鲁迅著,人民文学出版社,1973年3月。
《而已集》,鲁迅著,人民文学出版社,1973年5月。